서편제

이청준 전집 12 중단편집
서편제

초판 1쇄 발행 2013년 4월 23일
초판 7쇄 발행 2025년 5월 23일

지은이 이청준
펴낸이 이광호
펴낸곳 ㈜문학과지성사
등록번호 제1993-000098호
주소 04034 서울 마포구 잔다리로7길 18(서교동 377-20)
전화 02)338-7224
팩스 02)323-4180(편집) 02)338-7221(영업)
전자우편 moonji@moonji.com
홈페이지 www.moonji.com

ⓒ 이청준, 2013. Printed in Seoul, Korea

ISBN 978-89-320-2092-1 04810
ISBN 978-89-320-2080-8(세트)

이 책의 판권은 지은이와 ㈜문학과지성사에 있습니다.
양측의 서면 동의 없는 무단 전재 및 복제를 금합니다.

이청준 전집 12

서편제

문학과지성사
2013

일러두기

1. 문학과지성사판 『이청준 전집』에는 장편소설, 중단편소설, 그리고 작가가 연재를 마쳤으나 단행본으로 발간되지 않은 작품과 미완성작 등을 모두 수록했다.
2. 전집의 권별 번호는 개별 작품이 발표된 순서를 따르되, 장편소설의 경우 연재 종료 시점을, 중단편소설의 경우 게재지에 처음 발표된 시점을 기준으로 삼았다. 단, 연재 미완결작의 경우 최초 단행본 출간 시점을 그 기준으로 삼았다. 중단편집에 묶인 작품들 역시 발표된 순서대로 수록하였으며, 각 작품 말미에 발표 연도를 밝혀놓았다.
3. 전집의 본문은 『이청준 문학전집』(열림원) 발간 이후 작가가 새롭게 교정, 보완한 내용을 충실히 반영하여 확정하였다. 특히 미발표작의 경우 작가가 남긴 관련 자료에 근거하여 수록하였음을 밝힌다.
4. 전집의 각 권에는 작품들을 수록하고 새롭게 쓰어진 해설을 붙였으며 여기에 각 작품 텍스트의 변모 과정과 이청준 작품들의 상호 관계를 밝히는 글을 실었다. 이 글은 현재의 문학과지성사판 전집의 확정 텍스트에 이르기까지 주요한 특징적 변모를 잘 보여준다.
5. 이 책의 맞춤법은 국립국어연구원의 '한글 맞춤법'에 따르는 것을 원칙으로 하되, 띄어쓰기의 경우 본사의 내부 규정을 따랐다. 단, 작품의 분위기에 영향을 준다고 판단되는 방언이나 구어체 표현·의성어·의태어 등은 작가의 집필 의도를 살려 그대로 두었다 (괄호 안: 현행 맞춤법 표기).
    예) ① 방언 및 의성어·의태어: 밴밴하다(반반하다) 희멀끄럼하다(희멀겋다) 달려들다(달려들다) 드키(듯이) 뚤레뚤레(둘레둘레) 뎅강(뎅궁) 까장까장(꼬장꼬장)
    ② 작가의 고유한 표현:
    ─그닥(그다지) 범상찮다(범상치 않다) 들춰업다(둘러업다)
    ─입물개 개없고 아심찮게도 목짓 퍈뜻 사양키
    ③ 기타: 앞엣사람 옆엣녀석 먼젓사람 천릿길 뱃손님 뒷번 그리고 나서(그리고 나서) 그리고는(그리고는)
6. 이 책의 외래어 표기는 국립국어연구원의 '외래어 표기법'에 따라 바꾸었다. 단, 작품의 제목이나 중요한 어휘로 등장하는 경우에는 원본을 그대로 살렸다.
    예) ① 맘모스(매머드) 세느(센) 뎃쌍(데생) ② 레지('종업원'으로 순화)
7. 이 책에 쓰인 문장부호의 경우 단편, 논문, 예술 작품(영화, 그림, 음악)은 「 」으로, 단행본 및 잡지, 시리즈 명 등은 『 』으로 표시하였다. 대화나 직접 인용은 큰따옴표(" ")와 줄표(─)로, 강조나 간접 인용의 경우 작은따옴표(' ')로 묶었다.

차례

서편제—남도 사람 1 7
황홀한 실종 33
자서전들 쓰십시다—언어사회학서설 2 114
꽃동네의 합창 171
수상한 해협 182
새가 운들 204
별을 기르는 아이 233
치자꽃 향기 280
문패 도둑 298
지배와 해방—언어사회학서설 3 307
연—새와 어머니를 위한 변주 1 346
빗새 이야기—새와 어머니를 위한 변주 2 351
학—새와 어머니를 위한 변주 3 356

해설 지상에서 가장 생산적인 왕복운동/김형중 363
자료 텍스트의 변모와 상호 관계/이윤옥 383

서편제
― 남도 사람 1

여자는 초저녁부터 목이 아픈 줄도 모르고 줄창 소리를 뽑아대고, 사내는 그 여인의 소리로 하여 끊임없이 어떤 예감 같은 것을 견디고 있는 표정으로 북장단을 잡고 있었다. 소리를 쉬지 않는 여자나, 묵묵히 장단 가락만 잡고 있는 사내나 양쪽 다 이마에 힘든 땀방울이 솟고 있었다.

전라도 보성읍 밖의 한 한적한 길목 주막. 왼쪽으로 멀리 읍내 마을들을 내려다보면서 오른쪽으로는 해묵은 묘지들이 길가까지 바싹바싹 다가앉은 가파른 공동묘지― 그 공동묘지 사이를 뚫어 나가고 있는 한적한 고갯길목을 인근 사람들은 흔히 소릿재라 말하였다. 그리고 그 소릿재 공동묘지 길의 초입께에 조개껍질을 엎어놓은 듯 뿌연 먼지를 뒤집어쓰고 들앉아 있는 한 작은 초가 주막을 사람들은 또 너나없이 소릿재 주막이라 말하였다. 곡성과 상엿소리가 자주 지나는 묘지 길이니 소릿재라 부를 만했고, 소릿재

초입을 지키고 있으니 소릿재 주막이라 이를 만했다. 내력을 모르는 사람들은 아마 그쯤 짐작을 하고 지나칠 수도 있으리라. 하지만 이 소릿재와 소릿재 주막에는 또 다른 내력이 있었다. 귀 밝은 읍내 사람들은 대개 다 그것을 알고 있었다. 보성 고을 사람이 아니더라도 어쩌면 이 소릿재 주막에 발길이 닿아 하룻밤쯤 술손 노릇을 하고 나면 그것을 쉬 알 수 있었다.

주막집 여자의 소리 때문이었다.

남자도 없이 혼자 몸으로 주막을 지키고 살아가는 여자의 남도 소리 솜씨가 누가 들어도 예사롭지 않았기 때문이다.

이날 저녁 손님 역시 그것을 이미 깨닫고 있는 것 같았다. 아니 그는 애초부터 그저 우연히 발길 닿는 대로 이 주막을 찾아든 사람이 아니었다. 그는 실상 읍내의 한 여인숙 주인으로부터 소릿재 이야기를 처음 들었을 때부터 이미 분명한 예감을 가지고 있었다. 그리고 뒷얘기를 더 들을 것도 없이 그길로 곧 자신의 예감을 좇아 나선 것이었다.

주막집에는 과연 심상치 않은 여인의 소리가 있었다. 초저녁께부터 시작해서 밤이 깊도록 지칠 줄 모르는 소리였다. 소릿재의 내력에는 그 서른이 채 될까 말까 한 여자의 도도하고도 구성진 남도소리가 뒤에 숨어 있었다.

하지만 사내는 여인의 소리를 들으면서도 주막을 찾아올 때의 그 부푼 예감이 아직도 흡족하게 채워지지 못하고 있는 표정이었다. 소리를 들으면 들을수록 그것은 오히려 더욱 어떤 견딜 수 없는 예감 속으로 깊이 사내를 휘몰아 들어가고 있는 것 같았다. 방

안에 술상이 마련되어 있었지만 그는 거의 술 쪽에는 관심도 두지 않고 소리에만 넋이 팔려 있었다. 여자가 「춘향가」 몇 대목을 뽑고 나자 사내는 아예 술상을 한쪽으로 밀어놓고 제 편에서 먼저 북장단을 자청하고 나섰던 것이다.

"좋으네. 참으로 좋으네⋯⋯ 자, 이 술잔으로 목이나 좀 축이고 나서⋯⋯"

여자가 소리를 한 대목씩 끝내고 날 때서야 그는 겨우 생각이 미친 듯 목축임을 한 잔씩 나누고는 이내 또 다음 소리를 재촉해대곤 하였다.

그러다 여자가 이윽고 다시 「수궁가」 한 대목을 구성지게 뽑아 젖히고 났을 때였다. 사내는 마침내 참을 수가 없어진 듯 그녀에게 다시 목축임 잔을 건네면서 물었다.

"한데⋯⋯ 한데 말이네. 자넨 대체 언제부터 이런 곳에다 자네 소리를 묻고 살아오던가?"

"⋯⋯?"

여자는 사내의 그 조심스런 물음의 뜻을 금세 알아차릴 수가 없었던지 한동안 말이 없이 사내 쪽을 가만히 건너다보고 있었다.

"이 고갯길을 소릿재라 이름하고, 자네 주막을 두고는 소릿재 주막이라 하던 것을 듣고 왔네. 그래 이 고을 사람들이 그런 이름을 지어 부르는 건 자네 소리에 내력을 두고 한 말이 아니던가?"

"⋯⋯"

사내가 한 번 더 물음을 되풀이했으나 여자는 이번에도 역시 대꾸가 없었다. 하지만 이제 그 여자의 침묵은 사내의 말뜻을 알아들을 수가 없어서만은 아닌 것 같았다. 여자는 다시 한동안이나 사내 쪽을 이윽히 건너다보고 있었다. 그리고는 뭔가 사내의 흉중을 헤아려내고 싶어진 듯 천천히 고개를 저어댔다.
"그렇다면, ……그렇다면 이 소릿재 주막의 사연은 자네가 첫번 임자가 아니더란 말인가? 자네 먼저 여기에 소리를 하던 사람이 있었더란 말인가?"
자기 예감에 몰리듯 사내가 거푸 다급한 목소리로 물었다.
"자네 소리에도 그러니까 앞서 이를 내력이 따로 있었더란 말이 아닌가?"
여자가 비로소 고개를 바로 끄덕였다. 그리고는 뭔지 괴로운 상념을 짓씹고 있는 듯 얼굴빛이 서서히 흐려지며 띄엄띄엄 입을 열기 시작했다.
"그렇답니다. 이 고개나 주막 이름은 제 소리 따위에 연유가 있는 것이 아니랍니다. 진짜 소리를 하시던 분이 계셨지요."
"그 사람이 누군가? 자네 먼저 소리를 하던 분이 어떤 사람이었던가 말이네."
"무덤의 주인이었지요."
"무덤이라니?"
"요 언덕 위에 묻혀 있는 소리의 무덤 말씀이오. 소릿재를 알고 소릿재 주막을 알고 계신 양반이 소리 무덤 얘기는 아직 모르고 계시던 모양이구만요. 뒤쪽 언덕 위에 그분 무덤이 있답니다. 소리만 하다 돌아가셨길래 소리를 함께 묻어드린 그분의 무덤이 말씀이오. 소릿재나 소릿재 주막은 그분의 무덤을 두고 생긴 말이랍니다……"

　다그쳐대는 사내의 추궁을 피할 수 없어진 듯 아득한 탄식기 같은 것이 서린 목소리로 털어놓은 여인의 이야기는 대략 이런 것이었다.

　6·25전화로 뒤숭숭해진 마을 인심이 조금씩 가라앉아가고 있던 1956,7년 무렵의 어느 해 가을 — 여자가 아직 잔심부름꾼 노릇으로 끼니를 벌고 있던 읍내 마을의 한 대가집 사랑채에 이상한 식객 두 사람이 들게 되었다. 환갑 진갑 다 지낸 그 댁 어른이 우연히 마을 나들이를 나갔다 데리고 들어온 소리꾼 부녀였다. 나이 이미 쉰 고개를 넘은 늙은 아비와 열다섯 살이 채 될까 말까 한 어린 딸아이 부녀가 똑같이 주인어른을 반하게 할 만큼 용한 소리꾼이었다.

　주인어른은 그 부녀를 아예 사랑채 식객으로 들여앉혀놓고 그 가을 한철 동안 톡톡히 두 사람의 소리를 즐기고 지냈다.

　아비나 딸아이나 진배없이 소리들을 잘했지만, 목소리를 하는 것은 대개 딸아이 쪽이었고 아비는 북장단을 잡는 쪽이었다. 주인어른은 실상 아비 쪽의 소리를 더 즐기는 눈치였지만, 그 아비는 이미 늙고 병이 들어 기력이 쇠해져 있는 데다, 나어린 계집아이의 도도하고 창연스런 목청에는 주인어른도 못내 경탄해마지않는 바가 있었기 때문이다. 부녀는 그 가을 한철을 하염없이 소리만 하고 지냈다. 그러다 어느새 겨울이 닥쳐오고, 겨울철 찬바람에 병세가 더치기 시작했던지, 가을철부터 심심찮게 늘어가던 그 아비 쪽의 기침 소리가 갑자기 참을 수 없는 발작기로 변해갔다.

그러자 아비는 웬일인지 한사코 그만 어른의 집을 나가겠노라 이상스런 고집을 부리기 시작했고, 고집을 말리다 못한 주인어른이 마침내는 노인의 뜻을 알아차린 듯 찬바람 휘몰아치는 겨울 거리 밖으로 두 부녀를 내보내고 말았다.

 이윽고 들려온 소문이, 그날 한나절 방황 끝에 두 부녀가 찾아든 곳이 이 공동묘지 길 아래 버려진 헛간 같은 빈집이었다는 것이다. 그리고 병이 들어 거동이 어려워진 늙은 아비는 식음을 전폐한 채 밤만 되면 소리를 일삼고 있다는 것이었다. 소문을 전해 들은 주인어른이 그때의 그 심부름꾼 계집이던 여인에게 다시 양식거리를 그곳까지 이어 보내곤 했다. 그녀가 심부름을 나가 보면 모든 게 소문대로였다. 고개 아랫마을 사람들은 밤만 되면 그 아비의 소리를 듣는댔다. 고갯길 주변에 공동묘지가 생긴 이래로 어느 때보다도 깊은 통한과 허망스러움이 깃들인 소리라 했다. 소리를 들은 사람들은 아무도 그것을 귀찮아하거나 짜증스러워하는 이가 없었다. 사람들은 오히려 그 부녀를 두고 까닭 없는 한숨 소리들을 삼키며 자신들의 세상살이까지 덧없어할 뿐이었다.

 그럭저럭 그해 겨울도 다해가던 음력 세모께의 어느 날 밤이었다. 그날은 마침 가는 해를 파묻어 보내듯 온 고을 가득하게 밤눈이 내리고 있었는데, 그날 밤 새벽녘에 아비는 드디어 이승에서의 마지막 소리를 하고 나서 그길로 그만 피를 토하며 가쁜 숨을 거둬 가고 말았다는 것이다.

 다음 날 저녁 무렵, 소식을 전해 들은 주인어른의 심부름을 받고 여인이 다시 부녀의 오두막으로 갔을 때는, 재 아래 마을 사람들이 이미 공동묘지 길목 위의 한구석에 소리꾼 아비의 육신을 파묻고 돌아오던 참이더랬다.

한데 또 하나 알 수 없는 것은 그렇게 해서 아비가 죽고 난 뒤의 계집아이의 고집이었다. 소리꾼 아비가 죽고 나자 여인네 집 주인 어른은 의지할 데 없는 그 계집아이를 다시 집으로 데려오게 하려고 했다. 하지만 계집아이는 어찌 된 속셈인지 한사코 그 흉흉한 오두막을 떠나지 않으려 했다. 어른의 말을 따르기는커녕 나중에는 죽은 아비의 소리까지 그녀가 다시 대신하기 시작했다. 보다 못해 주인어른이 이번에는 또 무슨 생각이 들었던지 어린 계집아이 혼자 지키고 앉아 있는 오두막으로 그 당신네 잔심부름꾼 여자아이를 함께 가 지내게 했고, 게다가 술청지기 사내까지 한 사람을 덧붙여 자그마한 술 주막을 내게 해주더라 했다.

"무슨 소리를 들을 귀가 있을 턱은 없었지만, 저 역시도 그 여자나 여자의 소리에는 전기하게 마음이 끌리는 대목이 있었던 터라서, 어른의 말씀에 두말없이 주막으로 자리를 옮겨 앉은 것이 그 여자한테 소리를 익히게 된 인연이었지요. 그 여자도 이번에는 더 고집을 부릴 수 없었던지 그로부터 몇 년간은 주막을 찾아든 사람들 앞에 정성을 다해 소리를 했고, 손님이 없는 날은 저한테까지 소리를 배워주느라 밤이 깊은 줄을 모를 때가 많았어요. 그런 세월을 꼬박 3년이나 지냈다오."

여자는 이제 아득한 회상에서 정신이 깨어나고 있는 듯 서서히 자신의 이야기를 정리해나가기 시작했다.

여인은 아비의 기일이 찾아오면 음식을 장만하기보다 정갈한 술

한 되를 따로 마련하고, 고인의 영좌 앞에 밤새도록 소리를 하는 것으로 제례를 대신했는데, 어느 해 겨울엔가는 제주조차 따로 마련함이 없이 밤새도록 소리만 하고 있다가 다음 날 아침 날이 밝고 보니 그날 새벽으로 그녀는 혼자 집을 나간 채 그것으로 그만 다시는 영영 종적을 들을 수 없게 되고 말았다는 것이다. 아비의 삼년상이 끝나던 날 새벽의 일이었다 했다.

그런데 희한스런 일은 그 아비의 주검이 묻히고 나서도 계속 주막에서 들려 나오는 그 여인의 소리에 대한 아랫마을 사람들의 말투였다. 아비가 죽고 나선 그의 딸이 소리를 대신했고, 그 딸이 자취를 감추고 나선 여자가 다시 그것을 이어가고 있었지만, 아랫마을 사람들은 언제나 그 소리를 옛날에 죽은 그 늙은 사내의 그것으로만 말했다는 것이다. 묘지에 묻힌 소리의 넋이 그의 딸과 여자에게 그것을 이어가게 하고 있다는 것이었다. 그의 딸이 하거나 여자가 대신하거나 사람들은 언제나 그것을 죽은 사내의 소리로만 들으려 했고, 그렇게 말하기를 좋아해왔다는 것이다.

"그래 사람들은 그 어른의 무덤을 소리 무덤이라고들 한답니다. 소릿재니 소릿재 주막이니 하는 소리도 거기서 나온 말이고요. 전 말하자면 그 소리 무덤의 묘지기나 다름없는 인간이지요. 하지만 전 그걸 원망하거나 이곳을 떠나고 싶은 생각은 없답니다. 이래 봬도 지금은 제가 그 노인네의 소리를 받고 있는 턱이니께요. 언젠가는 한번쯤 당신의 핏줄이 이곳을 다시 스쳐 갈 날을 기다리면서 이렇게 당신의 소리 덕으로 끼니를 빌어먹고 살아가는 것도 저한테는 이만저만한 은혜가 아니거든요."

여자는 한숨 섞인 목소리로 이야기를 끝맺고 나서 다시 소리를 시작했다.

이번에는 「흥보가」 가운데서 흥보가 매품팔이를 떠나면서 늘어놓는 신세타령의 한 대목이 시작되고 있었다.

여자가 성큼 소리를 시작하자 사내도 이내 다시 북통을 끌어안으며 뒤늦은 장단을 따라가기 시작했다. 이번에는 그 장단을 잡아나가는 사내의 솜씨가 아까처럼 금세 소리의 흥을 타지 못하고 있었다. 사내는 아직도 뭔가 자꾸 이야기의 뒤끝이 미진한 얼굴이었다. 여자의 소리보다 아직은 이야기를 좀더 캐고 싶은 표정이 역연했다. 하지만 사내의 기색 따위는 아랑곳도 하지 않은 채 여자의 소리가 점점 열기를 더해가기 시작하자, 사내 쪽도 마침내는 북채를 꼬나 쥔 손바닥 안에 서서히 다시 땀이 배기 시작했다. 그리고 마치 가슴이 끓어오르는 어떤 뜨거운 회상의 골짜기를 헤매어 들기 시작한 듯 두 눈길엔 이상스런 열기가 어리기 시작했다.

사내는 그때 과연 몸을 불태울 듯이 뜨거운 어떤 태양의 불볕을 견디고 있었다.

소리를 들을 때마다 그의 머리 위에서 이글이글 불타오르는 뜨거운 여름 햇덩이가 있었다. 어렸을 적부터의 한 숙명의 태양이었다.

파도 비늘 반짝이는 바다가 내려다보이는 해변가 언덕밭의 한 모퉁이— 그 언덕밭 한 모퉁이에 누군지 주인을 알 수 없는 해묵은 무덤이 하나 누워 있었고, 소년은 언제나 그 무덤가 잔디밭에 허리 고삐가 매여 놓고 있었다. 동백나무 숲가로 뻗어 나온 그 길다란 언덕밭은 소년의 죽은 아비가 그의 젊은 아낙에게 남기고 간 거의 유일한 유산이었다. 소년의 어미는 해마다 그 밭뙈기 농사를 거두는 일 한 가지로 여름 한철을 고스란히 넘겨 보내곤 했다.

소년은 날마다 그 무덤가 잔디에서 고삐가 매인 짐승 꼴로 긴긴 여름날을 기다려야 했다. 그리고 그 언덕배기 무덤가에서 소년은 더러 물비늘 반짝이며 섬 기슭을 돌아 나가는 돛단배를 내려다보기도 했고, 더러는 또 얼굴을 쪄오는 여름 태양볕 아래 배고픈 낮잠을 자기도 했다. 그러면서 이제나저제나 밭고랑 사이로 들어간 어미가 일을 끝내고 나오기를 기다렸다. 하지만 여름마다 콩이 아니면 콩과 수수를 함께 섞어 심은 밭고랑 사이를 타고 들어간 어미는 소년의 그런 기다림 따위는 아랑곳이 없었다. 물결 위를 떠도는 부표처럼 가물가물 콩밭 사이를 오락가락하면서 하루 종일 그 노랫소리도 같고 울음소리도 같은 이상스런 콧소리 같은 것을 웅웅거리고 있었다. 어미의 웅웅거리는 노랫가락 소리만이 진종일 소년의 곁을 서서히 멀어져 갔다가 다시 가까워져 오고, 가까워졌다간 어느 틈엔가 다시 까마득하게 멀어져 가곤 할 뿐이었다.

그러던 어느 날.

하루는 그 바다가 내려다보이는 뙈기밭가로 해서 뒷산을 넘어가는 고갯길 근처에서 이상스런 노랫가락 소리가 들려오기 시작했다. 밭두렁 길을 지나 뒷산으로 들어가는 푸나무꾼 같은 사람들에게서 자주 듣던 소리였다. 하지만 그날의 노랫가락은 동네 나무꾼들의 그것이 아니었다. 산으로 들어간 나무꾼도 없었고 소리를 하는 사람의 모습을 볼 수도 없었다. 산을 휩싸고 있는 녹음 속 어디선가 하루 종일 노랫소리만 들려왔다. 나중에 알게 된 일이지만 그것은 이날 처음으로 그 산 고개를 넘어 마을로 들어오던 어떤 낯선 노래꾼의 소리였다. 어쨌거나 그날 그 모습을 볼 수 없는 노랫소리는 진종일 해가 지나도록 숲 속에서 흘러나왔고, 그러자 한 가지 이상스런 일이 일어났다. 밭고랑만 들어서면 우우우 노랫소리도 같고 울음소리도 같던 어미의 그 이상스런 웅얼거림이 이날따라 그 산소리에 화답이라도 보내듯 더욱더 분명하고 극성스럽게 떠돌아 번지기 시작한 것이다. 그러면서 어미는 뜨거운 햇볕 아래 하루 종일 가물가물 밭이랑 사이를 가고 또 오갔다. 그리고 마침내 산봉우리 너머로 뉘엿뉘엿 햇덩이가 떨어지고, 거뭇한 저녁 어스름이 서서히 산기슭을 덮어 내려오기 시작하자, 진종일 녹음 속에 숨어 있던 노랫소리가 비로소 뱀처럼 은밀스럽게 산 어스름을 타고 내려왔다. 그리곤 그 뱀이 먹이를 덮치듯 아직도 가물가물 밭고랑 사이를 떠돌고 있던 소년의 어미를 후닥닥 덮쳐버렸다.

  그런 일이 있고 난 뒤부터 그날의 소리는 아주 소년의 마을로 들어와 집 문간방에 둥지를 틀고 살게 되었으며, 동네 안에 둥지를 틀고 들어앉게 된 소리의 남자는 날만 밝으면 언제나 그 언덕밭 뒷산의 녹음 속으로 숨어들어가 진종일 지겹도록 산울림만 지어 내리곤 하였다. 사람의 모습은 보이지 않고 녹음이 소리를 숨기고 사는 양한 소리였다. 밭고랑 사이를 오가는 여인네의 그 괴상스런 노랫가락 소리도 날이 갈수록 극성스러워져갔다. 소년은 여전히 그 무덤가 잔디에서 진종일 계속되는 노랫가락 소리를 들어야 했고, 소리를 들으면서 허기에 지친 잠을 자거나 소리를 들으면서 그 잠을 다시 깨야 했다. 잠을 자거나 잠을 깨거나 소년의 귓가에선 노랫소리가 떠돌고 있었고 소년의 머리 위에는 언제나 그 이글이글 불타오르는 뜨거운 햇덩이가 걸려 있었다.

소리는 얼굴이 없었으되, 소년의 기억 속엔 그 머리 위에 이글거리던 햇덩이보다도 분명한 소리의 얼굴이 있을 수 없었다. 그리고 언제나 뜨겁게 불타고 있던 그 햇덩이야말로, 그날의 소년이 숙명처럼 아직 그것을 찾아 헤매 다니고 있는 그 자신의 운명의 얼굴이었다.

그러니까 소년이 그 소리의 진짜 모습을 자신의 눈으로 똑똑히 보게 된 것은 그의 어미가 어느 날 밤 뜻하지 않은 소동 끝에 홀연 저승길로 떠나가버리고 난 다음 날 아침의 일이었다. 소리가 마을로 들어서던 그 한여름이 지나가고 해가 훌쩍 뒤바뀌고 난 이듬해 이른 여름의 어느 날 밤, 소년의 어미는 땅덩이가 꺼져 내려앉는 듯한 길고도 무서운 복통 끝에 흡사 핏속에서 쏟아내듯 작은 살덩이 형상 하나를 낳아놓고는 그날 새벽으로 그만 영영 눈을 감아버린 것이었다. 그리고 그런 일이 있은 다음 날 아침에야 비로소 소리의 사내가 그 후줄근한 모습을 드러내며 소년의 집 사립문을 들어서던 것이었다.

하지만 소년은 아직도 그때의 그 사내의 얼굴이 소리의 진짜 얼굴이라고는 생각하지 않았다. 소년에겐 여전히 그 뜨거운 햇덩이가 소리의 진짜 얼굴로 남아 있었다. 나이가 들어가도 마찬가지였다. 사정이 달라져버린 소리의 사내가 핏덩이 같은 갓난애와 소년을 데리고 이 고을 저 고을로 소리를 하며 밥 구걸을 다니고 있었을 때도, 소리의 진짜 얼굴은 언제나 그 뜨겁게 이글거리는 햇덩이 쪽이었다.
　괴롭고 고통스런 얼굴이었다. 하지만 어떻게 된 심판인지 사내는 그 고통스런 소리의 얼굴을 버리고는 살 수가 없었다. 머리 위에 햇덩이가 뜨겁게 불타고 있지 않으면 그의 육신과 영혼이 속절없이 맥을 놓고 늘어졌다. 그는 그의 햇덩이를 만나기 위해 끊임없이 소리를 찾아다니지 않으면 안 되었다. 그런 식으로 이날 이때까지 반생을 지녀온 숙명의 태양이요, 소리의 얼굴이었다.
　사내는 여자의 소리에 다시 그 자기 햇덩이를 만나고 있었다. 그리고 언제나처럼 무서운 인내 속에 그 뜨겁고 고통스런 숙명의 태양볕을 끈질기게 견뎌내고 있었다.
　그러자 이윽고 여자의 소리가 끝났다.「흥보가」한 대목이 다한 것이었다.
　하지만 사내는 여자가 소리를 끝내고 나서도 아직까지 그 끓는 태양볕을 머리 위에 견디고 있는 듯 한참이나 더 얼굴을 고통스럽게 찡그리고 있었다. 이마와 콧잔등에는 실제로 태양볕의 열기를 견디고 있던 사람처럼 굵은 땀방울이 맺혀 있었다.
　"그래 그 여잔 한번 여길 떠나고 나선 그걸로 그만 소식이 아주 끊기고 말았더란 말인가?"
　이윽고 깊은 상념에서 깨어난 사내가 곁에 놓인 술잔으로 천천히 목을 한차례 축이고 나선 조심스럽게 여자를 다시 채근하고 듣기 시작했다. 아깟번 이야기에서 미진했던 것이 다시 머리에 떠오르고 있는 모양이었다.

"소식이 아주 끊겼다면 자넨 그래 짐작조차 가는 곳이 없었던 가? 그때 그 여자가 여길 떠나면 어느 쪽으로 갔음 직하다고 짐작 조차 떠오르는 데가 없었던가 말이네."

그러나 여자는 이제 그만 사내의 추궁에는 흥미가 없어진 모양 이었다. 아니 어쩌면 그녀는 이미 사내의 흉중을 환히 꿰뚫고 나 서 섣부른 말대답을 부러 삼가고 있는지도 알 수 없는 일이었다. 꼬리를 물고 있는 사내의 추궁에도 그녀는 이제 좀처럼 시원한 대 답을 보내지 않고 있었다.

"아까도 말씀드렸소만, 어디 그런 짐작이 닿을 만한 곳이나 있 었겠어요."

몰라서도 그럴 수는 있었겠지만, 말을 자꾸 피하고 싶은 기색이 역력했다.

"가는 곳을 짐작할 수 없었다면, 그 사람들 부녀가 어디서부터 이 고을로 흘러들었는지, 전부터 지내오던 곳을 얘기 들은 일은 있었을 게 아닌가?"

"소리를 하고 다니는 사람들이 한곳에 정해놓고 몸을 담는 일이 있었겠소. 그저 남도 일대를 쉴 새 없이 두루 떠돌아다녔다더구만 요."

"소리를 하던 부녀간 외에 따로 친척 같은 것도 없고? 그 여자 한테 무슨 동기간 비슷한 것이라도 말이네……"

"그야 태생지가 어딘 줄도 모르는 사람들인데, 집안 내력인들 곧이곧대로 속을 털어 보이려 했겠소……"

그런데 그때였다. 여자의 말 가운데 부지중 뜻밖의 사실이 한 가지 흘러나왔다.

"행여 또 그런 핏줄 같은 것이 한 사람쯤 있었다 해도 앞을 못 보는 그 여자 처지에 떳떳이 얼굴을 내밀고 찾아 나설 형편도 못 되었고요."

그녀가 장님이었다는 소리였다.

"아니, 그 여자가 그럼 앞을 못 보는 장님이었단 말인가? 그리 된 내력이 도대체 어떤 것이었다던가? 그 여자 아마 태생부터가 장님으로 난 여잔 아니었을 거 아닌가 말이네."

사내의 표정이 갑자기 사납게 흔들리고 있었다. 여자는 부지중에 깜박 그런 말을 하고 나서도, 사내의 반응에는 도대체 영문을 알 수 없다는 듯 천연스럽게 말꼬리를 다시 눙치고 들었다.

"그 여자가 장님이었다는 걸 말씀드리지 않았던가요. 하기야 그 여잔 눈이 먼 사람답지 않게 거동이 워낙 가지런해서 함께 지내고 있을 때부터 앞을 못 보는 사람이라는 생각을 잊을 때가 많았으니께요. 하지만 손님 말씀대로 그 여자도 태생부터가 장님은 아니었던가 봅디다."

"그래, 어떻게 되어서 눈을 잃게 되었다던가? 사연을 들은 것이 있으면 들은 대로 얘기를 좀 털어놔보게."

사내의 목소리는 억제할 수 없는 예감에 떨고 있었다. 그러자 여자는 처음 얼마간 겁을 먹은 듯한 표정으로 말끝을 자꾸 흐리려 하고 있었으나 이제는 사내의 기세가 그것을 용납하지 않았다.

"상세한 내력까지는 저도 잘 모르지만요……"

딸아이에게 눈을 잃게 한 것은 다름 아닌 그녀의 아비 바로 그 사람이었을 거라 말한 것이 여자가 사내에게 털어놓은 놀라운 비밀의 핵심이었다.

 소리꾼의 딸아이 나이 아직 열 살도 채 못 되었을 때— 어느 날 밤 그녀는 갑자기 견딜 수 없는 통증으로 그의 아비 곁에서 잠을 깨어 일어나게 되었고, 잠을 깨고 일어나보니 그녀의 얼굴은 웬일로 숯불이라도 들어부은 듯 두 눈알이 모진 아픔으로 활활 타들어오는 것 같았고, 그것으로 그녀는 영영 앞을 못 보는 장님 신세가 되어버리고 만 것이라 했다. 여자의 아비가 잠든 계집자식 눈 속에 청강수를 몰래 찍어 넣은 것이라 했다. 그런 얘기는 여자가 일찍이 읍내 대가댁 심부름꾼 시절서부터 이미 어른들에게 들어 알고 있던 사실이었는데, 그렇게 하면 눈으로 뻗칠 사람의 정기가 귀와 목청 쪽으로 옮겨 가 눈빛 대신 목청소리를 비상하게 한다는 것이었다. 어렸을 적의 여자는 결코 그런 끔찍스런 얘기를 믿으려 하지 않았었다. 하지만 어느 날 밤 사실이 못내 궁금해진 여자가 그 눈이 먼 여인 앞에 이야기를 모두 털어놓고 물었을 때 가엾은 그 계집 장님은 길고 긴 한숨으로 그 믿을 수 없는 이야기를 믿어도 좋은 듯이 대답을 대신하고 말더랬다.

 "한데 손님은 어째서 자꾸 그런 쓸데없는 얘기에까지 흥미가 그리 많으시오? 가만히 보니 아까부터 손님은 제 소리보다 외려 그 여자 이야기 쪽에 정신이 팔리고 계신 듯해 보이시던데 손님한테도 무슨 그럴 만한 곡절이 계신 게 아니시오?"

 이야기를 대충 끝내고 난 여자가 짐짓 심통을 좀 부려보고 싶은 어조로 묻고 있었다.

그러자 사내는 이제 그의 오랜 예감이 비로소 어떤 분명한 사실에 이르고 있는 듯 얼굴빛이나 몸짓들이 부쩍 더 사나워져갔다. 얼굴 한구석엔 내력을 알 수 없는 어떤 기분 나쁜 살기의 빛마저 떠오르기 시작했다. 그 여자의 심통스런 추궁엔 거의 몸부림이라도 치듯이 고갯짓을 거칠게 가로저어대고 있었다.
  하지만 여자는 미처 그런 눈치까진 알아차리지 못한 모양이었다.
  "그렇담 손님은 제 얘길 너무 곧이곧대로 믿고 계신가 보구만요. 전 아직도 그걸 통 믿을 수가 없는데 말씀이오. 눈을 그렇게 상해놓으면 목소리가 대신 좋아진다는 거, 아닌 게 아니라 그럴 수도 있는 일이겠소?"
  무심결에 묻고 나서야 그녀는 그만 제풀에 문득 입을 다물어버렸다. 이번에도 계속 고개만 가로저어대고 있는 손님의 눈빛에서 그녀도 비로소 그 내력을 알 수 없는 살기 같은 것을 보았기 때문이었다.
  하지만 여자는 아직도 무엇 때문에 갑자기 사내가 그런 눈이 되고 있으며, 무엇이 아니라고 그토록 고갯짓을 되풀이하고 있는지 까닭을 알 수 없었다. 눈을 멀게 해도 소리가 고와질 수는 없다는 것인지, 아니면 좋은 목청을 길러주기 위해 그 아비가 딸년의 눈을 멀게 했다는 소리꾼 부녀의 이야기 전부를 부인하고 싶은 것인지, 그녀로서는 도대체 손님의 고갯짓을 옳게 새겨 읽어낼 재간이 없었다. 더더구나 여자로서는 그 딸년의 소리를 위해서가 아니라 보다 더 분명하고 비정스런 소리꾼 아비의 동기를 점치고 있는 사내의 깊은 속마음은 상상조차도 못했을 일이었다.

어이 가리 어이 가리, 황성 먼 길 어이 가리
오늘은 가다 어디서 자고, 내일은 가다 어디서 잘거나……

한동안 무거운 침묵의 시간이 흐른 다음이었다.
여자가 이윽고 사내를 유인하듯 천천히 다시 노래를 시작했다. 공연히 거북해진 방 안 분위기를 소리로나 눅여보고 싶은 심사인 듯했다.
「심청가」 중에 심봉사가 황성길을 찾아가는 정경으로, 여자의 목소리는 어느 때보다 유장하고 창연스런 진양조 가락을 뽑아 넘기고 있었다. 지그시 눈을 내리감은 사내의 장단 가락이 졸리운 듯 이따금씩 여자를 급하게 뒤쫓곤 했다.
사내는 이미 여자의 소리를 듣고 있지 않았다.
그는 또다시 그 어릴 적의 이글거리는 햇덩이를 머리 위에 뜨겁게 느끼고 있었다. 그리고 그 아비 아닌 아비가 되어버린 옛날 사내의 소리를 듣고 있었다.
어미를 잃고 난 소년이 사내의 그 소리 구걸길을 따라나선 지도 어언 10여 년에 이르고 있었다.
사내는 채 철도 들지 않은 계집아이와 소년을 앞세우고 고을고을 소리를 팔며 떠돌아다니고 있었다. 그러면서 사내는 항상 그의 어린것에게도 소리를 시키는 게 소원이었다.
하지만 어린 녀석은 그저 마지못해 소리를 흉내 내는 시늉을 해 보일 뿐, 정작으로 그것을 익히고 싶은 생각이 조금도 없었다.
사내는 마침내 녀석을 단념하고 이번에는 그보다도 더 나이가 어린 계집아이 쪽에 소리를 배워주기 시작했다. 계집아이에겐 소리를 시키고 사내 녀석에겐 북장단을 치게 했다. 재간이 좀 뻗친 탓이었을까? 계집아이 쪽은 신통하게도 소리를 잘 흉내 내었고, 목청도 제법 들을 만했다. 사람들이 모인 데서 아비 대신 오누이가 소리를 놀아 보여서 치하를 듣는 일까지 생기기 시작했다.

사내는 끝내 나어린 오뉘 소리꾼을 만들기가 소원인 것 같았다.

그러나 그 어린 사내 녀석은 아비의 뜻을 따를 수가 없었다. 그는 오히려 사내와는 정반대의 생각을 품고 있었다. 언제부턴가 그는 자기 손으로 그 나이 먹은 사내와 사내의 소리를 죽이고 말 은밀한 계획을 꾸미고 있었다. 어미를 죽인 것이 바로 사내의 소리였다. 언젠가는 또 사내가 자기를 죽이게 될지도 모른다는 두려움이 항상 녀석을 떨리게 했다. 소리를 하고 있을 때밖엔 좀처럼 입을 여는 일이 드문 버릇이나 사내의 그 말 없는 눈길이 더욱더 녀석을 두렵게 했다. 어미의 원한을 풀어주고 싶었다. 사내가 자기를 해치려 들기 전에 이쪽에서 먼저 사내를 없애버려야만 했다. 사내를 두려워하면서도 그의 곁을 떠나지 못하는 것은 마음속에 그런 음모가 꾸며지고 있었기 때문이었다. 사내가 두렵기 때문에 그가 시키는 대로 북채잡이 노릇까지는 터놓고 거역을 할 수가 없었다. 순종을 하는 체해 보이면서 때가 오기를 기다렸다.

사내가 소리를 하고 있을 때, 그 하염없고 유장한 노랫가락 소리를 듣고 있노라면 녀석은 번번이 그 잊고 있던 살기가 불현듯 되살아나곤 했다. 그는 무엇보다 그 사내의 소리를 견딜 수가 없었다. 그리고 그 소리를 타고 이글이글 떠오르는 뜨거운 햇덩이를 참을 수가 없었다.

　그는 사내의 소리를 들을 때마다 문득문득 기회가 가까이 다가오고 있음을 느꼈다. 거기다가 사내는 또 듣는 사람도 없이 혼자서 자기 소리에 취해 들 때가 종종 있었다. 산길을 지나가다 인적이 끊긴 고갯마루턱 같은 데에 이르면 통곡이라도 하듯 사지를 풀고 앉아 정신없이 자기 소리에 취해 들곤 하였다. 사내가 목청을 돋워 올리기 시작하면 묵연스런 산봉우리가 메아리를 울려오고, 골짜기의 산새들도 울음소리를 그치는 듯했다. 녀석이 어느 때보다도 뜨겁게 불타고 있는 그의 햇덩이를 보는 것은 그런 때의 일이었다. 그런 때는 유독히도 더 사내에 대한 견딜 수 없는 살의가 치솟곤 했다.

　사내의 소리는 또 한 가지 이상스런 마력을 가지고 있었다. 녀석에게 살의를 잔뜩 동해 올려놓고는 그에게서 다시 계략을 좇을 육신의 힘을 몽땅 다 뽑아 가버리는 것이었다. 녀석이 정작 그의 부푼 살의를 좇아 나서볼 엄두라도 낼라치면, 사내의 소리는 마치 무슨 마법의 독물처럼 육신의 힘과 부풀어 오른 살의의 촉수를 이상스럽도록 무력하게 만들어버리곤 하였다. 그것은 심신이 온통 나른하게 풀어져버리는 일종의 몸살기와도 비슷한 증세였다.

　그런데 더욱더 알 수 없는 것은 그때마다 녀석을 대하는 사내의 태도였다. 확실한 것은 아니었지만, 녀석은 그때 사내 쪽에서도 어느 만큼은 벌써 그의 마음속 비밀을 눈치채고 있으리라는 생각이 문득문득 들곤 했다. 그것이 녀석으로 하여금 그를 더욱 두려워하게 한 이유의 하나가 되고 있었다. 사내를 해치려 하고 있는 터에, 그리고 그것을 그토록 오랫동안 망설이고 주저해온 터에 사내라고 그에게서 전혀 수상한 낌새를 눈치채지 못하고 있었을 리가 없었다. 한데도 사내는 전혀 수상한 낌새를 나타내지 않고 있었다. 그는 그저 아무것도 모른 체 무심스레 소리에만 열중하고 있기가 예사였다. 아니 어쩌면 그는 이미 모든 것을 다 꿰뚫어 알고 있으면서도(그가 소리를 할 때마다 녀석에게 이상한 살기가 부풀고 있다는 사실까지도!) 오히려 녀석을 기다리며 유인이라도 해대고 있는 듯이 끝없이 깊은 절망과 체념기가 깃들인 모양새로 더욱더 극성스레 목청만 돋워대는 것이었다.

그러던 어느 가을날 오후였다.

녀석은 마침내 모든 것을 알게 되었다.

소리꾼 일행은 그날도 어느 낯선 고을의 산길을 지나가고 있었다. 그리고 그날따라 사내는 또 길을 걸으면서까지 그 극성스런 소리를 쉬지 못하고 있었다. 쉬엄쉬엄 소리를 뿌리며 산길을 지나가던 일행이 이윽고 한 산마루의 고갯길을 올라서자, 사내는 이제 거기다 아주 자리를 잡고 주저앉아 새판잡이로 다시 목청을 놓기 시작했다. 가을 산은 붉게 불타고 골짜기는 뽀얗게 멀어져 있었다. 사내는 그 산과 골짜기에서도 깊은 한이 솟아오르는 듯 오래오래 소리를 계속했다. 그러다 그는 마침내 자기 소리에 힘이 지쳐난 듯 길가 가랑잎 위로 슬그머니 몸을 눕히더니 그길로 그만 잠이 든 듯 기척이 조용해졌다.

그런데 녀석은 또 그날따라 사내의 길고 오랜 소리로 하여 사지가 더욱 나른하게 힘이 빠져 있었다. 사내의 노랫가락이 너무도

망연하고 절망스러웠다. 잦아들 듯한 한숨으로 제풀에 공연히 몸이 떨려올 지경이었다.

녀석은 이제 더 이상 견디고 있을 수가 없었다. 까닭 없이 가슴에 복받쳐 오르는 그 기이한 서러움이 녀석을 더 참을 수 없게 했다.

그는 이윽고 슬그머니 자리를 털고 일어나 잠잠해진 사내의 주위를 조심조심 몇 차례나 맴돌았다.

하지만 사내는 그때 실상 잠이 든 것이 아니었는지도 모른다. 녀석이 마침내 계집아이조차 모르게 커다란 돌멩이 하나를 가슴에 안고 가만가만 사내의 뒤쪽으로 다가서 갔을 때였다. 그리고는 제 겁에 제가 질려 어찌할 줄을 모르고 한참 동안이나 그냥 몸을 떨고 서 있을 때였다. 녀석은 그때 차라리 사내가 잠을 깨고 일어나 그의 거동을 들켜버리게라도 되었으면 싶던 참이었는데, 사내가 정말로 천천히 머리를 비틀어 뒤에 선 녀석을 돌아다보았다.

"왜 그러고 있는 거냐?"

그는 무엇인가 기다리다 못한 사람처럼 조금은 짜증이 섞인 듯한 목소리로 녀석을 슬쩍 나무랐다. 그러나 그뿐이었다. 그는 더 이상 나무라려고 들지도 않았고 돌멩이의 사연을 묻지도 않았다. 그는 그저 그 조용한 한마디뿐 녀석의 심중을 유인하듯 다시 고개를 돌려 잠이 든 시늉이 되고 말았다.

정말로 알 수 없는 일이었다.

작자는 처음부터 녀석의 마음속을 알고 있었음에 틀림없어 보였다. 한데도 위인이 무슨 생각으로 그토록 아무것도 모른 체해줄 수가 있었는지, 그 점은 이날 이때까지도 해답을 풀어낼 수 없는 기이한 수수께끼였다.

 녀석이 사내의 곁을 떠난 것은 그러니까 그런 일이 생겼던 바로 그날 오후의 일이었다. 사내는 끝내 녀석을 모른 체했고, 녀석은 더 이상 자신을 견디고 서 있을 수가 없었다. 그는 마침내 끌어안은 돌멩이를 버리고 용변이라도 보러 가듯 스적스적 산길가 숲 속으로 들어가 그길로 영영 두 사람 앞에서 모습을 감춰버리고 만 것이다. 숲 속을 멀리 빠져나와 두 사람의 모습을 찾아볼 수 없을 만큼 되었을 때, 그를 부르며 찾아 헤매는 듯한 사내의 소리가 골짜기를 아득히 메아리쳐 오고 있었지만, 녀석은 점점 소리가 멀어지는 반대쪽으로 발길을 재촉해버리고 만 것이었다.

 그러나 녀석에겐 아직도 그 골짜기를 길게 메아리쳐 오던 사내의 마지막 소리를 피해 갈 곳이 아무 데도 없었다. 그날 이후로 그는 어느 때 어느 곳에서나 소리를 만나기만 하면 그때의 그 사내의 소리를 다시 듣곤 했다.

 이날도 물론 마찬가지였다.

 이날 밤도 그는 어느새 안타깝게 그를 찾아 헤매는 사내의 소리를 듣고 있었다. 그리고 버릇처럼 어디론가 그것에서 멀어지려 숨이 차도록 다급한 발길을 끝없이 재촉해 가고 있었다.

 "이제 그만하고 목을 좀 쉬게."

 사내가 마침내 제풀에 힘이 파한 얼굴로 여자를 제지하고 나선 것은 그러니까 전혀 그녀를 위해서가 아니었던 셈이다.

 사내는 이제 얼굴빛이 참혹할 만큼 힘이 빠져 있었다.

"그래 여자는 그럼 자기의 눈을 멀게 한 비정스런 아비를 어떻게 말하던가?"

몇 잔째 거푸 술잔을 비우고 난 사내가 이윽고 다시 조용한 목소리로 여자에게 물었다.

"그 여잔 그런 말을 한 적이 없었답니다."

사내 앞에선 이제 더 이상 숨길 일이 없다는 듯 여인의 말투가 한결 고분고분해지고 있었다.

"여자가 말한 일이 없더라도 평소에 아비를 대하는 거동 같은 것을 보아 그 여자가 제 아비를 용서하고 있는지 못하고 있는지는 맘속으로 짐작해볼 수 있었을 것 아닌가 말이네."

빈틈없이 파고드는 사내의 추궁에 여자는 거의 억지 짐작을 꾸며대고 있는 식이었다.

"행동거지로만 본다면야 말도 없고 원망도 없었으니 용서를 한 것 같아 보였지요. 더구나 소리를 좀 안다 하는 사람들까지도 그걸 외려 당연하고 장한 일처럼 여기고들 있었으니께요."

"그 목청을 다스리기 위해 눈을 멀게 했을 거라는 얘기 말인가?"

"목청도 목청이지만, 좋은 소리를 가꾸자면 소리를 지니는 사람 가슴에다 말 못할 한을 심어줘야 한다던가요?"

"그래서 그 한을 심어주려고 아비가 자식 눈을 빼앗았단 말인가?"

"사람들 얘기들이 그랬었다오."

"아니지…… 아닐 걸세."

사내가 다시 천천히 고개를 가로저었다.

 "사람의 한이라는 것이 그렇게 심어주려 해서 심어줄 수 있는 것은 아닌 걸세. 사람의 한이라는 건 그런 식으로 누구한테 받아 지닐 수 있는 것이 아니라, 인생살이 한평생을 살아가면서 긴긴 세월 동안 먼지처럼 쌓여 생기는 것이라네. 어떤 사람들한텐 사는 것이 한을 쌓는 일이고 한을 쌓는 것이 사는 것이 되듯이 말이네…… 그보다도 고인한테 좀 미안한 말이지만, 노인은 아마 그 여자의 소리보다 자식 년이 당신 곁을 떠나지 못하게 해두고 싶은 생각이 앞섰을지도 모르는 일일 거네."

 여자는 드디어 입을 다물어버리고 말았다. 사내는 이제 그 여자가 알아듣거나 말거나 아직도 한참이나 깊은 상념 속을 헤매듯이 아득하고 몽롱한 목소리로 혼잣말처럼 중얼거리고 있었다.

 "하지만 어쨌거나 그 여인이 제 아비를 용서한 것은 다행한 일이었을지 모르는 노릇이지. 아비를 위해서도 그렇고 그 여자 자신을 위해서도 그렇고…… 여자가 제 아비를 용서하지 못했다면 그건 바로 원한이지 소리를 위한 한은 될 수가 없었을 거 아닌가. 아비를 용서했길래 그 여자에겐 비로소 한이 더욱 깊었을 것이고……"

 여자가 문득 다시 사내를 건너다보았다.

 "손님께서는 아마 그렇게 믿어야 마음이 편해지시는가 보군요."

 그리고 여자는 그제서야 사내가 안심이 된다는 듯 모처럼 만에 한차례 웃음을 보이고 나더니 이번에는 별로 망설이는 기색도 없이 스스럼없이 물었다.

 "그래, 손님께서 이제 그 여자가 장님이 되어버린 것을 아시고도 여전히 그 누이를 찾아 헤매 다니실 참인가요?"

여자의 그 갑작스런 발설에도 사내는 무얼 좀 새삼스럽게 놀라워하는 기색 같은 것이 전혀 안 보였다.

"그저 여망이 있다면 멀리서나마 그 여자 소리라도 한번 만나게 되었으면 싶네만, 글쎄 언제 그런 날이 있을는지……"

지나가는 소리처럼 힘들이지 않은 목소리로 말하고 나서는, 그녀가 불쑥 자신의 맘속을 짚어낸 것이 새삼 크게 궁금해지기라도 한 듯 비로소 조금 생기가 돋아 오른 눈길로 여자 쪽을 그윽이 건너다보았다.

이젠 여자 쪽에서도 벌써 사내의 그런 눈치를 알아차린 듯, 그러나 어딘가 지레 시치미를 떼고 있는 목소리로 엉뚱스레 의뭉을 떨어대고 있었다.

"아마 그 여자 어렸을 때 소리 장단을 부축해준 북채잡이 어린 오라비가 한 분 계셨더라는데, 제가 여태 그걸 말씀드리지 않고 있었던가요?"

(『뿌리깊은 나무』 1976년 4월호)

황홀한 실종

1

"웰렐렐렐…… 겁쟁이 새앙쥐 같은 놈!"
"메엠 메메메메멤 캑! 똥개, 말 붕알, 쥐 오줌!"
창경원 동물사의 사자 우리 앞.
윤일섭(尹—燮)은 아까부터 갖가지 몸짓과 소리를 동원해가며 우리 속의 사자 녀석을 골려대고 있었다. 웃눈꺼풀을 시뻘겋게 까뒤집으며 웰렐렐 위협 어린 목구멍소리로 녀석을 협박해보기도 했고, 양쪽 관자놀이에다 두 손을 부챗살처럼 펴 흔들며 메메메 헛바닥을 길게 빼물고 녀석을 형편없이 비웃어대기도 했다. 그리고 그는 그런 위협이나 비웃음으로도 아직 직성이 덜 풀린 듯 그때마다 꼭꼭 지저분한 욕설을 몇 마디씩 덧붙이는 것을 잊지 않았다.
"웨웨웨…… 엉큼쟁이, 여우 똥, 도둑괭이…… 이리 나와라.

이 자식아!"

 철책 너머 사자 쪽은 윤일섭의 그런 위협이나 경멸 조의 욕지거리에도 별반 이렇다 할 반응을 나타내지 않고 있었다. 일섭이 아무리 씨부렁대고 모욕을 주고 싶어 해도 우리 안의 주인공은 도대체 듣는 척 마는 척이었다. 기분 나쁘도록 건방진 녀석이었다. 그렇잖아도 소문이 썩 고약한 녀석이었다. 녀석에게 언젠가 몇 달을 두고 이웃 우리에서 얼굴을 익힌 암사자와 신방을 꾸며줬더니, 첫날밤 행사도 치르기 전에 덜컥 암컷의 목덜미를 물어뜯어 끝내는 숨통을 끊어놓고 말았다는 얘기였다. 그러고서 녀석은 여태 열 평 가까운 우리 하나를 마누라도 없이 혼자 독차지하고 지내오는 중이었다. 마누라도 없이 홀아비 신세가 되어 지낼망정 그 마누라와 더불어 자기 우리의 절반을 나눠 살 수는 없었던 모양이었다. 그것은 녀석의 자기 우리에 대한 철저한 독점욕에 과도한 지배권의 행사가 아닐 수 없었다. 녀석은 혼자서도 넓은 우리 속의 공간이 무료스럽다든가 멋쩍게 느껴지고 있는 빛이 전혀 없었다. 녀석은 결코 그렇게 되는 법이 없었고, 또 그럴 필요도 없는 것 같았다. 시원한 아침결엔 어슬렁어슬렁 철책가 산책을 했고, 해가 치솟아 열기가 심해지면 깊숙한 우리 안쪽 그늘 속으로 기어들어가 여봐란듯 사타구니를 하늘로 까 벌린 채 게으르고 게으른 여름 낮잠을 즐겼다. 흥이 나면 땅바닥을 뒹굴며 저 혼자 짓궂은 장난질을 취하기도 했고, 털 달린 밥주걱 형국의 네 발을 앞뒤로 내뻗으며 온몸운동을 한바탕 끝내고 나선 땅바닥에 박아놓은 큰 통나무 위로 몸을 훌렁 날려 올라가기도 했다. 통나무 위에 올라앉은 녀석은 마치 조회 시간에 연단 위에서 훈화 말씀을 하시는 교장 선생님처럼 꺼르릉 목청을 돋워 올리기까지 했다.
 그야 녀석에게도 종종 제풀에 맥살이 풀릴 때가 없지는 않을 터이었다.
 하지만 녀석에겐 그런 때마저도 별로 신경질을 돋울 필요가 없는 것 같았다. 그런 때를 위해 우릿가에는 언제나 사람들이 모여와 있었다. 녀석은 때로 어슬렁어슬렁 철책가로 다가와 앉아 우릿가에 모여 선 사람들의 수작을 점잖게 구경했다. 사람들이 놈을 구경하는 게 아니라 녀석 쪽에서 사람들의 수작을 구경한다는 말은 미안하지만 이 경우 사실일 수 있었다. 녀석이 우리 너머 자기의 공간을 즐기고 있을 때는 사람들의 주문에 전혀 관심을 두는 법이 없었다. 언제나 저 하고 싶은 대로였다. 사추리를 까 벌리고 흙바닥을 함부로 뒹굴어댈 때, 짓궂은 욕지거리나 협박에도 전혀 아랑곳없이 노곤한 낮잠을 즐기고 있을 때, 옆눈 한번 흘기지 않고 유유히 철책가 산책을 즐기고 있을 때, 그 모든 경우에 녀석이 만약 조금이라도 철책가에 모여 선 사람들을 의식한다면 차마 그럴 수가 없을 만큼 거동이 늘 천연스럽고 여유 만만했다. 철책을 중심으로 사람들과 맞대면을 하고 앉았을 때도 녀석은 꼭 마찬가지였다. 두 발을 앞으로 척 내버티고 앉아서, 망막에 비쳐 드는 것은 무엇이든지 금세 그 지옥의 불길이 이글거리는 듯한 깊은 눈망울 속으로 훌쩍 빨아들여버릴 것 같은 시선으로, 그러나 녀석은 전혀 이쪽의 존재 같은 건 의식조차 해본 일이 없는 듯이 점잖고 오만스런 표정을 고수하고 있는 것이다. 사람들의 주문을 아는 척한 일이 없었다. 뿐더러 녀석은 그 사람들을 형편없이 무시하고 있었다. 구경거리가 되고 있는 것은 녀석에게 무엇인가를 열심히 주문하고 녀석의 반응을 얻어내고 싶어 하는 바로 그 사람들 쪽이었다. 녀석은 늘 육중하고 오만스런 침묵 속에서 묵묵히 사람들을 구경했다.

  윤일섭이 놈을 골려주러 나서는 것은 거의가 녀석이 그렇게 철책가로 나와 앉아 사람들을 구경하고 있을 때였다. 녀석이 오만스런 시선으로 철책가의 사람들을 깡그리 다 무시하고 앉아 있는 것을 보면 그는 그만 참을 수가 없어지곤 했다. 그는 녀석의 주의를 끌기 위해(적어도 녀석의 표정에서 이쪽의 존재가 의식되고 있는 어떤 조그만 흔적이라도 찾아보기 위해) 별별 수단을 다 동원해 녀석을 괴롭히고 골려댔다. 어떻게 해서 놈을 한번 멋있게 골려줄 수가 없을까, 끊임없이 궁리를 계속하고 음모를 꾸며냈다. 갖가지 모욕적인 몸짓으로 녀석의 비위를 건드려보기도 했고, 녀석을 회유하기 위해 스스로 우스꽝스런 동작과 몸짓들을 지어 보이기도 했다. 사육사들의 눈을 피해 바깥 철책을 넘어 안 철책까지 바싹 다가가 녀석의 주의를 꾀어보기도 했고, 종이에다 성냥불을 그어 붙여 갑자기 녀석한테로 그것을 던져 넣어본 일도 있었다. 한번은 저고리 안주머니에다 싱싱한 쇠고기를 반 근쯤 숨겨 가지고 들어와 녀석의 식욕을 멋있게 이용해보려 한 일도 있었다. 모두가 헛된 노릇이었다. 그의 계교나 음모는 만족할 만한 성공을 거둔 일이 없었다. 어떤 어릿광대짓을 해 보여도 녀석은 도대체 관심을 보인 일이 없었고, 어떤 속임수를 써보아도 속아 넘어가주는 일이 없었다. 녀석이 그 쇠고기 덩이를 물고 숙사 그늘 밑으로 어슬렁

어슬렁 기어들어갔을 때 일섭은 모처럼 가슴을 두근거리며 기대에 찬 눈초리로 녀석의 거동을 지켜보고 있었지만, 흉물스럽게도 녀석이 그 고깃덩이 속에 숨겨 넣은 소주병 유리 조각을 침착하게 찾아내버렸을 때 그가 경험한 분노와 낭패감은 그 후 기억조차 하기 싫었을 정도였다.

하니까 골탕을 먹는 것은 언제나 녀석이 아니라, 녀석을 골려줄 계교를 꾸미고, 그러나 그 계교에 번번이 낭패만 거듭하고 있는 일섭 쪽일 수밖에 없었다. 그리고 그 점은 날마다 우릿가로 몰려와서 녀석의 구경거리가 되어주면서, 일섭의 기이한 거동을 함께 지켜본 사람들 가운데서도 상당한 객관성을 부여하고 있었다.

"허허…… 저 친구 때문에 사자란 놈도 별로 심심친 않겠구만그래. 저 녀석 눈초리 좀 보라구. 별 해괴한 인간을 다 보겠다는 표정 아냐. 저 친구한테선 외려 제 편에서 눈길을 외면해버리고 싶다는 얼굴인걸그래."

언젠가 일섭이 팔뚝을 걷어붙이고 물정 없는 외국 사람을 골려대듯 녀석에게 열심히 주먹감자를 먹여대고 있을 때, 너무도 의연하고 반응이 없는 녀석의 표정을 보고 철책가에 서 있던 사람들 가운데서 누군가가 지껄인 말이었다. 어릿광대가 된 것은 녀석이 아니라 일섭 쪽이었다. 그는 스스로 녀석 앞에 볼품없는 어릿광대가 되고 있었다. 그리고 녀석이 오만스럽게 그를 감상하고 있었다.

일섭은 맥이 빠지지 않을 수 없었다. 그렇다고 이제 와서 무력하게 초지를 꺾고 물러설 수는 없었다.

녀석이 아니꼽고 건방지다는 느낌이 들어온 것은 월여 전 그가 처음 녀석이 우리 앞에 섰을 때부터의 일이었다. 녀석에게 어떻게든 골탕을 한번 크게 먹여줘야겠다고 결심을 하게 된 것도 바로 그날 그 순간부터의 일이었다. 그것은 이를테면 일섭 자신으로서도 거의 어찌할 수가 없는 어떤 선험적 질투와 그 질투의 충동에 의한 것이라 할 수밖에 없는 그런 유의 무의식적인 결심이었다. 그리고 그런 유의 싸움이었다. 그렇게 벌써 한 달 가까이나 계속되어온 싸움이었다. 녀석이 무관심하고 의연하면 할수록 점점 더 견딜 수 없는 모욕감으로 우리 앞을 떠날 수가 없던 이 한 달간이었다.

사정은 이날도 물론 마찬가지였다. 녀석이 방금 철책가 산책을 한차례 끝내고 나서 허리를 출렁출렁 우리 앞으로 나와 앉아 예의 사람 구경을 즐기고 있는 참이었다. 하지만 녀석은 그 대꼬챙이를 깎아지른 듯한 누런 송곳니를 내보이면서 아가리가 찢어질 듯이 시뻘건 하품을 두어 차례 토해냈을 뿐, 이날따라 바깥의 구경거리들에는 전혀 흥미를 느끼고 있는 기색이 없었다. 일섭의 수작 따윈 아예 안중에도 들어오지 않는 듯 그에게는 변변히 눈길 한번 제대로 주어보는 일이 없었다.

여름 햇덩이가 어느새 일섭의 등덜미를 후끈후끈 삶아오기 시작했다. 이젠 녀석이 곧 낮잠을 즐길 시각이었다. 일섭은 질투와 낭패감으로 온몸이 지글지글 끓어오르는 것 같았다. 그는 이제 더 이상 녀석의 구경거리가 되어주고 있을 수가 없었다. 그는 이윽고 그만 자신의 우스개 어릿광대짓을 그치고 느닷없이 녀석을 향해 심한 욕지거리를 퍼부어대기 시작했다.

"이 천치 바보, 뭘 그렇게 건너다보고만 있는 거야. 되지 못하게 스리 목덜미에 털뭉테기 하난 요란해가지고…… 그래 그렇게 목덜미에다 털을 치렁치렁 해가지구 날 노려봐서 뭘 어쩌겠다는 거야. 이 쥐벼룩 염소 똥 같은 놈아. 이 여름 쇠불알에 낮흘레나 붙어 나자빠질 똥쉬파리 같은 놈아!"

"……"

"뭣하면 그러구 멍청하게 앉아 있지만 말구 이리로 냉큼 주둥일 빼고 나와보란 말이다. 이, 제가 빠져나온 구멍에 다시 흘레가 붙어서 제 새끼를 볼 놈에 불개 상놈의 짐승 새끼야!"

"……"

"이 새끼 너 정말 못 나오겠니? 정 그러고만 앉아서 사람 약만 올리고 있을 테야? 이 눈깔을 뽑아다가 구슬치길 시킬 놈아. 다리 몽댕일 분질리다 하수구 쑤시개를 만들 놈아!"

일섭은 금세 녀석을 향해 우리 안을 쳐들어가기라도 할 것처럼 기세등등 팔뚝까지 걷어붙이고 있었다. 녀석은 그 일섭의 욕지거리를 참을성 좋게 견디고 있었다. 아니 녀석은 처음부터 일섭의 욕지거리 따윈 아랑곳을 전혀 않고 있는 표정이었다. 하지만 녀석으로서도 아마 참는 데엔 한도가 있었던 것일까. 혹은 귓속이라도 심히 더러워질까 봐 더 이상은 그곳에 자리를 지키고 앉아 있을 수가 없어진 것일까. 건방진 놈 무엇을 빼다가 미친개에게 던져 먹일 놈 어쩌고 하는 일섭의 욕지거리가 한참 더 계속되자, 녀석은 마침내 그 같잖은 인간을 더 이상은 도저히 상대하고 앉아 있을 수가 없다는 듯 서서히 엉덩이를 털고 일어섰다. 그리고는 마침 그 게으른 낮잠을 즐겨도 좋을 만큼 그늘이 훨씬 짙어진 때였기 때문에, 녀석은 흐느적흐느적 배를 출렁대며 그늘 속을 찾아들어가 무너지듯 큰 몸뚱이를 풀썩 땅바닥으로 부려 눕고 말았다.

2

　U병원 정신신경과의 손영묵(孫永默) 박사는 방금 자신의 하체에서 내뻗치는 지극히도 통쾌한 생명력의 분사음을 즐기다 말고 문득 점잖지 못한 웃음을 혼자 킬킬거리기 시작했다. 그때 그는 하체의 긴장을 시원스럽게 풀어 내리면서 시선만은 짐짓 묵연스레 그 직원 전용 화장실의 유리창 너머로 멀리 내던지고 있었는데, 바로 그 잠시 잠깐 사이의 평화롭고 한가한 순간에 공연히 엉뚱스런 연상 한 가지가 머릿속을 후벼 든 탓이었다.
　"창피한 이야기지만 의사 선생님이니까 숨김없이 말씀드리겠어요."
　손 박사의 연상 작용이란 방금 전에 그의 방을 다녀 나간 한 환자와 그 환자의 증세에 관계된 일이었다. 환자의 이름이 윤일섭이라고 했던가. 어쨌든 그 환자의 증세에 관해 그의 조그맣고 정력적인 인상의 젊은 아내가 증언해온 이야기 가운데에 작자의 해괴한 유희 한 가지가 소개된 바 있었다.
　"요즘 와서 그인 제게 한 번도 절정감을 느끼게 해준 일이 없어요. 전에 비해 횟수는 그리 줄어든 편도 아닌데, 그인 제가 고비에 가까워진 기미만 보이면 언제나 거기서 갑자기 노력을 중단해버리거든요……"

 여자는 처음 남편의 건강이 그토록 쇠약해져버렸는가 싶어 한동안은 그 아쉬운 남편의 지구력만을 근심하고 있었노라고 했다. 남편은 번번이 그녀를 실망시켰고, 전에 없던 일이 연거푸 몇 차례씩 되풀이되다 보니 그녀는 비로소 남편이 의심스러워지기 시작했다는 것이었다. 그러던 어느 날, 남편이 이날 밤도 또 그녀의 절정 직전에서 몸을 뽑고 달아나버린 다음, 그녀 혼자 아직도 어떤 지독한 허망감을 주체하지 못하고 있는 참인데, 문득 남편의 욕실 쪽에서 킬킬킬 이상스런 웃음소리가 들려오더라는 것이다.

 "아무래도 수상한 생각이 들어 슬그머니 욕실 문을 열고 들여다보니 그인 거기서 혼자 뜻 없이 킬킬대며 자기에게 남은 욕망을 해결하고 있는 중이 아니겠어요……"

 얼굴을 붉히며 떠듬떠듬 거북살스런 목소리로 여자가 털어놓은 이야기였다. 그야 물론 환자의 증세에 대한 여자의 설명이 그 한 가지뿐은 아니었다. 환자의 증세에 관해서는 여자의 조언뿐 아니라 손 박사 자신이 행해온 면담이나 기계적 진찰 결과에 의해서도 벌써 주의할 만한 사실이 몇 가지씩 판명되어 있었다. 하지만 그 환자만 생각하면 손 박사는 언제나 작자의 해괴한 버릇과 여자의 얼굴부터 떠올랐다. 그리고 작자가 병원을 다녀간 날은 수많은 그의 환자들 중에서도 유독히 작자의 일만이 머릿속을 떠나지 않고 있다가 아무 데서나 불쑥불쑥 점잖지 못한 웃음을 흘리게 하곤 했다.

 어쨌거나 좀 보기 드문 증세의 환자였다. 그리고 사정이 딱한 여자의 처지였다. 하지만 이젠 또 그럭저럭 치료가 거의 다 끝나가고 있는 다행스런 경우의 하나였다.

손 박사는 이윽고 그 유리창 너머 창경원 쪽 여름 하늘로부터 시선을 다시 거둬들였다. 목구멍을 쿡쿡 치솟아 오르던 웃음기도 어느새 다시 점잖게 가라앉아 있었다. 한데 그가 막 화장실을 물러나오려던 참이었다.

아니, 저 작잔 바로 어저께도 병원을 다녀가지 않았던가?

그에게는 그 윤일섭이란 환자에 대해 지금까지와는 반대로 그때 어떤 상서롭지 못한 예감이 머릿속에 불쑥 지펴 들기 시작했다. 회진이다 인터뷰다 해서 한동안 오전 시간을 쫓기다 보니 이날따라 윤일섭이란 환자에 대해서는 주의를 너무 소홀히 하지 않았나 하는 생각이 들기 시작한 것이다. 바쁘게 돌아갈 때는 별로 그런 생각이 들지 않았는데, 증세가 날마다 조금씩 나아져가고 있는 듯한 평소의 느낌대로 몇 마디 위로와 격려만으로 간단히 그를 되돌려 보내고 난 지금, 하필이면 그 알뜰한 자기 침잠의 시간 끝에 작자의 파행이 새삼 머릿속을 파고든 것이었다.

손 박사는 작자가 정말 전날도 병원을 다녀갔는지 어쨌는지 기억이 아직 분명치 않았다. 하지만 만약에 그가 전날에도 다녀가고 오늘 또 병원을 다녀간 게 사실이라면 그건 좀 심상치가 않은 일이었다. 그는 이제 한 주일에 한 번 정도만 병원을 찾아와도 상관없는 환자였다. 그 정도로도 오히려 번거로웠다. 그는 이제 거의 환자가 아니었다. 손영묵 박사는 이제 의사로서 그에게 특별히 도움될 만한 일이 없다고 여겨질 만큼 윤일섭의 건강은 거의 회복되어 있었다.

한데 작자가 왜?

손 박사는 화장실을 나와 진료실로 돌아온 길로 곧 윤일섭의 진료 카드를 조사했다. 작자가 하루 전에 병원을 다녀간 게 사실이었다. 손 박사는 그가 병원을 다녀간 날짜들을 좀더 자세히 조사하기 시작했다. 카드를 들여다보고 있던 손 박사의 표정이 점점 더 어리둥절해지고 있었다. 윤일섭이 병원을 나오고 있는 날짜들에 아무래도 심상치 않은 변화가 나타나고 있었다. 월여 전 윤일섭이 병원을 퇴원하고 나서 얼마 동안은 그의 지시대로 이틀이나 3일 만에 한 번씩 자주자주 그를 찾아오고 있었다. 그리고 그것이 차츰 빈도가 늦어져 보름쯤 시일이 경과한 다음부터는 4, 5일에 한 번 정도로 날짜 폭이 조금씩 늦어지고 있었다. 그 역시 손 박사가 환자에게 지시를 내린 대로였다. 그런데 손 박사가 일주일에 한 번 정도로 횟수를 줄이라는 대목에 가서부터는 그의 병원 출입이 거꾸로 다시 잦아지고 있었다. 5일에서 4일 간격으로, 어떤 때는 3일도 안 되어서 다시 그를 찾아온 적도 있었다. 한동안 그런 식의 이상 변화가 계속되어오더니 이날은 전날에 이어 바로 하루 만에 다시 병원을 다녀간 것이었다.

평소에도 작자의 얼굴을 좀 자주 대하는 듯한 느낌이 어렴풋이 들고 있었지만, 막상 카드에 나타난 날짜의 변화를 보고 나니 손 박사는 새삼 뜻밖이라는 생각이었다.

―이거 아무래도 기분 좋은 징존 못 되는걸.

그동안 다른 환자들의 일에 손이 너무 쫓기고 있었다곤 하지만,

손 박사는 미처 윤일섭의 그런 변화를 눈치채지 못한 자신을 탓하지 않을 수 없었다. 카드상에 나타난 일섭의 동태는 아무래도 그냥 보아 넘겨버릴 수가 없었다. 도대체 정신과 치료를 받고 있는 환자치고 입원이나 병원 출입을 좋아하는 사람은 있어본 일이 없었다. 윤일섭이란 작자는 처음부터 그와는 반대였다. 그는 별로 병원을 두려워하지 않았다. 의사가 횟수를 줄여도 좋다는 병원을 즐거운 듯이 제 발로 쫓아다니고 있는 위인이었다. 그는 입원 당초부터도 매양 그런 식이었다. 그리고 바로 그 점이 그의 병태의 한 중요한 부분이었다. 그가 병원을 처음 찾아와 입원을 하던 날의 일만 해도 그랬다.

4개월쯤 전 일이었다. 하루는 좀 보기 드문 증세의 젊은 환자 한 사람이 손 박사의 진찰실을 찾아왔다. 정신과나 신경과 같은 곳을 찾아오는 환자들이 대개 그렇듯이 그날의 젊은 환자도 외모만 얼핏 보아서는 아무 이상도 찾아볼 수 없는 친구였다. 세상일에 항상 의욕이 차 있을 박력 30대에 체격도 그만하면 제법 균형이 잘 잡힌, 나무랄 데가 별로 없어 보이는 젊은이였다. 게다가 그는 마치 주말 외출이라도 나온 신혼 초의 부부처럼 경쾌하고 단정한 옷차림으로 그의 조그만 아내와 함께 진찰실로 들어섰는데, 간호원이 미리 건네준 진료 카드가 아니었다면 손 박사는 도대체 어느 쪽이 환자고 어느 쪽이 보호자인지조차 구분해내기 어려웠을 만큼 외관이 멀쩡한 젊은이들이었다.

손 박사의 첫 느낌으로는 그의 아내 쪽의 기분이 더 산만하고 불안정해 보이는 대신, 사내 쪽은 그 태도나 말씨가 오히려 차분한 안정감 같은 걸 주고 있었다. 손 박사가 먼저 어떻게 병원을 찾아왔느냐니까, 사내는 그저 아내가 병원엘 한번 가보는 게 좋겠대서 따라왔노라는 방심스런 대답이었다. 그래도 병원을 찾아왔으면 어딘가 이상이 느껴져서가 아니겠느냐고, 그 이상이 느껴지는 곳을 말해보라니까 사내는 역시 아무 데도 이상이 느껴지는 곳은 없다면서, 이번에도 그저 그의 아내가 병원을 찾아가보재서 따라온 것뿐이라고 싱거운 소리를 되풀이했다.

정신과에 끌려오는 환자들이란 대개 자신의 병증을 완강히 부인하려 드는 경향이 많으므로 손 박사도 거기까진 쉽게 이해할 수 있었다. 그는 물론 환자의 진술만 가지고는 이상 유무를 함부로 단정할 수 없었다. 그는 사내를 대기실로 나가 쉬게 하고 대신 보호자 격으로 따라와 있는 그의 아내를 혼자 남게 했다. 그런데 짐작대로 여자의 태도는 사내와 반대였다.

"선생님, 저일 입원부터 시켜주세요. 저인 입원을 해야 해요. 입원을 시켜놓고 선생님께서 병세를 좀 자세히 살펴주세요."

여자는 덮어놓고 사내의 입원을 부탁해왔다. 그녀가 보기에는 남편이 어딘가 잘못되어가고 있는 게 분명하다는 것이었다.

"전 지금 당장 그이의 어디가 이상해지고 있는지를 속 시원히 집어내 말씀드릴 자신이 없어요. 저이의 정확한 병세를 알아내는 데 어떤 점이 중요한 대목인지도 아직은 잘 알 수 없구요. 하지만 선생님께서 저일 며칠 동안 이 병원에 들여놓고 계시면서, 필요한 일이 있으시다면 그때 가선 제 얘기도 차근차근 죄다 말씀드릴 수 있을 거예요."

아닌 게 아니라 그녀가 이날 손 박사의 질문에 응해온 남편의 이상 증세에 관한 몇 가지 진술은 별로 손 박사의 관심을 끌 만한 것이 못 되었다. 사내는 그녀와 결혼하기 전서부터 어떤 시중 은행 행원 노릇을 하고 있었으며, 수년 전에 벌써 이루어졌어야 할 대리 승진이 기대 밖으로 늦어지고 있었다는 것, 그 대리 승진이 늦어진 것과는 별 상관이 없겠으나, 남편의 자리가 남의 돈을 다루는 일이 되다 보니 그사이 몇 차례 업무상의 과실로 남모를 곤욕을 치른 일도 있었다는 것 그리고 병원을 찾아오기 몇 달쯤 전부터는 별 이렇다 할 이유 없이 건강이 좋지 않다는 막연한 구실 한 가지로 무작정 은행을 쉬고 있노라는 따위의 직장 생활에 관한 평범한 이야기들이 여자가 들려준 그의 신상 정보의 대부분이었다. 그리고 손 박사가 혹 아내로서 남편에게 다른 어떤 새로운 변화를 느낀 게 없느냐는 물음에 대해서도 그녀는 다시,

"그러니까 첨에는 저도 그이가 직장을 쉬게 된 이유를 전혀 납득할 수가 없었지요. 그이의 건강 말고 뭔가 진짜로 다른 사연을 짐작할 수 없었다니까요……"

직장 관계의 이야기를 한참이나 더 늘어놓고 나서는,

"하지만 전 결국 그이의 휴직이 정말로 건강상의 이상 때문이라는 걸 알게 됐어요. 같은 은행엘 나가고 계신 저이의 직장 친구 한 분을 만나게 됐거든요. 그 친구분을 만나 직장 쪽 사정을 귀띔받고 보니 남편은 역시 건강이 퍽 나빠져 있었던 게 틀림없는 것 같았어요."

직장 친구의 귀띔이 있었던 사실로 남편에 대한 그녀의 대답을

대신하고 말았다.

그러면서도 여자는 한사코 남편의 입원부터 허락해달라 손 박사를 졸라댔다.

"제 생각이나 느낌을 분명하게 말씀드릴 수가 없어서 죄송해요. 아까도 말씀드렸지만 지금 당장엔 선생님께서 무얼 알고 싶어 하실지도 짐작할 수가 없어놔서요. 요즘 와선 유독 남편이 절 괴롭혀대고 있는 일이 한 가지 분명한 게 있긴 하지만, 그것도 저이의 치료를 위해 말씀드려서 좋을지 어쩔지 지금은 잘 분별이 가지 않거든요."

무엇인가 아직 미심쩍어하고 있는 손 박사의 결심을 재촉하듯 그녀는 마지막으로 어떤 심상찮은 사연 같은 것을 은근히 내비치고 나서는, 그러나 그 사내가 그녀를 어떻게 못 견디게 괴롭혀왔느냐는 손 박사의 추궁에는,

"그건 선생님께서 환자를 직접 다뤄가시면서 증세를 살펴보신 다음에 말씀드리는 게 좋겠어요. 그래야 제가 오늘 이런 데까지 저일 끌고 들어와야 했던 고충에 대해서도 선생님의 이해가 훨씬 쉬워지시게 될 테구요."

공연히 혼자 얼굴빛을 붉히며 구체적인 대답을 회피해버렸다.

손 박사가 결국 윤일섭의 입원을 결정하게 된 것은 그러니까 처음엔 거의 그 여자 때문에서랄 수 있었다. 환자 본인의 병태 때문이 아니라, 그 여자의 일방적인 간청 때문에선 셈이었다. 여자가 남편의 건강이라고 말한 것은 물론 정신상의 건강을 가리키는 말이었다. 그리고 사람의 정신 질서란 본시 당사자나 보호자와의 몇

마디 피상적인 면담 정도로는 이상 유무를 판정 짓기 어려운 미묘한 조화가 숨어 있는 것이었다. 여자의 소망이 그토록 간절하고 보면, 그리고 그것이 당사자의 기분을 크게 해치지 않는다면, 손 박사는 며칠 동안 사내를 병원에 들여놓고 자세히 증세를 관찰해 보는 것도 나쁘지 않으리라는 생각이 들어온 때문이었다.

"좋습니다. 생각이 정 그러시다면 오늘이라도 입원을 시켜보시죠."

손 박사는 마침내 사내의 입원을 승낙했다. 의외의 것은 또 손 박사로부터 자신의 입원을 권유받고 난 사내의 태도였다. 사내는 손 박사의 입원 권유에 대해 저항의 빛이 전혀 안 보였다. 며칠 동안 병원에서 쉬면서 행여 어떤 건강상의 장애 요인이 잠재해 있는지를 알아보는 게 좋겠다는(사실은 그런 말도 그에게 어떤 이상이 느껴지고 있었다면 함부로 할 수 없는 소리였지만) 손 박사의 조심스런 제의에, 그는 거의 정신과에 이끌려 온 사람치고는 믿을 수 없을 만큼 순순히 그 권유를 받아들였다.

"좋습니다. 그게 필요하다면 들어와 쉬도록 해야지요."

그는 마치 호텔 방이라도 찾아든 사람처럼 손 박사의 그 '쉰다'는 소리까지 천연스럽게 되받고 있었다. 그리고 저항감은커녕 정말로 그 병원 안에서 그가 쉴 곳을 찾아낸 사람처럼 갑자기 호기심과 희망이 어린 표정으로 새삼 눈빛을 빛내고 있었다.

그건 좀 희귀한 일이 아니었다. 도대체 환자건 건강인이건 정신 병동 입원을 그처럼 쉽사리 승복하는 일이란 드물었다. 이상이 있는 사람은 그 병증의 한 특징인 강렬한 자기방어 때문에, 건강한 사람은 건강한 사람일수록 그게 필요한 일이 아니기 때문에 누구나 정신 병동 입원에는 강한 반발부터 하고 나서기 예사였다.
 사내는 자신이 별로 이상한 곳을 느낄 수가 없다면서도 입원을 반대하지 않았다.
 손 박사는 비로소 사내에게 일어나고 있는 기묘한 배반을 어슴푸레 감득하기 시작했다.
 사내의 입원 생활이 곧 시작되었다.
 그러니 따지고 보면 윤일섭의 이상은 입원 당일의 그 기이한 파행과도 깊은 관련이 있는 셈이었다. 그의 병증은 이를테면 그 입원 날의 기이한 파행 자체가 하나의 중요한 단서였다……
 ─그런데 작자가 웬일로 다시 병원을 자주 쫓아다니고 있다는 건가?
 손 박사는 새삼 기분이 찜찜해지기 시작했다. 윤일섭에겐 사실 병원 출입을 서서히 끊어가게 하는 것, 병원을 찾아오지 않고도 자신을 견딜 수 있게 해주는 것, 병원에서 그를 내보내서 될수록이면 밖에서 자신을 견디게 하는 것 자체가 근본적인 치료 방법의 한 가지가 될 수 있었다. 그가 병원을 찾아오는 빈도의 변화는 바로 그의 병태의 변화와 일치할 수 있는 현상이었다.
 ─작자에 대해 그 점을 유념해두지 못하고 있었다니……
 손 박사는 이제 거의 자포자기 같은 심경이 되어가고 있었다. 어쨌거나 지금 당장은 어찌할 도리가 없는 노릇이었다. 윤일섭은 이미 병원을 다녀간 뒤였다. 작자가 제 발로 다시 병원을 찾아 나타날 때를 기다리는 수밖에 다른 도리가 없었다.

하기야 작자에 대해 내 주의가 조금 소홀해진 것도 무리는 아니었을지 모르지. 어쨌든 그사이 작자의 병태는 여간만 좋아지고 있었던 게 아니니까. 게다가 그 친구 증세래야 처음부터도 그리 걱정을 할 정도는 못 되지 않았던가 말이다.

내일이라도 작자가 다시 병원을 찾아오면 그때 가서 자세한 동태를 살펴보리라 생각하면서 손 박사는 이제 그만 윤일섭에 대한 상서롭지 못한 예감들을 머리에서 떨쳐버리려 했다.

하지만 예감이란 건 원래 그런 것이 아니었다. 그는 이날따라 귀찮도록 소변이 자주 마려웠다. 꺼림칙하게 마음에 걸려 있는 일이 있거나 기분이 좀 초조해 있을 때는 평소에도 공연히 화장실 출입을 자주 하게 되던 그의 버릇이 도진 것이다. 그리고 그가 그 직원 전용 화장실 유리창을 묵연스레 내다보고 있노라면 영락없이 또 그 윤일섭의 일이 음흉스럽게 상념 속을 파고드는 것이었다. 그는 이미 그 통쾌한 해소감마저 의식할 수 없게 된 화장실 출입을 계속하면서 끊임없이 그 윤일섭에 관한 상념으로 자신을 괴롭혀대고 있었다.

일섭이 입원을 하고 나서 며칠 동안 필요한 검사를 진행하고 난 결과는 역시 첫날의 짐작대로였다. 우려할 만큼 심한 정도는 아니었으나 그에게선 단순한 신경증 이상의 특이한 의식장애 현상이 나타났다. 그것은 때로 어떤 환자들에게서 조울증과 같은 악성 신경증 질환이 한동안 계속되다가 마침내는 정신이상에까지 이르고 마는, 그러나 신경증 환자 가운데서는 지극히 드문 예에서만 볼 수 있는 초기 분열증 현상이 분명했다. 사내의 그런 이상은 며칠 동안 계속해온 임상 테스트나 손 박사의 인터뷰에서 다 같이 나타나고 있었다. 뇌파검사 결과 역시 그의 건강을 보증하기에는 만족스러운 것이 아니었다. 손 박사는 결국 사내의 입원을 확정시키고 나서 본격적인 치료에 들어갔다. 알려진 대로 정신과 환자의 치료 행위란 초기 단계에서는 우선 의사와 환자 사이의 면담을 통해 환자가 장애를 겪고 있는 비정상 의식의 정확한 요인을 찾아내는 것이었다. 손 박사는 우선 윤일섭이란 사내의 그 병증의 특징부터 조심스럽게 살펴나갔다.

오래지 않아 두드러진 증세가 한 가지 나타났다. 그는 아무나 사람을 속여 골탕을 먹여주는 데에서 이상한 쾌감을 느끼고 있었다. 틈만 있으면 누구나 주위 사람을 골려대고 골탕을 먹여서 입장을 난처하게 만들어놓고 싶어 했다. 집단 치료실로 쓰이는 오락실에서 동료 환자들과 어울리게 되는 경우라도 있으면 그는 짐짓 쓸데없는 헛소문을 잔뜩 퍼뜨리고 다녔다. 어느 의사가 어느 환자를 영 가망이 없는 녀석이라고 단정하고 갔다든가, 누구는 벌써 병이 다 나았는데도 그의 집이 제법 쇠푼깨나 있다 보니 병원 수입을 올리기 위해 멀쩡한 사람을 계속 감금해놓고 있다든가…… 쓸데없이 그런 소리들을 퍼뜨려 환자들을 실망시키거나 치료를 방해했다. 심지어는 병실의 어떤 간호원이 어느 환자와 눈이 맞아 지내는 사실을 알고 있다거니, 어느 환자는 실상 절도죄로 재판소의 유죄판결을 받게 되어 그의 범행을 정신장애 탓으로 돌리기 위해 억지 입원을 해 들어와 있다느니 하는 따위로 헛소리를 지껄여대어 당사자와 병원 사람들을 한목에 낭패시켜놓은 일이 많았다. 그가 그런 거짓말을 하는 것은 순전히 당사자들을 골려주기 위한 목적에서지 거짓말 자체에 취미가 있어서가 아니라는 점은 분명했다. 속인다는 것은 이차적인 수단의 문제였다. 그는 상대방을 낭패시키기 위해 거짓말을 했고 거짓 음모를 꾸몄다. 거짓말이 먹혀들지 않으면 그의 그 가학성 유희 욕망은 점점 더 노골적인 방법으로 나타났다. 환자와 환자끼리, 또는 간호원과 환자끼리 서로 상대방의 소지품을 훔쳐다 맞바꿔놓음으로써 어이없는 소동을 일게 하기도 했고, 언젠가는 간호원 한 사람에게 남의 이름으로 애정의 고백 같은 것을 적은 쪽지를 오락실 근처에 떨어뜨려놓음으로써 두 당사자를 엉뚱스런 웃음거리로 만든 일까지 있었다.

　주위 사람을 까닭 없이 골탕 먹이고 싶어 하는 가학성 유희욕이 그의 두드러진 병증의 하나였다. 하지만 그것은 아직도 그의 이차 병증의 하나에 불과하다는 사실을 손 박사는 알고 있었다. 무엇 때문에 그가 그런 욕망을 갖게 되는지, 보다 더 깊은 이유가 있을 터이었다. 손 박사는 그것을 찾아내야 했다. 손 박사는 이제 그 점에 주의를 돌리기 시작했다. 이번에도 곧 실마리가 나타나기 시작했다.

　윤일섭이 눈에 띄게 사람을 꺼려 한다는 사실을 알아낸 것은 손 박사로서는 처음서부터 별로 힘든 일이 아니었다. 일섭은 손 박사와의 면담을 위해 자리를 함께하는 시간 이외에는 누구하고도 별로 어울리려 드는 일이 없었다. 그는 오락이나 휴식을 겸해 환자들이 자주 몰려드는 집단 치료실에조차 모습을 나타내는 일이 좀처럼 드물었다. 육중한 분위기의 입원실에 틀어박혀 하루 종일 조용히 혼자 시간을 보내기 일쑤였다. 입원실을 정할 때부터 증세가 경미하니 비슷한 사람끼리 둘이서 한방을 쓰라는 권고를 물리치고 한사코 방 하나를 혼자 쓰겠노라 고집을 피워대던 위인이었다. 그리고 그는 언제나 그 독방 속에 중환자처럼 자신을 가두고 앉아서야 오히려 마음이 가라앉는 낌새였다. 사람들 사이에서 스스로를 격리시키고서야 차분한 안정감을 찾는 현상은 그의 병증의 또 다른 중요한 특징의 하나였다. 손 박사로서는 물론 그를 늘 그렇게 방 안에만 가둬둘 수가 없었다. 그를 동료들 사이로 끌어내놓고 보면 다시 또 그에 대한 거부반응으로서의 엉뚱한 유희 욕망이 발동하곤 하였다. 작자가 주변 사람들에게 고약한 가학성 유희욕을 발동하는 것은 바로 그 사람 기피증 때문이었다. 가까운 직장 동료의 입을 빌려 청취한 그의 대인 관계나 의식 행태 일반은 그것을 더욱 적절하게 설명해주고 있었다.

 손 박사의 주문에 따라 어느 날 윤일섭의 아내가 남편의 가장 가까운 직장 동료 한 사람을 병원으로 데리고 왔다.

 "그 친구 처음에는 은행 생활에 무척 만족해하는 것 같았지요……"

 손 박사의 면담 주문 의도를 미리 이해하고 있던 그는 그의 불행한 동료의 은행 생활과 휴직 경위에 대해 성의껏 자세한 설명을 들려주었다.

 "창구 앞에 앉아 일에 몰두하고 있는 그의 표정은 누구보다 확실한 생활의 의지를 찾은 사람의 안도감과 만족스러움 같은 것이 엿보이곤 했어요. 아시다시피 그 친구가 은행을 들어올 때만 해도 어디 그만한 직장 구하기가 쉬운 일이었습니까? 더더구나 제가 듣기로 그 친구 아마 대학 시절을 꽤나 어수선하게 보낸 모양이던데 말입니다. 그러다가 엉덩일 좀 차분히 주저앉히고 살아갈 자리를 얻어 들게 되고 보니 마음이 유독 편해진 것도 무리가 아니었겠지요."

윤일섭이 그의 직장을 얼마나 만족해하고 있었던가는, 가끔 가다 일이 좀 한가해졌을 때 창구 바깥을 서성대는 사람들을 내다보고 앉아 있는 눈길 속에서도 역력히 읽어낼 수 있었다고 했다. 신입 행원 때는 누구나 그런 경험을 한 번씩 거치게 되곤 하지만, 처음으로 그 은행 점포의 창구 앞에 자리를 잡고 보면, 은행 사람들은 공연히 혼자 기분이 우쭐해져 창구 바깥 사람들이 모두 그저 세상을 정처 없이 떠돌고 있는 것처럼 보이기 십상이라는 것이었다. 그리고 그 바깥 사람들이야말로 자신들의 처지를 한결같이 부러워하고 있음에 틀림없으며, 그 때문에 그 바깥 사람들에 대한 터무니없는 연민기마저 느낄 때가 많다고.

아아 저 가엾게 방황하고 있는 무리들이라니!

멍하니 창구를 내다보고 앉아 있는 윤일섭의 표정에선 누구보다도 그런 자랑스러움과 안도의 빛이 뚜렷해 보였다고 했다. 그는 자신의 직책에 대해 그처럼 확고한 자부심을 가지고 열심히 일했으므로, 일하면서 공부하고 공부하면서 일하는 사람으로 소문이 나 있었으므로(바로 그런 지성의 결과에서였는지 어쨌는지는 분명치가 않았지만 하여튼) 그는 한두 해 동안 지방으로 나가 있던 전출 기간을 빼고 나면 대부분의 초임 근무 기간을 이 서울의 1급 중앙

지점포에서 보냈는데, 그 윤일섭에게 어느 때부턴가 차츰 심상찮은 변화가 나타나기 시작했다는 것이다.

그는, 아마 그것이 3년쯤 전인가, 이번에야말로 일선 영업창구로부터 한 발짝쯤 자리를 뒤로 물러앉을 수 있게 되리라 믿고 있던 그 대리 승진자 명단에서 뜻밖에 자신의 이름을 찾을 수 없게 된 이후부터가 아닌가 싶다고 했다. 그때 본점 인사부 쪽에서 흘러나온 얘기로는, 윤일섭의 계속적인 대리 승진 탈락이 그의 뛰어난 필기시험 성적에도 불구하고 지방 점포 근무 경력 부족과 1급지 지점 근속에서 연유한 불가피한 조처로 설명되고 있었는데, 이유야 어쨌든 그의 대리 승진 탈락은 당사자뿐만 아니라 그를 아껴온 지점 간부들에게조차도 얼핏 납득이 가지 않은 불상사였다는 것이다.

하여튼 그런 일이 있고부터 윤일섭에게는 서서히 어떤 심상찮은 변화가 나타나기 시작했고, 그게 바로 종당엔 그로 하여금 은행을 쉬게까지 만든 불행의 씨앗이 되었으리라는 추측이었다. 다름 아니라 윤일섭이 그때부터 이상하게 안정감을 잃고 이 사람 저 사람 주위 동료들을 못살게 굴기 시작했다는 것이다. 게다가 그 방법이 너무 어이없는 것들이어서 처음에는 주위에서들도 설마 그가 일부러 그런 짓을 꾸며냈을까 했노라 했다. 그게 이를테면 손 박사의 이해로는 일종의 가학성 유희욕의 발로라고 할 수 있는 것으로, 어쨌거나 윤일섭의 그런 장난기는 날이 갈수록 방법이 간교하고 음흉스러워져가고 있어서, 주변 동료들은 마침내 그를 상대하기조차 꺼리는 정도가 되고 말았다는 것이다.

"하지만 우리는 결국 그 친구의 행동을 이해하게 되었어요. 그리고 그걸 이해하고 나니 더더욱 동정을 금치 못하게 되었지요."

윤일섭의 직장 동료는 그러고 나서 마침낸 그 직장 안의 모든 동료들이 윤일섭의 기행을 이해하게 되었을 뿐만 아니라 진심으로 그를 동정하지 않을 수 없게 한 한 가지 해괴한 사건을 예로 들어 그때까지 자신들이 당해온 모든 피해에 대한 설명을 대신했다.

윤일섭이 억울하게 늘 대리 승진에 실패하고 있는 동안에도 은행에선 물론 차기 승진 예정자에 대한 정기 시험이 계속적으로 실시되고 있었는데, 일섭은 자신이 없었는지 어쨌는지 그 후부턴 아예 그 응시의 기회조차 단념을 하고 말더랬다. 그리고 그럭저럭 몇 해가 흘러 이번에는 또 작자가 어떻게 생각을 고쳐먹었던지, 전에 없이 대단한 도전의 투지를 발휘하고 있다는 소문이었는데 결과가 또 마찬가지였단다. 결과만을 발표하는 시험이라는 게 으레 그런 법이지만, 이번에도 물론 그가 대리 승진자 명단에서 탈락의 고배를 마시게 된 이유에 관해서는 전혀 경위가 석연히 밝혀진 바 없었다고.

"그러자 얼마 안 가 그 소동이 벌어졌어요."

동료의 표현을 빌리면, 그 무렵 자기들의 점포 안엔 미혼 대리 한 사람이 역시 같은 점포 안의 여행원 아가씨에게 오랫동안 군침을 흘려온 기미가 있었다고 했다. 숫기가 모자랐던 그 총각 대리 씨, 남의 눈을 피해 아가씨를 꾀어낸다는 게 기껏해야 극장 나들이 아니면 덕수궁 국화 전시회 같은 데나 뱅뱅 맴돌다 돌아서는 정도였는데, 그러던 어느 날인가 갑자기 그 아가씨의 핸드백 속에 대리 씨답지 않은 용감한 사랑의 고백이 들어가 있었다는 것이다.

―나의 평생을 걸고 받들어 지킬 여왕에게 이제부터라도 나는 한 점 부끄럼이 없고자…… 어쩌고 하는 사연과 함께 분홍 꽃봉투 속에 들어 있는 것은 투명 스카치테이프로 세심하게 굴곡을 살려 붙인 몇 가닥의 남성 체모였다. 대리 씨의 모든 노력과 희망은 물론 그의 여왕이 그 꼬불꼬불 윤기 나는 사랑의 선물을 발견한 순간에 벌써 무참하게 파탄이 나고 말았다. 그런데 그 우스꽝스러운 사건이 며칠 동안 시간을 끌고 나선 더욱더 해괴한 방향으로 마무리가 지어지게 된 것이다. 아가씨의 핸드백 속에서 나온 연서의 필적이 사건 당시부터 몇몇 동료들 사이에선 이미 대리 씨의 결백을 신용하고 있었던 바와 같이, 진짜 주인을 따로 가지고 있었기 때문이다. 그것은 물론 대리 씨를 교묘히 흉내 낸 것이긴 했지만, 결국엔 또 하나 윤일섭의 작품임이 드러났고, 그러고 나니 그 빤질빤질 영양기 좋은 체모의 주인공 역시 윤일섭으로 판가름이 날 수밖에 없었다. 그야 그런 사실이 밝혀졌다고 해서 서먹서먹한 두 남녀 사이가 당장 다시 어떻게 될 수는 없는 터였지만, 어쨌거나 윤일섭으로서도 그런 일이 있고 나서는 마침내 그 은행 지정으로 되어 있는 병원을 한번 찾아가보라는 주위의 충고를 받게 되었고, 뒤이어 그 병원의 한 정신신경과의 소견에 따라 그의 은행으로부터는 정식으로 몇 달간의 휴직을 권고받기에 이른 것이 그간의 경위였다.

　유희욕과 기피증은 수평 관계의 증세들이 아니라 수직적 인과관계의 병증들이었다.

　윤일섭의 사람 기피증이 가학성 유희욕 뒤에 숨어 그것을 은밀히 조종해대고 있었다. 일차 병증은 이차 병증 뒤로 모습을 숨겨 들어가 있었고, 눈에 띄는 것은 그 이차 병증으로서의 노골적인 유희 욕망뿐이었다.

　윤일섭 자신도 그것을 거의 의식하지 못한 채 남을 골탕 먹이는 일에만 집착하고 그것에 버릇이 들어 있었다. 병원에서도 그는 자기 주위를 스치는 사람이면 누구에게나 골탕을 먹이려 덤벼들었다. 동료 환자든 간호원이든, 심지어는 담당 의사인 손 박사 자신에게까지도 그는 뭔가 골탕을 먹이고 싶어 은밀스레 계교를 꾸미고 있는 눈치가 역연해 보이곤 했다. 작자가 그의 젊은 아내를 이상하게 괴롭혀대고 있었던 행위 또한 그의 그런 가학성 유희욕의 한 전형적인 표현이었다.

　그러니까 손 박사가 그 일섭의 아내로부터 작자의 해괴한 유희에 대한 고백을 들은 것은 작자의 증세에 대한 손 박사의 추적이 어느 정도 분명한 실마리를 붙잡게 되었을 무렵의 일이었다. 손 박사는 그 무렵 사내와의 대화를 보다 더 효과적으로 유도해나갈 자료를 구하기 위해 사내의 아내와 직장 동료들과도 광범위한 면담의 필요성을 느끼고 있었다. 손 박사는 무엇보다 그의 아내가 그로부터 견딜 수 없는 괴로움을 당해왔다는 말을 잊지 않고 있었다. 어느 날 그는 사내의 여자를 다시 만났을 때, 그녀의 남편이 어떻게 그녀를 못 견디게 해왔는지, 그것부터 우선 솔직하게 들려달라고 주문했다. 환자의 아내는 이번에도 손 박사의 주문에 대해 한동안 난처하게 말을 망설였다. 하지만 환자의 언동이나 행적에 대해 될수록 정확한 정보를 얻어 지니고 있는 것이 의사가 환자의 병을 찾아내고 그것을 치료하는 데에 가장 불가결한 요소라고 엄숙한 설득을 계속하자, 그녀는 비로소 결심을 한 듯 떠듬떠듬 입을 열기 시작했던 것이다. ─듣고 보니 작자의 장난은 아닌 게 아니라 여자에겐 참을 수 없는 것이었음이 분명했다. 남편은 앙탈을 부려도 소용없고, 애원을 해도 소용이 없었다고 했다. 아내에게 한번 현장을 들키고 난 다음부터는 아예 그 여자 앞에서까지 웃음소리를 사뭇 킬킬거리며 노골적으로 그녀를 골려대기 시작했는데, 그녀가 애초 구실을 주지 않으려 해도 그는 어떻게든지 차근차근 접근해 와선 기어코 또 그녀를 못 견디게 실망시켜놓곤 했다는 것이다.

"하지만 그까짓 남편이 남은 욕망을 자기 혼자 처리하는 것쯤은 저한테도 물론 참아낼 여지가 있었어요. 제가 겪어야 하는 실망이나 모욕감 같은 것도 그런 사정에선 다 각오를 하겠구요. 하지만 문제는 남편이에요. 왜 남편이 그렇게 되어야 하는지가 진짜 문젯거리 아니겠어요?"

고백을 끝내고 난 여자는 수심기가 가득한 얼굴로 심란스런 한숨 소리를 삼켰다. 하지만 이야기를 듣고 난 손 박사의 표정은 물론 여자처럼 그렇게 심각한 것은 아니었다. 그것은 그의 병세 진단 과정에서도 이미 드러나고 있는 바와 같은 가학성 유희욕의 한 전형적인 모습일 뿐이었다. 환자에겐 그것이 꽤 뿌리 깊은 증상의 하나일 수 있었지만, 그러나 그것은 어디까지나 제이차 병증의 한 현상에 불과했다. 문제는 여자의 말대로 무엇 때문에 작자가 그런 병태를 나타내게 되었느냐에 있었다. 그런 해괴한 병태가 도대체 어디서부터 유래되고 있는가 하는, 그의 가학성 유희 욕망과 사람 기피증과 같은 이차 삼차의 병증들보다도 더욱더 깊은 곳에 숨겨져 있을 그의 근본적인 일차 병인을 찾아내는 것이 문제였다.

손 박사는 윤일섭이 그의 담당 의사인 자신까지 속여 넘기고 골탕을 먹이고 싶어 한다는 사실을 알고 있었다. 그러나 그는 거기까지는 일단 모르는 척해두기로 작정하고 있었다. 속아주지만 않으면 그만이었다. 속아주지 않고 제풀에 물러서게 하면 그편이 환자를 위해 훨씬 좋았다. 그렇게 해서 우선은 의사에 대한 환자의 신뢰를 돈독하게 해두는 일이 필요했다. 그는 윤일섭에 대해 각별한 이해와 우의를 표해 보이는 한편, 이제 그 병증을 유발하고 있는 최종적인 장애 요인의 규명 작업에 착수했다. 손 박사는 하루에 몇 차례씩 환자와의 자유로운 대화 속에서 사내로 하여금 스스로를 관찰하고 스스로의 병 의식과 그 병식의 비밀을 찾아나가도록 유도했다. 환자 쪽도 자신의 건강을 확신하고 있었으므로 손 박사의 권유나 주문에 대해선 별로 이렇다 할 반발기 같은 것을 나타내지 않았다. 그는 자신을 확신하고 있는 사람답게 아량을 가지고 여유 있게 손 박사를 대해왔다. 그리고 그럼으로써 그는 손 박사로 하여금 그의 병인을 규명해나가는 데에 상당한 도움을 준 셈이었다. 그가 그런 식으로 자주 되풀이한 이야기 가운데에 우선 손 박사의 주의를 끄는 것이 두 가지 있었는데, 하나는 그의 어수선했던 대학 시절의 추억에 관한 것이었고, 다른 하나는 그가 은행원 노릇을 하던 때의 고충에 관한 것이었다. 대학 시절에 관한 추억 속에서 그는 언제나 그 학교 생활을 교문 밖으로 억울하게 내쫓긴 상태에서 일관했다고 말했고, 그의 은행원 시절은 누군가가 늘 엉뚱한 일로 그를 낭패시키곤 해서, 그 때문에 항상 그의 자리가 불안스러웠노라는 푸념이었다. 그는 그 두 시기의 이야기를 왔다 갔다 하면서 순서도 없이 말을 마구 지껄여대고 있기 예사였다. 손 박사로서는 특히 그 점에 대해 각별한 주의를 기울였다.

"선생님도 아시겠지만, 우린 대학 시절을 어떻게 지내고 있었지요? 우린 항상 바깥에 있었지요? 우리가 하는 일이란 날마다 그 학교 근처를 빙빙 맴돌면서 어떻게 하면 그 문을 다시 들어갈 수 있을까 하고 기회를 엿보는 것뿐이었어요. 왜 그랬는지 모르겠어요. 그리고 우리가 얼마나 간절하게 그곳을 다시 들어가고 싶어 했던가를 어떻게 그토록 아무도 이해할 수가 없었는질 모르겠어요…… 우린 정말로 그걸 열망했지요. 하지만 그건 절대로 그렇게 될 수가 없었지요. 그 빌어먹을 놈의 교문은 항상 굳게 닫혀 있었고, 철벽같은 교문 앞엔 언제나 그 절족동물처럼 얼굴과 몸통을 온통 딱딱한 갑옷으로 둘러싼 사람들이 우릴 지키고 있었거든요. 그건 참 무서운 모습이었지요. 그림에서나 볼 수 있는 화성인들, 어디쯤에 눈알이 숨어 있는지도 알 수 없는 그 화성인들, 관절이 꺽둑꺽둑 꺾어지는 듯한 갑옷 속의 화성인들 같았으니까요. 조금도 인정머리가 없었어요. 붙잡히기만 하면 용서가 없었지요. 우리는 그 화성인들 때문에 엄두를 낼 수가 없었어요. 화성인들을 질투할 수밖에 없었지요. 몸이 떨리도록 말입니다. 교문을 다시 들어가고 싶어서…… 우스운 이야기지요……"

작자가 횡설수설 지껄여댄 이야기들로 미루어보면, 그는 아마 대학 시절에 말썽깨나 피운 데모꾼이었던 것 같았다. 그가 하고 있는 이야기들은 그 학교 시절의 시위에 관한 회상임이 분명했다. 그의 대학 재학 시기 역시 학생 시위가 빈발하던 한일회담 진행기를 전후하고 있었다. 그런데 그 시위 이야기에 관한 그의 회상 가운데는 분명히 어떤 심상치 않은 의식의 도착 증세가 엿보이고 있었다. 그는 교문을 뛰쳐나가고 싶어 시위를 벌인 것이 아니라, 학교를 다시 들어가려고 시위를 벌였노라는 주장이었다. 그의 이야기는 언제나 교문을 뛰쳐나가려던 쪽이 아니라, 그 교문을 다시 들어가려고 했던 쪽에 기억의 초점이 맞춰지고 있었다. 교문을 나가려 했던 쪽은 아예 기억조차 들추려 하지 않거나, 그 자신도 어쩌면 그걸 까맣게 망각해버리고 있는 것 같은 표정이었다. 기이한 의식의 전도였다.

하지만 윤일섭의 그런 도착은 그의 직장 생활에 대한 고충담과 불평 가운데서도 더욱 현저하게 드러났다. 그는 학교 시절 이야기에 한동안 열을 올리다간 종종 자신도 모르게 그 은행 시절까지 훌쩍 말을 비약해버리는 일이 흔했는데, 그렇게 되면 일섭에게는 이미 자신의 사고로는 도저히 수습할 수 없는 심각한 혼란이 야기되곤 하였다.

"하지만 어떻게 보면 전 참 재수가 좋은 편이었어요. 우리는 끝끝내 그 교문을 맘대로 들어갈 수는 없었지만, 그 대신 전 그보다도 더 비좁고 육중한 은행 문을 용케 들어갈 수 있었으니까요. 무슨 뜻인지 아시겠습니까? 은행 문을 들어가서 생각하니 전 그때 교문을 들어가기 위해 그토록 심한 소동을 벌인 것이 사실은 그 화성인들이 지키고 있는 학교 문이 아니라 은행 문을 돌진해 들어가기 위한 사전 연습이 아니었던가 싶어지는군요. 아마 선생님은 그 기분 모르실 겁니다. 하하…… 뭐랄까…… 선생님은 은행이라는 데가 어떤 덴 줄 아십니까? 철창문을 가운데로 척 가로막아놓고, 그 철창문 양쪽으로 한쪽에선 안으로 밀려들어가고 싶어 호시탐탐 기회를 엿보고 있는 사람들과, 다른 한쪽에선 이미 그 철창문 안에다 자리를 잡아놓고 바깥 사람들에게 기회를 주지 않으려 쉴 새 없이 틈입자들을 감시하고 그자들을 내쫓을 채비를 하고 앉아 있는 그런 사람들과의 살벌한 대치장 같은 곳이죠. 안쪽 사람들은 그 채비가 얼마나 대단한 줄 아십니까? 기회 있으시면 선생님도 언제 그 사람들이 싸움에 대비하고 있는 완벽한 포진을 한번 살펴보십시오. 맨 앞쪽 쇠창살가, 그러니까 바깥 사람들의 공격에 대비한 제일 방어선은 은행원들 중의 제일 쫄자들이 맡고 있어요. 그다음 제이선에서 그 쫄자들을 지휘 독전할 자리는 대리급 위인들이…… 그런 식으로 완전한 피라미드 포진이지요. 이렇게 되면 자리가 가장 위험한 곳은 쇠창살 밑의 쫄자들 처지임이 뻔하지요. 싸움만 벌어졌다 하면 제일 먼저 제물이 되어야 할 친구들이 바로 그 작자들이거든요. 그래서 이 친구들은 틈만 나면 늘 한 발이라도 뒷줄 쪽으로 자리를 옮겨 앉고 싶어 안달 아닙니까. 승진이라는 게 뭡니까. 승진이라는 게 바로 그 일선 창살 아래서 한 발이라도 더 안전한 이선 삼선으로 자리를 옮겨 앉게 되는 것 아닙니까. 우리는 누구나 그걸 바라지요. 그리고 좀처럼 해선 마음을 못 놓습니다. 싸움이 촉박하면 촉박해질수록 말입니다. 그런 점을 죄 알아차리고 보면 우리가 학교 시절에 그토록 열심히 시위를 벌이면서 소망한 곳이 어떤 곳이었는지 쉽게 짐작할 수 있지 않겠어요. 전 은행 사무실의 그 희한하고도 음흉스런 좌석 배치의 비밀을 알고 나서 비로소 그것을 깨달을 수 있었지요……"

걷잡을 수 없는 비약과 전도가 함부로 감행되고 있는 얘기였다.

손 박사는 그래 어느 날 마침내 윤일섭의 전 근무지 점포를 찾아가본 일까지 있었다. 은행 점포의 좌석 배치에 관한 이야기가 의외로 잦았던 데다 윤일섭의 그런 점포 얘기 가운데는 그에게도 분명하게 지펴오는 것이 한 가지 있었기 때문이었다. 손 박사는 이미 윤일섭의 의식 가운데에 끊임없이 부침을 계속하고 있는 어떤 부도덕한 사물의 양상을 보고 있었다. 보기에 따라 그것은 지극히 사소하고 우연스런 현상에 불과할 수도 있었지만, 손 박사는 그것을 버릴 수는 없었다. 그래 그는 그날 점심시간에 잠깐 틈을 보아 윤일섭의 옛 출근 점포로 급히 차를 몰아간 것이다.

하지만 그는 그 은행 점포의 출입문을 들어선 것으로 이미 더 이상의 수고가 필요 없었다. 그는 그길로 그냥 은행 문을 다시 돌아나오고 말았다. 그리고 그 나이가 되도록 어떻게 아직 은행 구경을 한 번도 제대로 못해본 자신을 웃고 있었다. 어슴푸레 짐작하고 있던 일이긴 했지만, 은행 창구는 역시 쇠창살이 아니었다. 윤일섭이 늘상 말하듯 군대의 포진처럼 피라미드형의 배치도를 그리고 있는 은행의 영업창구는 그러나 그의 말처럼 살벌한 쇠창살 칸막이로 가로막혀 있지는 않았다. 옛날에는 그랬었을 수도 있었겠지만, 그 창구는 이제 윤일섭의 쇠창살 대신 두껍고 투명한 안전

유리로 간단한 칸막이가 되어 있을 뿐이었다.

손 박사는 이제 그것으로 만족이었다. 그는 윤일섭의 의식 속에 숨어 있는, 그러면서 끊임없이 그에게 어떤 도착을 강요해온 장애의 원흉을 본 것이었다. 학교 때 이야기에서나 은행 시절에 관한 불평 중에서 일섭이 공통적으로 늘 눈앞에 두고 있는 것이 그 쇠창살이었다. 쇠창살이 언제나 그의 앞을 가로막고 있었다. 윤일섭은 끊임없이 그것을 보고 있었지만, 그러나 그 은행 창구에는 실제로 그의 그런 쇠창살은 없었다. 윤일섭만이 그것을 보고 있었다. 그리고 그것이 윤일섭을 방해하여, 그의 사고를 전도시키며 불안스럽게 그를 괴롭히고 있었다. 일섭의 의식 속에 숨어 있는 그 쇠창살을 찾아낸 이상, 그리고 그 쇠창살의 유래를 이미 그의 진술 가운데서 읽어낸 이상 손 박사에겐 이제 환자의 치료가 시간문제 이외의 아무것도 아니었다.

손 박사는 이제 슬그머니 졸음기가 오기 시작했다. 점심을 끝내고 나면 매일마다 한 차례씩 미간을 스쳐 가는 졸음기였다. 손 박사는 그러나 대개 그 졸음기를 잘 견뎌 이겨온 편이었다. 병원에는 언제나 일손이 모자랐고, 그보다도 그 졸음기 자체가 사람의 의식을 마비시키는 비생산적인 자기 소모였기 때문이다.

하지만 이날만은 손 박사도 그 졸음기를 쫓지 않았다. 한나절 내내 머릿속이 괜히 편안치 못했기 때문이었다. 마음을 달리 갖는다고 사실이 변경될 수는 없는 것이지만, 아직은 그 사실이라는 것 역시 어디를 어떻게 향해 가고 있는지가 불분명한 상태였다. 윤일섭이 병원을 자주 찾고 있다는 사실만이 막연한 예감으로 그를 불안하게 할 뿐이었다. 그것은 보다 더 쓸모없는 자기 소모였다. 그는 이제 그만 윤일섭의 일을 잊어버리고 싶었다. 낮잠으로 잠깐 그에 대한 생각을 쫓아버리기로 작정했다. 직원 전용 화장실을 한 차례 더 다녀오고 난 손 박사는 이윽고 그 게으른 낮잠 속으로 기분 좋게 자신을 내맡겨버렸다.

3

 윤일섭은 여전히 아직 창경원의 사자 우리 앞을 떠나지 않고 있었다. 우리 저쪽 사자 놈은 이제 한쪽으로 좁게 말려들어간 그늘을 찾아 앞다리와 고개를 한쪽으로 가지런히 모아 눕힌 자세로 벌써부터 게으른 낮잠을 즐기고 있었다. 여름 한나절 볕발이 오래잖아 그 좁은 그늘 조각마저 말려버릴 듯 가파른 고비에 머물러 있었다.
 윤일섭은 그러나 가슴팍을 서물서물 흘러내리는 땀줄기를 느끼면서 끈질기게 그 우리 앞을 지키고 앉아 있었다.
 ─내가 여기 이러고 계신데, 네놈이 거기서 편한 잠을 잘 수 있을 듯싶으냐, 이 늙어빠진 사자탈춤 탈바가지 상판대기야.
 녀석에 대한 질투는 이제 그 더운 날씨와 낭패감으로 하여 윤일섭으로 하여금 더욱 악에 받친 인내력을 발휘하게 했다. 그는 끝끝내 기다릴 작정이었다. 그리고 오늘이야말로 어떤 식으로든 녀석과 결판을 내야겠다고 골백번 다짐을 되풀이했다. 도대체 녀석을 그냥 용서하고 돌아설 수가 없었다. 녀석의 그 도도하고 오만스런 자태를 그냥 보아 넘길 수가 없었다. 그것은 사실 손영묵 박사가 말한 그의 병태라는 것과도 별로 상관이 없는 일이었다. 적어도 그의 그런 행동으로 해서 그의 병태를 치유시켜주고자 애쓰고 있는 손 박사의 노력을 속이는 일은 없었다. 손 박사는 남의 마음을 읽어내는 덴 워낙 귀신같은 데가 있는 위인이어서 애초 그를 속인다는 게 가능한 일도 아니었다. 그 손 박사조차도 일섭이 누구를 골려주고 골탕을 먹이고 싶어 못 견뎌 하는 데 대해선 웬일인지 별로 관심을 기울이지 않고 있는 터였다. 손 박사를 만난 후로 윤일섭이 제일 먼저 어떤 치유 효과를 본 게 있다면 그건 그 자신으로서도 분명 어떤 의식의 장애 현상을 조금씩 수긍하게 되고 있다는 점이었다. 그것은 물론 손 박사가 일섭에게 그것을 시인하지 않을 수 없도록 꾸준하고도 철저한 설득을 계속해온 덕분이었다. 그리고 그 결과로 일섭이 그의 의식의 장애와 관련하여 스스로에게 발견할 수 있었던 중요한 병태의 하나가 바로 그 가학성 유희 본능(이것은 물론 손 박사가 그에게 이름을 붙여준 말이지만)이었다. 하지만 손 박사는 또 어찌 된 영문인지 일섭이 스스로 찾아낸 그 자신의 병태에 대해선 별로 주의를 기울이는 기색이 안 보였다. 일섭은 거의 같은 이야기를 손 박사와 골백번씩 되풀이하고 있었으므로 이젠 거의 그와의 이야기 내용을 외워버릴 정도가 되었는데, 그런 때의 손 박사는 그 가학성 유희욕이 아니라 그로서는 정말 흥미가 없는 그 은행 창구의 쇠창살 따위에 관심이 쏠려 있곤 했다.

"윤 형은 아마 학교 안으로 교문을 뚫고 들어가기 위해서가 아니라, 거꾸로 그 문을 뛰쳐나가기 위해 정력을 쏟고 있었을 겁니다."

일섭을 상대로 한 손 박사의 설득은 대개 그런 식으로 서두가 시작되곤 했다.

"잘 생각해보아요. 윤 형은 그때 그 학교 문을 들어가고 싶어 했다고 믿고 있지만, 그건 윤 형이 순서를 뒤바꿔 그렇게 믿고 싶어 하고 있는 것일 뿐 사실은 그렇지가 않아요. 실제로 윤 형은 그때 문을 들어가기 위해서보다 먼저 거길 뛰쳐나오기 위한 시위를 시작했던 거 아니었소? 문을 나가고 싶어 애써 나가고 보니 그 문이 뒤에서 닫혀버린 걸 보고 이번엔 거꾸로 그 문을 다시 들어가고 싶어 하질 않았느냔 말이오. 그러니까 내 말은 윤 형이 그때 문을 들어가고 싶어 했노라고 믿고 있는 건 사실은 문을 나가고 싶어 했던 욕망에 대한 기억의 전도이며, 윤 형 들에게 문을 들어가지 못하게 가로막고 있었던 사람들도 사실은 윤 형 들이 문을 들어가지 못하게 하기 위해서가 아니라 윤 형 들에게 그 문을 다시 나가지 못하게 하기 위한 목적에서였단 뜻이지요. 문을 나가지 못하게 하는 가장 좋은 방법은 처음부터 그 문을 나가고 싶어 하는 자들을 안으로 들여놓지 않는 것일 테니 말이오……"

그런 식으로 한번 이야기가 시작되고 보면 손 박사와 일섭 사이엔 또 그 학생 시절과 은행 쇠창살을 중심으로 한 심각한 설전이 무한정 계속되어나가곤 했다.

"문을 들어가기 위해서가 아니라 나가기 위해서였다는 점이 사실로 납득될 수 있다면, 윤 형은 아마 그럼 어째서 윤 형에게 그런 기억이나 사고의 전도가 저질러지고 있는지 이유가 궁금해지겠지요. 하지만 그건 간단한 이야깁니다. 윤 형의 은행 시절을 한번 상기해보세요. 윤 형에겐 그 은행 시절에 대해서도 똑같은 양상의 전도가 되풀이되고 있었으니 말입니다. 윤 형은 아마 은행을 들어가 참 재수가 좋은 편이었다고 생각하고 있었다지요. 그리고 그 은행 창구의 쇠창살을 사이에 두고 앉아 그곳을 밀고 들어오고 싶어 하는 사람들을 바라보며 자신을 무척 다행스럽게 생각했겠지요? 하지만 정말일까요? 그게 정말로 윤 형의 그때 진심이었을까요? 아니지요. 아니었을 겁니다. 내 보기엔 그때의 일에 대해서도 윤 형은 똑같은 전도를 저지른 것이에요. 윤 형은 그때 자신의 처지를 만족스러워하고 안도감을 느끼기는커녕 사실은 갈등투성이였습니다. 은행에 들어온 걸 다행으로 여기면서 보다 더 안전한 자리를 얻기 위해 피라미드형으로 포진된 그 점포의 안자리를 탐내고 있었던 게 아니라, 윤 형은 오히려 당장이라도 그 답답한 포진 속을 뛰쳐나가 쇠창살 너머 사람들과 한데 어울리고 싶은 심정이었을 거란 말입니다. 왜 그랬는지 아십니까? 그야 물론 내가 다시 설명할 필요도 없는 일이지만, 그건 윤 형이 그 학생 시절에 무엇을 생각하고 무엇을 이루고자 했던가를 돌이켜보면 스스로 해답이 구해질 겁니다. 그 문을 들어가고 싶어 한 게 아니라 나가고 싶어 했었다는 사실을 사실대로 받아들일 수 있다면 말입니다. 그럼 윤 형은 그때 도대체 무엇 때문에 그토록 문을 나가고 싶어 했겠습니까. 무엇 때문에 윤 형은 한사코 그 문 밖을 소망하고 있었겠느냔 말입니다. 아니, 이건 굳이 정치적인 논의나 사회 현실 같은 것들하곤 상관을 지어 생각할 필요도 없습니다. 윤 형의 젊음 때문이었지요. 그 젊음에 넘치는 자유 때문이었다고 해도 좋겠지요. 젊은 사람이라면 누구나 그럴 수 있는 자유에의 열망, 윤 형이 믿고 신봉해온 그 자유에의 실천적 의지 말입니다. 그것이 아마 사실이었을 겝니다. 그런데 그 윤 형 앞에 다시 은행 창살이라니, 윤 형의 젊음은, 윤 형의 자유와 그 자유에 대한 꿈은 날개가 꺾인 형국이었지요. 쇠창살을 부수고 윤 형은 다시 그 사람들 사이로 뛰어들고 싶은 충동에 자주 쫓기고 있었습니다. 그리고 그 사람들 가운데서 아직도 꺼지지 않은 윤 형의 꿈을 실현해보고 싶었습니다. 하지만 윤 형은 결국 그 은행의 문을 부수고 나갈 수는 없었습니다. 왠 줄 아십니까? 그것은 학교 시절부터 윤 형에게 수없이 되풀이되어온 실패의 기억 때문이었습니다. 문을 나서기만 하면 윤 형에게 가해진 그 비정스런 복수의 기억들 말입니다. 거기서부터 윤 형은 서서히 그 사고의 전도가 이루어지기 시작합니다. 실패와 복수의 기억이 언제나 윤 형을 방해하고 있었으니까요. 윤 형은 은행 문을 뛰쳐나가고 싶어 하면서도 한편으로는 또 그러는 자신을 두려워하고 있었습니다. 낭패와 복수의 기억 때문에 자신의 욕망을 정직하게 시인할 수가 없게 되었습니다. 윤 형의 열망이 거기서부터 거꾸로 심한 금기 의식으로 잠재하기 시작한 것이지요. 밖으로 나가고 싶다는 욕망이 거꾸로 안으로 들어가고 싶다는 쪽으로 음흉한 탈바꿈을 감행하여 스스로를 위장하기 시작했단 말입니다. 은행 시절에 이루어지기 시작한 윤 형의 그런 전도가 이번에는 순서를 바꾸어 거꾸로 윤 형의 학교 시절에 대해서까지 완전히 기억을 뒤바꿔놓기에 이르렀던 것이지요.

그러나 윤 형은 물론 그렇게 자신을 속이는 것으로는 마음이 편해질 수가 없었지요. 스스로를 속이고 위장하는 행위가 이번에는 윤 형 자신의 진실로부터 복수를 당해야 했기 때문이지요. 윤 형은 여전히 불안하기만 했습니다. 그래서 윤 형은 그 자기 복수에 대항할 편리한 구실을 생각하기 시작했지요. 은행에서의 윤 형은 그 쇠창살 안에 자리를 잡고 있는 사람들이 서로들 자신의 안전만을 도모하고 있다고 생각하였지요. 쇠창살가에 앉아서 여차하면 누군가가 그 쇠창살 밖으로 밀어낼 음모를 꾸미고 있는 것 같은 불안감을 스스로에게 강요하면서 말입니다. 몇 차례의 대리 승진 기회가 납득할 만한 이유 없이 헛되이 지나가버린 사실은 그런 윤 형에겐 썩 다행스런 구실이 될 수 있었을 겁니다. 윤 형의 그런 진실과 위장 간의 싸움은 별로 오래가지도 않았습니다. 안과 바깥을 완전히 뒤바꿔놓고 싶은 윤 형의 욕망은 언젠가 윤 형의 그 있지도 않은 은행의 쇠창살을 눈앞에 보기 시작하면서부터 마지막 완성을 보게 되었기 때문이지요. 은행 창구가 쇠창살로 되어 있지 않다는 사실을 기억해내신다면 윤 형은 아마 그 점을 시인할 수밖에 없을 터이지만, 윤 형에게서 그 위악적인 자기방어의 도착이 이루어진 것은 아마 그 무렵부터가 틀림없을 것입니다. 더욱이나 이제 학교 때의 일까지도 그것을 안에서 밖으로가 아니라 바깥에서 안으로라는 것으로 완전히 방향을 뒤바꿔놓고 보니 윤 형에겐 이제 자신의 위장이나 도착에 대해 마음을 불안해할 일조차도 전혀 필요가 없어져버린 것입니다. 하지만 윤 형의 그런 위장과 자기방어의 노력들은 결국 윤 형의 진심이 얼마나 그 쇠창살을 넘어 바깥세상으로 나가고 싶어 하고 있는가를 말해주는 것 이외의 아무것도 아닌 겁니다. 윤 형도 아마 분명히 기억하고 있을 것입니다. 윤 형이 그 윤 형의 젊은 자유를 실현하고 싶었던 곳이 그 교문이나 은행 쇠창살의 안쪽이 아니라 바깥쪽이었다는 걸 말입니다……"

손 박사야말로 참으로 똑똑한 의사였다. 윤일섭은 도대체 그의 정연한 논리를 부인할 재간이 없었다. 환자의 속마음을 읽어내는 그의 눈길을 피해낼 수가 없었다. 하지만 일섭은 그의 마음을 읽어내는 손 박사의 눈길이 매서우면 매서울수록 작자가 싫어졌다. 어떻게 하든지 작자가 찾아낼 수 없는 자신의 비밀을 한 가지쯤 남겨두고 싶었다. 그리하여 기회가 있으면 그 잘난 체하는 의사 녀석을 한번쯤 코가 납작하게 골탕을 먹여주고 싶기도 했다.

그러나 그에게는 도대체 틈이라는 게 엿보인 적이 없었다. 손 박사의 지적을 모두 옳다고만 할 수는 물론 없었다. 일섭은 그의 말에 자주 가슴이 놀라고 있었을 뿐 그의 지적을 한결같이 자신의 병인으로 삼아버릴 수는 없었다. 하지만 손 박사의 치밀하고 조직적인 논리는 그 자체로서 일단 부인할 길이 없었다. 그리고 그런 식의 이야기가 수도 없이 날마다 계속되다 보니 일섭은 위인에게 골탕을 좀 먹여주고 싶다는 생각을 제쳐둔 채 때로는 자신도 모르게 그의 편이 되고 마는 수가 있었다.

"바깥으로 나가고 싶은 욕망을 복수가 두려워 거꾸로 안으로 들어가고 싶은 쪽으로 자신을 위장하고 지낸다면 그건 참 치사하고 비겁한 노릇이 아니겠군요."

어느 날 일섭은 제법 홀가분한 표정으로 그런 소리까지 지껄여 대고 있었다. 하지만 손 박사는 거기까지도 이미 다 대답을 준비하고 있었던 사람처럼 거리낌이 전혀 없었다.

"그야 치사하기로 말하면 밖으로 나가고 싶은 욕망의 위장으로서가 아니라 진심으로 안으로만 들어앉고 싶어 그러는 사람들도 얼마든지 많으니까……"

"그렇다면 저의 그 가학성 유희 욕망이라는 건 어떻습니까? 그것도 저의 도착이라는 것과 무슨 상관이 있는 것일까요?"

"물론이지요. 윤 형의 위장이 아무리 완벽한 것이라 하더라도 그 위장 속에 숨어 있는 윤 형의 진실이 아주 질식해 죽어버린 것은 아니니까요. 윤 형의 본심은 언제고 다시 그 위장막 위로 얼굴을 내밀려고 하고 있습니다. 그런 때는 윤 형이 다시 불안해질 수밖에 없는 거지요. 불안해서 윤 형은 자신도 모르게 자꾸 그 자신의 진실을 안으로 안으로 억눌러버리려고 합니다. 그 진실을 윽박질러버리기 위해 더욱더 철저하게 자신을 위장하면서 말입니다. 이를테면 윤 형의 진심은 자꾸만 그 바깥을 향하려 하는데, 그걸 억누르고 자신을 위장하려니까 윤 형은 거꾸로 누군가가 자꾸 자신을 그 바깥으로 떠밀어내려는 걸로 도착을 감행한단 말입니다. 그리고 그 도착 속에서 윤 형은 정말로 누군가가 자신을 밖으로 내쫓으려 하고 있는 것처럼 불안해합니다. 이번에는 윤 형의 진실이 아닌 그 위장되고 도착된 윤 형이 말입니다. 그래서 윤 형은 그 불안의 요소를 해소시키기 위해 주위에 대해서 먼저 공격을 취하기 시작하는 겁니다. 자기가 쫓겨나기 전에 상대방을 먼저 내쫓기 위해서라고 할까요? 그게 버릇으로 굳어져버린 거지요. 윤 형도 생각해보면 기억이 나겠지만 윤 형이 그런 장난을 꾸미고 있을 때란 그러니까 최초엔 윤 형의 안에 숨어 있던 진실이 고개를 들고 나오려 함으로써 윤 형으로 하여금 연쇄적으로 불안을 느끼게 하고 있을 때라고 말할 수 있지요."

"전 이제 어떻게 해야 합니까? 정말로 제게 그런 도착 현상이 일어나고 있는 게 사실이라면 전 그럼 이제부터 어떻게 해서 그런 장애를 해소시킬 수가 있습니까?"

이야기가 그쯤 이르고 보면 일섭은 이제 제풀에 질문을 멈출 수가 없어졌다. 그리고 손 박사는 언제나 그러는 일섭을 환영했다.

"그야 윤 형의 질문 가운데에 해답이 들어 있지 않습니까. 바깥으로 나가고 싶은 윤 형의 참욕망을 윤 형 스스로 정직하게 시인할 수 있도록 되어야지요. 그렇게 되기 위해서는 아마도 우선 윤 형의 마음 가운데 깊이 자리 잡고 있는 그 불편스런 쇠창살부터 지워 없애야 할 겁니다. 윤 형의 마음 가운데에 쇠창살이 남아 있는 한 윤 형에겐 언제나 안과 밖의 구분이 남아 있게 마련이고, 그 안과 밖이 뒤바뀌는 도착 현상은 언제든지 다시 재현될 가능성이 잠재하고 있는 것이니까요. 글쎄, 이 세상일이란 따지고 보면 모든 것이 그렇게 여기다 저기다 확연하게 구분이 지어져 있는 것만은 아니잖아요. 윤 형은 은행 쇠창살 안에 앉아 있으면서도 사실은 그 바깥 사람들의 한 부분으로 그 속에 섞여 살고 있었던 셈이며, 그와 반대로 윤 형이 지금 그 바깥 사람들 사이에 몸을 섞고 지내고 있다 하더라도 마음은 오히려 쇠창살 안에 갇혀 지내고 있었던 경우를 볼 수 있지 않습니까. 세상일엔 지금 윤 형한테서처럼 그렇게 분명한 구분을 지어 말할 수 없는 경우가 많지요. 윤 형이 지금 서 있는 곳 그곳이 창살의 안이거나 바깥이거나 윤 형은 항상 사람들과 함께 있는 것이요, 윤 형의 그 자유와도 또한 함께 있는 것이에요. 안과 밖을 그토록 분명하게 갈라놓고 있는 것은 다만 그 윤 형의 마음속에 숨어 있는 쇠창살뿐이라고 말할 수 있지요."

"하지만 제 마음속에 숨어 있다는 그 쇠창살이라는 것은 우리 주변에 현실로서도 존재하고 있는 것들이 아닙니까. 학교의 문이나 은행 창구 같은 데는 말입니다. 그것을 어떻게 제 마음속에서만 제거해버릴 수 있습니까?"

"사실을 사실대로만 인정한다면 그건 물론 병이 될 수 없는 것이지요. 윤 형은 그 사실을 너무 과장해서 받아들이고 있는 데에 문제가 있는 거지요."

"제가 어떻게 사실을 과장하고 있습니까?"

"언제 기회가 있으면 다시 가봐도 좋겠지만, 지금 여기서라도 그 윤 형의 은행을 한번 생각해보세요. 그 은행이라는 데는 사실 쇠창살이 없습니다. 혹 그런 데가 아직도 남아 있는진 모르지만 적어도 윤 형네 은행 점포 창구는 쇠창살이 아니라 유리 칸막이가 되어 있어요. 한데도 윤 형은 은행을 말할 때마다 늘 그 창구의 쇠창살을 보고 있었어요. 그건 그 은행 창구가 아니라, 윤 형 자신의 마음속에 숨어 있는 쇠창살의 환영을 보고 있었던 것이지요."

손 박사는 어느 틈에 일섭의 옛 직장을 찾아가 창구의 모습까지 다 확인해놓고 있었다. 못 당할 위인이었다. 그는 무엇보다 그의 마음으로부터 사실을 과장해 받아들이고 있는 쇠창살의 존재부터 부숴 없애랬다. 그래서 다른 사람과 자신 사이를 갈라놓지 말고, 안과 바깥을 갈라놓지 않게 되도록 노력해보라는 충고였다. 그 외에는 아무것도 문제 될 게 없다는 것이었다. 일섭이 차츰 자신의 병태로 인정하기 시작한 그 가학성 유희욕이라는 것에 대해서도 손 박사는 지극히 낙관적인 태도였다.

"그건 따로 염려할 일이 못 돼요. 윤 형에게 늘 그 안과 밖이 따로 있기 때문에 윤 형은 누군가가 윤 형을 밖으로 내쫓으려 하고 있는 것 같은 불안한 자기 도착에 빠지게 되고, 그래서 윤 형은 그런 불안을 이기기 위해 상대방을 먼저 공격하게 된다는 점은 아까도 설명했지요. 그런데 윤 형의 그런 자기방어 욕망이 윤 형에겐 다른 일에서도 늘 그랬듯이 정면으로 떳떳하게 표현되질 못하고 은밀한 복수심으로 변형되어 나타난 것입니다. 상대방을 속이고, 상대방이 골탕을 먹고 낭패를 겪는 것을 보고 윤 형은 그 자기방어의 욕망을 간접적으로 만족시키고 있었던 격이란 말입니다. 쇠창살에서부터 비롯된 이차 병증의 한 현상일 뿐이에요. 윤 형의 노력으로 그 마음속의 쇠창살이나 안팎의 도착증이 제거되고 나면 그런 외형적인 증상은 저절로 자취를 감추어가게 될 겁니다."

시일이 지나다 보니 손 박사의 말은 상당량 사실로 증명되어가는 부분이 있었다.

일섭은 손 박사의 충고대로 자기 마음속의 쇠창살을 뽑아내는 데에 그런대로 정직한 노력을 기울였다. 그리고 이번에는 손 박사의 충고에 의해서가 아니라, 그 스스로의 노력으로 안과 밖의 경계선을 지우는 데 상당한 성공을 거두고 있었다. 손 박사의 장담대로 쇠창살의 그림자가 마음속에서 차츰 자취를 감춰가자 그의 유희욕 역시 제풀에 점점 흥미가 떨어지기 시작했다. 전날처럼 불안스런 생각도 덜했고, 더군다나 누군가 주위 사람을 골려주는 따위의 장난에는 흥미나 쾌감을 느낄 수가 없게 되어갔다.

그러자 어느 날 손 박사는 마침내 그를 집으로 돌아가라고 했다. 집에서 쉬면서 일주일에 한두 번 정도 병원으로 와서 자기를 보고 가기만 하면 된다는 것이었다.

일섭은 입원 때처럼 별 군소리 없이 그날로 곧 병원을 나왔다. 그리고 손 박사의 당부대로 며칠씩 만에 한 번씩 병원을 찾아가 그를 만나곤 하였다.

그런데 그게 문제였다. 퇴원 후에 몇 번째던가 병원으로 그 손 박사를 찾아가 만난 날이었다. 손 박사는 그날 일섭을 보자 이제 모든 게 잘되어가고 있다면서, 뭣하면 집으로 돌아가는 길에 창경원 소풍이라도 잠깐 하고 가는 게 어떠냐고 친절한 충고를 덧붙였다. 손 박사로선 그쯤에서 아마 일섭의 치료 효과를 한 번 더 확인해보고 싶었던 모양이었다. 손 박사의 의도가 어떤 것이었든 일섭으로서는 어쨌든 고마운 조언이 아닐 수 없었다. 오랜만에 바람이라도 좀 쐴 겸 창경원 문을 들어선 일섭은 거기서 비로소 손 박사의 음흉스런 음모를 깨달은 것이다. 그리고 그 손 박사의 교묘한 음모에 감쪽같이 속아온 자신을 다시 발견한 것이다.

그것은 참으로 커다란 각성이었다. 그리고 기묘한 인연이었다. 일섭의 발길이 우연히 원숭이 우리 앞에 몰려선 한 떼의 사람들 사이로 끼어들었을 때였다. 쇠철망 안에서는 아프리카산 침팬지 한 쌍이 바야흐로 한창 재롱을 피우고 있는 중이었다. 한 녀석은 그 넷줄 끝에 대롱대롱 매달린 채 보아란 듯 그 시뻘건 밑구멍을 내둘러대고 있었고, 다른 한 녀석은 사람들과 가까운 철망으로 다가와 위협이라도 하듯 공연히 철망을 세차게 흔들어대며 꽥꽥 소리를 질러대고 있었다. 일섭은 발길을 머무르고 서서 한동안 녀석들의 그 흉측스런 밑구멍 쪽에 바보같이 정신이 팔려 있었다. 그것은 마치 녀석의 엉덩이에 분홍색 호박꽃이 피어 있는 것 같기도 했고, 낮에도 빛이 나는 사이키 핑크의 형광질 옥도정기를 흠뻑 처발라 놓은 것 같기도 했다.

저 녀석은 밑구멍이 항상 박하처럼 시원하겠군.

그는 쓸데없이 그런 부질없는 상상을 하고 있다가 느닷없이 히히 하고 실없는 웃음소리를 흘리고 말았다. 그런데 그 윤일섭이 바보스런 웃음소리를 자신의 귀로 들은 순간이었다. 그는 방금 그 침팬지 녀석으로부터 참을 수 없는 조롱을 당하고 있는 것 같은 생각이 들었다. 그는 불같이 화가 치밀었다. 땅바닥에서 흙모래를 쓸어다가 녀석의 시뻘건 밑구멍을 힘껏 후려쳐주고는 그길로 곧 발길을 돌이켜버렸다. 심한 모욕감 때문에 아직도 숨소리를 씨근거리며 다시 발길을 머무른 곳이 그 동물원 입구 쪽 사자 우리 앞이었다. 그리고 그는 거기서 비로소 무엇 때문에 그 하찮은 축생 앞에 자기가 그토록 화를 내었는지 어슴푸레 그 까닭을 깨닫기 시작했다.

사자 우리 앞에 몰려선 사람들은 터무니없이 모두 기가 잔뜩 죽어 있었다. 행여 녀석의 비위를 건드리게 되지나 않을까 걱정스러운 듯 한결같이 거동들이 조심스러웠다. 녀석이 마치 사람의 말을 알아들을 수 있기나 한 것처럼 녀석 앞에선 갑자기 목소리가 공손해지거나 아예 입을 다문 채 숙연스런 표정으로 침착스레 우리 앞을 지나갔다. 어쩌다 녀석과 눈길이라도 마주치면 시선을 피하는 건 오히려 사람들 쪽이었다. 그건 아무래도 사람들이 녀석을 구경하는 게 아니라 녀석 쪽에서 사람들을 구경하고 있는 격이었다. 그리고 그런 사정은 앞서의 원숭이 우리 앞에서도 물론 마찬가지였다. 거기서도 구경을 하는 쪽은 사람이 아닌 침팬지 쪽이었다. 원숭이들은 제 맘대로 짓궂은 장난질을 피워대며 사람들을 골려대고 있었다. 사람들은 그 원숭이들의 조롱을 받고도 모욕감조차 느끼지 못한 채 바보처럼 히히거리고 있었다. 원숭이 우리 앞에선 바보처럼 멍청하게 웃고만 서 있던 사람들도 이 등골이 섬뜩거리는 맹수류 앞에서는 감히 그럴 수조차 없는 꼴이었다.

　결국 손 박사는 여태까지 윤일섭 자기를 속이고 있었던 게 분명했다. 마음속의 쇠창살을 부숴 없애는 게 치료법의 첩경이라던 손 박사의 처방은 전혀 엉터리없는 거짓이었다. 손 박사가 뭐라고 궤변을 늘어놓고 있었든 세상에는 현실적으로 곳곳에 쇠울타리들이 마련되어 있었다. 그리고 그것은 물론 그 쇠울타리 안의 쾌적한 공간을 혼자 독차지하고 즐기려는 자들을 위한 영리한 고안이었다. 선택을 받은 자들은 그 안전한 쇠울타리 보호 속에서 기분 좋게 바깥세상 구경이나 하면서 살아가고, 선택받지 못한 자들은 바깥으로 쫓겨난 채 선택받은 자들의 모욕적인 눈길 속에 우왕좌왕 방황을 계속하고 있는 게 현실이었다. 그것은 참으로 윤일섭으로 선 커다란 각성이었다. 하물며 그 울타리의 안락한 보호가 사자 따위 들짐승에게까지 이르러 있음에랴.

손 박사도 실상은 그 선택받은 자들과 한 무리임이 분명했다. 손 박사에게도 자신의 쇠창살이 몰래 간직되어오고 있었을 건 두말할 나위가 없었다. 손 박사에게 그것이 없다면 정상이 아닌 것은 윤일섭 자기가 아니라 오히려 그 손 박사 쪽이었다. 손 박사는 이를테면 자신의 쇠창살을 교묘하게 숨기면서 윤일섭 그에게만 그것을 부수라 꾀어댄 셈이었다. 참으로 괘씸하고 가소로운 위인이 아닐 수 없었다. 손 박사가 그에게 자신의 쇠창살을 부수라 충동질한 것은 그를 그의 곁에서 내쫓으려는 음흉스런 꿍수 이외에 아무것도 아니었다. 더더구나 그 우리 너머 짐승에 대한 그의 정당한 분노를 아직도 제 마음속의 쇠창살을 부수지 못한 병태의 하나라 단정하려 든다면, 그건 사람과 축생의 위신을 뒤바꿔놓으려는 손 박사의 무서운 배신일 수밖에 없었다. 녀석을 결딴내놓고 말겠다는 일섭의 단호한 결의는 손 박사가 대수롭지 않게 말해버린 그 가학성 유희욕 같은 것일 수는 도저히 없었다.

일섭은 그날로 곧 녀석과의 사생결단을 각오했다. 그러한 사실을 굳이 손 박사에게까지 보고할 필요는 없었다. 손 박사의 음흉스런 계교가 발각된 이상 이제는 괘씸한 의사 나리조차도 싸움의 상대가 되지 않을 수 없었다. 작자가 원하는 대로 병태가 제법 나아진 척해 보이면서 녀석과의 싸움을 결단코 승리로 이끌어나갈 각오를 다짐했다. 그거야말로 건방진 우리 너머 축생도 이겨내고,

손 박사가 생각하는 쪽에선 결코 그의 증상이 나아질 수 없음을 증명해 보일 수도 있는, 그럼으로써 위인의 곁에서 자기를 내쫓으려는 작자의 음모를 보기 좋게 격파해버릴 수 있는 일석이조의 고급 전략이 아니겠는가.

사자 놈을 이기는 것은 손 박사마저도 이기는 것이었다……

하지만 우리 속의 사자 놈은 그런 일섭의 결의를 아랑곳할 리 없었다. 녀석은 그 벽 밑까지 바싹 졸아붙은 한낮의 그늘 조각 속에서 여전히 게으른 낮잠만 즐기고 있었다. 그리고 시간이 흐를수록 줄기찬 전의가 충만해 오르고 있는 일섭은 그 뜨거운 볕발 아래 시장기조차 잊은 채 기나긴 녀석의 낮잠이 끝나기만을 참을성 좋게 기다렸다.

그러고 있을 즈음이었다. 마침내 그 우리 속의 주인공에 대해 윤일섭 못지않은 심한 적대감을 품은 사내 하나가 다시 그곳을 찾아들어섰다. 전방 부대에서 갓 휴가를 얻어 나온 듯한 육군 사병 차림의 그 젊은이는 아마도 창경원과 살아 있는 사자 구경이 다 같이 처음인 듯한 위인이었다. 그는 별로 갈 데도 없이 서울까지 나왔다 창경원을 찾게 되었고, 창경원을 찾아들어와서도 별 재미가 없어 대낮부터 어디서 혼자 소주병이나 까고 있었음 직한 그런 군인 아저씨였다.

그 군인 아저씨가 작업모 차양 끝을 뒤로 잔뜩 젖혀 올린 채 비틀비틀 몸을 흐느적이며 사자 우리 앞을 지나가던 참이었다.

"아니 저거 사자라는 놈 아니가!"

우리 앞을 일단 심드렁한 표정으로 지나쳐 가는 듯싶던 그 아저씨, 무엇이 갑자기 그를 못마땅하게 했는지 몇 걸음도 못 가서 다시 발길을 되돌려 오더니 느닷없이 녀석을 향해 시비를 건네기 시작했다.

"그래 이 사자 놈아, 니놈이 그래 정말로 그 백수의 왕이라카는 사자라는 놈이가? 허긴 그 걸레술 같은 대갈통 터럭을 보니께네 네놈이 진짜 사잔 사잔 모양인기구나그래."

우릿가에 몰려선 사람들의 그 숙연스런 침묵과 조심성을 비웃어주기라도 하듯 군인 아저씨는 겁도 없이 고래고래 녀석의 잠을 방해하고 있었다. 우리의 주인공은 그러나 반응이 전혀 없었다. 군인 아저씨는 녀석에게 완전히 무시당하고 있었다. 하다 보니 아저씨는 점점 더 화가 치밀어 오르는 모양이었다.

"임마, 이 쬐그만 사자 새끼야. 니놈이 도대체 먼데 이 어르신네가 부르시는데도 함부로 그리 배때기를 내까고 들자빠져 있기만 하는 거고! 그라지 말고 존 말 할 때 고분고분 좀 일나보그라. 백수의 왕이란 놈이 비겁하게 그리 피해 자빠져 있을라카지만 말고 일로 와서 한번 왕자답게 나하고 맞서보그란 말이다. 니놈이 내게 덤벼들어주기만 함사 내 이 주먹으로 그냥 니놈의 골통을 보기 좋게 까부숴주꾸마!"

아저씨는 닭 모가지 틀어쥐듯 아직도 반쯤이나 술이 담긴 소주병을 하나 단단히 비틀어 쥐고 있었는데, 그는 그 소주병을 우악스럽게 휘둘러대며 금방 그 우리 안으로 몸을 돌진해 들어가기라도 할 듯 행투가 기고만장해져갔다. 우리 앞에 모여 서 있던 사람들이 그를 위해 멈칫멈칫 자리들을 옆으로 비켜주었다. 윤일섭 역시 작자에게 잠시 기회를 양보해주고 보는 수밖에 없었다. 그는 오랜만에 가슴속이 좀 후련해진 표정으로, 그러나 시시각각 선망과 질투가 교차하는 얼굴빛으로 작자의 수작을 초조하게 지켜보고 있었다.

"저 거렁뱅이 자슥! 똥이나 처묵을 짐생이 그래 이래도 후딱 일어나 오지 몬하겠나. 어디 보자, 이놈의 자슥!"

군인 아저씨는 자고 있는 녀석을 불러내기 위해 주먹으로 쇠창살을 텅텅 두드리며 쉴 새 없이 욕설을 퍼부었다. 드디어는 우리 안에서도 반응이 나타나기 시작했다. 울 밖의 소란 때문에 귀찮아 견딜 수 없다는 듯 사자 놈이 마침내 제자리에서 몸을 천천히 한 바퀴 굴려대고 나서 부시시 사지를 털고 일어섰다.

"오냐, 니놈이 이제사 귓구멍이 좀 뚫린 모양이구나."

녀석의 거동이 시작되자 군인 아저씨는 더욱더 의기가 양양해진 얼굴이었다. 그는 손에 쥔 술병을 쳐들어 목을 한차례 축이고 나선 점점 기승이 나서 녀석을 골려댔다.

"근데 일났으면 이 자슥아 이쪽으로 좀 썩 나서보지 뭣 땜시 그러고 멍청하게 서 있기만 허는 기야. 이 어르신네 팔뚝 맛이 그리 무서워 그러는 기야? 그래 무섭기도 할 끼다. 이 겁쟁이 늙은 쪼무래기 사자 새끼야!"

그는 이미 웃저고리 단추를 몽땅 다 풀어헤치고 있었다. 거기다 이번에는 시뻘겋게 술기가 내밴 팔뚝까지 훌훌 걷어붙이며 있는 호기를 다 부려대는 중이었다. 하지만 이제 막 노곤한 낮잠에서 깨어난 사자 녀석은 일단 철책에서 그리 멀지 않은 곳까지 어슬렁

어슬렁 허리를 출렁대며 다가왔을 뿐 이번에도 더 이상 작자의 수작은 아랑곳하기가 싫은 기색이었다. 일섭의 경우와 다름없이 녀석은 그리고 서서 아저씨 쪽은 눈길 한번 거들떠보지 않은 채 쇠울타리 사이로 먼 하늘만 묵연스레 건너다보고 있었다. 그리고 이따금은 세상만사 다 귀찮은데 덜 깬 낮잠이라도 한숨 푹 더 잤으면 싶은 듯 버릇없이 커다란 포효를 한두 번 끄렁 토해냈을 뿐이었다. 녀석으로부터 그런 무시를 당하면 당할수록 군인 아저씨는 더욱더 녀석 앞을 물러설 수가 없는 처지였다. 그는 남은 술로 연방 목을 축여가며 갖은 방법으로 계속 녀석을 충동질해대고 있었다. 그의 그런 방법마저 이상스럽게 모두 윤일섭의 그것과 유사한 것들뿐이었다. 하다못해 작자가 제 손으로 제 입을 찢어대며 윙윙 위협을 주는 짓이나 불시에 모래를 쓸어 끼얹어 녀석의 부아를 돋워보려는 수작이나 모두가 일섭의 그것 한가지였다. 일섭은 작자의 그런 수작에 넋이 다 홀랑 빠져버리고 있었다. 그는 작자의 거동 하나하나에 온 신경을 쏟아 감시를 하다 보니 자신이 괜히 아슬아슬하고 안타까워 견딜 수가 없었다. 하지만 철책 너머 사자란 놈은 누가 뭐래도 냉큼 작자를 상대해주러 나설 것 같지가 않았다. 일섭은 아저씨 쪽의 결단을 기다리고 있었다. 그의 호령이 모두 허풍이 아니라면 아저씨 쪽에서 결국 결단을 내리는 수밖에 다른 도리가 없어 보였다. 그는 이제나저제나 아저씨의 결단이 내려지기만 초조하게 기다렸다. 그것은 차라리 윤일섭 자신의 어떤 충동을 초조하게 참아 견디고 있는 것 한가지였다. 조마조마한 기분이 그의 얼굴에까지 역력히 드러나고 있었다.

이윽고 군인 아저씨의 한쪽 손에 들려 있던 술병이 바닥을 드러내갔다. 그러자 그의 얼굴에 비로소 어떤 단호한 결의가 떠오르기 시작했다.

　"좋다! 니놈이 정 그리 무서워 못 나서겠으문 내가 니놈한테로 쳐들어가주꾸마!"

　군인 아저씨는 결연스런 어조로 선언하고 나서 소주병을 발딱 뒤집어 남은 술을 깨끗이 다 바닥내버렸다. 작자의 거동을 지키고 있는 일섭의 표정이 극도로 초조해지고 있었다. 작자가 마침내 빈 병을 아무렇게나 땅바닥으로 팽개쳤다. 바로 그다음 순간이었다. 군인 아저씨가 뭔가 알아들을 수 없는 소리를 내지르며 벽력같이 쇠울타리 쪽으로 돌진해 들어갔다. 옆에 섰던 사람들에겐 미처 무슨 일이 일어나고 있는지도 알아차릴 수 없는 사이에 그는 어느새 바깥쪽 울타리를 지나 녀석이 기다리고 있는 안쪽 쇠울타리 벽으로 달라붙고 있었다. 여태까진 그저 아무것도 모른 척 한눈만 팔고 있는 듯싶던 우리 너머 맹수 놈이 그 순간엔 어디서 그런 날쌘 동작이 튀어나왔는지 털주걱처럼 커다란 앞발로 틈입자의 머리통을 잽싸게 내려 갈겨버린 것은 그것과 거의 같은 순간의 일이었다.

4

　손 박사가 모처럼 달콤한 낮잠에서 눈을 뜬 것은 이날따라 별나게 더 마음이 쓰이는 한 통의 전화 때문이었다. 치료 환자의 보호자가 굳이 손 박사와 상의할 용건이 있노란다는 간호원의 전갈에 수화기를 받아보니, 전화를 걸어온 게 하필 또 윤일섭의 아내였다.
"박사님, 쉬시는데 죄송해요. 박사님께밖엔 달리 의논드릴 데가 없어서 이렇게 전화드렸어요."
"아 전 괜찮습니다. 의논할 일이란 건 뭡니까?"
손 박사는 비로소 덜 깬 잠이 확 달아난 목소리로 여자를 재촉했다.
"의논드릴 일이란 물론 저의 그이에 관한 일이죠. 그이의 병세에 대해서 말씀예요. 제가 보기엔 요즘 그이의 행동이 아무래도 다시 이상스러워져가고 있는 것 같아서요."
역시 예감대로였다. 서두부터 조짐이 썩 수상한 소리들뿐이었다.
"거동이 이상해지다니요…… 어떤 식으로 말씀입니까……"
손 박사의 목소리가 새삼스럽게 다시 긴장하기 시작했다. 여자는 손 박사의 상상보다도 사정이 더욱 급박해진 모양이었다.
"아니 전화론 지금 말씀을 드릴 수가 없겠구요. 그래서 오늘 박사님을 찾아뵙고 이것저것 의논을 드려볼까 해서 먼저 전활 드린 거예요. 박사님을 찾아가면 시간이 있으실까요?"
여자가 직접 손 박사를 찾아오겠다는 것이다.
"전 바깥어른 증세가 그렇게 다시 심각해지고 있는 기미를 못 느끼고 있었습니다만…… 글쎄 부인께서 굳이 여기까지 나오셔야 할 필요가 있을까요. 정 뭣하시면 나와주셔도 상관은 없습니다만……"
여자가 느끼고 있는 긴박감 정도를 미리 점쳐보기 위해 일부러 좀 대수롭지 않은 투로 응대해보았으나, 여자는 역시 손 박사를 직접 만나보는 편이 낫겠다는 것이다. 그러고 나서 그녀는 갑자기 윤일섭이 아직 병원을 다녀 나가지 않았느냐 물어왔다. 손 박사가 벌써 다녀간 지가 오래라니까, 그녀는 남편이 아직 집엘 도착하지 않았다는 것이다.

"그거 보세요. 저도 어쩐지 그런 것만 같았어요. 다른 때 같으면 벌써 그이가 돌아오고도 남았을 시간인데 여지껏 이렇게 소식이 없어 불안해하고 있던 참이지 뭐예요. 그래 견디다 못해 박사님께 이런 전활 드리게 된 거예요. 아무래도 오늘은 제가 박사님을 한 번 만나 뵙는 게 좋겠어요."

일섭이 아직도 집엘 도착하지 않았다면 손 박사로서도 그건 좀 심상치 않은 일이었다. 윤일섭이라고 어디 갈 데가 없으리라는 법은 없었지만 예감이 우선 상서롭지가 않은 일이었다.

— 웬일로 오늘은 작자의 일이 이리 머릿속을 복잡하게 하지?

손 박사는 더 이상 그녀의 내방을 말릴 수가 없었다. 그는 여자에게 집에서 좀 시간을 두고 기다리라면서, 남편이 갈 만한 곳에다 연락을 해서 그의 행방부터 우선 알아보라고 했다. 그러고 나서 틈이 나는 대로 병원엘 한번 나와보는 것도 좋겠다 이르고는 그것으로 우선 전화를 끝냈다.

전화를 끊고 나서도 손 박사는 물론 마음이 다시 편해질 수가 없었다. 아무래도 위인의 일이 어딘가 잘못되어가고 있는 게 분명했다.

— 작자의 병태에 대한 내 판단에 혹시 어떤 착오가 있었던 건 아닐까?

손 박사는 버릇처럼 다시 화장실을 쫓아다니면서 윤일섭의 일을 곰곰 돌이켜보기 시작했다.

하지만 그건 손 박사가 화장실을 한두 번쯤 더 드나드는 정도로 간단히 해답이 나설 일이 아니었다. 아무리 사정을 되돌아보아도 윤일섭의 증상은 애초부터 크게 우려할 만큼 심각한 것은 아니었던 것 같았다. 손 박사는 그의 장애 요인을 비교적 일찍 찾아낸 편이었고, 치료 효과에 대해서도 그만큼 낙관적이 될 수밖에 없었다. 그의 처방에 따른 병태의 치료 효과 역시 기대 못지않게 빨리 나타나고 있던 쪽이었다.

윤일섭의 치료에는 그러니까 전기충격요법 같은 것도 필요치 않았을 정도였다. 그에게는 이를테면 눈앞의 세계를 두 쪽으로 갈라놓고 있는 쇠창살의 존재를 마음속에서 내쫓아주는 정도로도 족한 치료법이 되고 있었다. 병원 입원실에서마저도 그 입원실의 격리감과 쇠창살 덕분에 묘한 안정감을 느끼고 있던 위인이었다. 윤일섭으로서는 입원실마저도 그 쇠창살의 안쪽 세계였다. 그는 한사코 그 쇠창살 안에 자신을 가둬두고 나서야 감정의 균형을 유지할 수 있는 사람이었다. 그는 스스로가 더 이상 병원에 남아 있을 필요가 없다고 판단하고 스스로 병원을 나가게 하는 것, 불안감을 지니지 않고 입원실을 나가고 싶은 퇴원에의 욕망과 자신감을 심어주는 것, 그것 자체가 그에게는 최상의 치료 행위가 될 수 있었다.

윤일섭은 과연 입원 2개월쯤서부터 자신의 장애를 거의 극복해가고 있었다. 그는 차츰 입원 생활을 답답하게 여기기 시작했고, 그러자 손 박사 편에서도 이젠 감방 속 같은 입원실에 더 이상 그를 붙들어둘 필요가 없다고 생각하게끔 되었다.

하지만 손 박사는 그것으로 환자를 당장 안심해버릴 수는 없었다. 그는 확신을 가져야만 했다. 환자로부터 보다 분명한 쾌유의 증거를 얻어내기 위해 시간을 좀더 기다리고 있었다.

그런데 어느 날 손 박사는 마침내 윤일섭으로부터 그가 원하던 확증을 얻어냈다. 윤일섭에겐 그 가학성 유희욕이라든가 사람 기피증과 같은 이차 병증보다 훨씬 더 뿌리 깊은 병증 현상으로, 그 안팎 개념의 도착증과 관련된 기묘한 버릇 한 가지가 더 숨어 있었다. 그의 의식을 교정해나가는 데는 사실 그 점이 무엇보다 중요한 단서가 된 셈이기도 한데, 윤일섭에겐 처음부터 교묘한 방법으로 그 자신의 실종을 마련해놓고 그것을 몰래 혼자 즐기는 버릇이 있었다.

"선생님, 야구 게임을 할 때 말입니다. 야구 게임을 할 때 공이 피처 손을 떠나 타자 앞을 지날 때까지의 시간이 얼마나 걸리는지 아십니까?"

입원 초기의 어느 날, 윤일섭은 괜히 은밀스런 수수께끼 놀음이라도 시작할 작정인 듯 은근한 목소리로 손 박사에게 물은 일이 있었다.

작자의 속셈을 몰라 손 박사가 잠시 머뭇머뭇하고 있으니까 그는 대뜸,

"그건 0.3초밖에 되지 않는 짧은 순간입니다."

제풀에 얼핏 해답을 말해버리고 나서는,

"그런데 말입니다. 같은 0.3초라도 어떤 타자에게 공이 잘 맞고

있을 때는 그 공이 무척 천천히 날아오는 것처럼 보이고, 공이 잘 맞지 않을 때는 또 속도가 너무 빨라 보여 손을 댈 수가 없다거든요. 공이 괜히 커 보이거나 작아 보이는 수도 있고 말입니다."

느닷없이 야구 게임의 안타율에 관한 지식을 장황하게 늘어놓기 시작했다.

"그런데 정확하게 사실을 따져 생각해보면 공의 속도나 날아오는 시간이 변하는 건 아니거든요. 변하는 건 공의 속도나 시간이 아니라 타자의 기분이나 컨디션 쪽이란 말입니다. 시간이 사람을 구속하는 것이 아니라 사람이 자신의 능력에 따라 시간을 조정하고 있다고 볼 수 있는 것이지요. 그런데 말입니다. 그런데 사람이 그 0.3초라는 시간을 통제할 수 있는 능력을 극한까지 개발해나간다면 어떤 현상이 일어나겠습니까. 날아오는 공을 눈앞에 정지시켜놓을 수 있을 만큼 완벽한 조정 능력을 갖추게 된다면 말입니다. 타자는 백발백중 안타를 칠 수 있겠지요. 0.3초라는 시간의 벽을 뚫고 들어가서 정지해 있는 공을 치는 셈이니까 그건 말할 나위도 없는 일 아니겠습니까? 재미있는 현상이지요?"

일섭은 자신이 바로 그런 능력을 소유하고 있기라도 한 듯 표정이 점점 의기양양해지고 있었다.

"하지만 여기에 한 가지 문제가 있어요. 문제가 무엇인고 하니 그가 그 희한한 시간의 조절 능력을 개발해내고 나면 욕심이 생길 게 아닙니까. 가능한 데까지 그 0.3초의 시간 폭을 넓게 확대시켜 나가고자 말입니다. 그래서 그는 0.3초의 시간 벽을 완전히 뚫고 나가 자유의 몸이 되는 것이지요. 그리고 그는 무한히 확대된 0.3

초의 시간 벽 밖에서 그의 삶을 실컷 즐깁니다. 그는 이제 물론 타석을 벗어져 나갈 수도 있고 야구장을 떠나갔다 돌아올 수도 있지요. 다른 사람들의 삶은 그 0.3초의 시간 벽 안에 정지해 있으므로 그의 빠른 행동을 알아볼 수가 도저히 없을 테니까요. 정지된 시간 안에 일생을 다 살고 나서 공을 쳐놓고 다시 현상의 시간 속으로 돌아와도 늦을 리가 없는 것이지요. 그것까지는 물론 좋아요. 한데 말입니다. 사실을 말한다면 한번 그 시간의 벽을 뚫고 나간 야구 선수가 나중에 다시 운동장으로 돌아왔을 때가 문제예요. 왜냐하면 그는 결국 야구장 사람들보다 수만 배 수억 배 빠른 속도로 상대적인 시간을 살아버리고 있었으므로 삶이 정지되어 있는 야구장 사람들보다 그만큼 모습이 늙고 변해 있을 테거든요. 야구장 사람들은 타석에서 순식간에 모습이 변해버린 한 늙은이를 보게 될 거란 말입니다. 그 점이 문제예요. 하지만 어떻습니까. 사람의 한평생이나 시간이란 것은 어차피 상대적인 것, 세상 사람들을 온통 그렇게 시간의 벽 속에 가두어두고 혼자서 마음대로 돌아다니며 한평생을 살아낼 수만 있다면 그 삶이 얼마나 자유롭겠어요. 시간이 정지해버린 세상 사람들의 시선 속에선 그게 물론 영원한 부재일 수밖에 없겠지만, 진정한 자유라는 건 차라리 그런 현상의 부재 속에 숨겨져 있는 게 아니겠습니까? 선생님은 그런 경우 어느 편을 택하시겠습니까?"

윤일섭은 마치 자신이 금방이라도 그 부재 속으로 모습을 숨겨 없어져버릴 듯 표정이 차츰 몽롱해지고 있었다.

터무니없는 상상이었다. 하지만 이야기를 모두 듣고 보니 일섭으로선 그게 전혀 우연스런 상상이 아니었다. 그 역시 윤일섭의 그 깊은 도착증과 관계가 있는 병증 현상의 하나임이 분명했다. 그는 이를테면 자신의 실종을 꿈꾸고 있었다. 그리고 그 실종의 꿈을 즐기고 있었다.

윤일섭의 그런 엉뚱스런 꿈은 뒷날 그의 아내의 이야기 가운데에서도 모습이 더욱 분명하게 드러났다.

"그이가 그런 공상을 하는 것도 이상 징조로 볼 수 있을까요? 그렇다면 그이가 자기 머릿속에서 자신의 모습을 지워놓고 그걸 다시 찾아내려고 혼자 고심하는 버릇이 또 한 가지 있는걸요."

손 박사의 요청에 따라 어느 날 윤일섭의 아내가 손 박사로서는 예기치 않았던 다른 버릇 한 가지를 귀띔해준 것이다.

두번째 버릇 역시도 그 기이한 자기 실종의 욕망이 너무 역력해 보이는 이야기였다.

"초등학교 1학년 때였지요……"

여자의 귀띔에 따라 손 박사가 본인에게 직접 이야기를 시켜보니 윤일섭은 이번에도 이야기를 사양하고 싶은 빛이 전혀 없었다. 그는 느닷없이 기분이 썩 행복해진 표정으로, 그리고 어떤 달콤한 자기 비밀이라도 즐기고 있는 듯한 신비스런 미소 속에서 느릿느릿 여유 있게 이야기를 더듬어나가기 시작했다.

"비바람이 몹시 심하게 몰아치는 초여름께의 어느 날이었어요. 그때 제가 다닌 시골 초등학교는 개교를 본 지가 아직 2년밖에 되지 않아서 학생도 2학년까지밖엔 모이질 않았어요. 게다가 우리 마을에서 학교까진 산길로 10리가 훨씬 넘는 거리여서 등굣길에 길동무를 하고 다닐 친구도 적었구요. 그런데 그날은 비바람이 심하다 보니 학교를 가는 건 저 혼자뿐이었어요. 비바람 속을 뚫고 학교까지 가보니 점심때가 다 되었더군요. 그때 학교에는 교장도 없이 학교를 맡아오신 선생님이 두 분 있었는데, 비 때문에 그날은 그 두 분 선생님 외에 아이들이 거의 없었어요. 가까운 마을 애들 몇이서 옹기종기 교실 한쪽에 모여 떠들고 있더군요. 두 분 선생님은 저를 그 교실로 들여보내지 않았어요. 가교사 한쪽에 칸막이를 해놓은 교무실 안에다 그 양반들 여름인데도 난롯불을 피워놓고 앉아 있다가 절 그리로 들어오라시더군요. 추우니까 불을 쬐면서 몸을 말리라구요. 그리고 웬만큼 몸이 마르고 나니까 선생님이 그냥 늦기 전에 집으로 돌아가라는 거였어요. 전 다시 빗속을 뚫고 산길을 돌아오기 시작했어요. 지름길을 택하느라 등굣길보다 더욱 사나운 산길로 해서요. 그런데 말입니다…… 그런데 제가 그 산길을 절반쯤 지나고 있을 때였어요. 비바람이 조금씩 그치기 시작하더군요. 빗줄기는 듣기 좋을 만큼 포근한 소리로 풀밭을 두들겨대고 산골짜기엔 안개가 가득 차오르기 시작했어요. 문득 주위를 둘러보니 산길가에 이름을 알 수 없는 흰색 들꽃들이 여기저기 비를 맞고 피어 있더군요. 난 그 꽃들을 꺾기 시작했어요. 길을 가는 것도 잊고 그 들꽃들을 꺾기 위해 물소리가 쿵쿵거리는 골짜기를 따라 들어갔어요. 주위에는 전혀 인적 같은 것이 없는데도 이상스럽게 무서운 생각이 들질 않더군요. 골짜기는 전에 들어가본 일이 없는 곳인데도 전혀 낯이 선 것 같지 않았구요. 언젠가 전에 한번 와본 일이 있는 것같이 모든 게 익숙했어요. 골짜기를 깊이 들어갈수록 기분이 점점 더 아늑해져왔구요. 전 한 송이만 더, 한 송이만 더 하는 식으로 그 들꽃을 꺾고 꺾으며 끝없이 골짜기의 안개 속으로 사라져가고 있었어요…… 그리고는 그만이었지요……"

윤일섭의 이야기는 대강 거기까지로 끝이 났다. 그 이상은 윤일섭 자신도 그가 어디까지 골짜기를 헤매어 들어갔는지 자신의 종적을 찾을 수가 없다는 것이었다. 그는 종종 그걸 찾아내기 위해 혼자 생각에 골몰해 드는 일이 많았지만, 그건 도대체 가능한 일이 아니었다고 했다.

"무리도 아니지요. 제가 지금 기억해낼 수 있는 것은 어떻게 해선지 그날 우리 집 어머니 곁에서 정신이 다시 들어왔을 때부터니까요. 누군가가 절 그 산에서 집까지 업어다 어머니 곁에 다시 정신이 들게 해준 거예요. 하지만 그건 물론 그 산골짜기의 안개 속으로 사라져 간 제가 아니었어요. 전 그때 어머니 곁에서 다른 아이로 태어난 거란 말입니다. 골짜기로 들어간 저는 영원히 그 안개 속으로 모습이 사라져 들어가버린 거구요. 그건 물론 지금까지도 그래요. 전 지금도 그때 제가 그 골짜기에서 어떻게 되었는지를 알 수가 없거든요."

일섭은 그가 결국엔 그 골짜기의 안개 속에 기절을 하고 말았으리라는 것으로 그 후의 일을 정확히 기억해낼 수 없게 된 구실을 삼고 있었다. 기절한 그를 누가 어떻게 집까지 데려오게 되었는지, 그 경위에 대해서도 그는 워낙 어렸을 때 일인 데다 정신을 되찾았을 때의 정황마저 기억이 너무 어수선하고 희미해서 앞뒤가 분명치 않다는 것이었다.

어쨌거나 이번 이야기 역시 윤일섭의 그 기이한 자기 실종 욕구의 한 징조임이 분명했다. 실종 사건이 사실이었건 아니건, 일섭이 그 안개 속으로 사라져 들어간 자신의 모습을 찾아 헤매기 시작한 것은 그 당장부터의 일은 아니었을 터이었다. 그의 그 달콤한 실종은 사고가 생겼던 바로 그 유년 시절부터가 아니라 오히려 그것을 머릿속에서 더듬어내고, 그것을 묘하게 즐기고 싶은 성장한 윤일섭 자신의 환상 속에 이루어진 것이라 할 수 있었다.

손 박사는 윤일섭의 그 완벽한 유폐를 위한 자기 실종의 환상을 마음속에 깊이 유념해두고 있었다. 그리고 윤일섭더러 가능하면 그의 기억 속에서 안개 속으로 잃어버린 자신의 모습을 다시 찾아보도록 하라고 충고해두고 있었다.

윤일섭은 과연 열심히 노력을 기울였다. 감방 속 같은 입원실에 혼자 처박혀 있을 때면 대부분 그는 그런 비슷한 상념 속을 헤매고 있는 듯한 몽롱스런 표정이 되곤 하였다. 하지만 그는 좀처럼 그 잃어버린 자신을 다시 찾아내지 못했다. 쉽사리 찾아질 리가 없는 일이었다. 그 자신이 아직 그것을 찾고 싶지 않기 때문이었다. 자신의 실종을 달콤하게 즐기고 있었기 때문이다. 그의 창살 도착증이나 가학성 유희욕과 같은 병증들은 대부분 다 해소되어가고 있는데도 일섭은 그 환상의 실종에서 모습을 다시 나타내지 않는 낌새였다.

손 박사는 좀더 참을성 있게 기다렸다.

그런데 어느 날 — 드디어 반가운 일이 일어났다. 그날은 마침 창밖에 보슬비가 촉촉이 내리고 있는 오후였는데, 유리창 밖으로 우두커니 빗줄기를 내다보고 서 있던 윤일섭이 무심히 혼잣말처럼 중얼거리고 있었다.

"비가 오는 걸 보니 괜히 콩이라도 볶아 먹었으면 싶어지는군요."

빗줄기 때문에 기분이 무척 아늑해진 목소리로 그는 느닷없이 볶은 콩 생각을 하고 있는 것이었다.

"비가 촉촉이 내리는 날은 가끔씩 그 볶은 콩 생각이 나곤 하거든요."

"윤 형은 아마 어렸을 때 시골에서 콩을 즐겨 볶아 먹은 게로군요."

곁에 있던 손 박사가 얼핏 한마디 거들고 나서니까 윤일섭은 그 손 박사를 천천히 돌아다보며 자기도 모르게 다시 불쑥 내뱉어왔다.

"어렸을 때 시골에서들은 비만 오면 콩을 즐겨 볶아 먹곤 했지요. 그런 기억들 가운데도 그날의 그 고소한 콩맛은 더욱 잊을 수가 없어요……"

"그날의 콩맛이라뇨?"

"내가 그 비를 맞고 오다가 안개 속에 길을 잃고 말았던 날 말이요. 그날의 그 따뜻한 아랫목 이불 속 생각이 간절해지는군요."

바로 그 윤일섭의 소리가 그날 일의 발단이었다.

일섭의 얘기를 듣고 있던 손 박사의 표정이 돌연 긴장하기 시작했다. 윤일섭이 안개 속에서 자기를 잃어버리지 않고 다만 길을 잃었다고 말한 것은 그것이 처음이었다. 하지만 손 박사가 그의 말에 긴장한 것은 그 때문만이 아니었다.

"윤 형은 그럼 그때 정말로 볶은 콩을 먹었다는 얘깁니까?"

손 박사는 자신의 관심을 눈치채지 않도록 조심스럽게 다시 그의 말을 확인하려 들었다.

"그렇다니까요."

일섭이 영문도 모르고 자신의 말을 한 번 더 확인해주었다. 그러자 손 박사가 재빨리 다시 다그치기 시작했다.

"기절에서 깨어나서 말이오? 기절에서 깨어난 사람이 볶은 콩부터 먹었단 말요? 윤 형의 어머니가 기절해 돌아온 어린 아들을 위해 콩을 볶았단 말입니까?"

"……"

일섭도 비로소 뭔가 이상한 기미를 감지한 듯 별안간 입을 흠칫 다물었다. 손 박사는 이제 굳이 그 윤일섭에게 대답을 추궁하려 하지 않았다. 그는 윤일섭의 마음속에 일어나고 있는 조그만 변화의 기미까지 샅샅이 다 꿰뚫어 보고 있는 듯 두 눈동자를 똑바로 그에게 집중시키고 있었다.

"이상한 일이군요……"

그 손 박사의 말 없는 응시를 견뎌내지 못한 듯 일섭이 제풀에 슬그머니 미소를 흘리기 시작했다.

"그날 오후 제가 그 콩을 먹고 있었던 일이 다 기억되다니…… 더구나 방금 제가 그 이야기를 할 때는 전서부터도 늘 그런 기억을 누구한텐가 자주 말해오고 있었던 것 같은 기분이었거든요. 하지만 아마 제가 전에 박사님께 그런 말씀을 드린 일은 없었지요?"

"물론 말한 일이 없었지요."

"하지만 그건 저의 고의에서는 아니었습니다. 저도 사실 그것이 기억난 게 방금 전의 일이거든요."

"고의라고 생각지는 않습니다. 하지만 그날 오후 윤 형께서 정말로 콩을 먹고 있었던 게 사실이라면, 그 안개 속에서 길을 잃고 기절을 했다는 얘긴 사실이 아니겠지요……"

손 박사의 추궁에 윤일섭은 그저 멋쩍은 웃음만 흘리고 있었다. 손 박사도 물론 윤일섭이 고의로 그것을 숨기고 있었다고는 생각하지 않았다. 그는 아마도 겁을 먹고 길을 몹시 헤맨 끝에 어떤 경로로 해선지도 모르게 집을 찾아와 있었을 터였다. 그리고 그가 후일 그때의 일을 다시 기억하려고 했을 땐 그것을 똑똑히 기억해낼 수도 없었을뿐더러 일부러 그것을 기억해내지 않으려는 고의가 생기고 있었을 터이었다. 그땐 차라리 자신을 안개 속으로 실종시키려 그 일을 되돌이켰을 뿐일 테니까. 무의식중이었겠지만 그래서 그는 그 안개 속에 자신을 기절시킴으로써 그의 실종을 완성시키기 시작했고 그것은 곧 그의 집요한 자기암시의 벽 속에 완전한 사실로 착각되기 시작한 것이다. 그런데 일섭은 이날 그 아늑하고 포근한 빗줄기의 암시에 이끌려 불현듯 그의 기억 속에 깊이 잠재해 있던 사실의 실상을 만나게 된 것이었다.

손 박사는 비로소 마음이 놓이기 시작했다. 윤일섭의 의식 속에선 이제 허구의 방어벽을 돌파하고 그것을 제거해나갈 분명한 징조가 나타나기 시작한 것이다. 일섭이 그의 오랜 실종에서 비로소 다시 정직한 모습을 드러내기 시작한 것이다. 윤일섭이 그의 실종에서 다시 모습을 드러내기 시작한 이상, 오랫동안 그 안개 속에 휩싸여 있던 그의 숨은 사연이 밝혀지는 것도 시간문제일 따름이었다. 아니, 윤일섭은 그날의 그 포근한 자기 귀환을 본 순간에 이미 그 스스로 분명해진 기억의 궤적을 따라 그날의 자신을 뒤쫓아 나서고 있었는지도 몰랐다.

 손 박사는 드디어 자신을 가지고 그의 퇴원을 결정했다. 그리고 이제부턴 한 주일에 한두 번 정도 그를 찾아와 만나보고 가는 것으로 자신의 치료를 스스로 마무리 짓도록 해나가라고 충고했다. 윤일섭 역시 이젠 손 박사의 조처를 기꺼이 수긍했다. 바깥세상으로 자신을 드러내고 나가는 데 대해 특별히 불안감을 느끼는 것 같지가 않았다.

 그는 그날로 곧 병원을 나갔고 그리고 손 박사의 지시대로 일주일에 한두 번씩 병원을 찾아왔다.

 병원에 있을 때보다 증세가 나빠지는 기미도 전혀 없었다. 오히려 그가 집으로 돌아간 다음 한동안은 언동이 훨씬 활달해지고 표정도 전보다 밝아진 편이었다.

 그러던 어느 날— 손 박사는 마침내 마지막으로 한 번 더 위인을 테스트해보고 싶었다. 그래 하루는 그가 병원을 나가려는 일섭에게 혹 창경원 산책이라도 한번 하고 가는 것이 어떻겠느냐 거들었다. 일섭에 대한 마지막 테스트로 손 박사가 하필 그 창경원 산책을 권한 데는 물론 그 나름으로 계산이 있어서였다. 창경원이라면 그의 불안감을 자극할 수 있는 철책들이 도처에 널려 있었다. 일섭이 그 철책을 의식할지 안 할지 그리고 그 철책들의 존재에 대해 정상적인 반응을 보일 수 있는지 어떤지를 스스로 시험해보게 하기 위해서였다. 손 박사는 물론 그의 그런 마지막 테스트에 대해서도 일단은 만족할 만한 반응을 얻었다.

다음번에 다시 병원을 찾아온 일섭이 과연 손 박사의 충고대로 그의 창경원 산책 경험을 신나게 보고해온 것이다.

"선생님 덕분에 창경원 구경이 퍽 즐거웠어요. 서울 사람 남산 구경 못 한다고 그런 델 지척에 두고 지나다니면서도 막상 구경을 들어가볼 기회가 없었거든요. 들어가보니 볼 만한 구경거리가 많더군요. 믿지 않으실지 모르지만 전 실상 그림책 같은 데서나 보았지 아프리카 원숭이나 맹수류 따위를 직접 제 눈으로 구경한 것은 이번이 처음이었거든요. 하하……"

윤일섭이 손 박사에게 보고한 동물사 이야기들 가운데는 쓸데없는 질투나 공격성 유희욕 같은 것이 발동했던 흔적을 전혀 찾아볼 수 없었다. 그는 그저 오랜만에 즐거운 한나절을 보낼 수 있었던 것이 무엇보다 다행이었다는 듯 조금도 구김살이 느껴지지 않는 표정으로 유쾌하게 지껄여대고 있었다.

"윤 형이 그렇게 유쾌해하는 걸 보니, 나만 낭패를 당한 기분인 걸그래. 난 실상 윤 형을 좀 골려주고 싶어 일부러 그런 델 가보라고 했던 건데 말이오…… 그래 동물원 철책 앞을 지날 때도 전혀 아무렇지가 않던가요? 호랑이랑 사자 따위들은 다 철책 안에 제 방을 하나씩 독차지하고 있었을 텐데, 윤 형만 혼자 바깥으로 내쫓겨난 것 같은 기분이 안 들었나 말입니다……"

손 박사가 넌지시 그런 농담을 건넸을 때도 일섭은 그저,

"선생님은 아직도 절 시험하고 계시는군요. 그야 선생님께서 정 그래주길 원하셨다면 전 우리를 쳐부수고 놈들에게로 돌진을 해

들어갈 수도 있었겠지요. 하지만 제가 정말 그랬더라면 선생님은 아마 이 병원에서 옷을 벗고 쫓겨나셔야 할 텐데 제가 어떻게 그런 배은망덕한 짓을 할 수 있었겠습니까. 하하……"

 손 박사보다 오히려 한술을 더 뜬 어조로 여유 있는 농담을 건네왔다. 그것은 손 박사로서도 자기에 대한 일섭의 더할 수 없이 돈독한 신뢰의 표현으로밖엔 받아들일 수가 없었다. 아무 데도 미심쩍게 느껴지는 곳이라곤 없었다.

 손 박사는 마침내 윤일섭을 완전히 안심해버리기에 이른 것이다. 그리고 조금 더 솔직히 말하면 그는 그때부터 윤일섭의 일에선 차츰 관심을 거둬가기 시작한 것이다. 윤일섭은 그 후로도 며칠씩 만엔가 한 번씩 손 박사를 만나러 병원을 찾아오곤 했지만, 그런 때도 손 박사는 그의 요양 경과나 살피고 기분을 더욱 안정시켜주는 이외에 그를 위해 별달리 해줄 수 있는 일이 없었기 때문이었다. 어쩌면 아마 그 일섭이 병원을 다시 찾아오지 않게 되는 일이 생겼더라도 손 박사로선 이미 그것을 크게 괘념하지도 않았을 터이었다. 윤일섭이 그를 찾아오는 빈도가 어떻게 달라져오고 있었던지에 대해서는 주의가 전혀 세밀할 수가 없었던 손 박사였다.

 경위가 그렇게 되어온 일이었다. 환자의 용태에 대해선 특별히 어떤 오해나 하자가 범해질 만한 대목이 발견되지 않았다. 하지만 어쨌거나 이제 그는 터무니없이 병원을 자주 찾아다니고 있는 게 사실이었다. 그리고 그의 아내라는 여자마저 분명히 어떤 심상찮은 변화를 느끼고 있는 기미였다.

 손 박사는 자신도 의식하지 못한 사이에 어디선가 다시 일섭의 일이 잘못되어가고 있는 듯한 예감이 점점 뚜렷해져가고 있었다. 그리고 그 손 박사가 점심 후의 낮잠 이후로 정확히 네 차례째 직원 전용 화장실 유리창 앞에 서게 되었을 때, 그의 그 상서롭지 못한 예감은 마침내 어떤 뚜렷한 결론에 도달하고 있었다.

─작자가 아직도 뭔가 나를 속이고 있는 게 분명해.

손 박사는 그 화장실 유리창 너머 창경원 쪽 하늘을 무연스레 내다보고 서 있다가 윤일섭이 어쩌면 지금 그 창경원쯤에나 가 있을지 모른다는 생각이 들어오자 혼자서 문득 그렇게 결론을 내린 것이다.

그러니 화장실을 나온 손 박사는 갈수록 기분이 개운찮을 수밖에 없었다. 그의 그런 예감은 물론 확실한 근거가 있는 것이 아니었다. 하지만 만약에 그의 예감이 사실을 적중하고 있다면 그건 좀 심각한 문제가 아니었다. 여자가 아직 아무런 연락을 취해오지 않고 있는 것도 그런 손 박사로선 참을 수 없는 불만거리였다.

그 윤일섭의 아내가 병원으로 손 박사를 찾아온 것은 그러니까 그의 퇴근 시각이 거의 다 가까워진 5시쯤 해서였다. 하지만 윤일섭의 아내는 아직도 남편의 행방에 대한 소식은 지니고 있지 않았다. 남편의 소식 대신 그녀는 예의 그 남편의 직장 동료 한 사람을 다시 손 박사에게로 데리고 나타났다. 일섭의 소식을 기다리다 못해 그녀는 혹시나 하는 생각에서 그 남편의 친구를 찾아갔고, 거기서도 별반 이렇다 할 방책을 구할 수가 없게 되자, 그녀는 그만 마음이 더욱 조급해져 그길로 아예 병원까지 손 박사를 찾아온 것이라 했다. 윤일섭의 친구라는 사내 역시 여인의 딱한 처지를 보다 못해 스스로 병원을 따라온 눈치가 분명했다.

하지만 손 박사가 두 사람을 맞아 이야기를 하다 보니 그들은 이제 남편과 직장 동료를 위한 의논을 목적으로 병원을 찾아온 사람들이 아닌 것 같았다. 손 박사 쪽에도 아직 일섭의 행방이 닿아 있지 않음을 확인하고 나자, 여자는 이제 그것으로 곧 남편의 사고를 서슴없이 단정하고 나섰다. 그리곤 남편에 대한 손 박사의 진단과 처방을 의심하기 시작했다.

"틀림없어요. 그이에게 사고가 생긴 게 분명하다니까요. 글쎄, 이제 와서 박사님께 이런 말씀 드리기는 뭣하지만 전 아무래도 박사님께서 그이의 병을 잘못 짚고 계신 것 같았거든요."

여자는 남편의 새로운 변화나 증상에 대한 보고는 생각조차 하지 않았다. 그녀는 남편의 증상에 관한 보고 대신 손 박사에 대한 노골적인 공박을 사양치 않았다. 그녀가 병원으로 손 박사를 만나러 오고 싶어 한 것도 남편을 위한 보고나 의논을 위해서가 아니라 그 남편의 사고를 확인하고, 손 박사를 추궁하기 위해서인 것 같았다. 게다가 그 두 사람 사이에선 병원을 찾아오기 전서부터도 이미 손 박사에 대한 의혹과 불신감에 관해 상당한 논의와 의견의 일치를 보고 있었던 것 같았다.

"박사님을 찾아오기 전에 아까 은행에서 저희끼리 잠깐 얘길 해보고 온 일이지만 말씀이에요…… 그이의 마음 가운데 자리 잡고 있다는 그 쇠창살이라는 걸 전 도대체 믿을 수가 없어요. 그이가 사무실에서 그 야릇한 장난질을 꾸민 것이나 저를 밤으로 괴롭혀대는 심술 따위가 어떻게 그 쇠창살이라는 것하고 상관이 되고 있는질 알 수가 없단 말씀이에요. 그이가 자주 옛날 학교 시절의 교문 이야기를 한다지만, 그이의 망측스런 증상들을 그런 데다 빗대 설명하기엔 양쪽이 모두 너무 동떨어진 일들이 아니겠어요? 그동안 전 박사님이 원하시는 대로 그저 그이에 관한 일이라면 뭐든지 숨김없이 다 말씀을 드려왔지만, 사실은 박사님께서 괜히 일을 너무 복잡하게 만들어서 병을 더욱 어렵게 만들고 계셨던 거 아닌지 모르겠어요. 박사님께서도 말씀하셨지만, 입원 초기에는 그이의 증세가 사실 그렇게 심각했던 것은 아니었지 않아요."

손 박사에 대한 불신감을 조금도 사양치 않는 언사였다.

손 박사로선 참으로 견딜 수 없는 모욕이요 낭패가 아닐 수 없었다. 그는 생활과 사고가 전혀 다른 세계에 속한 사람을 만나고 있는 것처럼 그 윤일섭의 아내에게 무슨 말을 어떻게 해야 할지 머릿속이 갑자기 멍멍했다. 여자의 어조로 보아 작자에게 근일 무슨 새로운 파탄이 온 것만은 틀림없는 것 같은데, 그렇다고 이제 와서 새삼스럽게 그걸 다시 캐어 묻고 나설 수도 없는 자신의 처지였다. 하지만 손 박사로서도 이젠 최악의 경우를 상정해보지 않을 수 없었다. 윤일섭에게 정말 어떤 돌변사가 일어나고 있다면 손 박사로선 우선 그 현장을 찾아내는 것이 무엇보다 급선무였다. 그는 다시 한 번 창경원을 생각했다. 직원 전용 화장실 유리창 너머로 수없이 건너다본 그 창경원 어디쯤에 제발 윤일섭이 섞여 있어주기를 간절히 바랐다. 그는 그 구원의 창경원을 생각하면서 그리고 그 자신의 마음속의 불안을 꾸욱 눌러 참으면서 될수록 태연스런 목소리로 여자부터 우선 달래기 시작했다.

"부인께서 너무 신경을 쓰고 계신 것 같군요. 하지만 아직 그렇게 걱정을 하진 마십시오. 제가 보기엔 그동안 그런대로 차도가 전혀 없었던 것도 아니었으니까 말입니다. 워낙이 전문적인 분야가 되어놔서 부인의 이해를 구하긴 어려울지도 모르지만, 주인에 대한 저의 처방이 그렇게 전혀 근거가 없었을 리는 없지 않겠습니까. 아마 주인께선 지금쯤 창경원 산책이라도 즐기고 계실 수도 있는 거고 말씀입니다…… 그러니까 우선……"

 그러나 그때— 손 박사에겐 또 한 차례 엉뚱한 방향에서 새로운 추궁이 가해져오기 시작했다.

 "아, 말씀 중에 죄송합니다만, 박사님의 치료법에 대해서라면 제게도 좀 말씀드리고 싶은 게 있습니다……"

 이번에는 일섭의 동료라는 사내가 불쑥 손 박사의 말꼬리를 덮쳐들었다.

 "그야 물론 박사님의 진단이나 처방은 박사님 전문 분야에 속하는 일이니까 저희가 쉽게 납득할 수 있는 일이 아니겠지요. 박사님께서 환자를 그렇게 근거 없이 함부로 다뤄오셨을 리도 없는 거구요. 그건 아마 저희들로서도 인정해드리는 수밖에 도리가 없는 일일 겝니다. 하지만 그런 점을 모두 시인하더라도 전 처음부터 박사님께 대해 납득이 잘 가지 않은 대목이 한 가지 있더군요……"

 "납득이 가지 않으셨다면 역시 저의 처방에 대해서 말입니까?"

 영문을 알아차릴 수 없는 손 박사가 어리둥절한 표정으로 되물으니까, 사내는 점점 더 자신을 얻은 목소리로 말을 계속해나갔다.

 "그렇습니다. 물론 그 처방에 대해서지요. 박사님께선 윤 형에게 그 학교 시절의 이야기를 설명하실 때, 박사님은 그때 윤 형 들이 문을 들어가기 위해서가 아니라 나가기를 소망하고 있었을 거라 말씀해오셨다더군요. 윤 형이 직장 사무실에 들어앉아 불안을 느끼고 있었던 것도 그 자리를 내쫓겨날지 모른다는 우려에서가 아니라, 사실은 그의 자리를 박차고 밖으로 뛰어나가버리고 싶은 욕망에서였으리라는 식으로 말씀입니다…… 박사님께선 윤 형에게 그걸 납득시키고 가능하면 그가 그의 욕망이나 갈등을 그런 쪽에서부터 해소시켜나가기를 바라오셨던 거 아닙니까?"

"그건 사실이었으니까요. 그리고 환자에겐 무엇보다도 먼저 그 사실을 확인시켜주는 것이 중요한 일이었으니까요……"

"사실…… 사실이라. 하긴 그걸 일단 사실이라고 말해도 상관없겠지요. 박사님께서 아직도 그걸 굳이 사실로 믿고 싶으시다면 말씀입니다. 하지만 전 바로 박사님의 그 사실의 확인이라는 것이 무슨 필요가 있느냐 하는 점에서 박사님의 처방에 대해 납득이 잘 가지 않고 있다는 말씀입니다. 도대체 그 윤 형에게서 과거의 사실을 확인시켜주는 것이 그에게 지금 무슨 의미가 있는 것입니까?"

"사실의 확인만이 환자의 비뚤린 의식을 바로잡아나갈 수 있는 유일한 길이니까요."

"과거의 사실을 확인시켜주는 것으로 과연 현재의 달라진 의식을 되돌려놓을 수 있을까요? 기왕 이야기가 나온 김에 말씀드리자면, 과거의 그는 정말로 그 문을 나가고 싶은 욕구를 지니고 있었던 게 사실이라 치더라도, 현재의 그는 이미 그 문을 나가기를 단념해버린 터에, 아니 오히려 안으로 안으로 문 속 깊이로 자신을 숨겨 들어앉기를 원하고 있는 터에 말씀입니다. 무식한 소리로 우리 정말로 지금 그 문을 나가기보다 아늑하고 안정된 문 안의 안주를 바라고 있는 거 아닙니까? 그게 지금까지 우리가 배우고 익혀온 현실의 생활이라는 것일진대, 윤 형 역시도 이젠 이미 과거의 소망 대신 스스로 그것을 뒤바꿔놓고 있었던 것이 아니었겠느냐— 윤 형이 그 은행을 쫓겨날까 두려워하고 있는 것은 그 윤 형의 과거에서 비롯한 도착의 결과에서가 아니라 우리 현실 가운데서 누구나가 가질 수 있는 가장 정직한 자기 소망의 한 표현일 수도 있지 않겠느냐, 이런 말씀입니다. 그러니까 제 얘기는 즉 지금의 윤 형 처지에서 본다면, 그의 과거 역시 문을 나가려는 쪽이 아니라 들어가고 싶은 쪽으로 놓아둬주는 것이 그의 갈등을 줄여줄 수 있는 길이 될 수도 있지 않겠느냐는 것이지요. 문으로 들어가고만 싶어 하는 사람들 가운데서, 그 자신도 이젠 이미 그렇게 믿고 있는 윤 형에게 새삼스럽게 다시 그 과거의 사실을 확인시켜준다는 것은 오히려 지금보다 더 큰 혼란과 갈등을 심어주고 생존의 자리를 빼앗는 행위가 되지 않겠느냔 말씀입니다. 도대체 한 인간을 박사님처럼 옛날에 벌써 잃어버린 풍속 가운데로 다시 되밀어 넣는다는 것이 무슨 의미가 있다는 것입니까?"

손 박사는 비로소 사내의 말뜻을 알아들을 수 있을 것 같았다. 그는 세상 사람들 모두가 그 문 안의 평화와 안주를 바라고 있으며, 과거의 소망들조차도 이미 그렇게 믿겨지고 있기 때문에 새삼스럽게 그 과거의 사실을 들출 필요가 없지 않으냐는 것이었다. 문 안의 안주가 신봉되고 있는 현실에서 바깥을 향한 과거의 소망에 대한 기억은 오히려 부질없는 혼란과 갈등의 요인으로서 그것을 죄악시하고 있는 태도였다. 윤일섭의 아내마저 그녀의 남편이 정말 은행 문을 나오고 싶은 욕망 쪽은 달갑지가 못하다는 듯 사내의 이야기 중간중간에 깊은 수긍의 고갯짓을 보내고 있었다.

손 박사로서는 참으로 가공스런 이야기였다. 그의 앞에 서 있는 사내나 여자가 아닌 게 아니라 그와는 전혀 다른 사고의 질서가 지배하는 세계의 사람들처럼 까마득하게 느껴지기 시작했다. 그리고 그 사내의 말처럼 이 세상 자체가 이미 오래전부터 그런 사고의 질서에 지배당해오고 있었음을 깨닫고 난 것처럼 주위가 온통 불안해지기 시작했다. 그것은 물론 사실이 규명될 필요도 없었고, 그 사실이라는 것이 중요시되어야 할 필요도 없는 어떤 새로운 세계에 대한 손 박사의 절망적인 예감이었다. 그리고 그러한 세계에서라면 윤일섭이 그의 도착에서 깨어나 확인된 과거의 사실과 다시 만나게 되었을 때 그는 과연 다시 한 번 치명적인 혼란과 도착 속으로 떨어지고 말 것도 분명한 사실이었다. 하지만 손 박사는 아직 거기까지 자신의 생각을 전락시킬 수가 없었다. 그는 아직도 믿고 싶은 것이 있었다. 그러나 그것은 이제 윤일섭을 위해서가 아니라 손 박사 자신을 위해 믿고 싶은 것이었다.

"선생은 마치 어떤 사실이라는 것이 그것을 이해하고 해석하는 사람의 처지나 시각에 따라 모습이 전혀 달라질 수도 있는 것처럼 말씀하고 계시군요. 하기야 그 사실이라는 것도 해석자의 입장에 따라 그 뜻을 달리 내보이는 경우가 있을 수는 있겠지요. 하지만 그 경우에 있어서도 변한 것은 오직 그 시대의 이해와 풍속에 따른 사실의 현상적인 의미일 뿐 사실 자체의 진실이 변할 수는 없는 것 아닙니까?"

손 박사는 이제 마지막으로 자신을 위한 항변을 늘어놓고 있었다.

하지만 사내는 어찌 된 일인지 이제 그 손 박사의 자기 믿음을 위한 항변조차 용납하려지 않았다.

손 박사의 말에 그가 다시 고개를 가로젓고 나섰다.

"아니, 현상적인 의미가 변할 수 있다면 사실 자체의 진실도 달라져야 하는 거지요. 우리가 사실이라는 것을 문제삼고 있는 것은 사실 자체의 어떤 고유한 모습을 신봉하기 위해서가 아니라 그 사실과 우리들 사이의 옳은 관계를 보려는 노력에서일 테니까 말입니다. 그게 방금 박사님이 말씀하신 사실의 진실성이란 것 아닙니까?"

"하지만 그 사실과 우리 사이의 옳은 관계를 보기 위해서는 우선 사실 자체의 고유의 진실성부터 규명되어야 하지 않을까요? 왜냐하면 어떠한 사실에 있어서도 그 사실 자체의 고유한 사실성을 주장할 권리가 인정되어야 하고, 그것은 또 그 사실을 발생시킨 당대 인간들의 어떤 보편적인 진실이 개입되어 있을 테니 말입니다. 어떤 사실에 있어서의 진실성의 성립이란 바로 그러한 당대 인간들 자신의 진실성에 의거해 있을 것이 아니겠습니까?"

손 박사의 목소리는 이제 거의 필사적으로 가팔라지고 있었다. 하지만 그 같은 손 박사의 목소리는 가파른 어조에 비해 사내의 그것은 아직도 훨씬 여유가 만만했다.

"이야기가 다시 처음으로 되돌아가고 있는 느낌입니다만, 사람의 생각이라는 것도 장소와 때에 따라 달라지는 수가 많으니까요…… 사람의 생각이 달라질 수 있는 것이라면, 사실의 진실성이라는 것도 그렇게 굳이 일정한 모습으로 고정시켜 생각할 필요가 없는 것이겠지요. 한 시대의 인간들에겐 지고한 진실일 수 있었던 것이 다른 시대 다른 풍속을 살고 있는 사람들에겐 전혀 아무 의미도 찾아낼 수 없게 되어버릴 수도 있을 테구요."

"사람의 진실이라는 것이 상황에 따라선 그처럼 쉽사리 변해질 수가 있는 것일까요?"

"박사님께선 그렇게 믿고 싶지 않으신 것 같습니다만 전 그럴 수가 있을 것 같군요. 아니 이렇게 말을 하다 보니 이야기가 자꾸 어떤 순환 논리 속을 맴돌고 있는 것 같습니다만, 윤 형의 경우만 해도 바로 그런 현상을 증명해 보이고 있질 않습니까? 그래서 전 아까 윤 형의 경우를 두고 말씀하신 그 박사님의 사실이라는 것에다 굳이 박사님이 원하신다면이란 단서를 붙여 그것을 승인해드리고 있었습니다만, 이제 와서 제 생각을 모두 말씀드린다면, 그 바깥쪽으로 기억의 방향을 돌려놓고 싶으신 박사님의 생각보다 사회 일반이 달콤한 자기 유폐를 그리워하고 있는 우리 현실의 꿈과 정직하게 손을 맞잡고 있는 그 안을 향한 윤 형의 기억 쪽을 훨씬 더 사실다운 사실로 믿고 싶어지거든요."

순환 논리 속의 논쟁은 역시 결론을 낳을 수 없었다.

진실이 변할 수 있는가 없는가는 두 사람의 이야기로 판정 날 수 있는 일이 아니었다. 해답의 일차적인 열쇠는 윤일섭 쪽에 있었다.

하지만 윤일섭은 이날 끝내 행방이 묘연했다. 손 박사는 결국 창경원 쪽으로 마지막 기대를 걸어보는 수밖에 없었다.
 손 박사는 퇴근 시간을 넘기고 나자 두 사람을 설득하여 뒤늦게 그 창경원 수색을 벌여보았으나, 거기서도 역시 윤일섭의 모습은 그림자조차 찾아볼 수 없었다. 이젠 윤일섭 쪽에서 소식을 전해올 때까지 시간을 좀더 기다려보는 수밖에 다른 방책이 서오지 않았다. 세 사람은 하릴없이 다시 발길을 되돌려 창경원을 나오고 말았다.

5

 이튿날 새벽녘이었다. 사태는 마침내 그 이튿날 새벽녘에야 분명한 향방이 판명 났다.
 이날 새벽, 창경원 동물사 부근에선 한 기묘한 소동이 벌어졌다.
 당직 사육사 한 사람이 새벽 순찰을 돌다 보니, 뜻밖에도 동물사 사자 한 마리가 우리를 뛰쳐나와 있었다. 녀석의 탈출에 놀라 새벽잠을 깨어난 동물사 짐승들의 소란이 이만저만이 아니었다. 우리를 뛰쳐나온 놈은 전날에도 한번 철책가로 다가든 관람객 한 사람에게 심한 상처를 입힌 바 있던 바로 그 녀석이었다.
 하지만 놀랍고 기묘한 것은 녀석이 어떻게 그 튼튼한 철책을 두 겹이나 돌파하고 우리를 뛰쳐나올 수 있었느냐는 것만이 아니었다. 그 역시 당직 사육사로서는 경위를 도통 짐작할 수 없는 불가사의가 아닐 수 없었다. 하지만 녀석이 우리를 나온 건 오히려 사연이 간단했다. 진짜 놀랍고 기묘한 불가사의는 녀석이 그 우리를 나오게 된 사연이 밝혀졌을 때 일어났다.
 질겁을 한 당직 사육사가 뒤쫓아 온 동료들과 힘을 합해 녀석을 우선 마취탄으로 쓰러뜨리고 났을 때였다.
 용케 그 난폭한 야성이 폭발하기 전에 녀석을 무사히 쓰러뜨려 놓고 다음 행동으로 일동이 모두 녀석의 우리를 점검하러 몰려갔을 때였다. 녀석의 우리 쪽에 보다 더 놀라운 일이 벌어져 있었다. 녀석이 들어 있던 우리 안에 분명 사람의 모습을 한 한 조그만 동물의 형상이 대신 들어앉아 있었다.
 사자 녀석은 작자에게 우리를 쫓겨난 게 분명했다. 작자가 밤새 울타리 자물쇠를 부수고 들어가 녀석에게 철책 문을 열어준 게 분명했다. 그리고 녀석을 내쫓고 작자가 대신 문을 채우고 우리를 차지하고 있는 게 분명했다.
 사고의 경위는 명백해지고 있었다. 해괴한 변고였다. 하지만 사고의 경위를 그쯤 짐작하게 된 동물원 직원들도 어떻게 해서 도대체 그런 일이 일어날 수 있다는 것인지, 그 해괴하고도 엄청난 변고의 조홧속은 짐작을 해낼 수가 없었다.
 "아니, 저 친구 어제 낮에 이 사자사의 우릿가에 붙어 앉아 하루 종일 심통스런 수작을 부리고 있던 작자 같구먼그래. 그 작자야, 바로. 어제 그 작자가 틀림없어."
 직원들 가운데서 누군가가 용케 그 우리 속의 인간을 기억해내고 있었지만, 그렇게 그의 얼굴을 기억해낸 동물사 직원 역시 무엇 때문에 작자가 지금 거기 그렇게 짐승을 내쫓고 들어앉아 있는

지 위인의 심중을 헤아려낼 수는 절대로 없었다. 진실에 대한 어떤 해답의 열쇠가 그 윤일섭에게 간직되고 있을 수 있다고 말했던가. 다만 그 손 박사와 윤일섭의 은행 동료라면 아마도 이 해괴한 사건의 깊은 뜻을 짐작해낼 수가 있을지도 몰랐다.

 하지만 손 박사가 그 진실의 가변성이라는 것을 부인한 데 반해 사내 쪽은 끝끝내 그것을 고집하고 싶었다고 하더라도 그리고 윤일섭에게 그 현상의 소망이라는 것이 실제로 그토록 깊어지고 있었던 게 사실이라고 하더라도, 인간의 진실이라는 것에 대한 두 사람의 확신이 과연 이 희극적인 위인의 몰골 앞에 어떤 해답을 택하게 될 것인가는 아직도 전혀 예상이 불가능할 수밖에 없었다.

(『한국문학』 1976년 6월호)

자서전들 쓰십시다
― 언어사회학서설 2

― 나의 말은 나의 말이 아니며 나의 웃음은 나의 웃음이 아니다. 나의 말은 관객의 말이며 내 웃음 또한 관객과 청중의 웃음일 뿐이다. 내 말과 웃음이 이미 나의 말과 웃음이 될 수 없으매……
  우스운 노릇이었다.

  인기 코미디언 피문오―아는 이는 이미 알고 있듯이 그것이 우리 시대의 코미디언 피문어 씨의 본명이다―씨가 지욱에게 그의 자전적 반생기(自傳的半生紀) 『흐르지 않은 눈물』(가제)의 원고 집필을 의뢰해온 것은 그러니까 가위 한 시대의 무대 우상(舞臺偶像)이 그의 시대가 끝나고 난 다음까지도 의연히 그들의 우상으로 남아 살아 있고 싶은 욕망에서, 그의 관객과 청중들을 압도할 요지부동한 자기 동상을 지으려 함에 다름 아니었다. 혹은 지금까지의 그의 인기에도 오히려 아쉬움이 남아 그의 청중과 관객 앞에 한 불변의 우상으로 군림하려는 피문오 씨의 오만스런 자기 다짐이라

해도 무방한 것이었다.

그것은 피문오 씨 특유의 어떤 체험이나 삶의 집적이 아니었다. 원고의 내용이나 말들은 피문오 씨 개인의 삶이나 인격과는 아무런 상관도 없었다. 그것은 다만 그의 인기를 좀더 오래 지속시켜나가기 위해 꾸며낸 허황스런 말들의 집합이며 분식(粉飾)일 뿐이었다. 더더구나 그런 말들을 모아 짜서 그 말로 된 동상을 짓는 데도 피문오 씨 자신은 전혀 직접적인 간여가 없어온 터이었다.

—윤 선생께서 적당히 알아서…… 아 거 윤 선생께선 자서전 전문가시니까 다 잘 아실 거 아뇨? 내가 갖고 싶은 책이 어떤 거라는 걸 말할 필요도 없이. 그저 사람들이나 실없이 웃겨먹고 사는 무식쟁이 어릿광대가 아니다…… 이 피문오란 인간도 어느 놈 못지않은 깊은 철학과 신념을 가지고 살아가노라…… 왜 그런 거 있지 않소? 일테면 날 좀 쉽게 보지 못하도록 하는 그런 거 말요.

—그야 뭐 내가 실제로 그런 식으로만 살아왔다면 새삼스럽게 이런 일을 마음에나 두겠소. 그러니까 선생께서……

피문오 씨의 주문대로 그의 반생은 오로지 지욱의 머릿속에서 그 전말이 다시 엮어져나가고 있는 중이었다.

실감이 나지 않을 것은 당연한 노릇이었다. 원고를 꾸며나가고 있는 지욱은 물론 이야기의 주인공인 피문오 씨에게조차도 그것은 전혀 알맹이가 없는 남의 이야기에 불과한 것이었다.

지욱은 아무래도 이야기를 진행해나갈 수가 없었다. 오접 전화 소동 때문에 찢어 팽개쳐버렸던 원고지의 내용을 떠올려가면서 다시 일을 계속해나가 보려 했으나 깡그리 헛수고였다. 거기서부터는 이야기를 한 발짝도 더 이어나갈 수가 없었다.

— 나의 말은 나의 말이 아니며, 나의 웃음 또한 나의 웃음이 아니매……

오접 전화 사건이 지욱에겐 역시 지울 수 없는 충격이었다.

— 아, 여보세요. 여보세요. 거기 33국의 ××번입니까?

— 호호…… 윤 선생님이 누구시냐구요. 선생님은 참 이상한 걸 다 물으시네요. 윤 선생님은 자신의 일을 누구에게 묻고 계신 거예요?

— 선생님은 제가 정말 어떤 말괄량이 아가씬지 궁금하지도 않으세요? 그야 선생님이 궁금해하지 않으셔도 상관은 없는 일이에요. 전 기어코 제가 누군지를 선생님께 아시게 해드리고 말 테니까요.

— 선생님은 제가 누구였으면 좋으시겠어요? 어떤 계집아이가 되어드렸으면 좋으시겠느냔 말씀예요. 하지만 서두르진 마세요. 전 조금씩만 즐거워지고 싶거든요. 지금 이야기를 더 계속하다간 전 한꺼번에 너무 즐거워져서 기절을 하고 말 거예요.

한동안 계속되어오던 그 오접 통화에서 흘러나온 아가씨의 말들이 아직도 지욱의 귀청 근처를 빙빙 떠돌고 있었다. 바퀴벌레처럼 금세 소굴을 튀어나오려고 기회를 노리고 있는 전화기 속의 그 부랑아와도 같이 뻔뻔스럽고 염치없는 말들, 소리소리 고함을 치거나 혹은 엄살을 떨면서 서물서물 종이 위를 간지럽히며 기어 다니는 신문지의 활자어들, 뱀처럼 음흉스럽고 그리고 쉴 새 없이 꼬리를 뒤흔들며 쏟아져 나오는 라디오의 전파음들……

지욱의 방 안에는 아직도 그 실체가 없는 말의 유령들이 수없이 떠돌아다니고 있었다.

말들은 과연 이제 정처가 없었다. 말이 존재의 집이라면, 말의 집은 또한 존재의 실체일 수밖에 없었다. 하지만 말들은 이제 그 실체의 집을 떠난 지 오래였다. 집을 떠난 말들은 그가 깃들였던 실체와의 약속을 잊어버린 지도 오래였다. 그것은 일견 말들의 자유스런 해방처럼 생각될 수도 있었다. 하지만 실체와의 약속을 저버림으로써 얻을 수 있었던 말들의 해방은 그 실체에 대한 지배력도 함께 단념해야 했다.

허공을 떠돌면서 저희끼리 자유롭고 음란스런 교미를 즐기다가 그것이 지치고 나면 아무 때 아무 곳에나 깃들여 쉴 곳을 약탈한다. 그리고 자신들이 당해온 학대와 사역에 대한 무서운 복수를 음모한다.

말들은 정처도 없었고 주인도 없었다.

지욱이 꾸며온 수많은 회고록과 자서전들에 동원했던 말들 역시 그러했다. 그가 써온 원고지의 말들에는 애초부터 그것을 부리고 다스릴 수 있는 진짜 주인이 있을 수 없었다. 자서전의 주인공들은 애초부터 지욱이 동원해온 말들과는 인연이 없는 위인들이었다. 지욱이 그런 위인들을 위해 강제 봉사를 시켜왔을 뿐이었다. 말들은 마침내 스스로의 성실성에 둔감해졌고, 스스로의 신뢰를 단념하기에 이르렀다. 말들의 슬픈 해방이었다. 지욱은 이제 고삐를 벗어버린 말들의 유령을 부릴 수가 없게 되어 있었다. 피문오 씨의 일을 더 이상 계속해나갈 수가 없었다.

지욱은 초조했다. 그럭저럭 4,5년 가까이나 지탱해온 호구지책이 속절없이 무너져나가는 판이었다. 오접 통화극으로 인한 그 혹심한 자기 모멸감에도 불구하고 뭉그적뭉그적 며칠이 못 가 다시 원고지 앞으로 이끌려 가 앉아야 했을 만큼 지겨운 요즘의 생활이었다.

하지만 지욱은 이제 단념하지 않을 수 없었다. 피문오 씨를 단념하고 나서 마지막으로 한 번 더 최상윤 선생(충청북도 어느 산간 벽지에서 10만 평의 황무지 야산을 개간, 젖과 꿀물이 흐르는 옥토로 일궈냈다는 그 의지의 사나이 말이다)에게나 기대를 걸어보는 수밖에 없다고 생각했다. 최상윤 선생— 그 자신의 땅에서 자기 손으로 가꿔 얻은 감자만을 먹고 산다는 고집스런 사내에게서라면 그의 회고록의 대필자로서나마 어떤 구체적인 인간사의 알맹이를 체험할 수 있을 것 같았다. 피문오 씨의 경우에서처럼 공허한 말의 유희에는 심신을 덜 시달려도 될 것 같았다. 적어도 그 최상윤 선생에게만은 그에게 봉사시킬 말과, 그 말들을 거짓 없이 부릴 수 있는 소박하고도 떳떳한 삶의 실체가 여물어가고 있을 것 같았.

최상윤 선생을 생각하자 지욱은 마침내 피문오 씨의 일을 단념할 용기가 생겼다.

그는 자서전 원고지를 걷어치웠다. 그리고 기왕 결단이 선 김에 그의 일을 하지 않게 된 데 대한 작자의 양해도 구할 겸해 솔직한 해명의 글을 쓰기 시작했다.

—경애하는 피문오 선생님께.

지욱은 우선 원고지 위에다 서두부터 점잖게 뽑아놓았다. 경위야 어찌 되었든 일을 맡았다가 되돌려주는 것은 이쪽의 실수였다. 할 수 있는 데까지 말을 점잖고 정중하게 하지 않으면 안 되었다.

하지만 일단 그렇게 뽑아놓고 나서도 지욱은 얼핏 다음 말이 이어나가지지를 않았다.

— 잘 좀 살펴서 해주슈. 난 다른 일도 바쁘니까 따로 신경 쓰지 않게끔 말이오. 내 일이 끝나고 나면 윤 선생을 섭섭하게 대접하진 않으리다. 그야 나도 그쯤 기분은 살 만한 놈이니까.

순박해 보일 만큼 속된 몸짓에다 말씨까지 상스럽도록 고압적이던 피문오 씨가 지금 당장 그 앞에 나타나 두 눈을 부라려대고 있는 것 같았다.

지욱은 잠시 눈을 감은 채 꺼림칙스런 환각이 가실 때까지 조용히 펜을 멈추고 앉아 있었다. 그러다가 이윽고 그 환각을 박차버리듯 힘 있게 펜을 휘둘러대기 시작했다.

— 경애하는 피 선생님. 피 선생님의 무대 회상기 일이 한창 진행되고 있어야 할 시기에 이런 갑작스런 글을 올리게 되어 송구스럽기 그지없습니다. 더구나 이 일이 아니더라도 주위가 항상 분주하실 선생님께서 저의 이번 글월로 하여 다소나마 마음을 따로 쓰시게 되신다면 그 더욱 사죄드릴 길을 찾기 어려울 것 같습니다. 하오나 선생님의 추궁이나 힐책이 두려워 언제까지나 진실을 숨기고 지낼 수는 없는 일로 사료되었삽기, 무례를 무릅쓰고 감히 솔직한 고백 말씀을 올리기로 하였습니다. 넓으신 아량으로 관용하여주시기 바랍니다. 결론부터 말씀드리겠습니다. 올릴 말씀은 다름이 아니오라, 기왕 선생님께서 제게 대임을 맡겨주신 선생님의

자전적 반생기 『흐르지 않은 눈물』의 대필 작업을 제게서 다시 거두어주십사 하는 것입니다……

 지욱은 단숨에 거기까지 적어놓고 나서 자신도 모르게 한숨을 푹 내쉬었다. 거기까지만 해도 묶인 몸이 반쯤이나 풀려난 듯 속이 훨씬 후련했다.

 그는 손을 멈춘 채 다시 한동안 조용히 눈을 감고 있었다. 가슴속에 소용돌이쳐 오는 갖가지 생각들을 정리하기 위해서였다.

 ─물론 피 선생님께서는 의외로 여기실 줄 믿습니다. 그리고 아마 이런 식으로 갑자기 일을 중단하고 만 사유를 듣고 싶으실 줄 믿습니다.

 한동안 침묵이 계속된 끝에 지욱은 이윽고 다시 조심스럽게 사연을 이어나가기 시작했다.

 ─당연한 요구인 줄 압니다. 저 역시 선생님께 이번 일을 중단하게 된 데 대한 솔직한 사연을 말씀드리는 것이 제 도리요 의무라는 점을 익히 알고 있으니까요. 일을 끝마쳐드리지 못한 데 대한 제 책임도 또한 절감하고 있는 터이구요. 소상한 사연들은 차차 설명 올리겠지만, 한마디로 저의 이번 결정은 선생님의 일이 전혀 저의 능력 밖의 것이라는 점을 깨닫게 된 데에 그 첫번 이유가 있었습니다. 선생님의 일이 싫어서가 아니라, 그것이 제 능력 밖의 일이라는 걸 깨닫지 못하고 무모하게 작업을 떠맡고 나선 저에게 그 책임과 허물이 있었다는 말씀입니다. 선생님께서 저를 용서하시는 데 도움이 되실 수만 있다면 이제부터 좀더 자세한 경위를 말씀드리겠습니다. 일을 맡았을 때는 언제고, 이제 와선 또 무엇 때

문에 새삼 선생님의 일이 저의 능력 밖임을 깨닫게 되었다는 것인지 그 상세한 사연을 말씀입니다.

지욱의 머릿속 생각과 손놀림은 여기서부터 점점 더 속도를 더해가기 시작했다.

―선생님도 아시다시피 전 그동안 수없이 많은 분들의 자서전과 회고록 같은 책들을 대필해왔습니다. 그러나 그것은 물론 선생님의 경우에서와 마찬가지로 그 책의 주인공의 삶에 대한 감동이나 구체적인 궤적의 체험 위에서 이루어진 작업은 아니었습니다. 대충대충 이야기나 조금 듣고 저 혼자 창작을 하다시피 해온 것들이었지요. 그런 식으로 저 혼자 머릿속에서 꾸며 쓴 자서전류의 책들이 아마 지금 당장 기억해낼 수 있는 것만도 열 권은 넘을 것입니다. 교육자도 있었고, 사업가도 있었고, 정치인·종교인도 있었습니다. 드물긴 했지만 선생님 같은 인기 직업 종사자도 한두 분은 계셨던 걸로 기억됩니다.

그런데 그런 식으로 남의 삶에 대한 이야기를 제 머릿속에서 멋대로 창작해내고 그럴듯하게 분장시켜나가는 일에만 매달리다 보니, 언제부턴지 모르게 제겐 차츰 허망한 생각이 들기 시작하더군요. 이토록 열심히 남의 이야기만 꾸며내고 있는 나라는 인간은 도대체 무어냐. 아마도 제가 그분들의 이야기를 머릿속에서만 꾸며내려 하지 않고, 간접적으로나마 그리고 얼마쯤이나마 그분들의 값진 삶의 내용을 체험할 수 있었다면 원고지 대필업일망정 그 나름의 보람을 지닐 수 있었겠지요. 하지만 있어본 일도 없는 삶의 내력을 머릿속에서 이리저리 꾸며내다 보니 저 스스로가 먼저 자신의 일에 공허감 같은 것을 느끼기 시작하게 되었던 것이지요. 남의 자서전을 대신 써주는 일에 회의가 오기 시작했지요. 하기야 제게 일을 맡겨온 분들 중에 정말로 저를 감동시키고 제 일에 보람 같은 걸 느끼게 할 만한 삶을 살아오신 분이 계셨다 하더라도, 그것을 자서전류의 책으로 쓰는 것이 어찌 대필을 용납할 수 있는 일이겠습니까. 자기 일을 자신이 적는 데도, 사람이란 늘 과거를 미화하고 과장하려는 습성 때문에 기술(記述)의 공정성을 잃기 쉽다는 게 자서전 집필의 일반적인 통폐로 지적되고 있는 실정인데, 하물며 자기 과거사의 기술 자체를 남의 손에 의지하려는 일부터가 엉터리없는 기만행위지요. 하지만 이 시대가 원래 그 피난 보따리 같은 자기 알리바이 신앙 시대가 되어 그랬는지 너나없이 그런 자서전류의 책들을 갖기 좋아하는 사람들이 끊이지 않았고, 그 덕분에 저는 이 몇 년 동안 변변치도 못한 필력 하나로 먹고 자는 걱정 하나는 잊고 지낼 만한 세월을 살아오고 있었습니다. 그리고 그만큼 저는 저의 일에 대한 회의도 늘어가고 있었던 셈이구요.

　당연한 노릇이었지요. 이유 없는 회의가 아니었습니다. 그 짓을 몇 년간 계속하다 보니 서당 개 삼 년에 풍월을 읊는다고 저 역시 제가 하고 있는 일을 돌이켜 생각해볼 기회가 많았고, 여기저기서 주워들은 지식으로 나름대로의 자서전 논리 같은 걸 세워보기도 했었거든요. 눈에 보이지 않는 죄악을 범하고 있는 듯한 생각이 들곤 했습니다.

　자신의 과거사를 고백하는 데 있어, 남의 입을 빌린다는 그 원초적인 대필업의 오류는 이미 재언할 필요도 없는 일이겠지요. 뿐만 아니라 자기의 정직한 생의 궤적과는 아무 상관도 없는 말의 허구에 불과하다는 점에서 그것들은 또 자서전 집필의 본뜻이 되어야 할 한 시대나 역사에 대한 진실의 증언과도 아무런 관계가 없으며, 적어도 자기의 지난날을 뼈를 깎는 참회의 아픔으로 다시 들춰내 보일 수 있는 정직성이나 그 부끄러움을 박차고 나설 용기, 또는 자신의 과오를 폭넓은 이해와 사랑으로 어루만질 수 있는 성실한 자기 애정 같은 것들과도 아무 상관이 없음은 다시 말할 필요가 없는 일입니다. 그런 것들보다도 제가 이런 일을 대신해줌으로써 범해온 보다 큰 죄악은 제게서 그 자서전을 지어 받아 간 분들이 아무도 그들의 어두운 과거에서 밝고 참된 자기 해방을 맞을 수가 없게 하고 있었다는 점입니다. 오늘 우리 사회에서 자기 자서전을 갖고자 하는 사람들은 그 성향으로 보아 대개 굳건한 자기 신념의 소유자들이거나 자신의 과거에 대해 유독히 심한 갈등을 지닌 사람들이었습니다. 외견상으로는 누구보다 굳건한 신념의 소유자인 것처럼 보이면서도, 사실은 자신의 과거에 대한 갈등을 일사불란한 신념의 옷으로 위장할 수밖에 길이 없는, 신념이 강해 보이면 강해 보일수록, 그만큼 내면의 갈등 또한 우심한 사람들이었습니다. 뜻이 컸으니까 갈등이 심했다고 할 수 있을까요. 뜻이 클수록 이루어지지 않는 부분도 많았을 터이고, 실현이 용납될 수 없었던 과거는 그만큼 갈등도 심할 수밖에 없었겠지요. 그리고 그 갈등이 심했던 과거의 빛깔은 어둠이 아닐 수 없었겠지요. 어쨌거나 그와 같은 과거에 대한 갈등은 내일을 향한 이들의 전진에 참을 수 없는 장애가 되었을 게 당연합니다. 누구나와 마찬가지로 이들도 물론 자신의 과거지사를 극복하고 넘어서야만 내일에의 전진이 가능한 사람들이었으니까요.

 하지만 그런 사람들은 불행히도 대부분이 자신들의 지난날을 정직한 참회나 부끄러운 과거를 부끄럽지 않게 드러내 보일 수 있는 용기로써가 아니라, 또는 자신의 과오를 허심탄회하고도 따뜻한 눈길로 되돌아볼 수 있는 애정으로써가 아니라 단순한 망각으로 그것을 넘어서려고들 합니다. 과거사를 잊어버림으로써 그것을 이기려고 합니다. 자서전 대필업자로서의 최소한의 윤리적인 책임 때문에 의뢰인의 과거사를 조금이라도 들여다볼라치면 모두가 한결같이 마음의 문을 닫아버리곤 합니다.

 하지만 때로는 그 망각만으로도 부족한 사람들이 있습니다. 망각으로도 안심이 될 수 없는 사람들은 보다 더 적극적인 방법을 동원합니다. 잊고 싶은 과거 위에 새 이력서를 만들어 두꺼운 도배질을 해버립니다. 자신의 과거사와는 거의 상관도 없는 새로운 내력을 지어 가지는 것이지요. 거짓 자서전 말입니다. 저는 결국 이들의 과거를 지우고 그 위에 번쩍번쩍 화려한 도배지를 덮쳐 발라주는 뱃심 좋은 도배장이 역할을 해온 셈이었습니다.

 하지만 이제 생각을 해보지 않을 수 없었습니다. 그렇게 해서 진실로 그 사람들이 그의 어두운 과거에서, 그 과거의 갈등에서 해방이 될 수 있었던가. 불가능한 일이었습니다. 그분들은 그 엉터리없는 자서전으로 하여 보다 치명적인 자기기만에 빠져 그 두꺼운 도배지 속에 감금된 과거로부터 영원히 풀려날 길을 잃고 만 것입니다. 저는 제 자서전 대필업으로 하여 그들을 과거의 갈등으로부터 해방시켜준 것이 아니라, 영원히 그것 속에 감금시키는 일을 계속해온 것입니다.

하지만 저의 일이 이분들에게 행해온 악덕은 이뿐만이 아닙니다. 거짓 자서전은 그의 주인공을 영원한 과거 속에 감금시키는 데에만 그치는 것이 아니라 그 해독이 보다 광범하게 확대되고 있기 때문입니다. 자서전에 씌어진 말들이 그 주인공의 삶과는 별로 상관이 되지 않는다는 사실은 앞에서도 누차 말씀드린 바와 같습니다. 그러나 자서전은 한번 씌어지고 나면 거꾸로 그것의 살아 있는 주인공을 사로잡고 그를 지배하는 이상한 힘을 발휘하기 시작합니다. 오늘날의 자서전들은 그 대부분이 실상은 과거의 시제를 빌려 쓴 미래의 자기암시에 다름 아니기 때문입니다. 자서전들은 살아 있는 주인공으로 하여금 그의 새로운 미래상을 보게 합니다. 그리고 그것의 실현을 꿈꾸게 합니다. 그럴듯하게 꾸며진 이야기이니까요. 어두운 과거도 아름답게만 회상되고 과오도 미덕으로 미화되기 쉬운 것이 자서전 집필의 위험스런 함정일진대, 하물며 그런 과거에서조차 구애됨이 없이 자유롭게 꾸며낸 인간사라면 그것이 얼마나 완벽하고 위대해 보일 수 있겠습니까. 언제나 위대한 정치가요 언제나 존경받을 기업가요 신념 깊은 장군, 교육자, 천재적인 예술가요 변호사요 의사요 종교인이 아닐 수 없습니다.

자서전의 살아 있는 주인공들은 저마다의 가슴속에 그 화려한 동상을 지닙니다. 그리고 그것을 현실로 실현해내고자 탐욕스런 지략을 다 짜냅니다. 때로는 소망대로 자신의 동상을 세인들 사이에서 완성해낸 듯이 보이는 사람들도 있습니다. 하지만 그것이 가능했던 경우라 하더라도 이 점을 분명히 알아야 합니다. 그런 사람들의 대부분은 자신의 과거를 뼈아픈 참회로 극복하고 넘어선 사람들이 아니며, 만인 앞에 자신과 자기 시대의 적나라한 진실을 증언할 용기를 가졌던 사람들도 아니라는 점을 말입니다. 그들은 자신의 삶을 거짓 증언한 위인들이기가 쉽습니다. 동상은 지으려 해서 지어지는 것이 아니라 지어져서 지어질 수 있을 뿐인 것입니다. 지으려고 해서 억지로 짓는 동상은 탐욕의 거짓 표상일 뿐입니다. 속임수일 뿐입니다. 능력이 없는 자가 억지로 지어낸 동상들—무모한 어문학자가 지닌 20세기의 세종대왕, 지략도 용기도 없는 군사령관의 제2의 패튼 장군, 품위 없는 희극배우가 꿈꾸는 위대한 찰리 채플린, 부의 윤리와 사회적 책임에 둔감한 기업가가 맹신하는 카네기나 오나시스…… 그러나 그 가짜 동상들을 현실에서 탐욕스럽게 완성해내려 할 때의 무리를, 한 사람의 거짓 동상을 위해 그 거짓 동상의 그늘에 가려 보이지 않는 사람들의 무고한 피해와 희생을 우리는 감히 눈감아버릴 수가 없습니다. 동상의 주인공은, 그리고 그와 이웃한 수많은 사람들의 소중스런 삶은, 그 한 사람의 동상을 위한 시험의 재료가 될 수는 없는 일이기 때문입니다. 자서전으로 미래의 이야기를 쓰려는 것을 탓할 수만은 물론 없습니다. 자서전은 실상 과거의 시제를 빌린 미래의 이야기가 분명합니다. 하지만 그 미래는 자서전을 쓰는 주인공의 미래가 아니라, 그것을 거울삼을 다음 시대 사람들을 위한 만인의 미래여야 하는 것입니다.

 일사천리로 여기까지 글을 써버리고 나니 지욱은 이제 스스로도 머릿속 생각들이 어지간히 정리되고 있는 느낌이었다. 하지만 이야기를 쓰다 보니 그것은 피문오 씨에 대한 사과의 글이라기보다 지욱 자신의 작업에 대한 푸념이었고, 자기 삶의 방식에 대한 어떤 회의의 확인이었다. 애꿎은 공박을 당하고 있는 것은 오히려 피문오 씨 쪽이었다.

그가 늘 즐겨 입고 다니던 윤기 나는 가죽점퍼 차림의 피문오 씨 모습이 눈앞을 잠시 스쳐 갔다. 그 가죽점퍼의 목깃에 싸인 피문오 씨의 굵은 목덜미는 그가 가끔 자기 주먹으로 뒤통수를 툭툭 두들겨대고 있을 때가 아니더라도 혈압이 늘 높아 보였었다. 혈압 때문에 항상 신열이 돋은 것처럼 불그스레한 얼굴색의 피문오 씨는 역시 손에는 좀처럼 끼이는 일이 없는 가죽 장갑 한 켤레를 늘 한쪽 손에 질끈 몰아 쥐고 다녔었다.

지욱은 그 피문오 씨의 환영을 지워버리기 위해 한동안 다시 눈을 감고 조용히 기다리고 있었다.

공연히 자꾸 마음속이 허전해왔다.

썰물이 가슴속을 씻어 내려간 것처럼 기분이 허허했다.

하지만 지욱은 이윽고 소스라치듯 다시 펜대를 힘 있게 꼬나 쥐었다. 어쨌거나 편지는 마무리를 지어놓아야 했기 때문이었다. 게다가 자꾸 피문오 씨의 환영을 떠올리고 있는 자신에게 화가 치밀어 올랐기 때문이었다.

─죄송합니다.

지욱은 마치 그 피문오 씨의 환영을 단숨에 쫓아버리려는 듯 그리고 그렇게라도 해서 자신에 대한 화풀이를 대신하려는 듯, 말투가 점점 거칠어지고 있었다.

　—말씀을 드리다 보니 피 선생님과는 직접 상관도 없는 소리들을 지루하게 늘어놓고 있었던 것 같군요. 게다가 또 제가 드린 말씀들은 워낙 제 자신의 직업윤리(이것도 무슨 직업이라 말할 수 있을지 모르겠습니다만)와 양심에 관한 것들이라서 피 선생님께는 전혀 이해력 밖의 이야기가 되었는지도 모르겠습니다.

　하지만 이렇게 긴 말씀을 드리게 된 기본 동기는 어디까지나 이번 일의 중단 책임이 피 선생님 쪽이 아닌 저 자신에게 있다는 점을 밝혀드리고자 함에서라는 점만을 이해해주십시오. 그리고 제발 화를 내지 말아주시기 바랍니다.

　이번 일을 제게 맡겨오신 선생님 쪽에 설령 어떤 허물이 있으셨다 해도 그것은 피 선생님 개인의 허물이 아니라, 선생님 이전에 제게 대필을 의뢰해오신 많은 분들, 이미 그분들에게서부터 비롯된 상습적이고도 일반적인 병폐의 결과일 것입니다. 과거나 현재를 불문하고 자신의 삶에 정직하기는커녕 오히려 그것을 깊이 싸덮고 두꺼운 도배질을 하여 세상을 속이고 자신을 속이고 터무니없는 자기 동상에의 탐욕으로 애꿎은 이웃까지 괴롭히기를 서슴지 않는 위험스런 요술꾼들 말씀입니다.

　하지만 애초의 책임은 어디까지나 그 사람들의 일을 즐겁게 거들어온 저 자신에게 있음을 재삼 사과드리지 않을 수 없습니다.

　그나마 좀 다행인 것은 이제 전 뒤늦게나마 저의 그런 배반에서 눈을 뜨게 되었다는 점입니다. 불행 중 다행으로 제겐 근래 그럴 만한 사건이 하나 있었습니다. 선생님께 자세한 사건 내용까지 설명드릴 필요는 없겠습니다만, 전 어쨌든 이번의 그 소동으로 해서 마침내 저 자신의 소중스런 생활 능력으로 여겨오던 것들이 송두리째 쓰러져 나가버리는 처참스런 좌절을 체험하게 되었던 것입니다. 전 이제 글을 쓸 수가 없게 되어버렸습니다. 적어도 피 선생님의 일을 대신해드릴 수 없는 것은 무엇보다 분명한 사실이 되고 있습니다. 말이 저의 뜻을 따라주지 않습니다. 말들이 오히려 저를 비웃고 희롱합니다. 그동안 제가 행해온 일들에 복수를 당하고 있는 것입니다. 선생님께는 또다시 이해의 한계를 넘고 있을 소리들을 하고 있군요.

어쨌거나 저를 용서해주십시오. 용납해주신다면, 선생님께 용서를 구하기 위해 저 역시도 제 과실에 대한 저 나름의 도리로써 값을 대신해드리고 싶습니다.

다름 아니라 아마도 선생님께서 이 글을 받고 나시면 저 아닌 다른 사람에게 같은 일을 부탁하려 하실지 모르겠습니다. 하지만 저의 생각으로는 가능하면 이 기회에 아주 단념을 하시라고 권하고 싶습니다. 아, 그야 물론 선생님께서 원하신다면 다른 사람에게라도 얼마든지 일을 대신 시킬 수는 있으시겠지요. 하지만 앞서도 여러 번 말씀드렸듯이 선생님 자신의 과거에 대해 그것을 있는 대로 솔직히 시인하실 정직성이 없으시다면, 있는 대로 그것을 증거하고 참회하실 용기가 없으시다면, 그것이 아무리 추하고 부끄럽더라도 선생님 자신의 것으로 그것을 사랑하고 또 그것을 넘어서실 자기 애정이 없으시다면, 그 정직성과 용기와 애정이 생길 때까지 그것을 단념하고 계시는 것이 옳으리라는 말씀입니다. 자서전 작업이란 원래가 남의 손으로는 대신 될 수 없는 성질의 일이기도 하지만, 적어도 그만한 용기와 사랑과 지혜에 대한 신념이 없이는 더더구나 그에 대한 소망을 지녀서는 안 된다는 것이 저의 믿음이기 때문입니다.

선생님의 일을 맡았다가 되돌려드리는 허물을 조금이라도 덜어 보고 싶은 충정에서 감히 이런 권고의 말씀을 드리는 바입니다—

지욱은 마침내 펜을 놓았다.

모든 허물을 자신에게 돌리는 식의 어조이긴 했지만, 어쨌든 하고 싶은 말을 거진 다 쏟아버린 기분이었다. 글을 쓴 대상이 굳이 피문오일 필요도 없이 지욱은 마치 자기 지난날의 질곡에서 해방이 되어 나온 것처럼 속이 후련했다.

피문오란 인간이 갑자기 어리석고 가엾어지기조차 했다. 그야 애초부터 그 피문오 씨에 대한 일말의 연민조차 없었더라면 내친김에 그 최상윤 선생에 대한 자신의 기대까지도 함부로 털어놓을 뻔했던 지욱이었다. 피문오 씨 당신의 일은 단념하지만 아직도 난 최상윤 선생에 대한 기대만은 저버릴 수가 없노라 은근히 그를 더 매도해주고 싶던 지욱이었다. 하지만 가련한 피문오 씨에게 그런 애꿎은 자기 모멸감까지 불을 질러줄 필요는 없었다.

지욱은 그쯤에서 일단 피문오 씨에 대한 해명의 글을 끝맺었다.

이튿날 아침.

지욱은 잠자리를 빠져나오자마자 옷을 대충 걸쳐 입고 그길로 곧장 하숙집 대문을 나섰다.

집을 나오다 그는 잠시 길옆 우체국엘 들러 밤새 써둔 편지를 등기 속달로 부치고 나서 용산 쪽 시외버스 정류소를 향해 발길을 재촉했다. 이쪽 결정을 피문오 씨에게 알리는 것은 시기가 빠를수록 좋을 것 같았고, 그런 식으로나마 그 일에 대한 결단이 내려진 이상, 이젠 최상윤 선생에 대한 그의 마지막 기대에 대해서도 조속히 판가름을 내야 할 사정이었기 때문이다.

용산에서 발차 직전의 C읍행 버스에 몸을 싣고 나서, 그 버스가 영등포, 시흥 등지를 거쳐 완전히 교외 지대로 벗어져 나가기 시작할 즈음부터 지욱은 새삼 기분이 홀가분해지고 있었다. 자신의 일에 대한 회의 때문이었는지 모르지만 지욱은 그 최상윤 선생에 대해서도 처음부터 큰 기대를 지니려고 하지 않았다. 뭔지 모르게 속이 후련해오고 기분이 갑자기 들뜨기 시작한 것은 최상윤 선생에 대한 기대에서가 아니라 모처럼 만에 답답한 도심을 벗어져 나온 해방감과, 동화의 한 장면처럼 소리 없이 차창을 흘러 지나가는 적막스런 겨울 들판의 풍경 때문이었다. 영하의 기온 때문에 군데군데 잔설이 쌓인 겨울 들판만 끝없이 이어져나가고 있는 창밖 풍경은 지극히도 단조롭고 삭막해 보이기까지 했다. 하지만 지욱은 그것을 내다보고 있는 것이 조금도 지루하거나 피곤하지가 않았다. 버섯처럼 옹기종기 모여 앉은 도로변의 초가집들이나 햇볕에도 녹지 않고 하얗게 반짝이는 잔설 속의 산골짜기들, 그리고 벌판 건너 먼 산등성이 너머로 비껴 흘러간 무연스런 겨울 하늘들이 지욱의 기분을 갈수록 포근하게 감싸왔다.

그는 방금 커다란 수렁 속을 빠져나가고 있기라도 한 느낌이었다. 매연과 소음의 수렁에서, 거짓과 속임수의 수렁에서, 피곤한 말과 소문과 사람들의 수렁에서, 무엇보다도 그 정처 없는 말들의 수렁에서 다행스런 구원을 얻어가고 있는 것 같았다. 산들은 말을 하지 않는다. 들판도 단조로울망정 자신을 꾸미려 하지 않는다. 그것들의 어느 구석엔가는 그가 찾고 있던 말의 참모습이 깃들여 있을 것 같았다. 그 하늘과 산들과 들판에서, 그가 가꾼 가난한 감자만을 먹으며 살고 있는 최상윤 선생에게는 고집스러우나마 그만의 정직한 말이 있을 것 같았다. 그의 자서전에 봉사시킬 말들에 값할 거짓 없는 삶의 내력이 간직되고 있을 것 같았다.

단조롭고 허허한 차창 풍경이 오히려 지욱을 점점 흥분시키고 있었다. 말하지 않는 산과 들판과 하늘이 오히려 지욱으로 하여금 최상윤 선생에 대한 벅찬 기대감에 부풀게 했다. 그리고 지욱의 그런 기대는 이날 오후 그가 막상 그 최상윤 선생을 만나고 있는 동안에도 간단히 그를 배반해버릴 수는 없을 것 같았다.

지욱이 최상윤 선생을 만난 것은 그러니까 그가 용산에서 버스를 올라탄 지 두 시간 남짓 시골길을 달리고 난 뒤였다. 포장도로가 없는 버스 편은 그나마도 그 C읍까지뿐이어서, 최상윤 선생의 '개미 마을' 농장까지는 C읍에서 차를 내려 다시 한 반 시간가량 도보 길을 걸어가야 했다. 사람들이 선생의 농장 이름만 듣고도 쉽게 일러준 길을 따라, 군데군데 붉은 황토가 흘러내린 야산 지대를 몇 굽이 돌아 넘고 나니, 일대에선 그중 윤곽이 뚜렷한 산세로 둘러싸인 분지형의 구릉 지대가 나타났고, 그 구릉 지대의 한쪽 숲 곁으로 최상윤 선생이 야산 개간의 근거지로 삼고 있다는,

무슨 시골 간이 학교 교사처럼 보이는 암회색의 블록 건물이 나타났다. 수확이 끝난 겨울철이라 군데군데 널려진 가축사와 곡물 저장 창고 따위를 제외하고 나면, 과수나 여름철 곡량 재배지가 어디까지인지도 얼핏 분간해낼 수 없었지만, 그 시골 간이 학교 교사처럼 보이는 농장 본부 건물을 중심으로 한 10만여 평의 분지 지역 일대가 그동안 최상윤 선생이 10년 이상의 세월에 걸쳐 자신의 의지와 땀으로 황폐한 야산을 옥토로 개간해놓은 신화의 땅 '개미 마을' 농장이었다.

당연한 일이었겠지만, 선생은 처음 예고도 없이 불쑥 그를 찾아온 지욱의 처사가 조금은 의외인 모양이었다.

"아, 이거 참으로 부끄럽고 송구스럽소. 떳떳지도 못한 일로 노형께 이런 번거로운 걸음걸이를 하시게 하다니."

그의 뜻과 영농 기술을 배우러 온 몇몇 청년들과 함께 고구마 저장소 손질을 거들고 있던 선생은 지욱이 자기소개를 끝내고 나서 일부러 농장까지 그를 찾아온 용건을 설명하자 서두부터가 무척 조심스런 어조였다.

"일이 여기에 이를 줄 알았더라면 내 처음부터 부질없는 생각을 먹지 말았어야 하는 건데……"

흙 묻은 손을 털고 나서 지욱을 건물로 안내해 가면서도 선생은 그의 소탈스런 거동과는 달리 여전히 좀 소심스럽고 결백스런 겸사의 말을 되풀이하고 있었다.

지욱은 그 모든 선생의 말들이 공연한 치렛말이 아님을 이내 깨달을 수 있었다. 최상윤 선생은 짐작대로 회고록 집필에 대한 그의 소망을 부끄러워하고 있었다. 그는 자서전이나 회고록을 쓰는 일의 본뜻을 충분히 이해하고 있었다. 더더구나 그것이 남의 손을 빌려 씌어질 수 있는 성질의 일이 아니라는 점도 익히 알고 있었다. 그는 자서전을 알고 있었다.

"노형께 이런 말 하는 건 뭣한 소린지 모르지만, 나 이런 일을 누구한테 대신 써 받을 생각을 먹었다는 거 낯이 뜨거워 견딜 수 없구료."

농장 관리 사무실 겸 휴게소로 쓰고 있는 방으로 지욱을 안내해 간 선생이 난로 위에 얹어놓은 주전자에서 뜨거운 물을 한 컵 따라 건네주며 고백 조로 털어놓았다.

"내가 그새 무얼 했다고 감히 그런 일을 맘에 두게 되었는지. 게다가 남의 손을 빌려가면서까지 그런 염치없는 짓을……"

지욱은 그런 선생의 몇 마디에 오히려 마음이 가라앉았다. 선생은 적어도 차 속에서 생각했던 만큼은 그의 기대를 빗나가지 않고 있었다. 선생에 대해서라면 조심스레 기대를 걸어봐도 좋을 것 같았다.

"선생님께서 그 점을 부끄러워하신다면 전 더욱 얼굴을 들 수가 없습니다. 어찌 생각하면 전 아예 이런 일을 전문으로 살아온 인간이니까요. 하지만 이번에 선생님의 일에 대해서는 저도 좀 생각을 달리하고 있었고, 그래서 오늘 당돌하게 선생님을 뵙고자 찾아온 길이오니 그 점 너무 거북하게 생각지 말아주셨으면 싶습니다. 아마 선생님께서 회고록을 갖고 싶어 하신다거나 그것을 남의 손으로 대신 쓰게 하신 데 대한 석연찮은 느낌을 지니신다면, 그건 이번에 제가 선생님을 찾아뵙게 되기까지 수없이 생각을 거듭해온 제 부끄러움과도 무관할 수가 없습니다. 감히 말씀드린다면 선생님과 전 결국 같은 부끄러움을 지니고 있는 처지들이고, 그 부끄러움을 최소한까지 줄여가는 데는 허심탄회하게 서로의 마음을 보태야 할 입장인 것 같습니다. 선생님께서만 도와주신다면 그것은 아마 가능한 일로도 생각됩니다……"

 지욱은 우선 선생을 안심시키기 위해 자신의 속마음부터 솔직하게 털어놓았다.

 "노형을 돕는다면…… 내가 어떻게 하는 것이 노형을 잘 돕는 길이겠소?"

 최상윤 선생이 마침내 마음이 훨씬 가벼워진 표정으로 지욱에게 물었다.

 "우선은 있는 대로 선생님을 제게 보여주십시오. 선생님의 내력과 주위를, 이 농장에서 그간 선생님이 겪으신 일과 생각들 모든 것을 가감 없이 제게 보여주십시오. 그러고 나서 제게 다시 선생님의 일을 대신 해드릴 수 있는지 없는지를 결정하도록 해주십시오."

 지욱은 솔직하게 주문했다. 최상윤 선생도 이젠 지욱의 그런 생각을 충분히 이해할 수 있는 듯 처음보다 훨씬 수월하게 승낙을 해왔다.

 "그건 아마 어려운 일이 아닐 게요. 자 그럼……"

 어디서부터 어떻게 그를 보여줄 것인가를 물어왔.

 선생이 그처럼 선선히 응낙을 해오자 이번에는 지욱 쪽에서 오히려 일이 좀 급하게 서둘러지고 있는 느낌이었다.

"아닙니다. 선생님께선 특히 마음을 쓰실 만할 일도 없을 것 같습니다. 선생님께선 다만 제가 얼마 동안 이곳에 머물러 있게 해주시면 그것으로 충분합니다. 선생님 곁에 머물러 지내면서 선입견 없이 선생님을 느끼고 생활을 배우게만 해주신다면요. 하지만 좀더 솔직히 말씀드려서 전 실상 제가 선생님 곁에 머물러 있고자 하는 청원의 말씀을 드려야 할지 어떨지에 대해서도 아직은 제 마음을 분명히 결정짓지 못하고 있는 형편입니다."

지욱은 선생의 비위가 상하지 않도록 공손한 어조로, 그러나 그가 아직 선생의 회고록 대필을 떠맡아야 할지 어떨지까진 분명한 작정이 서 있지 않음을 솔직하게 털어놓았다.

하지만 최상윤 선생 쪽도 그걸 섭섭하게 여길 만큼 협량은 아니었다.

"그러시다면 오늘은 우선 주변이나 대강 둘러보시고 노형의 뜻이 정해지기를 기다려야 할까 보군요. 그 뭐 난 어느 쪽이라도 상관하지 않을 테니 노형 보고 싶은 대로 보고 알아보고 싶은 대로 알아본 담에 생각을 정하도록 하오그려, 허허."

선생은 모처럼 만에 커다랗게 소리를 내어 웃으면서 다시 한 번 지욱을 안심시켰다.

"보시다시피 지금까지 내가 여기 이렇게 살아온 건 굳이 무슨 회고록 같은 걸 남기고자 해서 그걸 위해서였던 건 아니었으니까 말이외다. 안 그렇소, 노형?"

원고를 쓰게 되거나 말거나 하는 데는 별로 상관을 않겠노라는 선생의 말처럼 지욱의 마음을 흐뭇하게 해주는 일은 없었다.

그 말은 선생의 본심이 거의 분명한 것 같았다. 그리고 선생 자신이 지금까지 이룩해온 것들에 비해 자기 책을 갖게 되거나 안 되거나 서운함이 없으리라는 그의 겸허한 마음가짐이야말로 지욱은 무엇보다 그의 일을 맡아도 좋을 만한 만인에 대한 미덕이 아닐 수 없을 것 같았다.

 최상윤 선생의 값진 삶은 과연 한 권의 회고록과 같은 자서전류의 기념비를 남기기 위한 것은 아니었다. 자신의 삶에 대한 감사와 외경심이, 그것을 맡은 자의 부끄러움 없는 봉사와 성실성이 비로소 완성해낼 수 있었던 선생의 일생이었다. 회고록 집필에 대한 고려는 선생의 삶의 목적이 아니라 겸허하고 성실하게 그것을 살고 난 다음의 한 결과로서의 여망(餘望)일 뿐인 것처럼 보였다. 선생은 아직도 그의 과거를 한 권의 회고록 형식으로 정리하고 싶은 지극히 인간적인 소망에조차도 함부로 휘둘리지 않을 만큼한 절제력을 잃지 않고 있었다.

 하지만 선생의 일생사는 이제 그 최상윤 선생 자신의 것만은 아니었다. 선생은 스스로의 삶에 대한 성실한 주역의 몫을 다해온 것으로 충분했다. 그의 삶의 결실은 오히려 만인의 것이었다. 선생 자신이 그의 생애를 책으로 정리해 보이려 하지 않을수록 그 일은 자기 삶의 지표를 마련하지 못한 수많은 다른 사람들의 몫이 되어야만 했다.

 ─이것은 더구나 나 스스로 선택이 가능한 일인 것이다.

 마음에도 없는 일을 부실한 생계와 의뢰자의 체면 때문에 늘 반어거지로 떠맡고 나서야 했던 지욱으로서는 무엇보다 그 점이 더 마음에 들었다.

하지만 지욱은 이날 한나절 최상윤 선생의 주변사를 두루 다 둘러보고 선생 자신의 말을 통해 그의 체취와 생각들을 어느 만큼 가까이 접해보고 난 다음에도 여전히 일에 대한 결단을 내리지 못하고 있었다. 이상스럽게 자꾸 마음에 거리껴오는 것이 있었기 때문이다.

그것은 한마디로 너무도 견고하고 일사불란한 선생의 신념 때문이었다. 자서전을 꿈꾸는 사람들은 참되거나 말거나 누구든지 그 신념이라는 걸 곧잘 내세웠다. 한 가지 신념으로 생애를 온통 일관해온 것처럼 보이기를 좋아했다. 지욱은 그 점 물론 당연하다고 생각했다. 그리고 의뢰인의 주문에 따라 그가 만족할 만큼한 인스턴트 신념을 제조해내는 데에도 인색함이 전혀 없었다. 하다 보니 지욱 자신은 자연 어떤 사람의 삶에 있어서나 그 신념이라는 걸 대단스럽게 여길 수가 없게 되어버렸다. 역겨운 것이 오히려 그 신념이라는 것이었다.

그런데 최상윤 선생에 대해서만은 지욱으로서도 일단 느낌이 딴판이었다. 선생에 대해서는 물론 지욱 쪽에서 그런 걸 꾸며대야 할 필요가 전혀 없었다. 그것은 선생 자신의 생활과 의식 속에 자연스럽게 용해되어온 것이었다. 그런데 실제로 한 인간의 삶을 추호의 낭비도 없이 곧게 지탱해올 수 있었던 그 살아 있는 신념의 체험은 지욱으로 하여금 이상스런 두려움 같은 것을 느끼게 했다.

최상윤 선생은 우선 그의 의식주 생활 일반에서부터 그런 인상이 역연했다.

"난 남을 속이기를 원하지 않는 것처럼 나 자신을 속이는 일에도 한가지로 두려움을 가져야 할 줄 아오."

지욱과 점심상을 마주하고 앉게 되었을 때 최상윤 선생이 한 말이었다. 때가 됐으니 요기를 하자면서 내오게 한 점심이라는 게 삶은 고구마 몇 뿌리와 밀가루 식빵 몇 덩이, 그리고 소금에 절인 퍼런 야채 보시기 하나가 상 위에 올려진 것이 전부였다. 그 보잘것없는 점심상을 앞에 놓고 최상윤 선생은 거리낌 없이 설명을 계속해나갔다.

"나를 속이지 않는 첫째 일이 이렇게 내 손으로 심어 가꾸고 내 손으로 거둔 것으로 배를 채워 살아가는 것이오. 그래서 내 식탁은 보시다시피 늘 우리 땅에서 자신의 손으로 거둬들인 것만을 올리게 하고 있는 것이오. 내 땅에서 내 손으로 거둔 것으로 배를 채우는 일이 자신을 속이지 않음이란 이 땅과 하늘만 드리우면 사람은 원래 그곳에서 자족할 능력을 점지받고 있기 때문이오. 그 섭리에 순응하여 스스로의 능력을 계발해 사는 것이 이 하늘과 땅과 햇빛을 속이지 않는 것이요, 땅을 속이지 않는 것이 그것을 일구어서 살아가야 할 인간 스스로를 속이지 않는 일의 기본이 되기 때문인 게요."

최상윤 선생은 고맙고 신기한 듯 조심스럽게 삶은 고구마 한 뿌리를 집어 올려 천천히 껍질을 벗기면서 말을 계속해나갔다.

"그야 자기를 속이지 않는 것이 어디 여기에서 그쳐야 할 일이겠소. 이 음식 섭생 한 가지만 두고 봐도 끝이 없을 일이지요. 보시다시피 난 음식을 취하는 데도 한 가지 곡식으로는 절대 두 가지 음식을 만들지 않는 것이 그간의 오랜 섭생법이오. 감자는 소금물에 삶아낸 것만으로, 밀가루는 간을 친 식빵 덩어리로, 야채 푸성귀는 소금에 절인 풋김치로…… 입맛을 내게 하는 다른 양념들은 첨가를 금하게 하고 있지요. 땀을 내기 위해 고춧가루를 섞어 넣고, 코를 부드럽게 하기 위해 깨를 부숴 넣고 하는 일은 없습니다. 한 가지 곡물로는 한 가지 음식만을 만들어 먹는 것 그것이 곧 섭생의 기본이기 때문이오. 사람은 소가 들판의 풀을 뜯고 개울물을 마시는 것으로 살아가듯이, 땅에서 거둔 것을 불에 익혀 먹는 것으로도 필요한 자양을 얻어 살아갈 수 있게 되어 있습니다. 이것저것 양념을 섞고 기호를 좇아 혓바닥과 콧구멍을 달래는 일이 곧 자신의 육신을 속이는 일이요, 육신을 속임이 곧 영혼을 속이는 일이 되지 않겠느냐 말이외다. 하기야 이건 너무 원시적인 섭생법이라 아니할 수는 없을 게요. 그러나 우리는 우선 여기서부터 시작하지 않으면 아니 됩니다. 그게 지금 우리의 처지를 속이지 않는 길이요, 가난을 속이지 않는 일이요, 자신을 속이지 않음의 기본이 되어야만 한다는 생각이란 말이오. 더욱이나 내 땅에서 내 손으로 캐낸 감자라 해도 그나마 내 맘대로 혼자 먹을 감자는 아닌 게요. 난 내 몫을 늘리자고 이 넓은 땅에 감자를 심고 과수를 기르고 있는 건 아니란 말이외다. 우리 손으로 거둔 것으로도 이웃까지 모두 배불리 먹고 남을 만큼 처지가 달라진다면야 그때 가서는 먹고 마시는 것을 보다 낫게, 맛있게 할 방법을 생각해도 무방한 일일 테지요. 하지만 지금이야 어디 남의 손 빌리지 않고는 넘치고 남는다고 할 수는 없을 게요……"

 자기 땅에서 자기 손으로 거둔 것만을 먹는 것이 그 땅과 자신을 속이지 않는 것이라면서 그의 감자와 밀가루빵만으로 시장기를 견디는(견디는 것 이상일 수가 있는가) 선생의 그 결백스런 생활철학은 그러나 조박한 섭생에만 그치는 것이 아니었다.

 그는 입음새도 오직 활동의 편의만을 위주하고 있었고, 집과 잠자리를 관리하는 데도 구들을 덥히기 위해 푸나무를 베어 오지 않았다.

 최상윤 선생은 아예 자신의 잠자리를 위한 온돌방을 만들지 않고 있었다. 거처방뿐만 아니라 농장 관리실로 사용하고 있는 블록 건물은 안벽이 모두 외풍을 효과적으로 막아내기 위한 이중 흙벽으로 되어 있었고, 잠자리 도구라고 짚북데기를 속에 넣은 매트리스와 이불 몇 점이 전부였다. 사람의 육신은 원래 바깥에서 열을 구해 들이지 않아도 활동이 불편하지 않을 만큼한 체온을 구존하고 있는 터이므로 그 체온을 밖으로 빼앗기지 않도록 하는 단속만 있으면 더 이상의 난방장치는 필요가 없다는 것이었다. 온돌방과 영양식이 아니더라도 아침 6시에 일어나 하루 종일 일을 하고 밤 10시에 다시 잠자리로 들어가는 규칙적인 생활 하나로 아직까지 나이답지 않은 건강을 누리고 있노라는 최상윤 선생은 자신 있게 단언했다.

 "비바람 막자고 집을 짓고, 훈기 간직하자고 방을 들이고, 그러고도 아직 마음이 놓이질 않아 5척 단신 좁은 등짝 하나 눕히기 위해 나무를 마구 잘라다 세 평 네 평 돌구들장을 달궈대는 미련한 백성은 이 지구상에 다시없을 게오다."

 병이 났을 때나 유아기 어린이들을 위해, 어른이라 하더라도 활동성을 높이기 위해선 보다 나은 난방설비가 필요할 수도 있지 않으냐는 지욱의 의견에 대해서도 선생은 전혀 주의를 기울이려 하지 않았다.

 "그건 버릇일 뿐이오. 사람이 편한 버릇을 들이기로 한다면 끝이 없으리다. 바람직스럽지 않은 버릇은 처음부터 뿌리를 잘라버려야 하오. 시작이 늘 중요하니까. 시작이 좋고 나면 나중 버릇도 좋아지게 마련이지요. 자 날 좀 보아요. 어쨌거나 난 이런 식으로 먹고 이런 식으로 입고 이런 식으로만 살아왔어요. 그리고 그렇게 하면서 크나 작으나 내 일과 나 자신의 삶을 여기까지 이끌어왔고 또 이룩해왔지요. 세상이 이 모든 것을 한낱 쓸데없는 허섭스레기로 내팽개쳐버릴 수가 없는 것이라면 이런 늙은이의 방법에도 그 나름의 뜻을 지닐 수가 있었을 게 아니겠소?"

 매사에 대한 이해가 다 그런 식이었다. 세상일을 무엇이나 그의 방법대로 외곬으로 이해하고 평가하고 주장했다.

 점심 요기를 끝내고 나서 농장 주위를 둘러보러 나갔다가 추위도 잊은 채 축사 손질에 열중하고 있는 5,6명의 청년들을 마주쳐 지나게 됐을 때였다.

 "선생님께 감화를 받은 탓인지 이 추위 속에서도 모두들 일이 무척 즐거운 얼굴들이군요."

 청년들을 비켜 지나간 다음 지욱이 일부러 좀 과장 섞인 치하의 말을 건네자 최상윤 선생은 이번에도 그의 독특한 생활관의 일단을 드러내 보였다.

"내게 무슨 감화를 받았다기보다 이젠 제법 자신감들을 얻고 있으니까요. 첨엔 굉장히 게으르고 무기력한 젊은이들이었다오. 내가 저들에게 뭘 해줄 수 있었다면, 글쎄 실의에 빠진 저들에게 무슨 자신감 같은 걸 심어준 거라고나 할까……"

"저들에게 무슨 자신감을 심어주실 수 있었다는 말씀입니까?"

궁금스러운 듯한 지욱의 말투에 최상윤 선생의 설명은 일사천리로 이어져갔다.

"그거야 간단했지요. 저들이 자신을 잃고 있는 것은 자신의 힘으로 뭔가를 이룩해낼 수 있는 자기 능력에 대한 믿음이 없었기 때문인 게요. 한데 우리 쉬운 말로 저들이 요즘 신용하고 있는 그 능력이라는 게 근거가 뭔 줄 아오? 학력이라는 게요. 남들처럼 제대로 학교를 못 다녔으니까, 학력이 모자라니까 남들처럼 일할 능력이 없는 걸로 스스로를 포기해버리고 있기 일쑤였단 말이외다. 남들처럼 상급 학교엘 갈 수 없었던 경제 능력의 부족을, 그때의 실망을 일생 동안 무슨 권리라도 되는 것처럼 떠메고 다니면서 자기 게으름의 구실을 삼는 게요. 그래 난 일러줬지요. 나 세상 살다 보니 번드레한 대학 건물에서 공부한 사람 1층집에서 일하고, 그다음 높은 중등학교 건물에서 공부한 사람 2층집에서 일하는데, 1층 건물에서 소학교 공부밖에 못한 사람 가운데서 오히려 7층 8층 높은 건물에서 훌륭한 일 하는 사람 많더라— 높고 편한 공부 많이 했다 해서 세상 나와서도 반드시 편한 일 훌륭한 일만 하는 건 아니다, 학교 공부 많이 했다 해서 세상 편하게 살 꾀나 늘고, 되지도 않을 바람만 크게 가지고 게으름 부리면 오히려 공부 적게 하고도 조그만 소망을 소중히 하여 차근차근 부지런히 일해나가는 사람보다 이루어내는 일이 적게 되는 법이다. 분에 맞게 생각하고 작은 일이라도 보람을 가지고 신념껏 일하는 것이 앞서가는 일이요, 자신을 이기고 남을 이기는 길이 되는 것이다……"

얼핏 들으면 그건 일종의 교육 불신론 비슷한 소리였다.

뿐만 아니라 최상윤 선생은 정치나 사회상의 변화에 대해서도 그의 농장 수련생들에겐 일체의 무관심을 강요하고 있는 듯한 인상이었다.

"난 저들에게 오로지 일에 대한 신앙 한 가지로 세상을 살아가라고 권해오고 있는 게요."

선생의 어조는 시종토록 일사불란했다.

"학력에 대한 그릇된 우상을 깨부숴준 대신으로 난 저들에게 새로운 마음의 지주를 마련해줘야 했지요. 주님 앞으로 길을 인도했어요. 우리 역사를 되돌아보면 신라·고려조의 국세는 불교의 앉아먹자주의로 기울었고, 이조 5백 년의 국세는 유교의 누워먹자주의로 쇠퇴했으니, 서서 일하고 먹어야 하는 그리스도교의 생활윤리야말로 신앙처럼 받들면서 서서 일을 하고도 오히려 부족함이 많은 이 땅의 사람들에겐 가장 바람직한 생활 교리처럼 여겨졌기 때문이오. 난 저들이 즐겨 일할 수 있게 하기 위해 우리 주님 그리스도를 소개한 거란 말이외다."

신념이란 때로 논리를 초월한 자기 믿음일 수 있었다. 그 모든 것은 일테면 최상윤 선생식의 어떤 신념일 수밖에 없는 것이었다.

그것은 거의 논리적인 이해나 납득이 불가능한 것이었다. 그러나 최상윤 선생은 그 논리 이전의 자기 믿음과 청교도적인 엄격성, 그리고 털끝만큼 한 회의도 용납지 않는 투철한 자신감으로 그의 오늘을 이룩해내고 있었다.

  지욱은 차츰 선생의 그런 신념이 두려워지기 시작했다. 지욱의 이해와 능력으로는 감당할 수 없는 어떤 무거운 압박감이 그를 못 견디게 짓눌러 왔다. 믿음이 논리를 초월할 수도 있다고는 했지만 그러나 논리적인 이해가 불가능한 신념은 맹목적인 아집에 그칠 위험성이 있었다. 뿐만 아니라 그 자신감이 넘치고 있는 선생의 신념은 털끝만큼 한 자기 회의마저 용납을 하지 않고 있었다. 회의가 없는 신념은 맹목적인 자기 독단에 흐를 위험 또한 큰 것이었다. 그리고 무엇보다도 그것은 지욱이 그에게 소망해온 어떤 감동적인 자서전적 인물상으로는 치명적인 결함일 수 있었다. 회의가 없는 자서전이야말로 영락없이 한 거인의 동상에 불과할 뿐이었다. 지욱이 최상윤의 신념을 두려워한 것은 그 자신 최상윤 선생에게서와 같은 어떤 의식의 경화 현상을 싫어해온 성격 이외에도, 그와 같은 위험성을 어슴푸레 느끼고 있었기 때문이다. 하나 그보다도 지욱이 더더욱 그 선생의 신념을 두려워한 것은 그의 너무나도 일사불란한 언동이나 생활 방식에서 오히려 어떤 씻을 수 없는 가식의 냄새를 맡고 있었기 때문이다. 사람이 도대체 이럴 수가 있을까. 한 인간의 생애에서 이처럼이나 말끔하게 후회나 의구가 없을 수 있단 말인가. 이 깐깐하고 결백스런 노인에게서라도 어찌 따뜻한 아랫목과 좋은 음식에 대한 바람이 전혀 없을 수 있단 말인

가. 아무리 엄격한 극기의 세월이었던들 그것이 어찌 감히 사람의 가장 사람다운 욕망까지를 송두리째 근멸시켜버릴 수가 있단 말인가. 이 노인은 어찌하여 그것을 끝끝내 시인하려 들지 않고 있는 것인가. 그것이 진실로 그의 부끄러움이 될 수는 없단 말인가—

하지만 최상윤 선생은 지욱이 그의 지난 생활에 대한 어떤 아쉬움이나 후회 같은 걸 지녀본 일이 없느냐고 물었을 때도, 그리고 그가 청년들에게 버릇 들인 정치적 무관심의 결과가 그들이 몸담고 살아가야 할 사회의 질서에 어떤 마비제와 같은 해독 요소로 작용될 수도 있지 않으냐는 우려에 대해서도, 심지어는 그의 교육 불신론과 전통 종교의 해석 방법이 그들의 삶을 어떤 치명적인 편견 속으로 함몰시켜버릴 위험성에 대한 고려는 필요하지 않으냐는 권유에 대해서도 아무 주저하는 빛이 없이 단언하고 있었다.

"그것은 그 삶을 자기 육신으로 직접 살려는 사람들이 아니라, 다만 이야깃거리로 삼으려는 사람들의 일일 뿐일 게요. 나를 찾아와 내 방법을 따르고 싶어 하는 사람들은 애초부터 학력이 없고 정치에 대한 관심도 없으며, 그리스도 이외엔 다른 신앙이라는 걸 접해본 일이 없는 사람이라는 걸 알아야 하오. 학력의 필요성은 공부한 사람들이 만들어내면 그만일 터이요, 정치의 능률은 제일 차로 우선 정치하는 사람들의 몫과 책임이 되어야 하는 것일 게오다. 석가모니나 유교에 대한 편견은 그 신앙을 신봉하는 사람들의 창조적인 생활 교리로 더 넓게 교정되어질 수가 있을 터이구요. 나와 나를 찾아온 사람들은 다만 일이 일차적인 몫이요, 그 일을 위해 그리스도 신앙이 도움을 주고 있으면 그걸로 그만인 게요."

선생을 가까이 접해가면 갈수록 지욱은 그의 압도적인 신념 앞에 점점 더 깊은 두려움과 가식의 냄새 같은 것을 지워버릴 수가 없게 되어갔다.

왜 그럴까. 무엇 때문에 선생의 신념이 견고하면 견고할수록 가식의 인상이 더해가는 것인가. 그리고 그것이 두려워지고 있는가.

지욱은 갈수록 머릿속이 혼란스러웠다. 그것은 지욱이 원래 그런 신념 같은 데서 보이는 의식의 경화 현상을 싫어하고 있었기 때문이라거나 선생의 의식 속에 은밀히 감추어져 있을지도 모르는 어떤 찬란한 거인의 동상에 대한 의구심 때문만도 아닌 것 같았다. 그의 두려움이나 의구심은 오히려 그것 이상으로 깊고 절실했다.

하지만 그는 마침내 자신의 이유를 깨달았다. 그러나 그 지욱의 깨달음은 그가 마지막으로 최상윤 선생에게 걸어온 간절하고 슬픈 소망에 대한 치명적인 상처에 다름 아닌 것이었다.

한마디로 선생의 신념이라는 것은 자서전류의 회고록용 신념이 아니었다. 선생을 거울삼을 다음 사람들의 미래가 아니라 바로 최상윤 선생 자신의 것이었다. 그의 신념 또한 과거의 시제를 빌려 쓴 미래의 이야기가 될 것임에 틀림없었으나 그 미래는 선생의 신념 자체를 허물할 수는 없었다. 하지만 최상윤 선생의 신념은 그가 거기 의탁해 살아온 자기 생애의 결산을 만인 앞에 바쳐 보이기 위한 것이 아니라, 오히려 그의 회고록을 씀으로 하여 이제부터 그것을 더욱더 힘차게 펴나가려는 자기 지향의 미래에 속하는 것이었다. 지욱으로선 이미 수없이 되풀이해온 생각이지만 자서전이란 원래가 주장이기보다는 고백이요, 헌상이어야 했다. 나름대로의 뜻을 지니고 살아오면서 이룩해온 것들을 이제는 이미 그의 것으로서가 아니라 그의 삶의 결과로서 만인의 것으로 그 만인에게 바쳐지고, 그리하여 그 자신은 오히려 그 개인의 유한한 생애에서 해방되어 만인에 의한 만인의 삶이 되어야 하는 것이었다. 그것은 이를테면 생애의 모든 것을 바치고도 마지막 남은 그의 뇌수마저 그의 사후에 인간의 지능 장치를 규명케 하고자 연구실, 수술실로 보내게 한 절세의 박애주의자 아인슈타인의 유언— 또는 그런 철인의 말 없는 뇌수와도 같은 것이어야 했다.

자서전은 아직도 개인의 삶을 살고 있는 사람들의 미래에 대한 자기주장일 수는 없었다. 자서전 속의 신념이라는 것이 그 자서전으로 하여 만인 속에서 자기의 뜻을 펴 실현하고 완성해내려는 주장이어서는 안 되었다. 그것은 참다운 자서전이 될 수 없었다.

최상윤 선생의 신념은 물론 아인슈타인의 뇌수와 같은 것은 아니었다. 그는 그의 자서전으로 만인 앞에 그의 일생을 바치려는 것이 아니라 아직도 그의 신념을 실현해나가는 자서전 사업의 주도자로 남아 있기를 원하고 있었다.

최상윤 선생 개인의 미래가 개입되고 있는 그의 신념은 참다운 자서전용 신념이 될 수 없었다⋯⋯

결국 최상윤 선생의 신념에 대한 지욱의 두려움은 지욱으로 하여금 선생의 회고록 대필 일을 무척이나 망설이게 하지 않을 수 없었다. 생각을 계속하다 보니 그는 아직 선생을 다시 농장으로 찾아오게 될 것인지 어떨지에 대해서도 쉬 작정이 서오질 않았다.

그래서 그는 그 최상윤 선생이 마침내,

"자, 그럼 이제 마음을 어느 정도 결정할 수 있게 되었는지 내게 말을 해줄 수가 있겠소?"

하고 어딘지 지욱이 다시 농장을 찾아와 그의 회고록 일을 맡아주기를 바라는 듯한 어조로 물어왔을 때도 다만 그의 그런 안타까운 심경을 정직하게 고백할 수 있었을 뿐이었다.

"글쎄요. 송구스럽기 그지없는 말씀입니다만, 전 아직 확실한 작정을 말씀드릴 수가 없는 형편인 것 같습니다. 제게 좀더 생각할 여유를 주십시오. 하지만 저 역시 선생님을 다시 찾아뵙게 되기를 진심으로 바라고 있습니다. 제 자신의 정직한 삶은 물론, 남의 회고록이나 자서전들을 수없이 맡아 써오면서도 그분들의 삶이나마 한 번도 제 삶을 대신해 살아볼 수가 없었던 저올습니다. 바라옵기는, 이번만은 선생님의 과거를 한번 저의 것으로 몸을 던져 살아보고 싶습니다. 선생님의 가슴으로 세상을 느끼고 선생님의 눈으로 세상을 보고 선생님의 머리로 세상일을 생각할 수 있도록 선생님의 모든 것을 제 자신의 것으로 살아볼 수 있게 되기를 바라고 있습니다. 그것이 남의 생애만을 대필해온 자서전 청부업자로서의 마지막 소망이었으니까요. 하지만 제가 감히 그렇게 될 수 있을지 없을지는 제 자신 좀더 생각을 해봐야 할 것 같습니다."

어슴푸레 불안해하는 빛이 떠오르기 시작한 최상윤 선생을 남겨 두고 지욱이 다시 서울로 돌아온 것은 이날 저녁 7시가 좀 지난 다음이었다. 차중에서도 곰곰 생각을 거듭해보았지만 지욱은 이날 저녁 그의 낡은 하숙집 대문을 들어설 때까지도 역시 아직 그의 생각을 결정짓지 못한 채였다. 뭐가 뭔지 아무래도 생각이 한 가닥으로 모아지지를 않았다. 결국 일을 하고 안 하고는 오로지 그 자신의 선택에 달려 있다는 것만이 위안이라면 유일한 위안거리였다.

그런데 그런 어수선한 상념을 안고 지욱이 그의 하숙집 대문을 들어섰을 때였다.

일은 거기서부터가 훨씬 난처하게 꼬여갔다. 최상윤 선생의 일에 대해선 이미 선택이고 뭐고 더 이상 생각할 여지도 없을 만큼 엉뚱스런 사태가 벌어져 있었다.

지욱이 무심히 대문을 들어서보니, 주인도 없는 그의 하숙방에 웬일로 불이 환히 밝혀져 있고 방마루 아래 댓돌 위엔 웬 사내들 겨울 신발이 두 켤레씩이나 함부로 나뒹굴고 있었다.

피문오 씨였다.

피문오 씨가 그의 동료 한 사람을 데리고 와서 지욱을 기다리고 있었다.

지욱이 방문을 들어서자 무례스럽게 그의 앉은뱅이책상 위에 엉덩이를 털썩 주저앉히고 있던 피문오 씨가 천천히 몸을 일으켜 세우며 지욱 앞으로 다가섰다. 그리곤 언제나의 버릇처럼 질끈 벗어 쥐고 다니던 손장갑을 다시 한쪽 손으로 모아 잡으며, 다른 한 손으론 민첩하게 그의 가죽점퍼 안주머니를 뒤져댔다.

"선생, 이거 정말로 내게 써 보낸 편지가 틀림없소?"

주인 없는 방에 들어와 있는 데 대한 양해조차 구함이 없이 지욱이 아침에 부치고 떠난 속달 편지부터 불쑥 코앞으로 내밀었다. 틀림없이 지욱 자신이 피문오 씨에게 써 보낸 편지였다.

지욱은 가슴이 철렁 내려앉았다. 피문오 씨가 불시에 그를 찾아와 있을 때부터 벌써 심상찮은 기미를 느끼고 있었지만, 무엇인가 잔뜩 벼르고 왔음 직한 피문오 씨의 그 압도적인 태도로 보아 사태는 예상외로 심각해져버린 느낌이었다.

지욱은 잠시 추궁하듯 그를 건너다보고 있는 피문오 씨의 얼굴을 조심스럽게 살피고 있었다. 그리고는 다시 그 통성명조차 건네오지 않은 채 두 사람의 일에 짐짓 관심을 외면하고 앉아 있는 또 한 사람의 점퍼 사내 쪽을 건너다보았다. 말없이 딴전스런 얼굴만 하고 앉아 있는 사내가 공연히 마음에 지펴왔기 때문이다.

지욱은 이상스럽게 자꾸 사지가 움츠러드는 기분이었다. 그러나 끝끝내 입을 다물고만 있을 수는 없는 노릇이었다.

"그렇습니다. 죄송스런 말씀입니다만, 그 글월 속에서도 이미 고백을 드렸듯이 전 선생님의 대필 작업을 더 이상 계속할 수가 없었습니다. 용서하십시오. 제 처사에 마음을 상하기라도 하셨다면 다시 한 번 심심한 사과를 드립니다."

지욱은 침착성을 잃지 않으려 애쓰면서 정중하고도 분명한 어조로 말했다. 불안을 느낄수록 그 불안에 대비하는 방법은 이쪽의 동요를 엿보이게 하지 않는 일과, 그럴수록 더욱 언동을 정중하게 갖는 길뿐이라는 것을 지욱은 체험으로 알고 있었다.

하지만 이날의 상대에겐 지욱의 그런 체험과 지혜마저 깡그리 무시를 당하고 말 형세였다.

"아, 그러하시나이까. 죄송스럽소이다. 그러신 걸 전 설마하니 선생께서 이런 글로 저를 화나게 하실 리는 없으리라고 혼자 미련스런 생각만 하고 있었사오이다그려. 행여 선생께서 무슨 엉뚱한 착오라도 생겨서 이런 글을 잘못 써 보내시지나 않았나 하고 말씀이오다."

피문오 씨는 마치 무대 위의 연기처럼 굽실대며 과장스레 겸손을 떨어댔다.

지욱은 짐짓 정색을 한 얼굴로 육박해 들고 있는 피문오 씨의 그 엉뚱스런 익살의 뜻을 알고 있었다. 피문오 씨의 겸손은 태풍 전야의 정적처럼 지욱을 위협해왔다.

"유감스럽습니다만 착오는 아니었습니다. 모든 것은 그저 제가 불민했던 탓으로 이런 결과가 되고 말았습니다. 그러니 아무쪼록……"

지욱은 스스로 얼굴이 붉어져오는 수치심과 피문오 씨에 대한 어떤 불안스런 긴장 속에서, 그러나 자꾸만 초라하게 움츠러드는 자신을 붙잡아 버텨보려는 듯 의연스런 어조로 말했다.

하지만 피문오 씨의 그 교활스런 공갈은 갈수록 무도하고 방만스런 본성을 드러내기 시작했다.

"아, 그야 물론 그러시겠습죠. 하오나 어이해서? 어이해서 선생께옵선 갑자기 그렇게 생각이 달라지게 되셨사옵는지? 아, 거기에 대해서도 고매하신 선생께선 이미 자상한 설명 말씀이 계셨는 줄 알고 있사옵니다마는 그 말씀을 알아듣기엔 소생이 워낙 배운 게 부족하고 머리 돌아가는 것이 둔해서…… 어떻게 알아듣기 쉽게 여기서 한번 가르침을 주실 수가 없으시온지?"

의연한 체 버티어보아도 이 무자비하고 철면피한 희극배우의 돌진에는 얼굴색이 변하지 않을 수 없었다.

 하지만 지욱은 아직도 참을 수밖엔 도리가 없다고 생각했다. 똥을 누가 무서워한다던가. 이 무지하고 위험천만한 속물을 상대해서 거래를 시작했던 것부터가 애초의 실수였다. 작자에겐 이미 이해를 구할 양식을 기대할 수 없었다. 이런 인간들에게 당한 봉변이 봉변이랄 수는 없었다. 작자에게 더 이상의 심한 행패나 부리지 않도록 해야 했다. 작자가 제풀에 맥이 풀려 돌아서도록 참고 견디는 길밖에 다른 도리가 없었다.

 "바라신다면 다시 한 번 제 충정을 솔직히 말씀드리겠습니다."

 지욱은 떨리는 가슴을 억제하며 피문오 씨의 주문을 조심스럽게 응대해나가기 시작했다.

 "하지만 미리 말씀드려두고 싶은 것은 제 글에서도 누누이 말씀을 드렸다시피 이번 저의 결정의 동기는 결코 선생님 쪽에 허물이 있었던 것이 아니라 오로지 저 자신의 어떤 각성과 양심상의 문제였음을 이해해주셔야 할 점입니다. 따라서……"

 바로 그때였다. 지욱은 거기서 그만 갑자기 말을 가로막히고 말았다.

 "아니 이거 왜 이래!"

 담배알을 뽑아 물고 불을 붙이려던 피문오 씨가 마침내 태도를 돌변하며 본성을 드러내기 시작했다.

 "이거 아무리 맘에 없는 웃음을 팔아먹고 사는 무식쟁이라고 누구한테 지금 설교를 하려는 거야 뭐야, 건방지게. 그래 내가 지금 당신 같은 위인의 신세 하소연이나 듣자고 이런 델 찾아온 줄 알아? 그렇게 내가 한가한 사람으로 보이느냐 말야. 왜 내 일을 안 하겠다는 건지 그걸 말해보라는 거야. 이유를……"

"아니, 그런 게 아니라……"

갑자기 반말 투로 윽박질러오는 피문오 씨의 어조에 지욱은 새삼 가슴이 내려앉는 표정이었으나, 이미 본색을 드러내기 시작한 피문오 씨의 행패는 걷잡을 수가 없을 지경이었다.

"그게 아니라니? 아니 이거 당신 정말 이런 식으로 날 바보 취급하고 나설 테야? 당신 눈엔 정말로 내가 그렇게 얼렁뚱땅 되잖은 소리로도 그냥 넘어가질 것 같아 보인 모양이지? 그래, 뭐가 어째? 내 일을 하지 않게 된 게 내 탓이 아니구 당신의 그 알량한 양심 때문이라구? 내가 그래 그 알량한 당신의 양심에 들러리라도 서야 한다는 거야 뭐야. 업어치나 메치나 그게 그놈 아들놈 같은 소릴 가지고, 정 내게 말재간을 한번 부려보고 싶어서 이래? 당신 눈엔 이 피문오가 그래 그만 말귀도 못 알아들을 바보 멍청이로만 보이느냐 말야? 내 아까부터 참자 참자 하다 보니 이 친구 아주 형편없이 맹랑한 데가 있는 작자로구만그래."

피문오 씨는 이제 스스로도 분을 참을 수 없게 된 것 같았다. 벌건 얼굴에 튀어나올 듯 두 눈알을 부러려대면서 장갑을 몰아 쥔 한쪽 손을 피스톤처럼 마구 지욱의 턱 앞으로 내질러대고 있었다.

지욱은 그만 기가 콱 질리고 말았다. 무슨 말을 할래도 목이 말라 소리가 되어 나오질 않았다. 그는 부들부들 떨려오는 두 다리를 간신히 버티고 선 채 절망적인 눈초리로 피문오 씨의 폭풍우 같은 수모를 고스란히 견디고 있었다.

불현듯 최상윤 선생의 일이 이 처참스런 곤욕을 견뎌낼 수 있는 어떤 서광처럼 머릿속으로 떠올라왔다. 최상윤 선생과의 약속이 그의 참을성에는 상당한 힘을 보태기 시작했다. 이런 자의 자서전 따윌 대필하려 했다니! 최상윤 선생과 같은 분에게조차 내 주관을 굽힐 수 없었던 이 지욱이 아닌가. 이런 자의 책을 쓰면서 그의 밑구멍을 핥느니 차라리 선생의 발밑에라도 나가 엎드려 선생의 신념을 찬미함이 낫지 않으냐. 참자! 작자의 일을 피하자면 이쯤 굴욕은 즐거이 참아 넘기자. 참아서 넘겨야 한다—
 하지만 피문오 씨는 그 정도로는 물론 분통이 풀릴 수가 없는 모양이었다.
 "어디 선생! 말씀을 좀 해보시라구. 아니 글에서는 그처럼 잘난 체 말이 많더니, 제 잘난 소리나 시부렁거릴 줄 알았지 선생도 남의 말을 알아듣는 덴 귀가 꽉 멀어버리셨나. 왜 통 대답이 없으셔? 그렇담 내가 좀더 수고를 해주실까? 어째서 내 일을 하지 않게 되었느냐, 내 일을 하기가 싫어졌느냐…… 그 이율 좀더 솔직하게 말해달라 이거야. 이 무식한 놈도 좀 분명하게 알아듣고 납득이 가게끔 말씀이야. 알아들어? 그래도 못 알아들으시겠다면 내 좀더 똑똑히 말을 해줄까?"
 묵묵히 입을 다물고 있는 지욱을 마음 내키는 대로 매도해대다 말고 피문오 씨는 무슨 생각을 해냈는지 갑자기 목을 잔뜩 가다듬었다. 그리고는 청승맞도록 능청스런 목소리로 허공을 향해 외쳐대기 시작했다.
 "고장 난 시계나 라디오들 고칩시다아— 채권 삽니다아— 부서진 우산이나 빈 병 삽니다아— 자서전이나 회고록들 쓰십시다아—"

고저 단속(高低斷續)을 적당히 조화시켜가며 길게 외쳐대고 난 피문오 씨가 이젠 좀 알아듣겠느냐는 듯 여유 만만한 표정으로 지욱을 이윽히 건너다보았다.

"어때? 당신이 내 자서전 일을 맡아간 것도 그런 식 아니야? 고물 라디오나 시계 고치는 사람들처럼 골목골목 외고 다니지만 않았다 뿐이지, 먹고살겠노라 애걸애걸 일을 맡아간 건 마찬가지가 아니었나 말야. 당신 애초엔 맘에도 없던 내게 와서 얼마나 교활하고 부황한 소리들을 주워댔어? 그래 인생이 가엾다 싶어 일거릴 줘보냈더니 이제 와선 제 편에서 일을 못하겠다? 글쎄, 정 내 일을 못 맡겠다면 까짓거 일을 안 해도 좋다 이거야. 하지만 어째서 일을 못하겠다는 건지 나도 분명한 이유만은 알아야겠다 이 말씀야."

지욱으로선 할 말이 있을 리 없었다. 그는 계속 최상윤 선생만을 생각하며 입을 꾹 다물고 참고 있었다.

하지만 피문오 씨는 이제 지욱의 그런 침묵마저 용납하려 하지 않았다. 지욱이 끝내 반응이 없으니까 피문오 씨는 좀더 효과적인 공격과 모욕의 방법을 동원하기 시작했다.

"흥, 인제 아주 입을 다물어버리시는 걸 보니 이 피문오하곤 더불어 얘기조차 나누실 수가 없으시다, 이 말씀인가. 더불어 말을 나눌 상대조차 못 될 위인이니 덮어놓고 참아 넘기는 게 상책이라 이런 뜻이렷다? 그저 미친개한테 물린 셈이라도 쳐버리자? 좋아, 그러실 만도 하시겠지. 선생은 지성인이시니까. 충분히 그러실 만해. 지성인이라는 게 뭐야. 피문오 너 때문이다, 보기 싫어 이 일 못 맡겠다는 소리 한마디 못한 당신처럼, 이 무식한 녀석아 하고 시원스런 욕 한마디 못하고, 이야기가 당신 이해력 밖이니 어쩌니 하고 어물대놓고 저 혼자 좋아하는 당신처럼 하고 싶은 말을 요리조리 둘러대고, 그나마 또 상대방에게 본심을 들켜 화라도 낼까 싶어 점잖은 척 교활한 겸손을 떨어 보이고…… 그래놓곤 상대방이야 말뜻을 알아들었거나 말았거나 저 할 짓은 다 했노라 저 혼자 속이 후련해하며 거들먹대는 인간들, 나 같은 놈한테까지 이런 봉변을 당하고도 말 한마디 못하고 침묵이 무슨 미덕이나 되는 척 치사스럽고 비열한 자기 합리화나 일삼는 알량한 인간들이 그 지성인이라는 인간들 아닌가 말야. 무식한 놈이 이런 소리 지껄이니까 아니꼬우시지? 하지만 내가 이럴 수 있는 것도 따지고 보면 다 선생이 그런 고매한 인격의 소유자요 존경받는 지성인이라는 걸 믿는 덕분이라구. 난 워낙 학식도 인격도 없는 미친개 뼉다귀가 되어서 내 속에서 폭발해 나오는 걸 참을 수가 없는 성미거든. 참을 필요도 없는 거구 말씀이야. 하지만 혹 선생한테 내 이런 성미가 맘에 들지 않으셨다면 내 선생의 충고를 한번 들어볼 아량은 있지. 아마 선생한테도 참기 싫은 말이 있을 테니 염사가 있으시면 이 무식쟁이처럼 속 툭 터놓고 한번 말씀을 해보시라구……"

"……"

"흥, 역시 말씀이 없으시군. 말씀을 안 하실 테지. 아니 말씀을 못 하실 게야."

순전한 반말지거리와 삿대질 일변도에서 피문오 씨의 입에서는 이제 그 선생 소리가 다시 뒤섞여 나올 만큼 말씨나 거동이 조금씩 누그러드는 낌새였다. 하지만 피문오 씨의 공박은 누그러든 말씨나 거동만큼 더욱더 차분하고 교활스런 여유를 담고 있었다. 그는 맘 내키는 대로 지욱을 희롱하고 매도해대고 그리고 협박했다. 이제 더구나 지욱의 침묵을 추궁해오는 피문오 씨의 공박 속엔 지욱으로서도 도저히 감당할 수 없는 그 나름의 투박스런 논리가 동원되고 있었다.

"하지만 당신의 말엔 늘 이해력 밖에서나 맴돌고 있을 이 무식쟁이한테도 혹은 쓸 만한 말이 한마디쯤 있을 수 없다고 누가 감히 장담을 해? 아니 당신같이 말 좋아하는 위인들한텐 외려 더 들어둬야 할 일이 많을지도 모를 일일걸. 내 한 가지만 지금 얘길 해줄까. 뭔고 하니 말씀이야. 아니 이건 아마 잊어버리고 있을지 모르지만 당신이 이건 실제로 경험이 더 많을 게야. 당신 뭐라고 했더라? 사람은 누구나 자기 과거에 대해선 터무니없이 아름답게 미화하려 하거나 과장을 하려는 경향이 있다고 했던가. 자기 이야기의 공정성이나 절제력을 잃기 쉬운 것이 자서전 집필의 통폐라고 한 게 당신이 한 말 맞지? 게다가 또 자신이 직접 체험하고 살아보지 못한 남의 과거를 거짓말로 대신 꾸며 쓰게 하는 건 더욱 큰 위선이라고 한 것도 역시 당신 말이었을 테구. 옳은 말을 했어요. 하지만 당신은 이걸 잊고 있었어. 자서전이라는 거 그거 모두 다 자기 손으로만 써야 한다면 당신 말대로 대체 어느 놈이 제 손으로 제 얘길 쓰는데 거짓말 안 꾸며대고 배길 놈이 있느냐 말야. 저 혼자 가만둬도 자꾸 부황한 소리들만 늘어놓고 싶어 하는 판에 장차 남한테 읽으라고 내보낼 책 속에다 지저분한 제 밑구멍 다 내보일 멍텅구리가 세상에 어디 있느냐 말이야. 공정성이고 절제력이고 따져볼 여지가 없는 거지. 거기 비하면 그런 얘기들을 자기 손으로 쓰지 않고 당신한테 당신 마음대로 대신 지어 쓰게 하는 것이 얼마나 공평하고 양심적인 처사인 게야. 당신은 바로 그 점을 모르고 있었던 거야. 하나만 알았지 둘은 몰랐던 거란 말야."

"……"

"그야 물론 선생한테는 남의 이야기를 대신 꾸며 쓴다는 것이 혹 가책도 되고 허무한 느낌이 들 수도 있기야 하셨겠지. 하지만 남의 자서전 대신 쓰면서 생긴 기분은 선생의 일이지, 일을 맡긴 사람의 책임은 아니지 않소? 그리고 애초에 이 일을 시작한 게 선생 쪽이 틀림없다면, 그때는 그럴 줄을 선생이 모르고 있었단 말요? 알고 있으면서 시작한 일이 아니었나 말요……"

피문오 씨의 어조엔 제법 경어 투가 다시 살아나며 갈수록 부드러워지고 있었다. 이젠 지욱의 입장이나 기분에 대해서 사뭇 이해를 보이고 싶어 하는 투였다. 본심이야 어느 쪽이든 일단은 지욱에게 그의 일을 다시 맡게 해놓을 심사임이 분명했다.

지욱이 벙어리처럼 입을 다물고만 있으니까 답답해죽겠다는 듯 그가 다시 말을 계속했다.

"아니 그래 당신이란 사람은 도대체가 어떻게 되어먹은 인간이오? 원하지도 않은 일을 자기 손으로 떠맡아가고 나선 이제 와서 네 책은 맘에 안 들어 일을 못하겠다니 이거 그래 당신은 가만 앉아 있는 사람을 나무에 올려놓고 흔들어대는 격이 아니오? 거기서도 또 한술을 더 떠서 뭐랬더라? 제 과거를 사랑할 수 없고 더러운 밑구멍을 내보일 용기가 없거든 아예 이런 책 가져볼 생각조차 말라? 도대체가 그 과거에서의 해방이라는 건 뭐고 도배질이란 건 또 뭐라는 거요? 그래 선생은 목구멍 때워대기도 바빴던 내게 그 알량한 해방이나 도배질을 해댈 과거라는 거나 있었는 줄 알았소? 선생은 내게 그럴 만한 과거가 없다는 걸 모르고 시작한 일이었나 말요. 아니 설사 내게 그런 비슷한 게 있었다 치더라도 왜 내가 그런 걸 남 앞에 내밀어? 당신 말대로 그럴수록 더 두꺼운 도배질로 싸발라 숨겨야지. 그러고 보니 선생은 참 여러 가지 오해가 많으셨어. 나 이런 책으로 내 얘기 써 내놓으려는 거 누구 남 좋으라고 하는 거 아니외다. 사람들한테 내 밑구멍 구경시켜서 히히덕거리게 하고 싶어서도 아니고, 선생 속 편한 밥벌잇감이나 마련해주자고 시작한 일도 아니었단 말씀야. 나 살자고 하는 일이야. 구질구질하고 음산스런 옛날 기억들일랑은 당신 말마따나 두꺼운 도배질로 싹 가려 덮어버리고 나도 이젠 그 책 덕분에 남들처럼 목에 힘도 좀 주고 내 나름대로 뜻도 좀 펴가면서 세상을 살아보고 싶어 시작한 일이었다니깐. 그게 내 동상이면 어떻고 기념탑이라면 어떻다는 거여? 그 동상 덕분에 남들처럼 좀 편히 밥 벌어먹고 싶다는데 선생이 왜 배가 아퍼? 누가 남의 동상 밑을 서성거리래서 애꿎은 사람을 치게 한다는 게여? 설령 또 그런 일이 생긴다 치더라도 사내가 세상에 태어나서 그런 데까지 잔신경을 쓰다가 어떻게 다 나이를 먹어가라구. 왜 그 남의 책을 10여 권씩 써줬다는 사람이 그것도 아직 도가 통하질 못하셨을꼬? 도대체가 이런 식으로 자기 책을 쓰겠다는 사람이 이 피문오 한 사람뿐이었더란 말씀이셔?"

"……"

"자, 그러니 이제 이 일을 어떻게 했으면 좋겠소? 선생께서도 아마 이 일엔 응분의 책임을 느낀다고 말씀하신 걸로 아는데, 그래 책임을 느끼신다면 선생은 어떻게 내게 그 책임을 져주실 참이오? 여기서 지금 그 말씀을 좀 들어봅시다."

피문오 씨는 끈질기게 지욱을 다그쳐 들고 있었다. 역시 지욱으로 하여금 제풀에 그의 일을 다시 맡게 하려는 수작이 틀림없었다.

하지만 지욱은 여전히 입을 굳게 다물고 있었다. 피문오 씨의 공박은 지욱으로 하여금 갈수록 그 일을 맡아서는 안 된다는 역설적인 확신만을 더해주고 있었다. 아니 지욱은 이미 그 피문오 씨의 일 따위는 생각조차 하지 않고 있었다.

이상한 일이지만 지욱은 오히려 그 피문오 씨의 장광설을 듣고 있는 동안 엉뚱하게도 줄곧 최상윤 선생만을 생각하고 있었다. 피문오 씨의 그 투박하고 저돌적인 자서전론은 차라리 최상윤 선생에 대한 지욱의 조심스런 신뢰감마저 무참스레 무너뜨려버린 것이다. 피문오 씨의 이야기를 듣다 보니 지욱은 그 최상윤 선생에 대한 꺼림칙한 의구심이 갑자기 더 분명한 모습으로 다가왔다. 선생의 일사불란한 신념의 일생이 그를 떠나올 때보다도 더욱 위험스럽고 두려워졌다. 선생에게선 도대체 갈등이라는 걸 느낄 수가 없었다. 선생의 일생은 참으로 신념의 일생이었다. 하지만 갈등이 없는 곳에선 진정한 자기 성찰이나 고발에의 용기가 보일 수 없었고, 그 참담스런 애정과 용기를 통한 과거로부터의 자기 해방이라는 것도 필요 없는 생애였다. 그것은 오직 만인의 찬양을 받으며 그 만인의 삶을 지배할 수 있는 거인의 동상이 될 수 있을 뿐이었다. 그 동상이 최 선생 자신의 삶으로부터도 인연을 끊어버린 만인에의 제물로서가 아니라 오히려 더욱 그의 뜻을 넓게 펴고자 하는 미래에의 주장으로 군림하고 싶어 할 때, 그것은 차라리 만인에 대한 어떤 제도의 회초리와도 같은 것이었다. 위험스런 인간 정신의 굴레가 될 수 있었다. 일말의 자기 회의도 찾아볼 수 없었던 최상윤 선생의 그 신념의 일생은 그의 회고록을 가짐으로 하여 만인에게 바쳐지고 만인에 의해 기꺼이 해체되는 해방감을 얻기는커녕 보다 더 가열한 자기 정신의 구속과 신념의 주장이 퍼져나갈 판이었다. 지욱은 마침내 욕심에 들뜬 한 노인의 완고하고도 지칠 줄 모르는 자기 탐욕의 눈빛을 똑똑히 보기 시작했다. 그리고 그 눈빛에 몸서리가 처지기 시작했다.

지욱은 이제 그 최상윤 선생에 대한 생각도 거의 분명해졌다. 피문오 씨거나 최상윤 선생이거나 자서전류의 책을 갖게 하고 싶은 생각이 없었다. 그는 한 귀로 피문오 씨의 공박을 흘리면서 말없이 자기 결심을 다져갔다. 그러면서 한편으론 어서 빨리 이 어처구니없는 시련이 끝나주기를 끈질기게 기다렸다. 피문오 씨가 마침내는 제풀에 지쳐 그만 눈앞에서 꺼져 없어져주기만을 안타깝게 기다리고 있었다.

하지만 사정은 물론 지욱의 소망대로는 간단히 해결 날 수가 없었다. 간지와 음흉성을 총동원하여 그를 괴롭혀대고 있는 피문오 씨의 위협 앞에서 지욱은 지금 자신의 고집을 섣불리 내세울 수가 없었다. 최상윤 선생의 경우는 차치하고 피문오 씨의 일마저도 부러지게 분명한 거절의 말을 하고 나설 용기가 나지 않았다. 거절할 용기커녕 자칫하다간 이 무지막지한 위인의 공박에 견디다 못해 끝내는 어물어물 작자의 일을 다시 떠맡아버리게 될지도 모른다는 꺼림칙스런 기우마저 떨쳐버릴 수 없을 지경이었다.

"저것 보라지. 역시 대답을 못하시는군. 그야 달리는 어떻게 책임을 질 방법이 있을라구……"

지욱이 끝내 입을 다물고 있으니까 피문오 씨가 다시 추궁을 계속해왔다. 이번에는 목소리가 좀더 은근스러워지고 있었다. 그리고 그 목소리가 은근스러워지는 만큼 작자의 위협 또한 음흉스런 간지를 더해갔다.

"그러니까 이보라구 선생…… 당신이 뿌린 씨앗 당신이 거두자면 어차피 한 가지 방법밖엔 다른 길이 없겠어. 내 그것까지 내 입으로 말하기는 뭣하지만, 그렇다고 선생 스스로 태도를 바꾸기도 쑥스러운 모양이니 내가 그냥 말을 하지. 선생도 이미 생각이 미쳐 있으시겠지만, 뭐 이번 일은 그냥 없었던 걸로 치고 일을 다시 계속해가는 거요. 어떻소?"

예상대로였다. 피문오 씨는 이제 노골적으로 그의 일을 강요해오고 있었다. 정말로 꼭 자기 책을 가지고 싶은 마음에선지 혹은 그냥 지욱을 그런 식으로 골려주고 싶은 생각에선진 확실치가 않았다. 하지만 지욱은 이제 그것이 피문오 씨의 본심이거나 아니거나 상관할 바가 아니었다. 본심에서가 아니라면 더더욱 참을 수 없는 일이었다. 창백해져 있던 지욱의 얼굴이 새삼스레 다시 화끈

달아올랐다. 그는 뒤늦게나마 다시 한 번 각오를 분명히 해두지 않을 수 없다고 생각했다.

하지만 이번엔 피문오 씨가 기회를 주지 않았다. 지욱의 눈치를 알아차린 피문오 씨가 틈을 주지 않고 재빨리 말머리를 가로막고 나섰다.

"아, 그야 물론 선생께선 아니꼬우시기도 할 테지요. 선생처럼 아는 것만 많았지 돈도 없이 외롭게만 지내다 보면 자연 쓸데없는 말이나 생각이 늘게 마련이니까 말요. 그런 게 원래 선생 같은 지성인이라는 사람들 버릇 아니오? 나 선생의 그런 심정 알 만해요. 하지만 이제 와서 어쩌겠소? 그리고 선생도 벌써 내 책을 안 쓰고 버틸 수 없다는 걸 잘 알고 있지 않소? 선생이 시작한 일이니 결국은 선생한테 마무리를 짓게 하고 말 내 성미도 짐작을 했을 법한 일이구 말이오. 선생도 그랬지요. 선생이 내 일을 해주지 않으면 이 일은 다른 사람한테도 부탁할 생각을 하지 말라고 말이오. 맞아요. 절대로 그럴 리는 없지요. 나도 실상 이 일은 무슨 일이 있더라도 꼭 선생한테 선생의 손으로 끝을 내게 할 참이니까. 그리고 막바로 터놓고 말해서 그게 뭐 그리 아니꼽게만 생각하실 일도 아닐 게요. 나 피문오요, 이래 봬도 제법 남 앞에서 으스댈 만큼 으스대면서 살아온 놈이오. 시시한 배우 나부랭이 일이라고 갑자기 입맛이 떨어지신 모양이지만 그래도 당신을 부릴 수 있을 만큼한 능력은 존경을 해도 좋을 거요. 내 책을 맡아 쓰시게 된 걸 조금은 영광으로 생각해도 손해 볼 거 없을 거라 이 말요. 지금이야 어쨌든 선생도 첨엔 내 돈, 내 명성 보고 스스로 머릴 숙여온 사람 아니오? 그랬으면 그만한 존경쯤 바칠 줄 아는 예의가 있으셔야지."

 등까지 툭툭 두들겨대면서 사뭇 회유 조로 달겨 붙고 있었다. 소용이 되든 말든 자존심을 상한 값으로라도 지욱에게 기어코 자기 책을 쓰게 하고 말겠다는 식이었다. 적어도 지욱의 입에서 굴욕적인 승낙의 말이라도 얻어내고 싶은 심사임이 틀림없었다.

 하지만 이젠 지욱으로서도 더 이상 참고만 있을 수가 없었다. 너무도 노골적인 작자의 모욕에 대해 변변한 대꾸 한마디 못하고 당하고만 있는 자신이 견딜 수가 없었다. 참을성 좋은 무관심으로 계속 그의 신경 한끝을 휘어잡고 있는 방구석 쪽 사내만 아니라면 지욱은 뼈가 부서지는 한이 있더라도 한번 피문오 씨를 정면으로 맞상대하고 나서고 싶었다. 차라리 육탄전이라도 한차례 벌이고 나서는 것이 떳떳하고 기분도 후련해질 것 같았다.

 ─결국은 피문오 씨의 일을 거절할 수가 없게 되겠구만그래. 그 참 뭐랬더라? 내 일은 아직도 더 두고 생각을 해보겠다고? 생각할 건 뭐가 있나? 피문오 같은 위인한테 머리를 숙이고 말 주제에 내 밑구멍이라면 감격을 해서 덤벼들어야지……

 일을 미뤄두고 온 최상윤 선생까지 그의 소심성을 은밀히 비웃고 있는 것 같았다.

 "안 되겠소. 분명히 말하지만 난 못하겠소."

 지욱은 마침내 정신없이 씨부려 뱉고 말았다. 눈앞에서 그를 윽박질러대는 피문오 씨에 대해서보다도, 마음속에서 그를 비웃고 있는 최상윤 선생에 대한 수모감이 더 이상 그를 참을 수 없게 하였다. 그는 차라리 그 최상윤 씨를 향해 자신의 단호한 결단을 토해버리는 기분이었다.

"이 자리에서 지금 때려죽인대도 난 절대 당신의 일을 떠맡을 생각이 없으니 그리 알아주십시오. 아무도 이젠 내 결심을 바꾸게 할 수는 없단 말요."

등골에서 식은땀이 주루룩 흘러내렸다. 말을 하다 보니 지욱의 앉은뱅이책상 위에 두 다리를 걸치고 앉아서 느물느물 기분 나쁜 여유를 보이고 있던 피문오 씨의 얼굴색이 순식간에 싹 달라졌다.

말을 다 끝내고 나자, 그 험상스런 피문오 씨의 얼굴이 책상 위에서 천천히 그의 앞으로 일어서 다가드는 것을 보지 않으려는 듯, 이번에는 지욱이 두 눈을 감은 채 그 앉은뱅이책상 위로 몸을 풀썩 주저앉혀버렸다.

"뭐라고? 못하겠다고? 이치가 정말 머리가 홱 돌아버린 모양이구만. 그래 네 눈엔 그렇게도 보이는 게 없어? 이 피문오가 어떤 놈인 줄 알고 함부로 이래! 아무래도 좀 따끔한 맛을 보고 나야 정신이 들 모양인가 정녕?"

마침내 부아가 폭발해버린 피문오 씨가 마치 성난 고릴라처럼 날뛰기 시작했다. 그는 한주먹에 당장 지욱을 때려눕힐 듯 기세등등 허공을 주먹으로 후려치면서 욕설을 퍼부어댔다. 그러다가 그는 아무래도 그런 욕설만 가지고는 분이 다 풀릴 수 없었던지, 별안간 책상 위에 늘어져 앉아 있는 지욱에게 달려들어 그의 목덜미를 두 손으로 사정없이 움켜쥐었다.

지욱의 경량급 몸뚱이가 바람개비처럼 가볍게 공중으로 떠올랐다. 피문오 씨는 그 뻗어 올린 자기 팔 끝에 매달려 버둥대는 지욱을 어떻게 짓뭉개놓아야 좋을지 모르겠다는 듯 오히려 안타까운 눈빛을 하며 부들부들 몸을 떨고 있었다.

"이걸 그저, 이그 그저 이걸 어쩌지? 이런 걸 치고 그래 내가 사람 팼다는 소릴 듣게 됐어? 그래 이 미역값 물어주기도 아까운 시시한 인간아! 갯값을 물고 말재도 내 손이 창피해서 못할 인간아!"

지욱은 그러나 이젠 차라리 마음이 훨씬 편해진 기분이었다. 작자가 목을 너무 세게 졸라대지만 않는다면, 그래서 숨을 좀 편히 쉴 수만 있게 된다면, 이제 그가 작자의 일을 맡지 않아도 좋게 된 것은 무엇보다 확실했다. 어차피 일은 화기애애한 의논조 속에 끝날 수 없는 판국이었고, 이쯤 난장판을 벌여가면서까지 화풀이를 치르고 나면 피문오로서도 더 이상 일을 맡길 생각은 단념하고 있을 터였다. 지욱은 오직 그 한 가지 확신만으로 그의 육신의 수모를 차라리 맘 편히 견뎌내고 있었다. 적어도 그는 그의 육신에 관한 한은 그 이상의 학대와 수고마저도 달게 받을 각오가 되어 있던 셈이었다. 하지만 일은 그쯤에서도 아직 끝장이 나주지 않았다.

피문오 씨가 지욱의 몸뚱이를 팔 끝에 매단 채 이젠 그 자신도 그것을 어떻게 처리해야 할지 다음 행동을 쩔쩔매듯 하고 있을 때였다.

"이제 그쯤 해두라고."

두 사람의 수작에는 나 몰라라는 듯 관심을 짐짓 외면하고 앉아 있던 사내가 모처럼 만에 한마디 피문오 씨를 만류하고 나섰다. 방구석 쪽에서 묵묵히 담배만 피우고 앉아 있던 사내가 이제 비로소 자기 차례가 왔다 싶어진 듯 서서히 담뱃불을 비벼 끄고 일어서서 두 사람 곁으로 다가왔다. 그리고는 피문오 씨의 팔을 쳐서 바람개비처럼 바둥거리고 있는 지욱의 몸뚱이를 방바닥으로 떨어뜨려놓은 다음, 침착하게 덧붙여오는 것이었다.
"이제 그쯤 해뒀으면 충분할 테니까 그만 가자구."
지욱으로서는 또 한 사람의 거북살스런 협박자가 아닐 수 없었다. 피문오 씨처럼 주먹을 휘두르며 분통을 맘껏 터뜨리는 것보다도 더 위협적인 협박술의 소유자였다.
"아이구 머리야!"
벌겋게 혈압이 오른 피문오 씨가 자기 목덜미를 툭툭 치면서 마지못해하는 듯한 표정으로 물러서자 사내가 이번에는 빨랫감처럼 방바닥에 구겨져 앉아 있는 지욱을 천천히 일으켜 세웠다. 그리곤 여전히 침착하고 점잖은 목소리로 능청을 떨어댔다.
"이거 일이 참 엉뚱하게 되었구려. 저 친구 원래 좀 혈압이 높은 편이라서 쯧쯧…… 내 이 친구를 대신해서 사과드리리다."
그것은 물론 작자의 진심에서 나온 사과의 말일 리가 없었다. 하지만 그는 과연 관록 붙은 협박꾼답게 진심으로 지욱을 타이르듯이 나무람까지 주고 있었다.
"하지만 이거 보시라구요, 형씨. 보아하니 형씨도 그런 식으로는 영 안 되겠어? 아 그야 나도 얘길 다 듣고 있었으니까 형씨 사정은 알 만해요. 형씨 입장이나 생각이라는 것도 이헬 하겠구요. 이헬 하고말구…… 하지만 형씨도 그만큼 세상을 살아봤으면 만사가 다 자기 생각대로만 되지 않는다는 것쯤 알 만하지 않소? 이 친구 말대로 누가 형씨 얼굴이 이뻐서 편한 밥벌이 시켜주려고 그 일을 맡기지 않은 담에야. 이제 와서 형씨가 쓰고 싶다고 해서 쓰고 쓰기 싫다고 해서 맘대로 안 쓸 수는 없는 경우라는 걸 알 만한 사람이 왜 그러느냐 말요. 자, 그러니 쓸데없는 똥고집 부리지 말고 우리 힘 좀 빌립시다그려. 좋은 게 다 좋은 거 아니오. 그 뭐 노골적으로 말하자면 이 친구 책 원고 써주는 거 이젠 형씨가 쓰고 안 쓰고 결정을 내릴 건덕지도 없는 일 아니오!"

알아들었을 줄 믿는다는 듯 어깨를 툭툭 두들겨주기까지 했다.

하지만 어쨌거나 이제 그는 소동을 끝내고 그만 문을 나가고 싶어진 것만은 분명했다. 지욱을 그렇게 얼러대고 난 사내가 다시 한 번 오금을 박듯 아직도 그 손등으로 자기 목덜미를 툭툭 두들겨대고 있는 피문오 씨를 향해 여유 있게 단정을 내렸다.

"자, 이젠 가자니까. 이쯤 해두고 물러가도 자네 책은 어차피 이 형씨가 잘 알아서 써주실 거니까 안심하구……"

마침내 피문오 씨는 돌아갔다.

그러나 피문오 씨와 사내가 돌아가고 나서도 지욱은 한동안 자신의 흐트러진 생각을 가다듬어볼 엄두조차 내지 못한 채 멍청하니 그대로 허공만 쳐다보고 앉아 있었다. 그가 살아온 30년의 세월이, 그 30년 동안 몸담고 숨 쉬어온 세상 전체가 온통 한꺼번에 무너져 나가버린 듯한 허허한 낭패감이 가슴 가득히 괴어올랐다. 하지만 그 낭패감은 지욱 자신에 대한 비참스러움이나 원망 같은 것을 뜻하는 것만은 아니었다. 그는 이미 그런 것조차 스스로 느낄 수가 없었다. 그것은 차라리 지욱의 육신과 의식 전체를 어떤 철저한 무력감과 무감각 상태로 마비시켜가고 있는 식이었다.
 무엇 때문에 그가 피문오 씨의 일에서 손을 빼려 했는지를 알 수 없었다. 그리고 무엇 때문에 그가 오만 세상일에다 그처럼 새삼스럽고 거추장스런 의미들을 꾸며 붙이려 했었는지 도대체 자신을 납득할 수가 없었다. 아니 이젠 아예 그런저런 생각 자체를 되뇌고 있는 자신부터가 견딜 수 없었다. 역겨웠다.
 그는 생각하고 따지기가 싫었다. 생각을 할 수도 따질 수도 없었다. 무엇이나 하게 되면 하고 안 하게 되면 안 하게 되는 식으로 지금으로선 그 피문오 씨의 자서전 일에 대해서마저 그렇고 그렇게 되어버릴 수 있을 것 같았다.
 지욱은 그런 식으로 텅 빈 무감각 상태에서, 그러나 다만 골목 바깥 어디에선가 끊임없이 그의 귀를 울려오는 듯한 가련스런 자기 환청에 언제까지나 넋을 빼앗기고 앉아 있었다.
 ─자서전들 쓰십시다아, 자서전이요, 자서전, 자서전드을 써요……

(『문학과지성』 1976년 여름호)

꽃동네의 합창

　―이대로 그냥 돌아가고 말자.

　동요 작가 이수원(李壽元) 선생은 더 이상 지체하지 않고 현관 수위실을 물러 나오고 말았다. 기분이 씁쓸했다. 괜히 안 올 곳을 찾아왔다 싶었다.

　동보물산(東寶物産) 9층 건물 현관 밖은 여전히 가랑비가 자욱하다.

　이수원 선생은 그 현관 밖 돌계단 위에서 가랑빗발 자욱한 길거리를 한동안이나 망연히 내려다보고 서 있었다. 얼핏 발길을 잡아 나설 곳이 떠오르질 않는다. 가랑비가 내리는 거리는 원래 정처를 두지 않고도 길을 걸을 만했다. 하지만 선생은 우산조차 없었다. 우산도 없이 옷을 적시면서 빗길을 헤매기엔 선생 자신도 나이가 너무 늙어버린 느낌이었다. 환갑을 지난 지가 벌써 네 해째나 되는 나이였다.

─나이깨나 드신 양반이 세상을 어떻게 살아오셨길래 아직 그만 경우도 분별이 안 가시오?

나이 생각을 하다 보니 선생은 방금 그 동보물산 현관 수위 놈한테 당한 엉뚱한 나이 허물이 되살아왔다.

─누굴 찾아오셨습니까, 어떻게 찾아오셨습니까, 사장님께는 미리 면회 약속이 되어 있었습니까······ 후줄근하게 옷이 젖어 들어서는 선생의 몰골에 젊은 수위 녀석은 한눈에 당신이 그리 대수롭지 않은 방문객이라는 것을 알아차려버린 모양이었다. 아니면 또 동보물산이라는 곳이 원래 그렇게 상사의 얼굴을 쉬 내보여주지 않을 만큼 규모가 번듯한 동네였는지도 모른다. 어쨌거나 젊은 녀석이 처음부터 너무 선생을 까다롭게 괴롭혀대었다.

선생은 물론 그 수위 녀석이 주문한 시원한 말대답을 한마디도 해줄 수가 없었다. ─나 사장의 옛날 고향 친구 되는 사람이오. 그저 지나가던 길에 잠깐 얼굴이나 보고 가려고······

지나는 길에 얼굴이나 잠깐 보고 가려 들른 사람이 면회 약속을 미리 얻어놓았을 리 없었다. 요령 없이 어물대고 있는 선생을 보고 수위 녀석은 짐작했던 대로 저 물을 것을 다 묻고 난 다음에야 시침 뚝 떼고, 사장님은 지금 출타 중이시라는 것이었다. 속이 빤한 수작이었다. 속이 너무 들여다보이는 수작이고 보니 선생은 차마 거기서 그냥 발길을 돌이켜 세울 수가 없었다. 그래 몇 마디 입바른 소리를 건넨 것이 녀석의 엉뚱스런 나이 허물을 불러들이고 만 것이었다.

─사장님을 기다리시겠다고요? 그건 영감님 생각대로 하십시오.

하지만 나이깨나 자신 양반이 세상을 어떻게 살아오셨길래 아직 그만 경우도 분별이 안 가시오? 고집부리고 만나보셔야 사장님께선 그리 요긴한 용건이 있으실 것 같지 않아 보이는데 말씀입니다.

사장이 안에 있더라도 여간해선 당신에게 그를 만나게 해주지 않겠다는 식 말투였다. 노골적인 모욕이었다. 영감님이니 뭐니 하고 함부로 불손한 언사를 담는 걸 보면 비에 젖은 옷매무새나 윤기 없이 늙어버린 선생의 얼굴에서 녀석은 처음부터 당신에게 사장을 만나게 해줄 생각을 하지 않고 있었던 게 분명했다. 게다가 녀석에게 그 애먼 나이 허물까지 당하고 보니 이수원 선생으로선 참으로 기분이 말이 아니었다.

―버르장머리 없는 녀석! 저 녀석은 아마 제 에미 배 속에서부터 수염이 돋아서 태어난 녀석이었을 게다.

선생은 마침내 참을 수가 없어진 듯 다시 한 번 동보물산 수위실 쪽을 돌아다보며 마음속으로 점잖지 못한 저주를 보냈다. 그리고는 쫓기듯이 곧 거리의 인파 속으로 발길을 섞여 들기 시작했다. 비를 맞거나 말거나 녀석의 시선이 미치는 곳에서 우선 자리부터 피해놓고 보아야 할 것 같았다.

하지만 선생은 아직도 어디라 발길을 잡아갈 만한 정처가 떠오르질 않았다. 발길 닿는 대로 그저 아무 쪽으로나 걸음을 내맡기고 있을 뿐이었다. 발길이 혼자 멋대로 당신을 어디론가 이끌어가고 있는 꼴이었다.

빗물이 서서히 다시 옷깃으로 젖어 들면서 목줄기 근처를 차갑게 흘러내리기 시작했다. 안경알이 뿌옇게 흐려져서 눈앞을 보기도 불편했다.

 선생은 자꾸만 자신의 처지가 더 초라해져가는 것 같았다. 수위 녀석의 핀잔처럼 이 나이가 되도록 도대체 세상을 어떻게 살아왔는지 알 수가 없었다. 세상을 온통 헛살아온 것만 같았다. 세상을 헛살아온 게 아니라면 녀석의 말마따나 그런 식으로 불쑥 사람을 찾는다는 것이 요즘 경우가 아니라는 것쯤 모르고 있었을 리가 없었다.

 그러니까 물론 이수원 선생이 길을 지나던 김에 고향 친구의 얼굴이나 잠깐 보고 갈 셈으로 그곳을 찾아들었노라고 한 것은 물론 부러 꾸며낸 말이 아니었다. 그것도 아마 그 촉촉한 가랑비 속이 아니었다면 마음이 별로 내켜오지 않았을 일이었다. 간밤에 간신히 마무리를 지어놓은 동시 한 편을 잡지사에 전해주고 나와보니 아침서부터 내내 뿌옇게 흐려 있던 하늘에서 어느새 가랑비가 소록소록 젖어 내리기 시작하고 있었다. 한번 나섰던 남의 사무실을 비 때문에 되돌아 들어가 기다리기도 뭣해서 그대로 그냥 머리를 젖으며 큰길을 나서다 보니 우연히 눈에 들어온 게 동보물산 간판이 붙은 9층 건물이었다. 그리고 그 동보물산 간판을 보니 어느 날 고향 친구 최만득이란 위인이 그 앞에 푸짐하게 늘어놓고 간 순박한 넋두리가 불쑥 머릿속에 되살아 나온 것이었다.

 ─니 서울 가서 잘산다더니 아직도 쪼무래기 얼라들 소꿉노래나 짓고 사나. 이제 보이 그 나일 처묵도록 변한 기 하나도 없구마, 이 자슥아!

 그 최만득 씨 역시 이수원 선생의 옛 고향 소학교 때 친구의 한 사람이었다. 이수원 선생이 도회지 상급 학교 진학을 위해 고향 마을을 떠난 이후로 최만득은 철이 들자마자 아버지의 가업을 이어받은 시골 장터의 쇠장수가 되었댔다. 그리고 평생을 쇠장수로 늙으면서 베갯잇 속에 접어 모은 재산이 먹고 남을 만큼은 되어 늦게 본 사내자식 둘을 대학 교육까지 거뜬히 시켜낸 처지랬다. 그 맏이 놈 혼사를 정해놓고 서울에 올라와 있는 고향 유지로 주례를 삼고자 수소문을 하고 다니던 최만득 씨가 어떻게 이수원 선생까지 용케 소식을 얻어듣고 찾아온 일이 있었다. 선생을 만나고 나서도 최만득 씨는 왠지 당신에게만은 다행히 주례의 수고를 청해 온 일이 없었지만, 그날의 그 순박하고 흥허물 없는 위인의 넋두리만은 아직도 제법 훈훈한 인정미로 선생의 기억에서 잊혀지지 않고 있었다.

―그래도 넌 우리 고향 골에선 젤 유명한 인물인 기라. 이 나라 사람치고 니 「고향의 봄」이라는 노래 모리고 사는 사람 있는 줄 아나. 서울 사람이나 시골 사람이나 도둑놈이나 사기꾼이나 니 노래 안 부르고 살아온 놈이 있는 중 아나 말이다. 입만 막 떨어진 쪼무래기 얼라 새끼들서부터 쉬엄이 허연 뻔디기 노인네들까지 니 노래 모리는 사람은 없다. 그야 니 노래가 그렇게 참하다 보이 안 그렇나. 나에 살던 고향은 꽃피는 산골…… 참으로 기가 맥힌 노래다. 넌 이 노래 하나만 해도 세상 헛산 게 아인 기라. 돈이 좀 없으면 어떻노?

최만득 씨 역시 이수원 선생이 어린 소학교 적부터 글짓기를 좋아했던 사실을 기억하고 있었고, 선생이 고향을 떠난 후 열여섯이던가 몇 살 때에 지은 「고향의 봄」이라는 노래가 바로 자신의 어렸을 적 친구의 노래라는 것도 익히 알고 있었다.
그런데 그 최만득 씨가 그날 이런저런 얘기 끝에 뜻밖의 인물에 관한 다른 소식 한 가지를 선생에게 전해왔다.
―하지만 돈이라는 건 역시 모자라는 쪽보담은 남아 넘치는 기 좋은 기라. 우리 고향 소학교 동창들 가운데서도 지금 이 서울 바닥에서 제법 내로라하고 떵떵거리고 사는 자슥이 있지 않나. 니도 그 윤달중이라는 자슥 아직 기억하고 있제? 아, 지 아부지가 돌다리께 정미소를 부리던 코보짱 자슥 말이다. 그 자슥이 지금 이 서울에서도 제법 큰 회사의 사장인 기라. 동보물산이라고 종로 무교동 쪽에 9층짜리 빌딩까지 갖고 있지 않나. 내사 그 동보물산이라 카는 데가 무얼 하는 회산 줄은 모르지만 어쨌든지 그 번드름한 규모만 봐도 알속이 대단한 건 틀림없는 회살 끼라. 부러워죽겠더라……
이수원 선생으로선 전혀 모르고 있던 일이었다. 그만큼 고향 쪽 소식엔 귀가 멀어 살아온 선생이었다. 고향 쪽뿐만 아니라 다른 세상일들에도 언제나 늘 그런 식으로 귀가 깜깜해왔던 이수원 선생의 주의였다.
하지만 그 정미소집 코보짱이라면 선생도 아직 기억이 남아 있었다. 선생은 무턱대고 반가운 생각부터 앞장을 섰다. 한데다 그 최만득이 또 덧붙여온 말이 있었다.
―근데 참, 내 그 자슥한테 니 소식 알고 있을 중 알고 널 물었더니 자슥이 외려 내한테 니 소식을 묻는 기라. 같은 서울 바닥에

살고 있으면서 얼굴이라도 한번 봤으면 싶다고 말이다. 언제 틈 있으면 네 쪽에서라도 한번 찾아가 자슥을 만나보그라. 고향 친구끼리 그래 이런 식으론 못쓰는 기라. 나도 금마가 자식 놈 주례 부탁 하나도 안 들어준 건 섭섭터라만, 고향 친구가 잘살고 있다는 건 하다못해 부좃돈이라도 한 쌈지 잘 싸들고 올 게 아닌가 말이다. 한번 찾아가 만나보그라.

굳이 한번 그를 찾아가보라는 충고였다. 하지만 선생은 아직 일부러 그를 찾아가 만나볼 생각까진 먹어보지 않고 있던 참이었다. 부좃돈을 두둑하게 싸 보냈는지 어쨌는진 알 수 없었지만, 그 만득 씨네 혼인식장에서도 얼굴을 볼 수 없었던 윤달중이었다. 그런데 그 동보물산 건물이 이날 문득 선생의 눈앞을 가로막아 선 것이었다.

그러니까 이수원 선생이 그길로 곧 동보물산 9층 건물의 현관을 들어서버린 것은 새삼 무슨 다른 생각이 있어서가 아니었다. 선생 역시 동보물산이라는 곳이 무엇을 하는 곳인지조차 알지 못했다. 알아야 할 일도 없었다. 최만득의 말마따나 그저 옛 친구의 얼굴이라도 한번 보았으면 싶었을 뿐이었다. 그사이 모습이 얼마나 늙어 지내는지, 손주 녀석들 귀염이라도 좀 보고 사는지, 그런 얘기나 몇 마디 나누고 갔으면 했을 뿐이었다.

궂은비가 허물이었다.

— 하기야 녀석을 바로 만날 수만 있었다면 그런 식으로 문전 내몰림까진 당해 나오지 않았을 테지. 망할 놈의 수위 녀석 같으니라고……

선생은 다시 한 번 젊은 수위를 저주했다. 그리고 자신의 주변머리 없는 성미를 원망했다.
　하긴 언제나 늘 그런 식이었다. 만득의 말마따나 당신이 지은 「고향의 봄」은 알려질 만큼 다 알려진 노래였다. 그리고 그 노래가 알려진 만큼은 이수원이라는 당신의 이름도 알려져 있는 편이었다. 하지만 알려지고 기려지는 것은 당신의 노래와 이름뿐이었다. 이수원 선생 자신은 알아봐주는 사람도 없었고 기려주는 일도 드물었다. 언제나 변변치 못하고 초라한 생애였다. 노래를 지은 후부턴 언제나 그 노래의 뒷전에서만 숨어 살아온 한평생이었다.
　―하지만 코보짱 녀석이야 어렸을 적의 그 시골 놈 본바탕 인심이 달라질 수 있었으려고.
　수위 녀석을 밀어제치고 녀석을 만나볼 수만 있었다면 그는 아마 틀림없이 진심으로 자신을 반겨주었음에 틀림없으리라고, 이수원 선생은 다시 한 번 당신의 처지를 위로하기 시작했다.
　―녀석은 아마 그 「고향의 봄」은 잊어버렸을 리가 없을 일이거든. 그 복숭아꽃 살구꽃이 구름처럼 환하던 산골 동네를 말이다. 내 노래가 그냥 지어진 게 아니고 그런 고향 동네를 두고 난 것인데…… 녀석도 나와 같이 그런 고향 동네서 자란 위인인데…… 내 노랠 알고 있을 녀석이 그 고향 동네를 잊을 리가 없지…… 울긋불긋 꽃대궐 차리인 동네, 그 속에서 놀던 때가 그립습니다…… 꽃동네 새 동네 나의 고향은……
　이수원 선생은 어느새 웅얼웅얼 낮은 목소리로 「고향의 봄」 노랫가락을 그립게 읊조리기 시작했다. 빗물이 선생의 구부정한 등줄기를 끊임없이 적셔 흐르고 있었다. 하지만 선생은 이제 조금도 그 빗줄기를 아랑곳하지 않았다. 등줄기와 팔소매가 온통 비에 젖은 초라한 모습으로 선생은 그러나 꿈이라도 꾸고 있는 듯 웅얼중얼 노랫가락을 읊조려대며 어디론지 정처 없이 발길을 옮겨가고 있었다. 뽀얗게 빗물이 엉킨 안경알 너머로 선생의 눈길은 이제 살구꽃 복숭아꽃이 환하게 피어 있는 먼 고향 동네를 보고 있는 것 같았다. 정처도 없이 어디론지 자꾸 선생을 이끌어가고 있는 당신의 발길은 아름아름 다가들고 있는 그 아득한 고향에 홀려 길을 더듬어가고 있는 것 같았다.

이윽고 그 이수원 선생의 발길이 머물러 선 곳은 뜻밖에도 종로 2가 뒷골목의 한 작은 술집 앞이었다. 출입구가 특히 아담하게 꾸며진 술집 간판 이름은 〈꽃동네〉—

―아니 내가 왜 또 여기를?

비에 젖고 있는 그 〈꽃동네〉 간판 아래 무심히 발길을 머물러 선 선생은 그제서야 겨우 어떤 부질없는 환상에서 의식이 되살아난 사람처럼 어릿어릿 주위를 잠시 두리번거리고 서 있었다. 하긴 그럴 수밖에 없는 일이었다. 술집 〈꽃동네〉는 실상 처음부터 이수원 선생으로선 사정을 익히 알고 있는 곳이었다. 오래전부터 선생이 단골로 목을 축이러 다니던 어느 술 가게 여자 하나가 당신의 「고향의 봄」을 너무 좋아하던 끝에 〈꽃동네〉라는 이름의 술 가게를 하나 따로 내어 나온 곳이 바로 그곳이었다.

―선생님은 언제나 저희 집에선 공짜예요.

말로만이 아니라 여자는 정말로 늘 선생의 술값을 사양했다. 뿐만이 아니었다. 선생의 노래를 워낙 좋아한 탓도 있었겠지만, 주인 여자는 선생을 중심으로 해서 이모저모로 늘 자기네 술 가게의 새 풍속을 만들어나가고 싶어 했다. 〈꽃동네〉의 아가씨들이나 이곳을 찾아드는 사람들은 뜨내기 술손들까지도 모두 그것을 알고 있었다. 하지만 이수원 선생으로선 그게 오히려 늘 쑥스럽고 거북했다. 그런저런 사정으로 오히려 선뜻 발길을 들여놓기가 어렵던 곳이었다. 한데 이날은 또 어찌 된 일인지 자신도 모르게 문득 그 〈꽃동네〉 앞에 발길을 머물러 서고 있는 것이었다.

난처했다. 비에 젖은 옷 몰골도 말이 아니었다. 하지만 이제 와선 다시 발길을 되돌려 나가기도 뭣한 느낌이었다. 그대로 발길을 돌아서자니 아닌 게 아니라 세상을 온통 헛살아온 것처럼 가슴속이 너무 허전하고 황량스러웠다. 잠시 안으로 들어가서 젖은 몸이라도 좀 말리고 가고 싶었다.

선생은 마침내 가게 문을 밀치고 안으로 들어섰다. 왁자지껄한 소음이 일시에 선생의 주위를 감싸왔다. 가게 안의 열기로 안경알이 뿌옇게 흐려왔다. 선생은 웬일인지 이날따라 그 왁자지껄한 소음이 오히려 정다웠다. 소음은 활활 타오르는 모닥불처럼 따뜻했다. 그리고 당신 자신은 그 모닥불 곁으로 젖은 몸을 말리러 비비적거리고 드는 한 추운 길손이었다.

—아유, 이거 선생님 아니세요!

어느새 예의 주인 여자가 선생을 알아보고 소음을 가르며 허겁지겁 곁으로 다가오고 있었다.

—이렇게 선생님을 기다리는 사람들을 두고 무정도 하시네요.

요즘은 그래 어떻게 발걸음이 그리 뜸하셨어요?

여자가 반색을 하고 다가드는 바람에 선생의 주위가 일시에 싹 조용해지고 있었다. 그러자 선생은 또 언제나처럼 갑자기 거동이 다시 난처해졌다. 그러나 그것도 잠시 동안뿐이었다.

─애들아, 선생님이 오셨는데 뭣들을 하고 있니. 너희들도 벌써 선생님을 잊어버리고 있는 거냐?

조용해진 틈을 타서 여자가 심부름꾼 처녀 아이들을 향해 버릇처럼 은근한 신호를 보냈다. 그러자 거기 답을 하듯 주방 쪽을 걸어 나오던 아가씨 하나가 문득 조그만 목소리로 노래를 부르기 시작했다.

─나의 살던 고향은 꽃피는 산골······

그리고 그 작은 아가씨의 목소리를 계기로 가게 안의 모든 아가씨들이 여기저기서 노래를 합창하기 시작했고, 술잔을 쥐고 앉아 있던 술손들도 일제히 그 아가씨들의 합창 소리에 자신들의 목청을 섞어 들기 시작했다.

─복숭아꽃 살구꽃 아기 진달래
울긋불긋 꽃대궐 차리인 동네······

(『한국문학』 1976년 8월호)

수상한 해협

"신라인 박제상(朴堤上)은 지체 말고 나오라."

왜졸(倭卒)들이 미해공(美海公)의 숙소 바깥에서 서슬 푸른 목소리로 재촉하고 있었다.

박제상은 한 번 더 마음을 굳게 다져먹었다. 일이 여기에 이른 마당에 제상으로서도 구차스레 그것을 바랄 바가 아니었지만, 왜왕 또한 배신감과 끓어오르는 분노로 그의 목숨을 살려 보내줄 리가 없었다. 이제는 모든 것을 체념하고 그저 떳떳한 신라인으로 죽는 길뿐이었다. 그것은 그가 바다를 건너와 왜왕을 속이고 거짓 칭신(稱臣)을 하며 은밀히 왕제(王弟)의 탈출을 도모하고 들 때부터 이미 각오가 된 일이었다. 그리고 왕제 미해공이 그의 신변을 염려하여 동행을 권해온 것도 마다하고 혼자서 뒤에 남아 왜졸들의 눈을 속이고 있을 때부터 귀추가 훤히 다 예견된 일이었다. 일테면 이제 그것은 자신의 소망이나 힘으로는 달리 어찌해볼 수가 없는 정해진 운명과도 같은 것이었다.

 애초의 허물은 나라의 힘이 튼실치 못한 데에 있었다. 왜왕의 사신들이 어떤 감언이설로 선왕을 현혹시켰든, 나이 아직 열 살밖에 되지 않은 이웃 나라 왕자를 데려다 40년 가까이나 붙잡아두고 있는 판국이었다. 선왕은 왕자가 보고 싶어 긴긴 세월 마음 편할 날이 없다가 한을 품고 승하해 가실 수밖에 없었고, 그 옥좌를 이어 앉은 금상 역시 섬나라 볼모 신세가 된 왕제를 구해 올 계책을 못 세우고 선왕 때부터의 원한만 고스란히 물려 앓아온 격이었다. 더욱이 금상은 왜국의 왕제를 구해 오기커녕, 당신 직위 3년에는 다시 남은 한 왕제마저 화친을 위한 명목으로 고구려로 보냈다가 그대로 볼모로 붙잡힌 바 된 지가 어언 8년째였다.

 모두가 나라 꼴이 변변치가 못한 소치였다. 나라가 그런 형편이니 제 나라 왕제들을 구출해 오는 일 또한 그렇듯 떳떳지가 못한 방법으로 해서일 수밖에 없었다. 제상이 먼젓번 그 고구려로부터 보해(寶海) 왕제를 구출해 나올 때만 해도 자신의 복식 변장과 적지 잠입에 필요한 갖가지 비루한 계략을 다 동원해야 했던 데다, 나중엔 그 존귀한 왕제 처지에까지 거짓 칭병과 야반도주 따위의 말 못할 곤욕을 치르게 해야 했었다. 그러고도 아마 그 고구려 추적병들이 화살촉을 뽑고 활을 쏜 고마운 인정미를 보태오지 않았다면 일은 거기서 다시 글러버렸을 터였다. 하지만 보다 더 떳떳한 방법으로 왕제를 구출해 올 힘이 없었던 터에 임금과 신하들은 일의 당당성 따위를 가리고 들 여지가 없었다.

 ─삽라 태수 박제상은 과연 신라 안에서 가장 지혜롭고 용맹스

런 사람이다.

　왕과 신하들은 한결같이 입을 모아 그의 공을 치하했고, 그의 떳떳지 못한 지략을 높은 경륜과 용맹성의 발현으로 단정해마지않았다. 그리고 왕은 거기서도 더 한 걸음을 나아가 그 지혜와 용맹성으로 아직 왜국에 붙잡혀 있는 미해 왕제마저 함께 구출해 오기를 은근히 소망해온 것이었다.

　―이제 보해를 구하고 보니 내 몸뚱이에는 한쪽 팔만 있고 얼굴에도 또한 한쪽 눈만 있는 것 같아 마음이 더욱 슬프구나.

　그의 눈치만 살피는 왕과 신하들 앞에 제상은 차마 그 임금의 소망을 외면할 수가 없었다. 그리하여 그는 그길로 다시 바다로 나아가 이 섬나라로 건너왔고, 의뭉스런 이 섬나라의 왕을 속이기 시작했고, 결국엔 그 영악스런 왜인들의 눈을 속여 왕제를 고국으로 떠나보낸 것이었다―

　이젠 그 모두가 그의 운명이랄 수밖에 없었다. 평소엔 제노라던 호협(豪俠)들을 다 제쳐두고 그가 당초 지혜와 용맹을 갖춘 사람으로 지목된 것도 그랬고, 고구려로 보해 왕제를 구하러 갔을 때 그 위태로운 고비에서 목숨을 부지해 오게 된 것도 다시 한 번 그에게 왜국을 가게 하려는 운명의 점지였던 것 같았다. 그리고 이제는 왜왕 앞에 끌려 나가 지혜롭고 용맹스런 신라인답게 목숨을 버려야 하는 것도 그의 그런 운명에의 순종의 길에 다름 아닐 터였다. 하더라도 여전히 납득하기 어려운 것은 어떻게 그 위태롭고 무거운 책무가 허약한 자신의 어깨 위에 그 불가항력의 운명으로 짐 지워지게 되었느냐는 것이었다.

하지만 이제 와서 새삼 그런 것은 따져 무엇하랴. 그 긴 세월 남의 나라 왕자를 함부로 억류해온 처지고 보면, 이제 그 미해공이 마침내 제 나라를 찾아 돌아갔다 한들 새삼스레 신라와 화해를 꾀하려 들 왜왕이 아니었다. 왜인들이 신라와 화해를 꾀하고 나설 가망이 없는 한 미해공을 탈출시킨 그의 배신의 죄과는 죽음을 모면할 길이 전혀 없는 것이었다. 박제상은 이제 그 앞에 닥쳐올 일들이 환히 보이는 듯했다. 그는 그저 모쪼록 미해 왕자라도 무사히 배를 탔기를 마음속으로 간절히 빌고 나서 방문을 열고 조용히 왜졸들 앞으로 나섰다. 이어 살기등등 창검을 치켜들고 기다리던 왜졸들이 지체 없이 그를 앞뒤로 둘러싸며 저의 성난 왕 앞으로 호송해 갔다.

하지만 그렇듯 한순간에 죄인의 처지가 되어 마지막 길을 나서면서도 제상의 표정은 이제 추호의 두려움이나 망설임의 빛이 없었다. 아닌 게 아니라 지혜롭고 용맹스런 신라의 장부답게 조금도 기개가 흔들리는 기색을 안 보였다. 기왕지사 일이 그 지경에 이른 마당에 그 왜인들 앞에 무얼 두려워하거나 새삼스레 미련을 남길 일이 없었다. 그는 오로지 왕제를 구하려 신라 땅을 떠나올 때의 일만을 생각했다. 그는 그때, 미해 왕자를 마저 구해 오겠노라 임금 앞에 하직을 하고 나온 그길로 집에도 들르지 않고 곧장 바닷가로 말을 달려온 몸이었다. 어떻게 소식을 알았던지 뒤늦게 그의 아내가 그가 배를 탄 밤개〔栗浦〕 바닷가까지 말을 달려 쫓아왔으나, 그때는 그가 이미 배 위에 몸을 실어버린 다음이었다. 그는 아내가 목을 메어 지아비를 불러대는 소리도 못 들은 척 배를 더욱 서둘러 저어나가게 했을 뿐이었다. 그 지아비가 지어미의 애닲은 마음을 좋이 간직해 가노라는 시늉으로 다만 까마득히 먼 손짓을 몇 번 흔들어 보냈을 뿐이었다. 그리고 그걸로 고국의 강산과 아내를 마지막 떠나온 그였다…… 제상은 지금도 그 바닷가에서 목이 메여 그를 불러대던 아내의 소리가 귀에 들리는 듯했다. 배가 멀리 수평선을 넘어설 때까지 언제까지나 그 바닷가에 망부석처럼 아득히 멀어져가고 있던 아내, 그리고 마침내 그 희미한 한 점 흔적마저 가물가물 사라져가 버리던 아내의 모습이 눈앞에 다시 선하게 떠올랐다.

  제상은 문득 그 아내의 목소리를 다시 한 번 듣고 싶었다. 먼발치로나마 그 아내의 모습을 한 번 더 보고 싶었다. 단 한 번, 오직 단 한 번만이라도. 그러자 이윽고는 제 나라 왕제를 위하는 그의 충정을 미쁘게 여겨 왜왕이 어쩌면 그를 다시 신라로 되돌려 보내줄지도 모른다는 엉뚱한 기대마저 스쳐 갔다. 그건 물론 순간의 망상에 불과했다. 모든 일은 이미 길이 정해져 있었다. 왜인들이 그의 처사를 미쁘게 여길 리도 없으려니와, 그를 설사 그리 볼 대목이 있다 하더라도 그의 배반까지 눈감아 넘길 인종들이 아니었다. 무엇보다 이제는 박제상 자신이 그것을 바라서는 안 될 처지에 있었다. 임금을 하직하고 집에도 들르지 않고 곧장 바닷가로 말을 달려온 것이 어찌 임금에 대한 신하의 충절 때문에서만이었으랴. 그리고 바닷가에 목이 메인 아내를 보고도 그대로 뱃길을 재촉해 떠나온 것이 어찌 지아비의 정에 인색한 신라 사내의 몰인정 때문이었으랴. 사사로운 일에 무심하고 대의에 용맹스런 신라 사내의 의로운 기개 때문에서만이었으랴. 그것은 차라리 아내를 보고 제 심지가 약해질지도 모르는 자신의 의지에 대한 경계요, 그 아내의 슬픔에 자신의 그것을 더해주지 않으려는 가슴 아픈 제 진심에의 외면이었을 수도 있었다. 하지만 아마도 신라 땅 사람들은 그의 그런 아프고 두려운 마음은 보지 않았을 터였다. 그들은 다만 그의 처신을 두고 신라인의 지혜와 용맹성만을 말하고 있을 터였다. 그리고 그의 충절과 기개를 두고두고 칭송할 터였다.

 지금도 사정이 그와 마찬가지였다. 겁을 먹고 슬퍼한다고 달라질 일이 아니었다. 애원을 해서 될 일도 아니었다. 의연해지는 것뿐이었다. 신라인답게 의연히 죽어가는 것뿐이었다. 왜왕 또한 기개가 당당한 신라인보다는 두려움에 떨며 애원을 하고 드는 비열한 배반자의 목을 치기를 훨씬 즐거워할 터였다. 왜왕에게 행여 어떤 아량이 생길 수 있더라도 그 역시 비루하고 저열스런 태도에서보다 떳떳한 충절과 늠름한 기개에서 말미암기가 쉬웠다.

 ― 오로지 떳떳하고 당당하게 나서자. 미련 없는 죽음으로 신라인의 기개와 충절을 펴 보이자.

 제상은 다시 한 번 각오를 단단히 한 채 힘 있고 의연스럽게 발길을 옮겨나가고 있었다.

 "너는 어찌하여 나를 속이고 너의 나라 왕제를 몰래 보냈느냐!"
 왜왕은 이제 그가 제상의 계략에 속아 넘어간 것을 알고 불같은 분노로 몸을 떨고 있었다. 그러나 그는 한 나라의 군왕의 체신을 지킬 줄 아는 위인이었다. 뿐더러 그가 어떻게 제상을 다루는 것이 그가 당한 치욕을 가장 적절하게 되갚아줄 길인지를 생각할 줄 아는 위인이었다. 그는 끓어오르는 노기를 꾸욱 눌러 참으며 제상의 반역을 하나하나 조리 있게 따져나갔다. 하지만 모든 것을 이미 다 각오하고 있는 제상 역시 그 왜왕 앞에 아무 망설임이나 두려움이 없었다. 그는 차라리 근엄스러울 만큼 태연한 목소리로 또박또박 분명하게 대답을 이어나갔다.

"나는 신라의 신하요, 이 나라의 신하가 아니오. 왕자를 구해 보내어 우리 임금의 소원을 이뤄드리려 도모한 일을 어찌 미리 경솔히 누설할 수가 있었겠소."

왜왕의 추궁으로 보아 미해 왕자가 무사히 배를 타고 떠났음은 분명해 보였다. 왕자가 이미 배를 띄워 떠났다면 제상으로선 더더욱 거리낄 바가 없었다.

"하지만 너는 이미 나의 신하가 되었지 않느냐. 너는 처음 이 나라로 바다를 건너와 계림왕(鷄林王)이 죄도 없이 네 부형을 죽이고 처자를 가둔 까닭으로 도망을 쳐 왔노라 하였고, 그래 나는 네 간절한 소청을 받아들여 집과 곡량을 내려주고 칭신을 허락해주지 않았더냐."

왜왕은 무엇보다 우선 제상이 자신의 죄과를 뉘우치고 그의 목숨을 애걸해오기를 바라고 있는 듯하였다. 그러나 제상의 결심이 심상치 않음을 안 왜왕은 그의 마음부터 먼저 돌려놓고 볼 심산인 듯 은근한 회유 조로 나왔다. 어떻게든지 제상을 자신의 발치 아래 굴복시켜놓고 보자는 노회한 계교임이 분명했다. 하지만 제상의 심중은 이미 추호의 흔들림도 없었다.

"제 나라 임금을 위해 몰래 왕자를 모셔 보내드린 지금 어찌 더 이상 거짓으로 왕을 현혹시킬 일이 있겠소. 그것은 모두가 왕을 속여 미해 왕자를 가까이 모시기 위한 계책일 뿐이었소. 제 나라 왕자를 구해내려는 일에 어찌 거짓 칭신인들 주저할 수가 있었겠소."

"그렇다면 너의 왕자와 네가 물고기를 잡고 새짐승을 사냥해 바친 것도 오직 나의 환심을 사고 현혹시키기 위한 계책일 뿐이었단 말이냐?"

"그러하오. 이웃 나라 왕자를 무단히 붙잡아두고 있는 부도한 나라의 왕 앞에 어찌 진심이 움직일 수 있었겠소."

"부도한 나라라? 음…… 그렇다면 미해공을 떠나보내고서도 사냥으로 몸이 지쳐 아직 기침치 못하고 있다 고한 것도 다 나를 속이려 함이었겠다?"

"물론이오. 왕자님이 추격을 당하지 않고 무사히 배를 타실 때까지의 여가를 벌어드리기 위해서였소."

"그런데 너는 어찌하여 너의 왕제와 함께 떠나지 않고 여기 혼자 남아 있을 생각을 하였는고?"

"지금 말씀드린 대로 왕자님의 무사 귀국을 위해서요. 왕자님과 제가 함께 길을 나섰다간 이내 사정을 다 눈치채이게 되어 어느 쪽도 일을 무사히 이룰 수가 없었을 것이오."

"그래 왕제를 보내고 너 혼자 남아 붙잡히면 네 목숨이 그대로 온전하리라 믿었느냐."

왜왕의 어조는 여전히 그 은근한 회유와 위협을 안팎으로 하고 있었다. 제상은 이제 그 앞에 조용히 눈을 감고 있었다. 눈을 감은 그의 표정은 죽음을 바로 눈앞에 한 사람답지 않게 지극히 평온하고 밝아 보이기만 하였다.
―혼자 남아서는 아니 되오. 생사 간에 우리와 함께 떠납시다.
지그시 눈을 내려 감은 제상의 곁으로 미해 왕자의 마지막 모습이 조용히 다가왔다. 그리고 그 안개 자욱한 새벽의 여명 속에 왕제는 그에게 간곡히 권해오고 있었다.
―무도한 왜인들이 그대를 결코 살려 보내지 않을 것이오.
제상은 결연히 고개를 가로저었다.
―아니 되옵니다. 신이 만약 길을 함께한다면 저들이 곧 기미를 알아차리고 뒤를 쫓을 것이옵니다. 신은 이곳에 남아 그자들을 속여 추격을 막아야 하옵니다.
―나는 지금 그대를 부형처럼 믿고 의지하는데, 그대를 여기 버려두고 어찌 나 혼자 돌아갈 수가 있단 말이오.
―신이 왕자님을 구해 보내드림으로써 대왕의 심기를 조금이라도 편히 해드릴 수 있다면 신은 그것으로 족하옵니다. 어찌 이 목숨까지 살아남기를 바라겠사옵니까. 바라옵건대 왕자님께선 무사히 고국으로 돌아가주시기만 하옵소서. 여기 강구려라 하옵는 충직스런 신라인 한 사람이 왕자님의 앞길을 인도해드릴 것이옵니다.
눈을 감은 채 제상은 여전히 고개를 가로젓고 있었다.
"목숨이 살아남기를 바랐더냐고 내가 묻질 않았느냐!"
왜왕은 이미 그 제상의 얼굴에서 그의 내심을 속속들이 읽고 있으면서도 다시 한 번 그 결심을 뒤집어보기 위해 짐짓 더 목소리를 크게 다그쳐 물었다. 무연스레 계속 고개만 저어대고 있던 제상은 이윽고 그 왜왕이 딱하기 그지없게 여겨진 듯 눈을 뜨고 천천히 그를 건너다보았다.

"그건 이미 간밤으로 다 각오가 되어 있는 일이오. 어찌 목숨이 살아남기를 바라고 한 일이겠소."

"그렇다면 너는 네 나라 왕제를 위해 목숨을 버려도 좋다는 말이냐. 너의 임금에 대한 충성으로 하나밖에 없는 목숨까지도 즐거이 버릴 수가 있다는 말이냐. 혹은 그 목숨을 구할 길이 있더라도?"

"목숨 버리는 일을 두려워하고서야 어찌 임금에 대한 충성을 다할 수 있으리오. 내 목숨이 끊기는 것은 오히려 임금님께 대한 충절을 더 크게 이루어내는 길이 될 것이오."

이번에는 왜왕이 깊은 신음 소리를 토해내고는 두 눈을 지그시 감았다. 아마도 왜왕은 이제 제상으로 하여금 그의 발 앞에 엎드려 목숨을 애걸하게 할 수는 도저히 없다는 것을 더욱 분명하게 깨달은 표정이었다. 그의 목숨을 미끼로 제상을 굴복시키는 것은 애당초 불가능한 일이었다.

하지만 어찌 된 영문이었을까. 왜왕은 그때 다시 무슨 생각을 해냈는지 갑자기 감았던 눈을 뜨며 제상에게 짐짓 조용조용 말했다.

"알겠다. 네가 진실로 원하는 것이 무엇인가를 알겠다."

다름 아니라 왜왕은 주위를 호위하고 있는 그의 막료들조차 사정을 알아차릴 틈이 없이 혼자서 자신만만한 다짐을 놓고 있었다.

"허지만 내 그토록 호락호락 네가 원하는 바를 이뤄주진 않을 것이야. 나는 결코 너를 죽이지 않을 것이다. 내게 아직 너를 죽여주지 않아도 좋을 방도가 있은즉……"

하고 나서 왜왕은 그를 둘러선 수하들에게 호기 있게 명령했다.
"듣거라. 이제 곧 저 사람을 풀어 방면해줄 터이니 그리 알고 이후론 저를 대함에 법도에 어긋남이 없도록 하라."
 제상도 처음에는 왜왕이 갑자기 무슨 생각으로 그런 말을 하는지 심중을 제대로 헤아릴 수가 없었다. 하지만 그는 곧 계략을 알아차렸다. 그것은 물론 제상의 제 나라 임금에 대한 충절에 감복을 해서가 아니었다. 오히려 그와는 반대로 제상의 그 마지막 목적에 낭패를 안기려는 것이었다. 그는 한낱 무력한 목숨을 빼앗음으로 하여 다시 한 번 제상의 그 제 나라 임금에 대한 높고 굳은 충절을 자랑하게 해주고 싶지가 않은 것이었다. 제상을 살려놓음으로써 그가 지금까지 뽐내온 높은 기개가 더 이상 빛을 발하지 못하고 그럭저럭 잊혀져가게 해두고 싶은 것이었다. 왜왕의 그런 내심은 이내 그의 말 가운데에서 사실로 드러났다.
 "아니 되옵니다. 저자는 왕상을 속이고 배반한 놈이옵니다. 마땅히 대죄를 벌주어야 하옵니다."
 "목을 베어야 하옵니다."
 왜신들이 서로 저희 왕의 처사가 부당함을 이르고 나섰다. 그러자 왜왕은 그 신하들의 어리석음을 나무라듯 언성을 짐짓 높였다.
 "아니다. 그대들은 저 신라인이 진실로 원하는 바가 무엇인지를 아직도 모르는가. 저 신라인은 지금 진실로 우리 손에 죽임을 당하기를 원하고 있다. 그리하여 이 나라 왕과 그대들을 상대로 제 나라 임금에 대한 충절을 이루어 보이려 하고 있다. 이 나라 성중에서 이 나라 사람들에게 한 신라인이 저의 나라 왕에 대한 제 지극한 충절을 펴게 할 수는 없는 일이다. 우리는 절대로 저를 죽여 주어서는 안 된다. 저는 우리가 죽일 사람이 아니다"
하고 나서 왜왕은 다시 목소리를 낮추어 제상을 향해 추근추근 부드럽게 말해왔다.

"허지만 그대도 이제 더 그와 같은 나의 관용을 욕되게 하지 마라. 지은 죄과가 있으니 이대로 그대를 방면할 수는 없는 일, 내가 그대를 관용함에는 그만한 구실과 명분이 따라야 함은 그대도 능히 짐작할 수 있을 것이다. 그리고 그것은 그대가 마음먹기에 따라서는 그리 어려운 일도 아닐 터, 자, 나는 아직도 그대를 나의 신하로 알고 있은즉, 그대도 다시 내게 칭신을 할 수가 있겠느냐. 그대가 나를 칭신으로 섬길 수가 있다면 그대의 목숨을 살려줌은 물론 전날과 같이 집과 녹전을 내려 다시 이 땅에서 편안한 생을 누리게 할 것이니라."

그것은 어떻게든지 제상의 충절을 꺾어, 떳떳한 죽음 대신 살아서 욕된 삶을 이어가게 해놓고 말겠다는 노골적인 회유였다. 노회하고 집요한 왜왕의 복수심이요, 음흉한 승부욕이었다.

하지만 제상의 결심은 그럴수록 외곬으로만 굳어갔다. 왜왕이 그의 충절과 기개에 감복하여 분외의 아량을 베풀어올지도 모른다는 그 막연한 기대를 지녀보았던 일조차 이제는 스스로 욕되고 부끄러울 뿐이었다. 왜왕의 관용을 바랄 수가 없었기에 불가피 목숨을 단념할 수밖에 없었던 제상은 그 왜왕이 막상 오만스럽기 그지없는 화해의 손길을 내밀어 칭신과 목숨을 건 흥정을 벌여오자 이제는 그 소극적이고 체념적인 대응에서 어떻게든지 이 왜인들 손에 죽음을 당해야 한다는 적극적인 의지로 결심이 더욱 굳어갔다. 그 간교한 왜인들의 뜻을 좇아 물러설 수가 없었다. 그의 죽음의 소식이 끝내 바다 건너 고국으로 전해져 가게 해야 했다. 그리고 그 신라 사람들의 가슴가슴 속으로 자랑스럽고 굳센 기개로 다시 살아나야 하였다. 그는 결단코 왜인들의 손에 피를 흘리고 죽어가야 하였다. 그것이 그에게 점지된 소명과 운명의 길이었다.

"나는 백번을 죽더라도 신라국의 신하요. 신라의 신하가 어찌 남의 나라 군왕에게 칭신을 행하겠소."

제상과 왜왕 간의 그 자기 죽음을 부르고 그것을 거꾸로 막아서려는 주객전도의 기이한 싸움이 한참 더 계속되어나갔다.

"그대의 충절은 알고도 남을 만하다. 허나 이제 그대의 처지에서 신라왕을 위한 충성은 그쯤으로 족하지 않으냐."

"제 임금에 대한 충성이 어찌 살아 다할 때가 있겠소. 죽음도 또한 한 가지 마지막 충성의 길이 될 것이오."

"그대는 지금 나를 의심하고 있느냐. 그대의 충절과 의기가 가상하고 그대의 목숨 빼앗기가 진실로 가석해서 이러니라. 그대도 제 목숨이 아까운 줄 아는 인간이 아니더냐. 더 의심 말고 내 말을 따르라."

"왕의 관용은 고맙게 여겨야 할 줄 아오. 그에 대한 답례로 진심을 말할 터이면, 저 또한 떳떳하게 목숨을 부지해나갈 길이 있다면 사양을 않을지도 모르겠소. 허나 그는 어차피 가망이 없는 일이오. 남의 왕에게 칭신으로 욕된 목숨을 구차하게 부지해나갈 수 없는 처지를 헤아려주시오."

"다시 말하거니와 나는 진실로 그대의 목숨을 구하기를 원하노라. 그러나 이 일엔 내게도 그만한 구실이나 명분이 있어야 않겠느냐. 다만 내게 대한 칭신뿐이니라."

 반역이나 불복자들은 가차 없이 목을 쳐버리던 냉혈한 왜왕으로선 제상의 불경스런 말이나 태도에 비하여 놀라울 정도로 긴 설득이었다. 하지만 제상은 이제 그 부질없는 언쟁을 더 길게 끌고 싶지가 않은 듯, 그래 부러 왜왕의 노기를 유인하듯 얄밉도록 태연스럽게 내뱉고 있었다.

 "내 왜국의 신하가 되느니 차라리 신라의 개나 돼지가 될 것이오. 왜국의 구린내 나는 작록을 받느니 신라의 형장(刑杖)을 받음이 더 떳떳하고 부끄러움이 덜할 것이오."

 왜왕은 끝내 제상을 쉽게 죽이려 하지 않았다. 왜왕으로서도 제상에게 칭신을 맹세케 하여 그를 굴복시키고 싶은 마음이 더욱 깊어졌기 때문이었다. 이제 와서 그의 죄과가 크고 작음은 문제가 아니었다. 그것은 이제 신라인의 충성스런 기개와 이 섬나라를 다스려 온 왕의 권세와의 물러설 수 없는 싸움이었다. 그를 죽이는 것은 사지가 꽁꽁 묶인 한 하찮은 신라인의 목숨을 빼앗음에 불과했고, 그 자신은 그것으로 오히려 싸움에서 아무 얻음도 없이 지고 마는 꼴이 될 터였다. 어떻게 해서든지 그를 살려둔 채로 굴복을 시켜야 하였다.

 하지만 제상은 제상대로 끝내 죽음만을 원하고 있었다. 구슬리고 위협을 해도 아무 소용이 없었다. 한사코 죽음만을 고집하고 드는 사람에게 그 죽음과 바꿀 만한 귀한 것을 흥정거리로 마련해

올 수는 없었다. 제상이 죽음만을 원하고 있는 한은 무엇으로도 그의 마음을 움직이게 할 수가 없었다.

왜왕은 마침내 화가 머리끝까지 뻗쳐올라 더 이상 참을성을 잃고 말았다. 그는 이제 회유나 위협, 설득만으로는 제상의 마음을 돌릴 수가 없음을 깨달았다. 그는 방법을 달리하기로 결심했다. 회유나 설득으로 불가능한 일이라면 육신의 고통으로 그의 의지를 무너뜨리는 수밖에 없었다. 왜왕은 이제 진심에서든 거짓에서든 그의 입에서 칭신의 다짐만 얻어낼 수 있다면 그렇게 해서라도 우선 그의 의기부터 꺾어놓고 보아야 아린 속이 풀리고 체면이 설 것 같았다.

그런 식으로 일단 작정이 서고 나자 왜왕의 성정은 그때부터 제 본성을 드러내어 끝 간 데 없이 잔혹하고 흉포스러워져갔다.

"듣거라. 내 저자의 입에서 스스로 칭신을 애원하고 나설 때까지 갖은 고통을 다 겪게 하리라."

그리고 나서 왜왕은 먼저 제상의 발바닥 가죽을 칼날로 벗겨내라 명령했다. 사람의 일로는 차마 못할 짓이었다. 주위에 둘러선 수하들마저도 그 뜻밖의 소리에 일순간 몸서리들을 쳐대고 있었다. 하지만 제상을 꺾어 이기고 말겠다는 그 왜왕의 시샘 어린 승부욕은 사람의 그것을 이미 한참이나 넘어서 있었다. 그는 끝내 그 수하들로 하여금 제상의 두 발바닥 가죽을 벗기게 하였고, 그 너덜너덜 피투성이가 된 두 발로 제상을 억지로 그 앞에 서게 했다.

"너는 어느 나라의 신하냐?"

그 왜왕이 제상에게 다시 물었다. 하지만 그쯤 고통으로 생각이 달라질 제상이 아니었다.

"나는 신라의 신하다."

그는 한시바삐 자신의 죽음을 불러 그 육신의 고통에서 벗어나기 위함인 듯 어조가 더욱 가파르고 완강하였다.

그러나 왜왕 역시 그쯤에서 냉큼 제상의 목을 베어버릴 위인이 아니었다. 그것은 오히려 제상과의 싸움에서 스스로의 패배를 자초할 뿐이었다. 그렇다고 거기서 그만 제상을 풀어 놓아줄 수도 없는 노릇. 싸움은 길수록 더 끔찍스러워져갈 수밖에 없었다.

왜왕은 다시 후원의 갈대밭을 베게 하고 제상으로 하여금 그 뾰죽뾰죽한 갈대살 위를 가죽이 벗겨진 두 발바닥으로 걸어가게 하였다. 그리고 나서 왜왕이 다시 물었다.

"너는 어느 나라 신하냐?"

"신라의 신하다."

제상은 여전히 같은 대답뿐이었다.

하니까 왜왕은 또다시 널따란 쇠판을 구해 오게 하여, 그 쇠판을 뜨겁게 달군 다음 제상에게 그 위를 걷게 하였다.

제상이 올라선 그 불판 위에서는 이내 사람의 살 타는 냄새가 사방으로 진동했다.

"너는 어느 나라의 신하냐?"

왜왕이 다시 그 불판 위에 제상을 다그쳤다. 제상이 이제 거의 그 육신의 고통을 느끼지조차 못하는 얼굴이었다.

"……"

그는 이제 아예 침묵을 지키고 있었다. 왜왕은 이번에도 그의 대답이 어느 쪽이라는 것을 표정으로 알고 있었다. 제상도 이제 그 왜왕에 대한 대답 대신 머리 위로 펼쳐져간 푸른 하늘을 조용히 우러르고 있었다. 그의 눈빛은 마치 어떤 행복스런 꿈에라도 젖어들 듯 하염없는 평온함과 간절한 그리움기 같은 것이 어려 들고 있었다.

아닌 게 아니라 제상은 그때 왜왕의 채근을 듣지 못하고 있었다. 어느 순간부턴가는 발밑의 뜨거움조차도 느껴지지가 않았다. 그리고 그것으로 모든 육신의 고통이 사라지고 아늑한 평화와 기쁨의 빛만이 이슬비처럼 새록새록 그의 온 심신으로 스며들어오고 있었다. 뿐만이 아니었다. 그는 그때 그 황홀스런 평화 속에 바다 건너에 두고 온 애틋한 아내의 모습을 보고 있었다. 아내는 아직도 물 건너 아득한 해변가에 그를 향해 꽃잎처럼 하얗게 손을 저어대고 서 있었다. 그것은 이별의 아쉬움이나 슬픔 때문이 아니다. 새로운 만남의 환희를 춤추고 있는 것이었다. 제상도 그 아내를 향한 자신의 반가운 심회를 억누를 수가 없었다.

—여보, 이제 곧 돌아가오. 당신 곁으로 돌아가오.

그는 그 순간 그 아내를 향하여 자신도 모르게 환하게 웃고 있었다.

왜왕은 그 제상의 성자같이 부드럽고 밝은 웃음을 보고는 마침내 기가 질리고 말았다. 전례 없이 끈질기고 혹독한 왕의 가형에 벌써부터 심히 진저리를 치고 있던 막료들도 제상의 그 불가사의하고 기묘한 웃음기에는 더 이상 사람의 도리를 참고 보고만 있을 수가 없어졌다.

"이제는 그만 베어버림이 어떠하올지요."

 모처럼 무거운 침묵 속으로 빠져든 왕을 기다리고 있던 그 수하 중의 하나가 마침내 제상의 참살(斬殺)을 진언하고 나섰다. 그리고 그것을 계기로 다른 막료들도 제각기 제 의견들을 한마디씩 내놓았다. 그러나 그것은 저의 왕의 앞서 심중을 헤아린, 제상에겐 보다 인색하고 고통스런 종말에의 길이었다.

"이쯤에서 일을 끝내는 것이 옳은 처결일 줄 아옵니다. 하오나 저런 자에게 참형은 부당한 일이옵니다. 저자는 이미 마음이 실성하고 그 피로 칼을 더럽힐 수는 없음이옵니다. 이쯤에서 그만 살려 내쳐도 거리의 돌멩이질이나 황야를 방황하다 저절로 죽게 될 것이옵니다."

"과연 그러하옵니다. 이 나라 창검을 더럽히지 않게 하소서."

"저대로 그냥 내치소서."

 왜왕이 계속 입을 다물고 앉아 있자 막료들은 그것으로 벌써 그의 의중을 헤아린 듯 저희끼리 그 내침 쪽으로 뜻을 모아가고 있었다. 그야 물론 그 제상의 작태인즉 왜인들의 눈에도 제정신을 지닌 사람의 것으로는 보일 리가 없었고, 제상이 제 온전한 정신을 잃은 사람이라면 그에게 더 이상의 책벌을 가할 필요조차 없다는 이들의 동정론 또한 공연한 헛생색만은 아니었다.

 그런데 어떤 식으로든 그 싸움의 결말은 왜왕에게도 이미 작정이 서 있었던 모양이었다.

"음……"

 왜왕도 마침내 깊은 신음 소리와 함께 그 무겁고 긴 침묵에서 벗어났다. 그리고 새삼스레 탄식기가 어린 목소리로 수하들에게 일렀다.

"그러하라. 이젠 어쩔 수가 없구나. 이것은 분명 내가 진 싸움이다. 내가 지는 것으로 끝나는 싸움이니 이제는 저자를 불판에서 내려오도록 해주어라."

말을 끝내고 나서 왜왕은 지친 듯 다시 눈을 깊이 감았다. 그것을 본 주위의 수하들의 얼굴에도 비로소 어떤 은밀스런 안도의 빛이 떠올랐다. 그리고 이내 제상이 불판에서 내려지자 이제는 한시바삐 그 끔찍스런 가형장을 빠져나가고 싶은 듯 막료 중의 한 사람이 저의 왕에게 물었다.

"그렇다면 이제 저자를 방면해 내쳐도 되옵니까?"

그러나 알고 보니 왜왕은 아직도 그 수하들과는 생각을 훨씬 달리하고 있었던 모양이었다. 수하의 소리에 왜왕은 감았던 눈을 다시 번쩍 떴다. 그리고 말을 한 막료 쪽을 질책기 어린 눈초리로 한참이나 노려보다 결연스럽게 내뱉었다.

"방면을 하다니? 이번 일은 내가 지고 물러선 싸움이라고 하지 않았느냐. 우리는 이제 저자를 죽여야 한다. 저자를 죽이지 않고서는 이 싸움은 지고 싶어도 끝이 나지 않는다."

"무슨 뜻의 말씀이온지…… 저자는 이미 실성한 인간이옵니다."

한 막료가 다시 왕을 경계하고 나섰다. 하지만 그것은 아직도 왕의 심중을 제대로 읽지 못한 미욱한 조언일 뿐이었다.

"나는 방금 저 사람과의 싸움에서 내가 졌음을 자인했다."

왜왕이 이윽고 침착을 되찾으며 그 수하들을 일깨우듯 천천히 말을 이어갔다.

"이는 곧 내가 저 사람이 제 나라와 제 임금을 위하는 충절을 이기지 못했음을 말함이다. 군왕의 힘으로도 꺾을 수 없는 충신을 지켜낸 충절이라면 그가 비록 남의 나라 신하라 하더라도 마침내 그를 위하고 존숭해줌이 마땅할 것이다. 하물며 내 어찌 지금에 와서 저의 목숨을 원할 바가 있을 것인가. 그의 목숨을 빼앗는 것은 나 또한 바라는 바가 아니다. 허나 저 신라인이 진실로 원하고 있는 바가 무엇이냐…… 나는 이제 그의 뜻을 따를 수밖에 없음이라. 이제 와서 그가 다시 제 목숨을 애걸해오는 일이 있다 해도 나는 이제 한 나라의 군왕의 신의로써 그를 불가피 순사(殉死)시켜 줄 수밖에 없는 처지에 이르렀는즉— 그리하여 그가 이 땅에서 펼쳐 보인 충절과 의기를 저의 고국 신라로 전하게 하여 그를 낳은 신라 땅 사람들로 하여금 그의 충절과 유적을 높이 받들고 기리게 해줘야 할 것이다. 비록 그 한 목숨을 죽이는 일은 차마 가석다 할 것이나, 그것이 그의 충절을 본 이웃 나라 군왕의 도리요, 저로 하여금 한 생애를 나랏일과 제 동포 형제에게 기꺼이 바치는 대의를 실현케 함에 있어 나로서도 달리 어찌할 수가 없는 노릇이라. 이는 제상을 죽임이 아니라, 제 나라 신하와 사람들의 마음속에 영구히 살아 있게 함이요, 그것을 한 나라의 군왕인 나의 양심이 내게 명령해온 바인 것이다."

"그러하옵니다. 그를 죽일 수밖에 없사옵니다."

"지금 바로 즉시 베어주어야 할 줄 아옵니다."

막료들도 이제는 그를 죽이는 쪽으로 의견이 다시 모아졌다. 다만 그중의 한 사람만이 아직도 석연치가 못한 듯 조심조심 뒷소리를 달고 있었다.

"저 광인을 죽임이 그 홍덕(弘德)에 오히려 누가 되지 않을지, 그의 죽음을 굳이 그토록 의롭게 크게 해줘야 할 것이온지……"

"그가 비록 광인이 되었다 해도 상관이 없을 일이다. 그가 정말로 광인이 되었다면 그 죽음을 더욱 서둘러주어야 할 것이니라."

왜왕이 그 수하의 심약함을 질책하듯 근엄한 목소리로 다시 못을 박고 들었다.

"게다가 나의 눈에는 저 사람이 결코 제정신을 잃은 것으로 보이지도 않는 터, 그대들의 눈이 정녕 그를 잘못 보고 있음이니, 눈을 잘못 가진 자들이 그의 충정을 함부로 욕되게 하는 일이 없도록, 서둘러 그의 죽음을 제 고국으로 전해가게 하라!"

박제상은 마침내 목도(木島)라는 한 외딴섬으로 끌려 나가 화형(火刑)을 당하였다. 그리고 그때 왜국에는 몇몇 신라 사람들이 살고 있어 제상의 죽음 소식은 오래잖아 바다 건너 신라 땅으로 전해졌다.

신라 사람들은 그 제상의 의로운 기개와 순국 소식에 한편으로는 크게 감복하고 다른 한편으로는 잔인하고 참혹스런 왜인들의 처사에 너나없이 치를 떨었다. 사람 목숨 잡기를 칼로 오이 자르듯 하면서 그것을 제법 미덕으로 여겨온 왜인들이 제상에 대해서만은 어찌 그렇게 잔혹스런 처형 방법을 썼는지, 필경은 제상 자신의 의기가 거기까지 화를 불렀을 그의 죽음을 더욱더 안타깝고 애석해하였다.

  그런데 제상이, 목을 간단히 베이지 않고 굳이 그 번거롭고 고통스런 화형으로 죽임을 당하게 된 까닭은 그 왜지의 신라인들은 물론 왜왕의 수하들도 정확한 사정을 알지 못했다. 목도에서의 화형은 물론 왜왕의 마지막 처결에 따른 바이었다. 그러나 제상의 충절을 그토록 칭송해마지않던 왜왕으로선 어딘지 앞뒤가 당해 보이지 않은 잔인한 처사였다. 그의 수하들로서도 그 변덕을 잘 이해할 수가 없었다. 제상에겐 이미 그 충절이 더하고 덜해질 바가 없게 된 마당에 그 죽음의 불가치성이나 참혹스런 화형의 선택은 제상을 위해서보다 매사에 명분(名分)을 중시해온 그의 복수심과 화풀이의 한 구실에 불과한 것이 아니었는지, 어렴풋한 짐작 속에 잠시 고개들을 갸웃거려보았을 뿐—

                                    (『신동아』 1976년 9월호)

새가 운들

제민(濟珉)이 버스에서 내려 주막을 찾아든 지는 벌써 한 시간여. 또 한 대의 버스가 저쪽 초등학교 담벼락 곁으로 뽀얀 먼지구름을 끌며 달려왔다. 그새 이 한적한 시골 면소 길을 지나간 버스만도 벌써 세 대째다.

버스는 이내 약방 가게께의 정류소 앞에 속력을 멈추고 느릿느릿 손님들을 몇 사람 내려놓았다. 그러고는 흔히 시골 버스들이 그렇듯이 차 속의 운전사는 한동안 옆 유리창으로 검은 얼굴을 내어민 채 매표원 사내와 욕설 섞인 쌍소리 농지거리를 걸쭉하게 늘어놓고 있었다. 차 속의 승객들은 그쯤 운전사 녀석들의 수작엔 버릇이 밴 듯 말없이 위인의 수작이 다하기만 기다리는 꼴이었다. 버스에서 내린 손님들은 그새 어디론가 제 갈 길들을 찾아들었는지 모습을 찾아볼 수가 없었다. 이윽고 운전사의 수작이 다하고 난 버스도 부릉부릉 시꺼먼 먼지를 일으키며 다시 약방 가게 앞을 떠나갔다.

　유리창 밖 면소 거리는 다시 지루하고 답답한 늦여름날 오후의 정적만 가득했다. 더위 때문에 그런지 길을 지나다니는 사람조차 드물었다. 하물며 그 유리창 밖 길거리로 낯익은 얼굴이 스쳐 가기를 바라기란 아무래도 터무니없는 노릇 같기만 했다.

　버스가 떠나간 빈 거리를 바라보고 있노라니 제민은 갑자기 다시 가슴속이 텅 빈 듯 황량스런 절망기가 엄습해왔다. 부질없이 자꾸 시간만 초조해졌다. 혹시 아는 얼굴이 한 사람쯤 길을 지나칠까 싶어 차를 내리는 길로 곧장 이 길가 주막으로 숨어들어와 뽀얗게 먼지가 낀 유리창가에 주저앉아 홀짝거리기 시작한 낮술기가 어느새 가슴속을 그토록 더 황량스럽게 하는지도 알 수 없었다.

　하지만 제민은 기다리지 않을 수 없었다. 참나뭇골 사람이든 누구든, 사정을 알 만한 사람을 한 사람이라도 만나야 했다. 사정을 알고 있는 사람을 만나지 않고는 무턱대고 자리를 일어설 수가 없었다……

　"여기 술 한 되 더 주시오."

　가게 안쪽마저 너무 조용했다. 그야 대낮부터 술손이 붐빌 리는 없었다. 손님이라곤 다만 제민 한 사람뿐. 주점 여편네는 이 안주도 시키지 않는 뜨내기 술손 따위엔 관심이 없는 모양이었다. 주문을 보낼 때마다 간신히 술 한 되씩을 가져다 놓곤 번번이 다시 술청 안쪽 내실로 모습을 거둬 가버리곤 했다. 그는 여자를 보지도 않고 무턱대고 내실 쪽을 향해 술 한 되를 더 청하고는 다시 창밖을 지키기 시작했다. 길거리 건너편 기와지붕 너머론 묵연스런 여름 하늘이 끝없이 멀어져가고 있었다.

꽃이 핀들 아는가,

새가 운들 아는가!

그 하늘의 어느 한 자락에서처럼 노인의 목소리가 문득 그의 상념 속으로 비집고 들어왔다.

꽃이 핀들 아는가, 새가 운들⋯⋯

그는 자신도 모르게 마음속으로 그 소리의 환청을 따라가고 있었다. 그러다간 어느새 또 마음이 부쩍 조급해지기 시작했다.

─어디로 가야 노인을 찾는다?

그새 여자가 놓아두고 간 술 주전자를 새로 비우기 시작하면서, 그는 새삼스레 다시 창밖을 열심히 지키기 시작했다.

자신이 생각해도 어지간히 딱한 일이 아닐 수 없었다. 차를 내리고도 어느 쪽 어느 동네로 노인을 찾아 나설지 막막한 맹랑한 귀향길이었다. 하지만 그건 제민으로서도 이번에 처음 당하는 일이 아니었다. 고철 장산가 뭔가, 일대에선 술꾼으로 널리 이름이 나 있던 그의 형이란 위인이 술값을 대다 대다 마침낸 그 고철 장사를 시작한다는 구실로 선대로부터의 집기둥을 팔아치울 모사를 꾸미고 나섰을 때부터 그의 귀향길은 늘 그런 식이었었다.

제민이 K시에서 고등학교 3학년을 다니고 있었을 때였다. 그해 여름, 제민은 방학이 되어서도 고향 마을 참나뭇골엔 내려가볼 생각을 못하고 K시에서 그냥 밀린 진학 공부를 계속하고 있던 참이었다. 하루는 시골집 노인으로부터 심상찮은 소식이 날아들었다. 그야 아무리 진학 공부가 급하기로 하루 이틀 시골로 내려가 노인을 뵙고 올 수는 있었지만, 술꾼인 형의 행패가 보기 싫어 처음부터 아예 K시에서 진학 준비에나 전념을 하기로 작정을 세우고 있던 그였다. 그의 형이란 위인은 전서부터도 그런 술꾼이었다. 남자 다섯 형제 중에 가운이 기우느라 그랬던지 8·15해방을 전후한 2,3년 사이에 그의 아버지와 3형제 네 사람이 차례로 세상을 등져갔다. 그러고 나서 남은 두 형제 중에 형이 된 사람이라도 좀 온전한 정신을 지녀줬으면 별 탈이 없었을 것을 하나뿐인 형이란 위인조차 무슨 비운의 주인공이라도 된 것처럼 일찌감치 술을 배워 취중몽생의 가련한 세월을 보내기 시작했다. 남은 형제에게서나마 이른 손을 보고 싶어진 노인이 남달리 서둘러 장가까지 들여줬건만 형이란 사람은 자신의 여자나 아이들마저 돌봄이 전혀 없었다. 사람만 만나면 술을 사고 싶어 했고, 만나는 사람마다 함께 취해서 주유천하를 하고 다녔다. 시골 살림으로 농사가 모자란 편도 아니었지만 그 형의 술값 때문에 가계마저 온전할 수가 없었다. 노인은 마침내 아들의 주벽에 체념을 하고 말았다. 살림이 다 무너져나더라도 집안이나 조용했으면 싶겠다는 식이 되었다. 집안에 분란이 끊이지 않았기 때문이다. 무엇보다도 집안 남정의 주벽을 견디다 못한 형수가 두 아이들을 데리고 친정집으로 피해 가버린 뒤로는 노인 혼자 도맡아 곤욕을 치러내야 했기 때문이다.

  이꼴 저꼴이 다 보기 싫어 제민은 아예 시골집엔 내려가볼 생각조차 안 들었다. 형의 주정이 미웠고, 그것을 곧잘 견뎌내는 노인의 처지가 짜증스러웠고, 거기에 더욱 술만 취하면 눈빛부터 달라지는 형의 행패가 귀찮고 두려웠기 때문이다. 사정이 그쯤 되어 있던 여름이었다. 그리고 집안 꼴이 그렇고 보니 필경엔 어느 쪽에서든 어떤 몹쓸 변고가 일고 말 것 같은 망연스런 예감에 시달리고 있던 참이었다.

그런 그에게 어느 날 마침내 그 심상찮은 글월이 날아든 것이다. 그것은 물론 그의 형에게서 온 글이 아니었다. 글씨도 쓸 줄 모르는 노인이 다른 사람을 시켜 쓴 대필 편지였다. 안에 급히 의논할 일이 있으니 하루만 틈을 내어 당신을 좀 보고 가라는 당부였다.

그는 불길한 예감을 안고 그길로 참나뭇골 시골집 노인 곁으로 달려갔다. 그리고 저녁 무렵 마을로 들어서자마자 그는 그 불길한 예감이 부질없는 기우가 아니었음을 목도하게 됐다. 제민의 시골집은 참나뭇골 동네로 들어서서도 한 백여 미터쯤 좁은 골목길을 걸어가야 하는 곳이었다. 그리고 그 골목길 초입께에는 그의 어렸을 적부터 먼 친척 간 되는 누님 한 분이 가난한 오막집 살림을 살고 있었다. 그 누님이란 사람이 저녁 어스름 속에 골목길을 들어서는 그를 어떻게 알아봤는지 돌각담 너머로 불쑥 그의 발길을 불러 세웠다. 그녀가 혀를 차며 그에게 일러준 소린즉, 그의 집이 이미 동네 다른 사람에게 팔려 넘어갔다는 통기였다. 집도 팔리고 세간도 이미 다른 이웃으로 옮겨 간 다음이니 집엘 가봐야 노인은 그곳에 계시지 않으리라는 것이었다. 그러면서 그에게 조금만 기다리고 있으면 노인을 찾아 모시고 와서 자기가 두 모자를 위해 모처럼 저녁이라도 짓겠노라, 서글픈 위로의 당부였다.

그녀의 귀띔에 그는 예상했던 것보다 훨씬 더 깊은 충격을 받고 있었다. 그는 불시에 그 기둥 위의 모진 도끼질 자국부터 머리에 떠올랐다. 몇 대 조부가 그랬다던가. 가난한 유민으로 마을엘 들어와서 그 가난과 유랑살이에 지치다 못해 집이라도 한 칸 큼지막하게 지어 살고 싶은 소망에서 벌어들인 것, 있는 것을 다 털어 바쳐 힘에 겨운 집 짓기를 시작했었더라고 했다. 집을 한꺼번에 다 세운 게 아니라 집터만 우선 잡아놓고 힘이 조금씩 모아질 때마다 당신의 손으로 방 한 칸 들이고 마루 한 칸 놓고 하는 식으로 몇 해씩 세월을 끌어가면서. 그런데 그 집 짓기가 하도 고되고 긴 세월을 끌다 보니 그 조부는 어느 날 설움에 겨운 팔자 원망 끝에 당신이 세운 마루 앞 기둥에 정신없이 도끼질을 하다 말고 어린애처럼 엉엉 통곡을 터뜨리고 말았더라고. 그 조부의 도끼 자국이, 그 조부의 기막힌 원망과 통곡 소리가 무슨 가훈처럼 흔적 지워져 있던 그런 집이었다. 그리고 아침마다 정결스런 노인의 싸리비질 자국이 마당가에 참빗살처럼 남아 있던 그런 집이었다. 돌보지도 않은 접시꽃과 봉숭아가 해마다 장독 뒤에서 탐스런 여름을 꾸미던 집이었다.

—그런 집을 팔아치우다니.

머지않아 무슨 변고가 나고 말리라는 예상을 지녀온 터였지만, 형이란 위인이 하필이면 그 집에서부터 먼저 손을 대기 시작하리라곤 상상도 못해본 일이었다. 손을 댄다면 논밭이 먼저고, 그다음이 선산 터를 제외한 3정보짜리 산판 정도나 요절이 나리라 예상해오던 그였다. 그런데 위인이 제일 먼저 집부터 덜렁 팔아치우고 말았댔다. 그는 머릿속이 다 멍해져왔다.

하지만 이제 와서 굳이 팔려버린 집을 찾아가본달 수는 없는 일이었다. 남 보기가 부끄러워 누님 대신 노인을 찾아 나서겠달 수도 없었다. 그는 공연히 죄라도 지은 사람처럼 남의 집 담벼락 뒤에 숨어 서서 서성서성 하염없이 노인을 찾아 나간 누님이 돌아오기만 기다리고 있었다. 하나둘씩 저녁 하늘에 돋아나기 시작한 밤별들마저 유난히 멀어만 보이던 저녁이었다. 그런데 얼마쯤 시간이 흐르고 나서였을까.

"여기가 뉘 집인데 내 자식이 여기 이러고 서 있더냐!"

소식을 듣고 누님을 앞장서 달려온 노인이 어둠 속으로 불쑥 사립문을 들어섰다. 그리고 노인은 사립을 들어서자마자 핀잔부터 앞세우며 그를 골목길로 끌어내 갔다.

"어서 가자. 집이 없더냐, 길이 없더냐. 동네를 들어섰으면 곧 에미한테로 오지 않고 어째서 그리 집도 절도 없는 길손 꼴로 남의 집 사립을 들어섰더란 말이냐."

뜻밖에도 노인은 옛날 집으로 그를 데려가고 있었다. 노인은 이날도 그 집에서 그를 기다렸다는 것이었다. 제민은 처음 영문을 알 수 없었다. 집이 팔렸다는 말이 헛소리일 수는 없었다. 노인은 아마 이날까지 그를 위해 새 주인의 이사를 막고 며칠 동안 그곳에서 아들을 기다린 모양이었다. 노인은 그가 아직 집이 팔린 줄 모르기를 바라고 있었던 게 분명했다. 집이 팔린 사실을 그가 이미 알고 있는 것을 모르는 노인의 거동이었다. 그 노인 앞에 그는 아무 말도 입을 열 수가 없었다. 노인을 따라 묵묵히 그 어두운 골목길을 뒤쫓아 가고 있었을 뿐이었다. 노인 쪽도 집이 팔리고 안 팔린 일에 대해선 가부간 말이 없었다.

하지만 노인과 그가 그 옛날 집 문간을 들어섰을 땐 이미 모든 것이 분명했다. 아니 노인네가 아직 그에게 집이 팔린 사실을 모르고 있기를 바란 것 같았다는 소리조차 쓸데없는 그의 추측이었을 뿐이다. 집 안 풍경이 모든 것을 설명해주고 있었다. 집 안에선 온통 축축한 곰팡냄새가 가득할 뿐 변변한 살림 도구 하나 눈에 띄어오는 것이 없었다. 마당가 군데군데에선 삐죽삐죽 여름 잡초들까지 돋아나 있었다. 살림 사는 집이 아니었다. 세간을 비운 지가 한 주일은 넘은 집안 꼴이었다. 아들에게 마지막 하룻밤을 지내게 해주기 위해 그날까지 노인이 새 집주인의 이사를 미루게 해온 게 분명했다. 그러고서 노인은 어디선가 이날 다시 그 집으로 돌아와 아들을 기다렸던 게 분명했다. 하니까 물론 집 안에선 그 노인 이외에 이미 친정으로 간 며느리뿐만 아니라 당신의 큰아들조차도 더 모습을 찾아볼 수가 없었다. 집이 팔리면서 사람과 가재도구들이 제풀에 다 산지사방으로 흩어져갔을 터이었다. 한데도 노인은 아직 안방 아랫목에 당신이 시집올 때 가져왔다는 낡고 작은 옷장 하나와 이불뙈기 몇 조각을 사람 사는 집 치장으로 남겨두고 있었다.

노인에게선 이날 밤까지도 아직 제민이 그의 눈으로 보고 느낄 수 있는 것 이상은 아무것도 더 자세한 이야기를 들을 수 없었다. 노인은 다른 때 그가 방학을 맞아 집을 다니러 갔을 때처럼 아무렇지도 않은 척 어두운 부엌에서 저녁을 지어 내왔고, 호롱불 아래 모자가 말없이 겸상으로 저녁을 끝내고 나서도 겨우,

"이제 내일은 이 집을 비워줘야 한다. 마지막 밤이니 편히 쉬

거라."

 앞도 뒤도 없이 한마디를 건네고는 그대로 그냥 잠자리를 깔아버린 것이었다. 제민으로서도 이제 더 이상 긴 이야기를 들어야 할 것이 없었다. 그는 노인의 심중을 헤아리고 있었고, 노인 쪽 역시 그의 심중을 환히 다 들여다보고 있을 터였기 때문이다. 말은 없어도 이미 모든 일이 그렇게 너무 분명해져 있었다.

 "고철 장사 때문이란다. 네 형이 이번엔 맘을 좀 고쳐먹었는지 그걸 시작해보고 싶다는구나. 이곳저곳 시골 마을들을 돌아다니면서 헌 쇳조각을 모아다가 도회지 주물 공장에다 팔아넘기는 일이라더구나. 시골구석에 무슨 쇳조각이 그리 많은지 모르겠다마는, 네 형이 그래도 뭘 좀 해보겠다고 나선 일이니, 집 없앤 것을 너무 상심해 하지 말고 네 할 공부나 부지런히 계속해나가거라. 마음을 늘 독하게 다잡아먹고……"

 다음 날 아침에서야 노인이 당부 삼아 그에게 남긴 말이었다. 그러고 나서 노인은 그 아침서부터 벌써 그를 K시로 돌아가랬다. 제민 역시 이젠 남의 집이 되어버린 곳에서 기분 언짢은 날을 보내고 있기는 뭣하던 참이었다. 노인이 집을 비우고 마지막 살림을 옮겨 가는 곳이라도 알아두고 나선 아무래도 다시 길을 나서야겠다고 생각하던 참이었다. 하지만 노인은 그에게 그조차 용납하지 않았다. 집을 비우기 전에 그부터 길을 나서라는 재촉이었다.

 "네 형 일이 잘돼나가면 몰라도, 내년에는 네 웃학교 입학시험도 치러야 한다면서. 지금 이런 형편으로야 어디 입학금 마련인들 손쉬울 수 있겠더냐. 그래서 이번 일은 네 형을 핑계 삼아 그것도 좀 함께 마련해볼 양으로 저지른 일이었더니라."

그러면서 입학시험이 반년도 더 남은 그의 대학 진학 자금 조로 베보자기 속에 꽁꽁 눌러 묶은 20만 환짜리 지폐 뭉치 하나를 옷장 속 어딘가서 꺼내 건네주던 것이었다. 그리고 그걸 잘 지니고 곧장 길을 떠나라는 단속이었다. 제민은 물론 형의 술값 때문이 아니라 고철 장사 밑천 마련을 위해 집을 처분했다는 노인의 말은 거짓임을 알고 있었다. 고철 장사라도 시작하겠노라는 형의 설득과 다짐이 있었다 해도 어차피 노인이 그것을 곧이들었을 리는 없었고, 설사 그의 형이 정말로 그런 일을 시작했다고 해도 거기 무슨 기대를 걸었을 노인도 아니었다. 막상 마음을 고쳐먹고 고철 장사 일을 시작했다는 형의 근황이나 행방에 대해서는 여하간 말이 없이 입을 다물고 넘긴 노인이었다. 형의 술값으로 고스란히 집을 없애느니 거기서 얼마간 그의 학자금이라도 건져내 보자는 노인의 생각이 제민은 듣지 않아도 다 눈앞에 보이는 것 같았다. 당신을 좀 보고 가라던 노인의 사연도 그 돈을 그에게 안전하게 전해주기 위해서였음이 분명했다. 노인의 말은 모두가 그를 안심시키기 위해 한 소리일 뿐이었다.

어쨌거나 그는 그쯤에서 다시 길을 나서는 수밖에 다른 도리가 없었다. 당신이 몸을 옮겨 담을 곳이나 보고 가재도 한사코 거짓 노여움을 꾸며 짓는 노인의 고집을 이길 수가 없었다. 그리고 그렇게 시작된 노인의 말년 방황이었고, 그때부터 시작된 그의 딱한 고향길이었다. 고향 동네라는 델 찾아들 때마다 노인이 몸담고 있는 곳을 몰라 동네를 들어서면 우선 그것부터 물어 찾아야 하는 그의 그 거북살스럽기 그지없는 귀향 절차는 그때부터 그렇게 마련돼온 것이었다.

 약방 앞에 다시 한 대의 버스가 들어와 섰고, 몇 사람의 손님이 내린 다음 예의 약방 쪽 매표원과 운전사 녀석 간의 그 실없는 농지거리가 한동안 계속되고 난 다음, 그 버스도 느릿느릿 다시 정류소를 떠나갔다.
 하지만 아무래도 노인의 행방을 물을 만한 얼굴은 아직 한 사람도 창가를 스치지 않았다. 술집 아낙은 이제 파리채를 들고 슬금슬금 술청 한구석 걸상으로 나와 앉아 있었다. 그것은 물론 파리를 쫓자는 것이 아니었다. 무작정 시간만 기다리고 앉아 있는 낯선 손님의 거동이 그녀에게 아무래도 수상쩍어진 모양이었다. 흘끔흘끔 언제부턴가 자주 이쪽 동정을 훔쳐보는 기색이 여간만 예사롭지가 않아 보였다. 하지만 그는 여자의 거동 같은 건 아랑곳도 하지 않았다. 어디 다른 곳으로 자리를 옮겨 앉아보고 싶기도 했지만, 이제 와서 새삼 사지를 건들건들 길거리를 헤매기도 견딜 만한 노릇이 못 되었다. 소식을 들을 만한 얼굴이 뜨일 때까지는 자리를 좀더 지키고 앉아 있어보는 수밖에 없었다.
 그러고 보면 노인이 어느 동네 쪽을 떠도는 줄이나 알고 있을 때는 그래도 사정이 한결 수월한 편이었다. 노인의 거처가 있는 동네라도 알고 있을 때는 차를 내려서부터 발길을 못 잡고 서성대는 곤욕까진 치를 필요가 없었다.
 집을 팔아 없애버린 후 처음으로 다시 노인을 찾은 것은 그러니까 그가 대학 2년을 다니다 중도에 군 복무 3년을 끝내고 나와 다시 다섯 학기째 학교 등록을 마쳐놓고 있을 때였다. 노인은, 한번 집을 팔아버린 후로는 당신의 주변 일을 알려오는 일이 없었고, 그 역시 집안일이나 노인의 형편이 어떻게 돌아가고 있는지 소식을 물은 일이 한 번도 없었다. 알아봐야 반가운 소식은 있을 리 없어 그는 혼자서 그럭저럭 학비 마련을 해나갔고, 훈련소 입영을 해 갔을 때마저도 그는 군복으로 갈아입은 민간복을 노인 앞으로 부쳐 보낸 것으로 입영 소식을 대신했을 정도였다.

그런데 제대를 하고 나서 들려온 풍문이 이젠 노인이 아예 참나뭇골을 떠나고 말았다는 것이었다. 짐작했던 대로 형이란 사람이 그 고철 장사를 핑계로 집을 팔고 논밭을 팔고, 마지막엔 조상들의 뼈가 묻힌 선산까지 팔아 없애자 노인은 동네 사람 얼굴 보기가 부끄럽다며 온다 간다 말없이 참나뭇골을 등져 가고 말았다는 것이었다.

제민은 거기까지 소문을 듣고도 모른 체하고 있을 수가 없었다. 형이란 사람이 정말로 선산까지 팔아 마셨는지 어쨌는지 사실이나마 확인을 해보지 않을 수 없었다. 노인의 행방이라도 알아두지 않을 수가 없었다. 그는 오랜만에 다시 고향 마을을 찾아 내려갔다. 이번에는 참나뭇골까지 노인을 찾아갈 필요도 없었다. 차를 내리자마자 면소 정류소 앞에서 마침 아는 사람을 하나 만나 그쪽에서 먼저 노인의 거처지를 알려준 것이었다. 그리고 그때부턴 아예 버스를 내려서부터 노인이 몸을 의탁하고 있을 마을을 번번이 다시 물어야 하는 처지가 되어버린 것이다.

노인은 그 무렵부터 옛날 참나뭇골에서 10여 리쯤 떨어진 같은 면내의 한 일가 댁에다 조그만 방 하나를 얻어 거기서 당신 혼자 끼니를 끓여가고 있었다. 그의 형이 논밭에 선산을 모두 팔아 없앴다는 소문도 물론 사실과 어긋남이 없었다. 그런데 그때 문득 제민은 노인의 주변에서 이상스럽게 언짢은 일이 일어나고 있음을 알아차렸다. 노인의 방 선반 위에 커다란 소나무관 하나가 길게 얹혀 있었다. 노인의 집(노인은 한사코 그걸 당신의 집이라고 말했다)이라는 것이었다.

 살아 있는 육신조차 의탁할 데가 없는 팔자에……

 노인에겐 언젠가 당신의 사후를 위해 미리 생전의 모습을 담아놓은 커다란 사진 한 장이 마련되어 있었다. 그런데 노인은 집을 팔아 없애면서 생전의 육신도 간수할 길이 없는 팔자가 죽음 뒤의 사진 따위가 무슨 소용이냐 싶어 당신 손으로 사진을 갈가리 찢어 없애고 말았다 했다. 그리고 그 사진 대신 살아 있는 동안에 당신의 몸을 담아 갈 집이라도 미리 마련해두어야 마음이 놓일 것 같아 당신 자신의 주선으로 그 내세의 집을 마련해놓았다는 거였다. 그러면서 마음이 언짢기는커녕 할 일을 다 끝내놓은 사람처럼 그것이 지극히 만족스러운 표정이었다. 그 속에다간 당신이 입고 갈 수의감까지 차곡차곡 다 마련을 해두었을 정도로 마음이 답답해져 있던 노인이었다.

 노인은 마침내 당신의 마지막 길을 준비하고 있었던 것이다. 당신의 집을 끔찍이 소중스러워하듯 노인은 당신의 마지막을 가까이 익히고 그것과 허물없이 친숙해지기를 바라고 있었던 것이다.

하지만 제민이 그 노인의 진짜 깊은 소망을 본 것은 거기서도 아직 하루가 지난 다음 날의 일이었다.

"그새 산들이 많이도 헐었으리라마는 형이란 사람이 어디 윗대 무덤을 덮고 들어온 푸나무 한 가진들 손질해놓을 중정을 지닌 위인이더냐?"

다음 날 아침 노인은 제민이 내려온 김에 이젠 남의 땅에 묻혀 있는 조부들 무덤에서 잡초라도 거둬주자고 10리가 넘는 산길로 참나뭇골 쪽 선산까지 그를 재촉해 끌고 갔다. 제민이 막상 선산엘 당도해보니 노인이 형의 게으름을 탓한 것 역시 모두가 헛핑계에 불과한 소리였음을 알 수 있었다. 조상의 묘지들은 손을 더 볼 필요 없을 만큼 관리가 잘되어 있었다. 그것은 물론 형의 부지런 때문이 아니었다. 노인이 자주 산을 찾아가 말끔히 손을 보아둔 것이었다. 남의 땅에 묻혀 있는 선대들의 무덤을 찾아다니는 것이 마지막 의무요 취미가 된 것처럼 노인은 그곳을 자주 찾아다니고 있었던 것이다. 제민에게 함께 헌 곳을 손보러 가자던 소리는 그를 끌어내기 위한 구실에 불과했다. 그렇게 해서라도 노인은 그에게 선대들의 무덤을 둘러보게 하고 싶었음이 분명했다.

노인은 이날도 묘지들의 주변을 낫질해나가면서 버릇처럼 흥얼흥얼 혼자소리를 웅얼대고 있었다.

꽃이 핀들 아는가,

새가 운들 아는가……

그것은 언젠가 제민이 스물을 넘겨 살다 죽은 맏형의 무덤을 따라갔을 때 노인이 먼저 간 자식을 두고 노랫가락처럼 원망스럽게 되뇌이던 그 소리, 그 가락 그대로였다. 뿐더러 노인은 이따금 굽혔던 허리를 펴 일으키며 한숨이라도 토하듯 말 없는 무덤들을 향해 아픈 푸념들을 늘어놓곤 했다.

"……어이 그리 말들이 없소. 여기가 그래 뉘 땅이 되었는데, 어이 그리 무심히들 말도 없이 누워들만 계시오. 눈이 없다고 남의 땅이 된 줄을 모르시오. 입이 없다고 할 말들도 없으시오. 어이 그리 무정들 하시오. 남의 땅에 누워서도 자리들이 편하시오……"

산을 찾을 때마다 되씹고 곱씹던 조상 원망의 소리였다.

그날 제민이 그 노인의 깊은 소망을 보게 된 것은 그러나 그 노인의 조상 푸념에서뿐만 아니었다. 묘지 주변에 울창하던 소나무들 가운데에 유독히 기억에 깊이 남아 있던 거목 하나가 자취를 감추고 없었다. 나무를 베어낸 자국이 오래된 것 같지가 않았다. 알고 보니 산을 팔기 전에 노인이 바로 그 나무를 베어다 당신의 집을 지었노라는 것이었다. 노인은 그토록 당신의 마지막 길을 깊이 염려하고 있었다. 그리고 마치 거꾸로 그것을 소망하고 있는 것처럼 평온스럽게 그것을 맞을 준비를 하고 있었다.

하지만 노인에게 당신의 몸을 묻을 땅이 없었다. 선산은 이미 남의 땅이 되어 있었다. —어찌 그리 무정들도 하시오. 남의 땅에 누워서도 마음들이 편하시오…… 노인의 조상 푸념은 그러니까 결국 당신 자신의 육신을 묻을 땅을 잃은 데 대한 원망이요, 불안이었다. 당신의 육신이나마 안심하고 묻어갈 땅에 대한 안타까운 소망이었다.

가련한 노인이었다.

그는 마침내 노인에게 한 가지 약속을 하지 않을 수 없었다.

—선산 때문에 너무 상심하지 마세요. 집이나 논밭은 모르더라도 선산은 어떻게 다시 찾을 길을 마련해보겠어요.

제민은 적어도 노인이 땅에 묻히는 일이 오기 전에 선산을 되찾을 마련을 해보겠으니 얼마간 목돈이 손에 잡힐 때까지 시일을 좀 기다려보자고 노인의 심사부터 안심을 시켜두었다. 그리고 노인이 제법 마음을 놓은 표정을 보고 서울로 돌아온 그였었다. 허풍을 섞어서라도 약속을 하지 않을 수 없던 처지였다. 정말로 그런 목돈이 손에 잡힐 날이 올지 어떨지는 알 수 없었지만, 그때로선 제민의 심경 역시 어떻게 해서든 선산이라도 다시 찾아놓은 다음에 마음 놓고 노인이 눈을 감게 해드리고 싶은 것이 거짓 없는 진심이었다.

하지만 그 뒤로 도대체 그의 처지라는 게 어떻게 되어왔던가.

긴 말을 할 필요도 없었다. 그는 진심으로 노인에게 선산을 되돌려 갖게 되기를 바랐다. 그리고 그것을 위해 돈을 좀 모아보자는 노력도 기울였다. 그것은 물론 학교를 졸업하고 어떤 잡지사 기자 노릇을 시작하면서부터의 일이었지만, 어쨌거나 노인에 대한 약속을 잊지 않고 그것을 실현시켜볼 노력을 기울였던 건 사실이었다. 하지만 결과가 늘 마음 같지 않았다. 그는 선산을 돌려받을 만한 진짜 목돈을 쥐어야만 노인을 찾아갈 수 있었다. 대학을 졸업하고 2년을 더 기다렸으나 일은 여전히 뜻 같지 않았다. 노인을 실망시킬 소식 같은 건 전하고 싶은 생각도 없었다. 노인을 찾아볼 기회만 자꾸 늦어지고 있었다. 노인 쪽에서도 물론 소식이 있을 리 없었다. 노인이 어디로 또 몸을 옮겼는지 어쨌는지도 알 수 없었다. 노인에 대한 그의 약속은 뒤늦게나마 노인을 자주 찾아뵙기라도 해야겠다던 결심마저 깡그리 허사로 만들어버렸다.
　제민이 다시 노인을 찾아 고향길을 나선 것은 노인에게 그 소중스런 약속을 지니게 한 지 4년이 훨씬 더 흐른 다음의 어느 해 가을이었다.

　버스가 다시 한 번 뿌연 먼지를 일으키며 초등학교 담벼락 곁을 달려 들어오고 있었다. 눈에 익은 얼굴은 아직도 길을 스쳐 갈 기미가 안 보였다.
　길고 먼 여름 해도 이젠 어지간히 열기가 기울고 있었다.
　이젠 더 이상 어찌할 도리가 없을 것 같았다. 무작정 기다리고만 앉아 있다간 남의 술청에 눌러붙어 밤까지 새우게 될 판이었다. 순서를 바꾸는 수밖에 없었다.
　제민은 마침내 자리를 일어섰다. 그러고는 여태도 아직 술청 구석 탁자에 기대어 조을조을 파리를 쫓고 앉아 있는 아낙에게 술값을 치르고 천천히 가게 문을 나섰다.
　노인의 행방을 알 수 없다면 해 있을 때 먼저 참나뭇골이라도 다녀오는 게 좋을 것 같았다. 그는 그 참나뭇골의 산길 쪽으로 발길을 재촉하기 시작했다. 선산을 넘겨 사간 참나뭇골의 새 산주인 영감을 만나보기 위해서였다. 차에서 내려 노인을 찾아본 다음 새 산주인을 만나보려던 것이 그의 애초 계획이었다. 노인의 행방을 찾아낼 수 없다면 산주인을 먼저 만나 노인의 집터부터 결판을 내놓는 것도 방법일 수 있었다. 노인을 먼저 만난대도 다음엔 어차피 서둘러 찾아봐야 할 사람이었다. 이번에는 무슨 수로든지 그를 만나 노인의 집터 문제를 결판내야 하였다. 참나뭇골을 찾아가보면 노인의 행방도 알아볼 길이 생길 수 있었다.

그는 해 지기 전에 참나뭇골을 들어서기 위해 발길을 더욱 다잡아대기 시작했다.

하니까 그 선산을 두고 노인에게 다짐한 제민의 약속은 4년 뒤에 그가 다시 노인을 찾아갔을 때도 여전히 실현 불능의 숙제로 남아 있었다. 그것은 사실 어쩔 수가 없는 일이었다. 그 4년 뒤에 갑자기 그가 고향 마을을 찾게 된 것도 노인과의 약속 때문이 아니었다.

그해 가을 추석 전날의 오후였다. 어물어물 퇴근을 미적거리고 있는 그에게 느닷없이 한 통의 전보가 배달되어 왔다.

─형 사망. 장례 완료.

장례까지 모두 끝내놓고 띄운 전보였지만, 어쨌거나 그가 아무 마련도 없이 고향 차를 탄 것은 그 한 장의 전보 때문이었다. 제민이 그 전보를 받고 형이란 사람이 마지막까지 술을 마셨다는 마을을 찾아가보니 아닌 게 아니라 그는 훨씬 전에 벌써 매장 일까지 깨끗이 끝이 난 다음이었다.

집과 논밭과 선산까지 모두 팔아 마신 형은 동네 아이들에게 술단지와 소주병을 지워 강물가를 찾아다니며 약을 풀어 장어를 잡고, 그 장어를 강가에서 끓여 술을 마시다가, 마침내는 그 술값마저 더 이상 마련할 길이 없게 되자 자신이 가지고 있던 마지막 장어 약을 털어 마시고 강물가에서 숨을 거둬가고 말았다는 거였다. 어째서 그에겐 형의 자살을 곧바로 알리지 않았느냐니까, 그게 모두 노인의 고집 때문이었다고 했다. 누군가가 형이 죽었다는 소식을 노인에게 가지고 갔지만 노인은 아들의 매장도 보러 오지 않았다는 것이었다. 형의 육신을 담을 집을 지을 재목이 구하기 힘들어 당신의 집을 아들에게 주고 다음에 다시 당신의 집을 지어주겠노라 설득을 해봤으나, 노인은 절대로 당신의 집을 내놓을 수가 없노라며, 어미가 어찌 먼저 간 자식 놈의 집까지 마련해줘야겠느냐더라는 것이었다.

아들의 죽음에 대한 당신의 매정스런 외면은 고사하고 노인은 서울 가 있는 제민에게마저 절대로 형의 일을 알리지 말라는 비정한 당부까지 덧붙이더랬다. 제민이 형의 죽음을 보러 갔을 때도 노인은 아직 아들의 육신이 어디에 묻혀 있는지조차 찾아볼 생각을 않고 있었다. 아들의 무덤 근처를 찾아보기는커녕 노인은 처음 당신의 행방조차 아리송해진 형편이었다. 알기 쉬운 길로 제민이 형의 무덤을 먼저 찾아보고, 그리고 노인의 행방을 수소문하여 당신이 몸담고 있는 마을을 찾아가보았지만, 노인은 거기서도 벌써 자취를 감춘 지가 며칠째나 된다는 것이었다.

하지만 노인에겐 따로 갈 곳이 있을 수 없었다. 하룬가 이틀 뒤에 어슴푸레 당신의 행적을 뒤쫓아 가 노인을 만난 곳이 역시 그 참나뭇골 선산의 조상들 무덤가에서였다.

노인은 그가 돌아왔다는 소식도 모른 채 며칠 동안 어디론가 발길을 헤매고 다니다가 종당엔 다시 조상들의 동네를 찾아간 것이었다.

— 꽃이 핀들 아는가, 새가 운들 아는가. 귀가 있어 들을쏜가, 입이 있어 말할쏜가.

그날도 노인은 말 없는 그 조상들 원망으로 한숨과 눈물이 마르던 참이었다.

— 어리석고 못난 자식, 집이 없던가 산이 없던가. 제집 살림 다 없애고 개미 새끼도 돌볼 이 없는 남의 땅을 뉘라서 쫓겨 가 묻혀 누우랬던가.

노인의 푸념 속에는 이제 형에 대한 원망까지 새로 더해져 있었다. 당신의 배를 앓아 낳은 자식인데 가산을 다 팔아 마시고 간 혼령인들 어찌 정을 지울 수 있느냐는 것이었다. 제 손으로 산을 팔아버린 허물로 제 육신도 조상들의 산발치에 묻히지 못한 못난 자식에 대한 푸념이었다. 남의 땅에 집터를 잡아야 할 당신 자신의 사후에 대한 불안스럽고 서글픈 신세 한탄이었다.

노인에 대한 약속을 실현해주지 못하고 있던 제민으로서는 참으로 견디기 민망한 푸념이었다. 하지만 노인은 이제 그런 아들에 대해선 별로 기대를 남기고 있지 않은 눈치였다.

"산주인 영감을 만나 사정을 했었더니라. 이 늙은것 하나 선산 발치에 묻히게 해주시라고…… 그렇게 해줘야 늙은것이 맘을 놓고 눈을 감겠다고……"

노인은 이윽고 그를 끌고 조상들의 무덤 맨 발치께로 내려가더니 거기 양지바른 잔디밭 한구석에 자리를 잡고 차분히 주저앉았다. 그리고 벌써부터 당신의 터를 자주 찾아와 익혀둔 듯 아늑한 표정이 되며 말을 이어갔다.

"남의 땅에 뼈를 묻고 누워 자리가 어디 편할까 보냐마는 그래도 그 영감 마음이 넓어 내 집터 한 자린 눈감아 떼어 넘겨주겠다는구나."

선산만은 어떻게든지 다시 찾아내겠노라, 노인에게 어떻게든지 남의 땅 아닌 당신 선산에 뼈를 묻게 해드리겠노라— 노인을 위해 다시 한 번 그는 그런 다짐을 되풀이하지 않을 수 없었다. 노인은 물론 그런 다짐에 새삼스런 기대를 지녀주지 않았었다.

하지만 그는 알고 있었다. 노인은 그에게 희망을 지니지 않은 게 아니었다. 그는 누구보다 자신에 대한 노인의 말 없는 기대를 알고 있었다. 노인을 혼자 두고 떠나기가 뭣해 이제부터 그와 함께 서울로 가서 살재도 그를 위해 그럴 수가 없다던 노인이었다.

— 박복한 년의 팔자가 마지막 남은 자식의 신세마저 그르쳐놔서야 될 일이냐.

노인은 당신의 팔자가 드세어 자식의 팔자를 모두 그르친 것 같다며, 하나 남은 아들에게 어찌 여생을 함께하고 싶은 소망이 없을까마는, 그렇게 되었다간 당신의 드센 팔자가 어떻게 또 남은 아들의 운세를 꺾어놓을지 모른다는 핑계로 한사코 동행을 사양하고 만 것이다.

— 너나 가서 잘살거라. 오래가지도 않을 목숨 난 여기서 그럭저럭 기다리다 눈을 감으면 그만 아니냐.

남은 아들만은 잘살게 되기를 바라왔고, 또 잘살고 있으리라 믿고 있는 노인이었다. 그의 형이 한 사발의 술과 마지막 장어 약을 먹었을 때마저 그에게는 절대 소식을 알리지 말랬다던 노인이었다. 가버린 사람은 가버린 사람, 남은 아들에게까지 쓸데없는 괴로움을 주지 않으려던 노인이었다. 그리고 언젠가는 그가 노인에게 마음이라도 늘 편히 지니고 지내시라니까, 마음 편하게 안 가질 일이 아무것도 없지만, 치렁치렁 이삭을 출렁이며 지고 가는 볏단 등짐만 보면 가슴이 울렁울렁 힘대로 논밭일 하던 시절 일이 되살아오더라며, 은근히 논밭 장만에 대한 당신의 소망을 내비치다 말고 그의 눈치를 살피던 노인이었다.

당신 자신만 미리 조심을 해주면 가릴 것 없이 잘살아가고 있는 아들인 셈이었다. 그리고 제 생각만 있으면 선산이나 논밭쯤 언제라도 다시 되물려낼 능력을 지닌 자랑스런 아들이었다. 선산을 되찾아주겠다는 아들의 장담을 외면할 리 없는 노인이었다. 아들이 당장 약속을 실현해 보이지 않았을지라도 언젠가는 결국 그렇게 해주기를 바라고 있을 것이 분명한 노인이었다. 노인은 뭐래도 아들이 되찾아낸 선산 땅에 당신의 뼈를 묻고 싶은 것이었다. 사실은 바로 그의 귀향길이 이토록 다시 늦어진 것도 그 점이 너무 분명했기 때문이었다.

서울로 돌아오자 이번에도 그는 그 일부터 우선 매듭을 지으려 맘먹었다. 산을 되찾아내자면 무엇보다 그만한 돈을 꾸리는 일이 필요했다.

하지만 그의 사정은 늘 그만한 마련조차도 아직 쉬운 일이 아니었다. 하루 이틀이 한달 두달이 되고 한달 두달이 다시 한해 두해가 되도록 사정이 전혀 달라지질 못했다. 그는 언제나 주변머리 없는 잡지사 기자였고, 1년에 한두 번쯤 일요판 신문 구석에 실린 몇 줄짜리 시행(詩行) 앞에 자신의 이름이 박혀 나온 것으로 위안을 삼는 초라한 시인일 뿐이었다. 돈 마련이 미처 안 되었노라는 못난 변명을 노인에게 전해드릴 수도 없었다. 그런 소리는 아들에 대한 노인의 미더움마저 저버릴 위험이 있었다. 노인에겐 그저 아들이 좀 분주해서, 신문에까지 가끔 이름이 오르내리는 사람이라, 바쁜 사람이 일에 바빠 틈을 낼 수 없어 그러거니, 당신의 그 자랑스런 신뢰감이라도 즐길 수 있도록 내버려둬야 했다.

그는 노인에게 편지를 쓰지 않았다. 돈 마련만 끝나면 노인을 직접 찾아가 뵈리라. 1년 2년 시일이 흐르다 보니 변명만 자주 쉬워지고 그 쉬운 변명만 실없이 늘어갔다. 노인에 대한 죄스러움도 세월 따라 덜해갔다. 종내는 노인 쪽에서 먼저 그를 향한 기대가 스스로 허물어져나가기를 은근히 바랐을 정도였다.

하지만 그는 노인의 소망을 끝내 외면해버릴 수는 없었다. 더 이상 소식을 끊고 지낼 수도 없었다. 어느 날 그는 문득 선산 일에 대한 얘기는 일언반구도 없는 천연스런 문안 편지를 노인에게 올려보았다. 노인에게선 이렇다 저렇다 소식이 되돌아오지 않았다. 다음번엔 노인과 형수와 조카들이 몸을 의탁하고 지낼 만한 동네마다 글을 띄워보았으나 그도 번번이 허사였다. 어렸을 적 마을 친구 쪽에다 사정을 알아보려고 했지만, 그쪽도 역시 마찬가지였다. 그러자 그는 비로소 생각이 미쳐왔다. 노인의 노여움이 이만저만 깊어진 게 아닌 것 같은 느낌이 들기 시작했다. 노인의 노여움을 더 이상 모른 척하고 있을 수가 없었다. 어떻게든 이번에는 당신의 집터 일을 매듭지어드리지 않을 수 없는 처지였다. 그렇게 해서 서둘러 내려온 5년 만의 고향이었다.

 그러니까 이젠 노인의 연세가 여든도 몇 해 남기지 않고 계시던 가……?
 길가엔 어느새 서늘한 산그늘이 내리고 있었지만 발길을 서두르는 바람에 이마에선 찐득찐득 땀줄기가 흘러내렸다. 그는 마치 이 날 하루를 위해 일부러 그 5년을 기다렸던 사람처럼 갈수록 마음이 조급해지고 있었다. 그리고 그 허둥대는 걸음걸이를 참나뭇골까지의 산길을 반 너머가량 꺾어 들 무렵이었다.
 그는 마침내 참나뭇골 동네 쪽에서 면소 쪽으로 길을 거슬러 나오는 첫번째 사람을 마주치게 되었다. 길을 거슬러 나오던 사람은 면소 쪽 상점 동네로 막물 참외를 팔러 나가던 팽나무 아랫집 윤 과부 아주머니였다.
 "고향도 잊으셨소, 노모도 잊으셨소. 고향 동네 찾는 길이 어찌 그리 더디시오."
 집을 팔아 없애고 나선 한 번도 참나뭇골 동네를 찾은 일이 없었던 터라, 윤 과부 아주머니는 제민을 알아보자 금세 눈물을 글썽이며 시골 아낙들 특유의 흥허물 없는 수다부터 늘어놓았다. 머리에 떠이고 있는 자신의 외광주리도, 그리고 전에는 그리 말거래조차 많지 못하던 그렇고 그런 한동네 이웃 간이었을 뿐이라는 것도 아랑곳을 안 했다.
 하지만 제민은 그 윤 과부로부터 뜻밖에 고마운 소식 한 가지를 얻어낼 수 있었다.

"식구들 말씀이오. 식구들은 이제 다 참나뭇골로 돌아와 살고 있지라우. 형수님이랑 조카들이랑 모두 참나뭇골로 돌아와서 말이오예."

흩어진 식구들에 관한 소식을 알려준 것이었다. 노인의 행방을 묻는 말에도 윤 과부는,

"노인도 이제 옛 고향 동네로 돌아와 편히 쉬고 계시지라우."

노인도 이제 참나뭇골로 돌아와 있다는 것이었다. 그러고 나서 윤 과부는 다시,

"하지만 노인 양반을 만나 뵐라면 산으로 먼저 가봐얄 게라요. 노인네가 전부터 늘 찾아 올라가 계시던 당신네 옛날 선산 쪽 말이오예."

친절하게 노인이 가 있을 만한 곳까지 일러주었다.

윤 과부를 헤어져 보내고 난 제민은 그래서 이번엔 다시 발길을 옛날 선산 쪽으로 휘어 잡기 시작했다. 아직도 노인은 조상들의 무덤과 당신의 집터 근처만 맴돌고 있는 모양이었다. 그리고 그 집터가 마음 놓고 뼈를 묻고 당신의 땅이 될 날이 오기를 고대하며, 그 땅을 지키면서, 그를 기다려온 모양이었다. 어슴푸레나마 이젠 이미 그에 대한 노인의 소망이 허물어졌기를 바랐던 그의 기대는 너무도 어리석었음이 분명했다.

어쨌거나 노인의 행방이 확인된 이상 이젠 산주인 영감보다 노인을 먼저 찾아가보아야 했다. 마을로 돌아와 함께 살고 있다는 형수나 조카들을 보는 것은 나중나중 문제였다.

선산길은 참나뭇골로 들어가는 고개에서 오른쪽으로 다시 샛길을 꺾어 들어 골짜기를 하나 건넌 곳이었다.
　―어머니, 이젠 제가 왔으니 안심하십시오. 선산을 되찾으러 제가 왔습니다. 이번엔 제가 산을 되찾아놓고 가겠습니다.
　그는 새삼스레 다시 가슴이 뛰어오름을 느끼며 부지런히 발길을 재촉했다.
　―노인을 뵙고 나면 그 일부터 우선 안심을 시켜드려야 한다. 노인을 안심시켜놓은 다음 어떻게든지 새 산주인 영감을 만나서 사정을 해보자. 어차피 노인의 집터 한 자리를 눈을 감아주겠노란다던 영감님이 아니던가. 간곡한 말로 설득을 하면 이해를 못할 사람은 아니리라…… 가엾은 제 노친네 사정을 어르신네께서 좀 살펴주십시오. 어르신께서는 어차피 제 노친네 집터를 주신 분이 아니십니까. 노친네가 편히 눈을 감고 가실 수 있도록, 노친네가 당신 땅에다 맘 놓고 당신의 뼈를 묻는다고 편안히 눈을 감고 가실 수 있도록, 그때까지만 다시 저희 땅이 된 걸로 해주십시오. 그걸 구실로 산을 다시 넘보자는 건 절대 아닙니다. 아무쪼록 그런 염려는 마시구요. 전 사실 그럴 염치도 능력도 없는 놈입니다. 어르신께서 제 노친네를 위해 그때까지만 좀 눈을 감아주신다면 그 은혜는 평생토록 잊지 않겠습니다……
　그는 드디어 산그늘이 짙게 깔려 내려오는 골짜기 길을 들어서고 있었다. 골짜기 건너 선산 터가 눈 안에 멀리 들어오기 시작했다.
　하지만 알 수 없는 일이 있었다. 노인의 모습이 보이지 않았다. 산그늘이 덮여 내려와 그런지, 선산 터나 그 근방 일대에선 노인의 모습 같은 걸 찾아낼 수가 없었다. 발길을 재촉해나가며 노인이 언젠가 당신의 집터로 자리를 얻어놓았다던 그 선산발치께의 풀밭 근처를 살펴봐도 역시 마찬가지였다. 멀리서부터 노인의 모습이 가물가물 떠올라 보여야 할 산비탈께에는 머리가 하얗게 세었을 당신의 형적 대신 웬 조그만 둔덕 같은 것이 하나 새로 거뭇이 돋아 올라와 있었다.

새삼스럽게 다시 가슴이 내려앉았다. 불길한 예감이 턱밑까지 치받쳐 올랐다. 그는 그것을 확인해볼 틈도 없이 허둥지둥 정신없이 골짜기를 치달려 올라갔다.

— 그럴 리가…… 설마 하면 그럴 리가……

급한 발걸음으로 그가 순식간에 골짜기를 달려 올라 선산발치께까지 당도했을 때였다. 그리고 그 노인의 집터 자리에 거뭇하게 돋아 올라온 둔덕 같은 것이 그의 첫 예감대로 누군가의 육신과 혼령을 함께 잠재우고 있는 새 무덤이라는 걸 알아차리고 났을 때였다. 그것으로 그만 그의 소망과 조심스런 계획들은 모든 것이 일시에 부질없는 것이 되고 말았다. 전엔 없었던 새 무덤은—, 당신의 소망대로 언젠가 노인이 새로 지어간 당신의 마지막 집터임은 물어볼 여지도 없는 일이었다.

— 노인도 이젠 옛 고향 동네로 돌아와 편히 쉬고 계시지라우. 하지만 노인 양반을 만나 뵐라면 산으로 먼저 가봐얄 게라요.

어쩐지 무얼 숨기는 사람처럼 과장 섞인 몸짓으로 수다를 늘어놓던 윤 과부 아주머니의 말소리가 새삼 귓청을 울려왔다. 그리고 그 노인의 소식을 전하고 나서 죄라도 지은 사람처럼 허겁지겁 길을 비켜 가면서도 혼자서 끌끌 혀를 차대며 한 번 더 근심스런 뒷눈길을 보내오던 그녀의 거동들이 불현듯 다시 눈앞에 떠올랐다.
 ─그래서 그녀가 눈물을 보였던 것을. 그래서 노인에게선 그토록 소식이 없었던 것을.
 형이란 사람이 죽었을 때도 그에겐 소식을 못 알리게 했다는 노인이었다. 잘나고 잘난 서울의 아들에게 당신의 일을 알리게 했을 리가 없는 노인이었다. 노인을 만나려면 산으로 가라던 윤 과부 아주머니의 말을 그토록 헛듣고 있었던 자신을 생각하니, 불시에 전신의 힘이 다 빠져나간 듯 머릿속이 아득해왔다.
 ─하지만, 아아 그렇다면 나는 이제 무엇인가. 나는 이제 노인을 위해 산주인을 만날 일조차 없어지고 만 것인가. 그나마도 노인은 지레 나를 기다릴 수가 없었더란 말인가.
 그는 그 말 없는 노인의 집터 앞에 자꾸만 힘없이 허물어져 내리려는 사지를 버티고 서서 언제까지나 그 뜻 없는 원망만 되씹고 있었다.
 조로롱 조롱…… 어디선가 저녁 산새 울음소리가 그늘진 나뭇가지들 사이를 누비고 있었다. 노인의 손길이 그친 선산 터 한구석에 무성히 자란 엉겅퀴 한 포기가 자줏빛 꽃망울을 탐스럽게 빼어 물고 있었다. 하지만 새소리도 꽃망울도 이제 그에겐 모두가 부질없고 허무할 뿐이었다.
 꽃이 핀들 아는가, 새가 운들 아는가……
 꽃이 피고 새가 울어도 이제 그 귓가에 쟁쟁하던 노인의 소리는 다시 들려오지 않았다. 하지만 부질없고 허무한 것이 새소리나 꽃빛뿐이랴. 노인은 이제 당신의 그 잘난 아들이 당신의 곁에 당신을 속이려 왔다 눈물짓고 서 있는 것도 알아보지 못하는 것을.

(『독서생활』 1976년 9월호)

* 작가 주(註):「새가 운들」을 쓴 이듬해 아내와 함께 시골집 어머니를 찾아가 그 새벽길의 뒷이야기를 듣고「눈길」을 다시 썼으니,「새가 운들」은「눈길」의 밑작품인 셈이다.

별을 기르는 아이

 진용이 녀석은 내가 놈을 처음 만났을 때부터 자기는 지금 누나를 찾고 있다고 말했었다.
 녀석은 첫인상부터가 영락없는 장괴집 통돌이 부스러기였다.
 내가 녀석을 처음 만난 것은 지난여름, 그러니까 그 북창동의 명물 밀가루 골목에서였다. 북창동의 밀가루 골목은 새벽부터 늘 서울 일대의 장괴집 꾼대들이 아침 물건을 해 가는 곳이었다. 하루치 장사 물건을 해 가는 길에 맘에 드는 통돌이를 낚아 가곤 하는 것도 그 밀가루 골목에서의 중요한 행사다.
 이를테면 그 밀가루 골목은 장안의 장괴집 일손을 팔고 사는 사람 시장과 한가지인 곳이었다. 사고 팔릴 사람 간의 거래를 도맡아주는 거간꾼도 있는 곳이었다.
 하지만 그 밀가루 골목의 거래를 통해서 정식으로 일손이 사고 팔리는 것은 거간꾼에게 미리 자기 경력을 신고해놓고서 근처 소주 가게나 다방 같은 데서 점잖게 면담 주문을 기다리고 앉아 있는 조리사급 꼰대들 정도였다.

짬뽕통 둘러메고 이집 저집 골목 달음질이나 쳐대야 하는 우리 또래 통돌이 나부랭이들은 거간꾼에게 경력을 신고할 필요도 없었고, 경험만큼 값을 정해가면서 정식 거래가 이루어져본 일도 없었다.

어차피 보수 같은 건 기대 바깥이었고, 세끼 주림이나 제대로 때울 수 있는 곳이면 어디고 족해할밖에 없는 한심스런 녀석들이었다. 우리는 그저 쓰레기처럼 골목 안에 모여 줄 비슷한 걸 만들고 서 있으면 그만이었다.

그러면 아침 물건을 하러 나온 장괴집 꼰대들이 그 줄이나 차례 같은 건 별로 상관하는 일도 없이 아무나 제 맘에 드는 놈부터 하나씩 점을 찍어 낚아 갔다.

7백 원짜리 잡채밥을 길바닥에 쏟아붓고 간밤 사이에 가게를 쫓겨났거나 1천 2백 원짜리 탕수육값을 받아 오던 참에 제 발로 길을 휘어버린 녀석들도 으레껏 다시 그 수월스런 낚시꾼을 만나기 위해 날마다 새벽부터 그 북창동의 밀가루 골목으로 모여들어와 줄을 만들어 서곤 하였다.

나로 말하더라도 사실은 일찍부터 그 차가운 새벽 별빛 아래 고픈 뱃가죽을 쫄쫄거리며 그곳을 드나드는 것으로 이 서울이란 도회와 도회지살이의 요령을 익혀온 몸이었다.

그날 아침도 나는 예정 없이 일찍부터 그 밀가루 골목 안을 서성대고 있었다. 전날 저녁 시구문 밖 신당동의 한 장괴네 가게에서 엉겁결에 잔소리가 되게 심한 손님의 멱살을 끌어 쥐어버렸기 때문이다.

　골목 안엔 말하자면 나같이 그렇게 참을성이 모자란 녀석들이 벌써부터 제법 줄 비슷한 것을 만들기 시작하고 있었다. 하늘엔 아직 새벽 별빛조차 다 스러지지 않은 이른 아침이었다.

　그때 녀석이 시경 쪽에서 밀가루 골목으로 모습을 디밀어 온 것이었다. 기름때가 반지르르한 녀석의 옷매무새나 얼굴 모습이 한눈에도 영락없는 통돌이 나부랭이였다. 야간 차로 방금 서울역을 내려 흘러들었거나 남대문시장 안의 이발 학원 같은 데서 머리를 뜯기고 쫓겨 나온 얼뜨기들보다는 녀석의 표정이나 거동이 훨씬 더 똘똘하고 다부진 데가 있어 보였다.

　어떻게 보면 대갈통에 비듬도 아직 덜 벗은 놈이 세상을 너무 이리저리 굴러먹어서 일찍부터 사람이 되긴 영 글러버린 구제 불능의 문제아 같은 구석이 있어 보이기까지 했다.

　—외롭고 슬프면 하늘만 바라보면서……

　바지 주머니에다 두 손을 쑥 집어넣고서 녀석은 그 난쟁이 뭐 기럭지만큼밖에 되지 않는 조그만 키를 마치도 힘이 빠져가는 팽이처럼 건들건들 내둘러대면서 묘하게 건방진 모습으로 우리의 그 밀가루 골목을 들어서 온 것이었다. 그것도 입으로는 제법 나이가 든 어른처럼 철이 지난 유행가 가락을 해해 휘파람을 불어대면서.

　녀석은 그렇게 골목 안을 들어서고 나서도 우리가 서 있는 줄 끝으로 냉큼 자리를 끼어들려는 눈치가 안 보였다.

　녀석은 우리가 늘어서 있는 줄을 발견하자 마치 그런 일을 처음

별을 기르는 아이　235

보기라도 하는 양 대체 이런 이른 아침부터 무슨 굿을 하느라고 이 인물들이 이렇게 길다란 줄을 만들고 서 있는 중인가를 알아봐야 겠다는 듯, 갑자기 휘파람 소리를 뚝 그치면서 조심조심 우리들 곁으로 다가왔다. 그리고는 여전히 두 손을 주머니 속에 찔러 넣은 채로 그것만 알아내면 금세 다시 휘파람을 계속하며 가던 길을 가고 말 듯한 모습을 하고 서서 배짱 좋게 우리들의 꼴을 구경하고 있었다. 녀석이 아무래도 줄에 끼어 서지 않을 것처럼 보인 것은 녀석이 그처럼 그 줄의 한가운데쯤에서 시간이 갈수록 꼬리가 길게 늘어나는 데는 조금도 관심이 없는 듯이 능청스런 여유를 보이고 있었기 때문이다. 밀가루 골목을 드나들다 보면 더러는 얼굴이 익은 녀석들도 있게 마련이지만 녀석은 물론 그런 기억도 없는 놈이었다.

하기야 장괴집 위생복 입혀서 짬뽕통이라도 들려 내보내놓고 보면 그 위생복 자락으로 동네 골목은 저 혼자 먼지를 모두 쓸어 붙이고 다닐 녀석이었다. 아직은 줄을 서본 경험이 없는 놈인지도 알 수 없었다. 녀석은 정말로 무엇 때문에 아침부터 이런 너절한 줄을 짓고들 서 있는지 연유를 알고 싶은 것뿐인 것도 같았다. 그렇지 않고서야 녀석의 표정이 그토록 여유 만만하고 유쾌해 보일 수가 없었다.

"넌 뭐야?"

마침내 나는 녀석에 대한 묘한 호기심 때문에 내 쪽에서 먼저 그렇게 묻지 않을 수 없었다.

―왜 그렇게 줄들을 서 있는 거지?

내 쪽에서 묻지 않으면 녀석 쪽에서 금세 그렇게 먼저 물어올 것만 같았기 때문이다. 하지만 녀석은 나의 그 쥐어박을 듯한 소리에도 전혀 아랑곳을 안 했다.

"나 말야? 왜?"

비실비실 장난질이라도 치고 있는 표정으로 녀석은 오히려 내게 되물었다.

난 어차피 내친걸음이었다.

"그래 너 말이다. 너 말고 지금 줄을 서지 않고 있는 사람이 누가 있어. 왜 줄을 서지 않는 거야!"

나는 공연히 우락부락 녀석을 을러메는 말투가 되었다.

"줄을 서거나 말거나 왜 거기서 상관이지? 난 그냥 여기 서 있고 싶으니까 서 있는 건데, 그래서 뭐 안 된 일이라도 있어?"

쥐방울만한 것이 녀석도 지지 않고 계속 반말지거리로 버텨나가고 있었다.

"안 되긴 뭐가 안 되어? 뭘 하는 녀석이길래 줄도 서지 않고 아침부터 그렇게 천치같이 넋을 빼고 서 있느냐 이거야."

그런데 그때였다. 녀석이 갑자기 이상한 말을 했다.

"난 지금 누날 찾고 있는 거야. 하지만 그게 형씨네하고 무슨 상관이지?"

녀석은 내가 제 동갑내기라도 되는 듯 감히 형씨라는 소리까지 함부로 입에 담고 있었다. 하지만 그것은 녀석의 됨됨이 꼴로 보아 괜히 화를 낼 일도, 이상해할 일도 아니었다. 그보다도 녀석은 지금 누나를 찾고 있는 중이란다. 글쎄, 어디서 무슨 놈의 누나를?

나는 좀더 호기심이 동해오지 않을 수 없었다. 앞뒤 녀석들이 실없는 웃음소리를 킬킬거리든 말든 녀석의 속요량을 조금만 더 까뒤집어 들어가보기로 작정했다.

"누굴 찾아? 무슨 누나를 찾는다구? 너한테 누나가 있어?"

"그래, 누나가 있다."

"그래서 넌 지금 여기서 니네 누날 찾고 있단 말야? 이 밀가루 골목에서?"

"누가 여기서 누날 찾는다고 했나? 키는 커다래가지고 사람 말귀도 아직 못 알아들어…… 누날 찾아다니는 길이라고까지 말을 해줘야 하나?"

녀석은 눈 하나 깜짝하지 않고 오히려 나의 어두운 말귀를 비웃으려 들었다.

어이가 없었다. 하지만 그럴수록 나는 녀석에 대한 호기심이 더해갔다.

녀석에게 누나라는 게 있다? 그리고 놈은 지금 그 누나를 찾아다니고 있는 중이랬겠다?

뿐더러 나로서도 이젠 녀석의 입장을 조금은 짐작할 수가 있을 것 같았다.

녀석은 여태도 아직 무엇 때문에 우리가 줄을 서고 있는지를 묻고 싶은 기색을 보이지 않고 있었다. 녀석도 실상은 줄을 서고 싶어 찾아든 놈일 수 있었다. 줄을 서러 왔거나 말았거나 녀석이 지금 당장 누나를 찾고 있는 건 아니었다. 줄을 서는 걸 마다해서는 안 될 놈이었다. 우선은 이런 줄이나마 끼어들어놓고 봐야 할 처지인 게 분명했다. 녀석에게 줄을 세워줘야 했다.

"이리 와. 내 앞으로 서!"

나는 다짜고짜 녀석을 내 앞자리에다 새치기로 끌어들였다. 그리고는 공연히 목소리를 더욱 험상궂게 윽박지르는 투로 녀석을 타일렀다.

"니네 누나가 뭘 하는 사람인지, 어디 가서 네가 그 누날 찾는다는 건지 모르지만 그때까진 너도 우선은 먹고 자고 할 마련은 있어야 할 거 아닌가 말야. 그런 마련부터 해놓고서 누날 찾아도 찾는 거구, 뭣하면 또 나래도 곁에서 힘을 보태줄 수도 있는 거구……"

하니까 녀석 쪽에서도 내가 짐작한 대로 줄을 서는 걸 그리 주저하는 낌새가 아니었다.

"그냥 이렇게 줄을 서 있기만 하면 되나?"

녀석은 오히려 그래주길 기다리고 있기라도 했던 듯이 슬그머니 자리를 비집고 들어서며 한 눈을 찡긋 고맙다는 시늉까지 해 보이는 것이었다.

여전히 두 손은 바지 주머니 속에 깊숙이 찔러 넣은 채였다. 그리고서 녀석은 다시 그 옛날 유행가 가락을 나지막한 휘파람 소리로 청승맞게 읊조려대기 시작했다.

─외롭고 슬프면 하늘만 바라보면서

　밤거리의 뒷골목을……

놀라운 것은 녀석이 그렇게 슬그머니 새치기를 해 들고 나서도 끝끝내 그 녀석의 누나라는 사람에 대한 나의 궁금증은 더 이상 아랑곳을 않고 만 점이었다.

누나를 찾는 일을 도울 수 있을지도 모른다는 나의 제안을 녀석은 아예 들은 체도 않고 있었다. 누나를 찾아줄 수 있거나 말거나 자리만 끼어들고 섰으면 그런 건 이제 상관이 없다는 식이었다. 나의 속셈을 같잖게 여기고 있거나 제 누나의 이야기를 더 이상 입에 올리고 싶지가 않기 때문일 터이었다.

하고 보면 녀석의 그 누나 이야기 따윈 처음부터 놈이 꾸며댄 멀쩡한 거짓말일 수도 있었다. 나는 어슴푸레 녀석에게 내가 속아 넘어가고 있는지도 모른다는 생각마저 들어왔다.

하지만 이젠 나로서도 거기서는 더 이상 녀석의 마음속을 따져 들어가볼 여유가 없었다. 이젠 바야흐로 그 낚시질이 한창 활발하게 벌어지고 있기 때문이었다. 장거리를 보아 가던 장괴집 꾼대들이 그사이에 벌써 줄 앞쪽을 상당히 잘라 가버려 사람들은 한층 줄어들고 있었다.

어쨌거나 녀석을 우선 한 집으로 데려가놓고 볼 일이었다. 녀석에게 진짜로 누나라는 게 있는지 없는지, 그리고 누나가 있다는 게 사실이라면 고게 지금 어디서 무얼 하고 있는 물건 단지인지는 녀석을 곁에 놓고 지내다 보면 저절로 다 알게 될 일이었다.

한데다가 나로서는 그리 달갑게 여겨지지가 않는 낚시꾼 한 사람이 어느새 벌써 놈을 노리고 녀석 앞으로 눈길을 바싹 들이대 오고 있었다. 녀석의 똘똘한 모습에 구미가 제법 꼬여 들고 있음에 틀림없는 그 늙은 장괴는 전부터 이 밀가루 골목에선 얼굴이 너무 알려진 위인이었다. 어느 동네에서 어떤 규모의 가게를 벌이고 있는지는 알 수가 없었다.

하지만 그건 물어볼 필요도 없는 일이었다. 밀가루 골목을 드나들며 별나게 자주 통돌이 낚시질을 해 가는 곳이라면 알아보나 마나 처지가 뻔한 곳이었다. 주인의 성미가 못돼먹어서든지 장사가 시원칠 못해서든지, 애새끼들이 오래 견디질 못해 자주 도망을 빼게 되는 곳인 것만은 어쨌든 분명했다. 그리고 그런 집 꼰대들일수록 밀가루 골목 출입이 뻔질나게 잦을 것은 두말할 필요가 없는 일이었다. 그런 집엘 낚여 가는 것은 피해두는 것이 현명했다.

"이리 와!"

나는 우선 녀석의 옷깃을 끌어당겨 작자의 눈길부터 슬그머니 피해 달아났다. 그리고는 줄 뒤쪽으로 일부러 차례를 늦춰 들어가 서 있다가 사람이 좀 헐거워 보이는 한 중년 사내와 나 나름대로의 차분한 거래를 시작했다.

이번에는 녀석 쪽이 아니라 내게다 먼저 눈독을 들이고 다가오는 초면의 낚시꾼이었다.

"야 너 이리 나와! 나하고 가자!"

사내는 나의 의사를 묻기도 전에 이미 혼자 마음을 작정해버린 듯 줄 곁으로 다가서자마자 냅다 나의 팔소매부터 끌어당겼다. 어차피 낚시질을 당해 가는 몸, 특별히 인상만 나쁘지 않다면 나 역시 굳이 마다할 처지가 아니었다.

하지만 이날만은 나에게도 좀 양해를 얻어내야 할 일이 있었다.

"똘마니가 하나 있는데요."

녀석의 팔소매를 붙잡은 채 엉거주춤 줄을 반쯤만 빠져나오다 만 자세로 나는 사내에게 조급히 말했다. 나 역시 녀석의 생각은 묻지도 않고 사내 쪽 사정부터 먼저 알고 싶었던 것이다.

"똘마니라니, 이 애 말야?"

나와 함께 팔을 반쯤 끌려 나와 있는 녀석을 사내가 잠시 신통찮은 눈초리로 훑어보고 있었다.

"그래요. 제 동생이에요."

나는 사내에게 다시 엉겁결에 말했다.

엉겁결에나마 사내에게 녀석을 나의 동생이라고 말한 것은 녀석을 내게 껴붙여서 두 사람을 함께 데려가달라는 은근스런 부탁의 뜻에서였다.

사내는 아무래도 마음이 선뜻 내키지 않는다는 듯 다시 한 번 녀석 쪽을 내려다보며 나에게 물어왔다.

"뭐, 동생? 그래 녀석도 일을 할 수 있나?"

"그걸 말이라고 읊으세요. 자식! 배달 하난 왔다지요 뭐. 지금까지도 죽 함께 일을 해왔는걸요."

나는 거침없이 대답해주었다. 처음부터 사람이 좀 헐거운 인상이더니 어쩌면 일이 생각보다 쉽게 풀려갈 것 같은 느낌이 들기도 했다. 녀석도 나와 함께 사내를 따라가는 것이 싫지는 않았던지, 내가 그렇게 뻔한 거짓말을 하고 있는데도 모르는 척 곁에서 그냥 입을 다물고 있었다.

내 일은 네가 다 알아서 처리해달라는 듯 녀석은 그저 그 휘파람을 불어댈 때처럼 얼굴 표정만 더욱더 야무지게 꾸미고 서 있을 뿐이었다.

사내가 그러고 있는 녀석을 한참이나 더 유심히 훑어보고 나더니 비로소 작정이 내려진 듯 호쾌한 목소리로 말했다.
"그래 좋다. 두 놈이래도 상관없지. 자식, 우동 국물 통에만 빠지지 않는다면 얼굴은 제법 똘똘해 보이니까 말야."
진용은 그러니까 처음엔 그렇게 만나 그런 경로로 해서 나와 함께 한집에서 일을 하게 된 녀석이었다.
녀석의 그 묘하게 어른스럽고 여유 만만한 태도 때문이었다. 그리고 녀석이 그 누나를 찾고 있다는 소리가 그 후부터 내가 줄곧 녀석을 함께 데리고 다니게 한 알짜 이유였다.
어쨌거나 묘하게 능글맞고 징그러운 대목이 많은 녀석이었다. 하지만 바로 그 능글맞고 징그러운 녀석의 못된 데가 더욱더 나와는 통할 만한 대목이 많은 녀석이었다.
"임마, 알겠지만 이제부턴 날 보고 형이라고 불러야 해?"
그날 아침 강남 쪽에 있는 장괴집까지 차를 타고 오면서 앞자리에 앉은 주인 사내가 듣지 않도록 내가 슬쩍 그렇게 말했을 때도 놈은 그저 네 좋을 대로 하라는 듯 다시 한 번 눈짓을 찡긋해 보였을 정도의 그런 녀석이었다.

녀석과 나의 첫번 인연은 그렇게 시작되었고, 우리들의 영동 시절이 시작되자 나는 비로소 그 녀석의 누나라는 물건 단지에 대한 연구를 본격적으로 착수해 들어갈 수가 있었다.
녀석에게 정말로 그 누나라는 산 물건 단지가 있는 건가 없는 건가, 누나가 있다는 게 사실이라면 나이는 도대체 몇 살쯤 먹었으며 어디서 지금 무얼 하는 아가씬가...... 나는 영동 지역의 장괴집 화남관에서 진용이 놈과 함께 일을 하며 녀석의 그 누나라는 사람에 대해 꽤나 많은 공상들을 즐기고 있었다.

　녀석에게 누나가 있다면 정말로 나는 녀석을 도와 녀석과 함께 그녀를 찾아볼 작정이었다.

　누나라는 소리처럼 부드럽고 따뜻하고 부르기 좋은 말이 있을 수 있는가. 그리고 그 남의 누나에 대한 상상처럼 공연히 혼자 호기심이 뻗치고 마음을 설레게 하는 일이 있을 수 있는가. 진용은 사실이거나 아니거나 그에게 누나라는 살아 있는 요술 단지가 있다는 말만으로도 충분히 나의 친절과 보살핌을 누릴 만한 가치가 있는 놈이었다.

　그리고 놈은 그 누나라는 것으로 하여 어느새 나와는 전혀 다른 귀한 손과 살갗과 생각을 가진 인간으로 변해버린 것 같았고, 나는 반대로 그를 더욱더 알뜰하게 위해주지 않으면 안 될 비천한 처지의 인간이 되어버린 것같이도 느껴졌다.

　녀석에게 누나가 있다면 무슨 수를 써서라도 녀석에게 그녀를 찾게 해주리라. 그리고 그녀의 감사를 받으리라…… 일부러 말을 하지 않더라도 진용이 놈을 내가 여태까지 동생으로 돌봐왔고 그녀를 찾는 데도 나의 보살핌과 도움이 없었으면 엄두를 낼 수조차 없었음을 그녀 스스로 깨닫게 해줄 방법이 있으리라. 그러면 그녀는 더욱더 감격해서 고마워하고 그녀와 나는 그 일 한 가지만으로도 곧 허물이 없는 사이가 되고 말리라…… 가능하면 그녀는 나보다도 나이가 두 살쯤만 더 먹은 여자였으면 좋으련만. 그리고 아직은 누구와도 무슨 연애질 같은 걸 해보지 않은 알짜배기 처녀 회사원쯤 되었으면 좋으련만. 아니 그녀가 아직 사내 냄새를 좋아할 줄 모르는 숫처녀이기만 하다면 회사원이 못 되더라도 상관이 없겠지. 그야 물론 점심때마다 장괴집만 찾아들어 곱빼기 짜장면을 시켜 먹고 나가는 화장품 회사 외무 사원이나 공업단지 수출 공장의 여자 공원, 거기다 좀더 욕심을 부리자면 요즘에 그 동네마다 들어서기 시작한 슈퍼마켓 판매원이나 전화국 교환양 아가씨쯤만 되어준다면 더 바랄 일이 없을 터이지만, 그게 아니라면 그저 시내버스 차장 아가씨나 미용실 심부름꾼 정도라도 나로서는 섭섭해할 바가 아니었다.

어쨌거나 그런 건 우선 녀석의 누나를 찾아놓기부터 하고 볼 일이었다.

하지만 진용이 녀석은 도대체 분명한 말이 없었다. 정말로 누나가 있는 건지 없는 건지 녀석의 태도로는 갈피를 잡을 수 없었다.

"니가 왜 성화를 떨지? 우리 누난 내가 찾고 있는 거야. 누나를 찾든 못 찾든 그건 다 내 일이란 말야."

궁금하다 못해 넌지시 이야기를 좀 붙여볼라치면 녀석은 언제나 그렇게 애매한 소리로 의뭉을 떨고 나서기 일쑤였다. 누나라는 사람과는 도대체 어떤 식으로 헤어지게 되었으며, 녀석은 또 지금까지 어디서 어떤 식으로 지내왔고, 누나를 찾기 위해서 어떤 일을 해왔느냐는 따위의 물음에 대해서도 녀석은 한사코 그 애어른 같은 묘한 웃음으로 사람만 잔뜩 무안하게 만들어버리곤 하였다.

"이 녀석아. 자식이 지금 누날 찾아내서 니네 매부가 되고 싶어 그러는 거 아니냐. 속이 타죽겠다는데, 뉘 좋고 매부 좋자는 일 사정 좀 들어줘보거라 이 녀석아!"

이젠 이미 둘 사이가 형제간이 아니라는 사실을 알고 있는 주인 아저씨까지도 녀석과 나 사이의 일을 실없이 재미있어하는 판이었다.

하지만 녀석이 아직도 그 누나인지 도깨빈지 누군가 사람을 한 사람 찾아다니고 있는 것만은 어쨌든 사실인 것 같았다.

첫째로, 나는 언젠가 녀석이 안주머니 속에다 늘 깊이 접어 숨기고 다니던 편지 봉투 하나를 몰래 꺼내본 일이 있었다. 녀석이 깊이 잠든 사이에 슬쩍 꺼내보고 다시 제자리에 쑤셔 박아놓은 그 노란색 편지 봉투 한쪽에 아마 편지를 보낸 쪽 직장 주소가 분명해 보이는 영등포의 한 사이다 공장 이름과 '박순금'이라는 여자애 이름 석 자가 개발새발로 그려져 있었다.

봉투의 다른 한쪽은 주소나 이름이 똑같이 녀석의 주머니 속에서 닳고 닳아 박 누군가 하는 성자 한 자만이 겨우 글자 모양을 알아볼 수 있을 뿐 그 박 자 아래 쓰인 사람의 이름은 형체조차 알아볼 수가 없게 되어 있었다.

하지만 나는 이제 그 닳아빠진 편지 봉투 하나만으로도 그간의 사정을 대략 다 짐작할 수가 있을 것 같았다.

진용에게 정말 누나가 있다면, 녀석의 성도 박가인 것으로 미루어 편지를 보낸 영등포 사이다 공장의 박순금이 녀석의 누나일시 분명했다. 그리고 그 박순금이란 계집아이가 박 누군가 하는 사람이 살고 있는 고향 집으로 띄워 보낸 편지 봉투에서 녀석이 주소를 따 들고 누나를 찾아 올라온 게 분명했다.

그런데 어째서 녀석은 주소를 가지고도 누나를 찾아가질 않는 것일까. 사이다 공장으로 누나를 찾아가지 않고 엉뚱한 데로만 빙빙 서울 구석을 굴러다니고 있는 것일까.

사정을 전혀 짐작할 수 없는 건 아니었다. 녀석의 누나라는 사람이 이미 다른 곳으로 직장을 옮겨 가버리고 없었거나 직장을 옮기지 않고 있다 하더라도 친절하게 사람을 찾아내다 만나게 해준 사람이 없었기 때문일 수도 있었다. 아니면 그 박순금이란 여자애는 실상 녀석의 친누나가 아니라, 그저 먼 일가뻘 정도나 되는 계집애로 녀석을 만나기를 달가워하지 않고 있는 때문일 수도 있었다.

어느 경우이거나 간에 나는 우선 그 사이다 공장을 찾아가 박순금이라는 계집애를 한번 만나볼 필요가 있다고 생각했다. 그래서 정말로 녀석도 모르게 혼자서 공장을 찾아간 일까지 있었다. 순전히 내 힘으로 녀석에게 누나를 찾아줄 수 있을지도 모른다는 기대는 아무도 그 박순금이라는 계집애를 알고 있는 사람이 없다는 바람에 허탕이 되고 말았지만, 그러나 그것으로 녀석의 일을 아주 단념해버릴 정도는 아니었다.

녀석에겐 분명 찾고 있는 사람이 있었다. 그리고 그것이 거의 확실해진 이상은 녀석을 너무 조급하게 다그쳐댈 일도 아니었다. 시간을 두고 천천히 녀석의 속을 떠봐야 했다. 녀석의 속셈이 드러난 다음에 공장을 한 번 더 찾아가본다 해도 시간이 늦을 리는 없었다. 녀석의 편지 봉투를 훔쳐본 사실이나 혼자서 공장을 찾아간 사실 따윌 녀석 앞에 섣불리 실토해놓았다간 녀석의 반발심만 돋우어놓기 십상이었다.

나는 침착하게 기다리기로 했다.

그러지 않아도 녀석에겐 또 한 가지 사람을 찾고 있음에 분명한 낌새가 드러나고 있는 참이었다. 녀석이 누군가 사람을 찾고 있음에 분명해 보이는 두번째 증거는 바로 그 우리 화남관 근처에 넓은 아파트촌이 널려 있는 것을 녀석이 무척이나 흡족해하고 있다는 점이었다.

장괴집 통돌이 신세치고 가게 부근에 아파트가 널려 있는 걸 반가워하는 놈은 드물었다. 아파트촌엔 지나다니는 사람도 많고 주문도 많기 때문이었다. 해만 좀 설핏해지면 고만고만한 식모 계집애들의 시장 나들이가 별스럽게 빈번했다. 평소에도 가게 앞을 지나거나 가게 음식을 즐겨 사 먹고 가는 사람들이 유독 많은 것도 이 아파트촌이었다. 주문을 받아 배달을 나가는 데도 유독 더 창피하고 평가옥보다 힘이 드는 곳이 아파트촌이었다. 아파트촌은 골목도 없는 넓은 길에 계단도 또 허리가 부러지게 높은 곳이 많기 때문이다.

보는 사람은 그저 생각 없이 지나쳐 가는지 모르지만 돼지기름 번지르르한 위생복 걸치고 들통 속 국물 쏟기지 않게 조심조심 길거리를 뛰어다녀야 하는 통돌이 노릇처럼 치사스럽게 뒤통수 뜨거운 일도 흔하지 않을 것이다.

하지만 진용이 놈은 사람들 눈도 많고 주문도 많은 아파트촌에 오히려 더 신바람이 이는 낌새였다.

그걸 보면 녀석은 역시 그 사이다 공장을 찾아갔다가 허탕을 치고 와서, 이젠 아예 서울 천지를 구석구석 돌멩이처럼 굴러다니면서 누나의 행방을 찾아다니고 있는 건지도 알 수 없는 노릇이었다.

녀석은 가게 안에서 음식 그릇을 나르거나 주문 치 배달을 나다니는 길이거나 언제나 그 지나가는 여자들을 눈여겨 살피고 있는 낌새가 분명했다. 어떤 때는 우동 국물이 식지 않게 배달을 뛰어가다가도 지나가는 식모 계집아이의 뒷모습에 홀린 듯 넋을 잃고 서 있을 적도 있었다.

그렇다고 녀석의 그 누나라는 사람이 반드시 누구네 집 식순이급 계집애쯤 되리라는 소리는 물론 아니다. 아파트촌을 드나드는 여자들이 모조리 다 식순이들일 수만은 없는 일이고, 또한 음식을 주문해다 먹는 사람들이 그런 계집아이들일 수도 없는 일이기 때문이다. 내 말은 그저 녀석의 누나도 그렇게 녀석이 관심을 가지고 눈여겨 살피는 계집아이들 중의 하나일 수도 있으리라는, 그러기가 쉬우리라는, 그러나저러나 내겐 별로 상관이 될 수 없는 일이라는 말일 뿐인 것이다.

그것은 어쨌거나, 그 아파트촌에 고만고만한 계집아이들이 많다는 것은 무엇보다도 녀석을 위해 다행스런 일이었다. 녀석이 아파트 배달을 싫어하지 않는 것도 바로 그 아파트촌에 들끓고 있는 계집아이들 때문인 것만은 분명했다.

하기야 아파트 배달을 다니다 보면 누구나 뜻밖의 횡재를 만나는 수가 더러는 있었다. 남자 여자 둘이서 몰래 숨어 음식을 시켜다 먹을 때 말이다. 하지만 진용이 녀석이 방울쥐 새끼처럼 신바람이 나서 아파트 배달을 혼자 도맡아 다니는 것은 그런 횡재의 기회를 노려서는 물론 아니었다.

"뭐 좋은 거 봤어? 왜 샐샐 웃어, 쬐끄만 새끼가……"

피곤한 줄도 모르고 샐샐 웃으면서 가게 문을 들어서는 녀석의 대갈통을 한 대 되게 쥐어박아주고 나도 녀석은 되레,

"그래 좋은 거 봤다. 늙은이하고 처녀 아이가 빨개벗고 앉아서 발쌈하고 있더라."

그쯤 세상 물정은 자기도 다 안다는 듯 천연스럽게 그 애어른 같은 웃음을 샐샐거리는 것이었다. 그리고는 아무렇지 않게 다시 여자들을 만나러 다음 배달 치 들통을 메고 나서는 것이었다.

진용이 녀석이 좀 우울해지거나 어린애다워 보이는 것은 오히려 녀석이 두 손을 바지 주머니에 폭 찔러 넣고서, 외롭고 슬프면 어쩌고 하는 그 옛날 유행가 가락을 읊조리며 청승맞게 창밖을 내다보고 있을 때뿐이었다.

누나건 누구건 녀석이 사람을 찾고 있다는 것만은 어쨌든 틀림없는 사실인 것 같았다. 그리고 그 누군가를 찾는 일이 녀석에게 언제나 그렇게 지치지 않고 일을 하게 했고, 그의 얼굴에서 희희낙락 웃음기가 떠나지 않게 했고, 그리고 녀석을 그토록 늘 똘똘하고 야무져 보이게 해주고 있는 것 같았다.

하니까 녀석의 누나는 아직 찾아내질 못했더라도 우리의 화남관 시절은 그런대로 썩 재미가 있었던 편이었고, 녀석의 그 누나를 찾는 일에도 아직은 제법 밝은 희망을 품어볼 수가 있었던 것이다.

무엇보다도 나는 그런 진용이 놈으로 하여 나의 그 화남관 시절을 그런대로 제법 짭짤한 활약을 벌인 소중한 추억의 한 시절로 만든 셈이기도 하였다.

진용이 놈 덕분에 내가 화남관에서 누릴 수 있었던 첫번째 이득은 이제 내겐 주문 치 배달을 나다닐 일이 훨씬 줄어진 것이었다. 주문 배달은 녀석이 거의 혼자서 도맡아 나다녔기 때문이었다. 더러는 손이 모자라 녀석만 기다리고 앉아 있을 수가 없을 때도 있었지만, 대개는 그저 녀석이 배달을 끝내고 온 집을 뒤쫓아 가 식대나 수금해 오면 그만이었다.

하지만 녀석 덕분에 땡을 잡은 것은 그뿐만이 아니었다. 알속을 차리기로만 말한다면 나의 화남관 시절을 더욱 보람 있게 만든 두번째 활약거리가 있었다.

진용이 화남관을 오고 나서 다행스럽게 여기고 있는 것은 가게 근처에 아파트촌이 널려 있는 것 외에도 가게에서 몇 참만 걸어가면 영동 지구를 드나드는 시내버스 종점이 한 곳 널찍하게 들어서 있는 점이었다.

버스 종점엔 물론 여차장들이 쉬고 자는 합숙소가 마련되어 있어서 언제나 고만고만한 차장 계집애들이 주위에 들끓고 있었다. 비번 날을 맞은 애들이 떼거리로 가게까지 몰려와선 엄청나게 매상을 올려주고 가는 일도 있었고, 때로는 밤이 잔뜩 늦은 시간에까지 저네들 합숙소로 군만두를 몇 접시씩(차순이들은 특히 식초 친 간장에다 군만두 찍어 먹기를 좋아했다) 시켜 들여가는 일도 있었다. 와서 먹거나 가져다 먹거나 어차피 차장 계집애들과 얼굴을 마주할 기회가 많아졌다.

진용이 놈에겐 그게 또한 즐거운 일이었다.

녀석은 그 차장 계집애들에게도 언제나 즐겁게 시중을 들고 다녔다. 계집애들이 진을 치고 들어앉은 방을 드나들고 가랑이에서 누린내가 나도록 합숙소를 쫓아다니고…… 그러면서 녀석은 그 계집애들 사이에서도 늘 혹시나 하는 눈초리로 누군가를 찾고 있는 낌새였다.

허름한 옷매무새에도 불구하고 언제나 즐거운 듯 웃음기가 사라지지 않고 있는 녀석의 얼굴 인상과 나이나 키에 비해 훨씬 더 다부지고 똘똘해 보이는 거동새 때문이었는지 차장 계집애들 사이에서도 녀석은 이미 상당한 호감과 귀여움을 사고 있는 꼴새였다.

그것은, 즉 녀석의 그러한 점이 바로 나로 하여금 그가 그의 누나를 찾는 데 스스로 돕고 싶은 마음이 생기도록 하는 하늘의 도움을 타고난 놈이라는 말이다.

나는 녀석의 그런 점 때문에 언제나 녀석의 일을 즐거이 도와줄 수가 있었다. 그리고 녀석을 위한 일이라면 나 역시도 그 여차장 합숙소 배달쯤은 사양을 하고 싶은 생각이 없었다.

나의 두번째 활약은 바로 거기서 이루어진 것이었다.

합숙소 배달을 나갔다가 방문 근처를 가보면 계집애들은 대개 옷을 벗은 채로 지내는 일이 많았다.

어떤 애들은 젖가리개와 팬티만 꿰차고 말 새끼처럼 실내를 아무렇게나 뛰어다니고, 어떤 애들은 아예 온몸을 담요 자락에 둘둘 말아 감고서 시들시들 방바닥을 뒹굴고 있기도 했다. 가슴에다 젖가리개만 걸고 있는 년들은 버스 회사 가운을 입고 길거리를 짓까불고 다닐 때와는 달리 그 가슴들이 너무도 단단하고 어마어마해 보여서 갑자기 숨길이 다 막혀오는 것 같을 때가 있었다.

얇고 좁은 천 조각 사이로 허연 살덩이가 꾸역꾸역 삐어져 나오고 있는 엉덩이살을 코앞에 보게 될 때도 나의 느낌은 대략 늘 그런 식이었다. 사실은 그게 내겐 무엇보다도 화가 나는 일이었지만 그런 차순이란 년들은 그런 모습을 하고서도 내 앞에선 전혀 부끄러워할 줄을 모르는 것이었다.

"어머! 작은 꼬마가 오지 않고 오늘은 왜 커다란 애가 왔니? 숙녀들 부끄럽게."

어느 날 내가 녀석의 눈치를 알아차리고 일부러 그 합숙소 배달을 자청해 나갔을 때였다. 그날도 물론 진용이 녀석일 줄로만 알고 무심히 문을 열어주던 계집애 하나가 짐짓 그렇게 놀라는 시늉을 해 보였다.

하지만 그건 진짜로 나를 부끄러워하거나 놀라서가 아니었다.

"얜 부끄럽긴 뭐가 부끄럽다고 그리 호들갑이니? 아직 꼬치에 보리가시도 돋지 않은 앨 가지구서."

일부러 좀 얼굴을 붉히는 척하고 서 있는 나를 두고 다른 계집애 하나가 금세 면전 무안을 주고 나섰다.

"아니다 얜! 쟤 좀 봐라. 코밑이 시컴시컴한 게 그것도 벌써 나고 남았겠다 얘."

"얘, 너 정말로 그거 났니? 그거 났으면 그 꼬치에 이런 소리 듣는 귓구멍도 뚫렸을라, 에그 징그러."

말들은 그렇게 하면서도 터놓고 사람을 놀려대는 수작들이 나 같은 건 아예 사람 취급을 않고 있는 꼴들이었다. 진용이 녀석쯤 되고 보면 년들은 숫제 그것까지 꺼내보라고 했거나, 손거름이라도 주어 내보냈을지 모를 일이었다.

어쨌거나 나로서는 오히려 그편이 다행이었다. 년들이 다 그런 식이고 보면 내 쪽에서도 합숙소를 드나들기가 훨씬 떳떳할 수밖에 없었다.

년들이 사내 꼭지 취급을 하거나 말거나 내 편에서만 알속을 차리면 그만이었다. 합숙소를 드나들며 맘 놓고 눈요기를 즐길 수 있으면 그만이었다. 가끔 아랫배가 땡겨와서 컴컴한 화장실 구석에 틀어박혀 혼자서 진땀을 흘려대야 할 때도 이제는 그 계집년들의 엉덩짝과 덜렁거리는 젖가슴을 금세 떠올려볼 수가 있어서 일이 훨씬 수월하고 아기자기했다.

합숙소를 드나들기 시작하면서부터는 짜장면 두 그릇 시켜놓고 무작정 시간을 버티고 앉아 있는 바람둥이들 옆방에서 칸막이 귀퉁이에 비밀로 뚫어놓은 눈구멍을 몰래 엿들여다볼 일도 드물어졌고, 아파트 수금 나갈 때면 입 맞추는 법을 가르쳐주는 척하다가 갑자기 나오지도 않은 젖꼭지를 빨려대려 덤비는 나이 먹은 식모 아주머니들의 성화를 두려워할 필요도 없어졌다. 합숙소를 드나드는 일은 꺼림칙한 뒷맛을 남기지 않으면서도 심신을 더욱 아늑한 몸살기 같은 것으로 달콤하고 취하게 만들었다.

그런 가운데서도 특히 곽순애라는, 키가 좀 땅따름하고 얼굴엔 곰보기까지 꽤 삼삼한 계집아이 한 애로부터는 별나게 심심찮은 기미가 느껴져온 일마저 많았다.

나이가 스무 살도 더 넘었을 듯한 순애는 바로 그 웃도는 나이가 쑥스러워선지, 또는 콩멍석 위에라도 엎으러졌다 나온 듯한 그 곰보 자국 얼굴 모습 때문인지, 주위에 별로 가까운 친구가 없는 아가씨였다.

하면서도 이 아가씬 웬일로 그 가게 출입이 누구보다 빈번했다. 매일같이 혼자 가게를 찾아와서는 말없이 스적스적 매상을 올려주고 돌아갔다. 그렇다고 그녀가 무슨 다른 합숙소 아이들보다 군것질을 별나게 좋아하는 편도 아니었다. 순애 역시 다른 계집아이들처럼 정해놓고 그 군만두가 십구번통이었지만, 그녀는 그 군만두 한 접시를 깨끗이 다 비워내는 일이 드물었다. 벙어리 밀가루빵에다 물김치만 마시고 지내는 진용이 놈이 주방 뒤에서 늘 그녀가 남기고 간 만두 접시를 소제해내곤 했지만, 어쨌거나 그녀는 그렇게 그리 군것질을 좋아하는 편이 아니면서도 가게 출입만은 매일같이 빠지는 일이 드물었다.

그러다 어느 날은 그녀가 무심결인 듯이 말을 했다.

"애, 넌 언제 쉬는 날도 없니?"

하더니 며칠 뒤엔가는 다시 조용한 독방을 한 칸 차지하고 앉아 있다가 만두 접시를 방 안으로 들이밀고 나오려는 나를 얼핏 불러세웠다. 그리고는 누가 볼세라 재빠른 동작으로 자기의 가슴팍께를 들춰내더니, 뜻밖에 두툼한 대학 노트 두 권과 볼펜 묶음 한 다스를 코앞에까지 불쑥 내밀어왔다.

"우습게 생각하지 마. 널더러 공불 좀 해보라구 이러는 거야. 사람은 뭐니 뭐니 해도 배워야 하는 거니까. 아는 것이 힘이라는 말도 있잖니? 틈이 있으면 너네들도 공부를 해야 해. 학교에서 돈 내고 배우는 것만 공분 줄 아니? 일을 하면서라도 틈나는 대로 신문도 읽고, 신문에 나오는 한문자를 써보기도 하구 말야. 그게 다 피가 되고 살이 되는 귀한 공부가 되는 거야. 너도 언제까지 이런 데서 중국집 뽀이 노릇만 하고 지낼 수는 없을 거 아니니. 그래서 오늘은 내가……"

더듬더듬 말을 하면서 저 혼자 괜히 얼굴색이 붉어지고 있던 그녀였다. 곰보 자국의 계집애 얼굴이 그런대로 제법 끌리는 데가 있어 보인 것도 그때가 내겐 처음 있는 일이었다.

사실을 말하자면 그래서 나는 아마, 장괴집 꼰대들이 그 신문 들여다보는 것을 무엇보다 싫어한다는 걸 모르고 있었더라면, 그리고 그 신문을 자주 들여다보다가 진짜로 그 알량한 일자리까지 쫓겨날 뻔한 생생한 경험이 없었더라면, 정말로 그 간절한 충고를 따라볼 생각이 들었을지도 몰랐다.

하지만 나는 물론 그럴 수는 없었다. 뿐더러 그녀가 불쑥 그런 충고를 해온 것도 반드시 내게 공부라는 걸 시키고 싶은 목적에서는 아니었을 터이었다.

그쯤 하면 그 순애의 진짜 속마음은 묻지 않아도 알조였다. 순애는 실상 내가 항상 동생이라 우기고 다니는 진용이 놈이 진짜 나의 동생인가 아닌가를 알고 싶어졌다든가, 그런저런 이야기들을 구실로 하여 다른 합숙소 애들보다 나를 먼저 가까이해보고 싶어진 것이 분명했다. 뭣하면 그 비번 날 같은 때 남산 구경이라도 함께 가자고 꼬시고 싶은 심사가 역력했다.

나는 그녀의 그런 속마음만 곱게 알아줄 수 있으면 그만이었다. 그녀가 내게 약을 써온 노트 따위는 진용이 놈에게나 되물려주는 것이 오히려 양심적인 도리였다. 그래서 나는 이날 밤으로 곧 나의 그 양심적인 도리를 진용이 놈에게 어김없이 베풀어주게 된 것이었다. 그녀가 내게 약을 쓰면서 덧붙여온 간절한 그 충고의 말까지 그대로 모두 고스란히 놈에게 되풀이를 해주면서 말이다.

"야, 너 공부라는 거 좀 해볼 염사 없니? 마르고 닳도록 장괴집 통돌이 노릇이나 하다 말 생각이 아니라면 말야. 아는 것이 힘이다, 너? 그리고 그 뭐 공부라는 것이 꼭 학교에 가서 돈 주고 배우는 것만 공분 줄 아니? 틈 있을 때 가끔 신문 같은 것도 들여다보고 한문자 같은 것도 한 자 한 자 써보고 하면 그게 다 피가 되고 살이 되는 찌개백반 인생 공부가 되는 거다, 너?"

그랬더니 이번에는 순애의 속마음이 좀더 노골적으로 드러났다.

"누나 같은 사람이 생각해주면 고분고분 좀 따라 해보지 않구서…… 내가 행여 절 해롭게 할 사람일까 봐!"

자기의 선물을 진용에게 다시 되물림해버린 사실을 알고 난 그녀가 나를 은근히 나무란 소리였다.

누나 같은 사람이라— 그게 결국은 그녀가 내게 하고 싶은 소리였다. 아니 순애는 그 누나 같은 사람으로서가 아니라 벌써부터 어물쩡하고 누나 행세를 하고 있는 턱이었다.

내가 느네 누나가 되어주면 안 되겠니?

원망스럽게 나를 바라보고 있는 그녀의 눈길도 그런 소리를 내게 다시 다짐해 묻고 있는 게 분명해 보였다.

나 역시도 미상불 싫을 수만은 없는 일이었다. 나에게 그 진용의 누나라는 사람을 찾아줄 일만 없었더라면, 그녀는 기어코 내

힘으로 찾아줘야 한다는 결심이 신통치가 않았더라면, 거기서 그냥 나의 속마음도 그녀에게 함께 내보이고 말았을는지 모른다. 하지만 나는 더 소중한 나의 책임이 있었다. 녀석의 누나를 찾아주는 일이 아무래도 그 순애의 일보다는 훨씬 더 나의 마음이 당기는 일이었다.

섣부른 비밀 같은 걸 만들려 했다간 진용이 놈 일에 형다운 위신을 잃게 될 수도 있었고, 합숙소 계집아이들 사이에서도 재미없는 비웃음을 사게 될 염려가 있었다. 하지만 사실은 그녀의 그 별 볼일 없는 곰보 자국 얼굴이 그때처럼 무슨 매력 같은 걸 다시 느끼게 해온 일도 없었다.

우선은 그저 싫지 않은 빚을 진 기분으로 의젓하게 지내는 수밖에 다른 도리가 없었다. 그리고 그런 식으로 그녀에게 남몰래 어떤 은밀한 빚을 숨기고 있는 듯한 나의 기분이란 것도 미상불 그렇게 싫은 것만은 아니었다.

모두가 진용을 위해주려는 나의 활약 가운데서 얻어진 당연한 봉사의 대가였다.

하지만 알 수 없는 것은 녀석이 아직도 그 합숙소 차장 계집애들에겐 자기 누나에 관한 이야기를 입 밖에도 내보이지 않고 있다는 점이었다. 녀석은 혼자서 그렇게 눈치만 살피고 다닐 뿐 계집애들에게 사정을 털어놓고 도움을 청하고 나서본 일은 없었던 게 분명했다. 합숙소 계집애들은 아직도 녀석의 일을 알지 못하고 있었고, 녀석도 년들에겐 그 이상 별다른 기대를 걸지 않고 있는 낌새였.

어찌 보면 녀석은 이제 차차 그 누나를 찾는 일을 단념해가고 있는 것 같기도 했다. 그래서 나는 이번 일도 내친김에 내가 녀석을 대신해 나서는 수밖에 없다고 생각했다.

"진용인 참으로 불쌍한 아이예요. 그 앤 지금 즈네 누날 찾아다니고 있는 거라구요."

어느 날 저녁 마침내 나는 합숙소를 나간 김에 나를 둘러싸고 나온 계집애들을 향해 별러오던 말을 꺼내기 시작했다.

계집애들은 처음 나의 말은 곧이조차 들으려 하질 않았다.

"애, 여기 드나들면서 우리 옷 벗은 거 못 보게 하진 않을 테니 괜한 아일 팔려고 들지 마라, 애. 걔가 왜 누날 찾니? 누날 찾고 있다면 왜 걔가 그런 말을 하지 않니? 왜 네가 그런 말을 대신하고 있는 거니, 괜히―"

말도 다 꺼내기 전에 눈치 빠른 척 콧방귀부터 뀌고 나섰다.

하지만 나는 정말로 내가 놈을 돕지 않으면 안 된다는 걸 알고 있으며, 나 혼자의 힘만이 아니라 댁에들도 다 함께 힘을 보태주는 것이 도리에 맞는 일이라고, 할 수 있는 데까지 녀석의 보호자다운 의젓한 말투로, 그리고 조금은 침통하고 걱정스럽고 안타까운 목소리로 년들에 대한 설득을 계속해나갔다.

"녀석에겐 분명히 누나가 있어요. 난 그걸 알고 있다 이거요. 지금까지도 난 녀석하고 그 지네 누날 찾아온 거요. 내가 놈을 동생처럼 데리고 다니며 돌보고 있는 것도 녀석에게 그 누나를 찾아주기 위해서라 이거요. 녀석이 지네 누날 찾는 날까지는 앞으로도 계속 녀석을 데리고 다니면서 돌보아줄 결심이구요. 녀석은 이제 진짜 동기간이나 다름이 없으니까요. 댁에들도 진용이 놈 처지에 동정이 가거들랑 녀석을 나서서 도와야 할 거요. 유감스런 일이지만 그게 댁에들도 사람의 도리가 되는 거고 진용일 조금은 귀여워해주는 길이 될 거요. 댁에들도 아마 고향 집엔 진용이 또래의 동기간이 한둘씩 있을 거 아니오? 난 특히 그 점을 강조해두고 싶다 이거요……"

 순애가 어디서 나를 몰래 지켜보고 있으리라는 생각 때문이었는지, 그래서 그녀가 제풀에 자존심이 상해서 놀라 나자빠지게 해주고 싶어서였는지, 뜻밖에 말이 입에서 술술 잘도 풀려나갔다. 내가 생각해도 그렇게 의젓하고 사리에 맞는 말들일 수가 없었다. 이야길 해나가는 동안은 나도 모르게 거짓말이 조금씩 섞이고 있는 것 같기도 했지만, 그러나 말을 다 끝내고 났을 땐 내가 괜히 쓸데없는 소리를 일부러 꾸며대고 있었다는 생각은 들지 않았다. 나의 말이 모두 어김없는 나의 진심이었던 것만 같았다. 그리고 그 나의 진심에 스스로 감격이 되어 얼굴빛까지 어느새 붉게 상기되어 오르는 느낌이었다.

 ─난 특히 그 점을 강조해두고 싶다 이거요. 그 점을 강조해두고 싶다구……

 계집년들이라고 끝끝내 나의 진심을 못 알아들을 리 없었다.

 처음에는 나의 그 유식한 연설조에 놀라(제깟 년들이 그럼 언제 그렇게 멋진 연설을 들어본 일이나 있었을라구) 아쭈, 입을 삐죽이며 놀리려 들던 계집애들까지도 마침내는 제풀에 모두 눈물이 글썽해져서 도움을 자청하고 나섰을 정도였다.

 "얘, 그렇담 그 진용이 누나라는 사람은 뭘 하는 사람이니?"

"진용인 그래 어떻게 누나와 헤어졌대? 어디서 몇 살쯤 되었을 때 말야?"

"이런 데서까지 누날 찾는다면 그 아가씨도 아마 차장질 같은 걸 한대나 보지? 버스 회산 그래 몇 군데나 찾아봤니? 서울 시내만도 버스 회사가 몇십 군데나 되는데 말야!"

그러니까 내가 그때 녀석에 대해 조금만 더 자세한 사정을 설명해줄 수 있었다면, 그때부터 나는 아마도 주위의 일이 전보다 훨씬 분주해지고 말았을 터이었다. 하지만 나는 유감스럽게도 거기서 더 이상의 자세한 설명을 말해줄 수는 없었다. 내게마저 녀석이 아직 분명한 말을 털어내 보여준 적이 없었기 때문이었다.

"그런 건 댁에들이 진용이한테 직접 물어보는 게 좋을 거요. 자식이 웬만해선 말을 잘 하려고 하지 않겠지만. 자식은 괜히 창피해하길 잘하거든요. 새끼가 정 말을 하지 않으려 들면 그때 가서 내가 다시 녀석을 타일러줄 수도 있는 거구요……"

어물어물 대답을 피해두는 수밖에 다른 도리가 없었다. 하지만 그 역시도 어쨌든 내가 녀석에게 그 누나라는 여자애를 찾게 해주기 위한 진정 어린 노력의 표현임엔 틀림이 없는 일이었다.

그런데 참 알 수가 없는 일이었다.

녀석이 정말 누나를 찾고 있는 건지 다시 한 번 의심을 해봐야 할 이상한 일이 생기고 말았다.

바로 그 합숙소 계집아이들에게 녀석의 일을 귀띔해주었던 날 저녁께였다.

녀석이 웬일인지 예고도 없이 훌쩍 다시 가게를 나가버린 것이었다. 저녁 어스름이 퍼지기 시작한 다음부터 모습이 보이지 않던 녀석이 밤이 한참 깊어진 다음까지도 가게를 들어설 기미가 보이지 않았다.

더 기다릴 필요도 없는 일이었다. 수금을 해 간 것이 있느냐니까 짜장면 한 그릇 값도 돈을 받아 간 것은 없다는 것이었다. 위생복 저고리까지 방구석에 벗어놓고 나간 걸로 보아 녀석 혼자서 슬그머니 가게를 옮겨 가버린 게 분명했다.

게다가 또 일이 더욱 분명해진 것은 이날 저녁 내가 그 합숙소로 마지막 배달을 나갔을 때였다.

"얘, 넌 참 보기보다 착한 애더라 얘. 진용인 있지도 않은 누님을 너 혼자서 찾아주겠다는 거니?"

"사내 녀석 마음씨가 그만하면 복 받을 만한 거지 뭐냐. 난 니 고마운 마음씨에 반해서 누나라도 되어주고 싶은데 어머니. 괜히 도깨비 같은 남의 누님이나 찾아주려고 하질 말고 말야."

합숙소 계집애들이 진심인지 농담인지 모를 소리로 나를 마구 짓주무르는 것이었다. 알고 보니 년들이 그새 진용이의 일을 캐물어봤다고. 하지만 녀석은 도대체 가타부타 분명한 대꾸가 없었다고. 분명한 대답은커녕 혼자 얼굴빛까지 붉히면서 한다는 소리가, 자기사 누님을 찾든 동생을 찾든 상관들을 말라더라는 것이었다. 진용이 정말로 누나를 찾고 있는 아이라면 그 일을 그렇게 남의 일 말하듯 할 수가 있느냐는 것이었다. 모든 게 내가 꾸며낸 헛수작이 아니냐는 것이었다.

녀석이 가게를 나간 것은 그러니까 녀석의 일이 합숙소 계집애들에게까지 알려진 때문인 것이 분명했다.

 자기 일을 불의에 합숙소 계집애들에게 알린 그것이 어째서 녀석을 그토록 못마땅하게 했는진 이유를 알 수 없었다. 그리고 녀석을 위한다는 그 노릇이 어디가 어떻게 잘못되었는지도 나로서는 끝끝내 헤아릴 수가 없었다.

 하지만 녀석이 그렇게 가게를 나간 것이 그 일에 원인이 있었던 것만은 무엇보다 분명했다.

 게다가 이젠 녀석 덕분에 나까지 그만 화남관 시절을 마감할 때가 다가와버린 꼴이었다. 녀석의 일로 해서 이제부턴 합숙소 계집애들과도 훨씬 부드러운 거래가 시작되는가 싶던 판에 녀석이 눈치도 없이 패를 몽땅 망가뜨려놓고 만 꼴이었다. 나의 진심이야 어떤 것이었든 진용 자신이 누나를 찾고 있지 않은 것처럼 행동해 보인 이상 나까지도 그 계집애들 앞엔 얼굴을 내밀고 나설 수가 없는 형편이 되고 만 것이었다.

 한데 보다 더 이해할 수 없는 것은 그렇게 내가 아쉬운 마음으로 화남관 시절을 청산하고 난 다음의 일이었다.

 순애에 대한 마음의 빚을 숙제로 남긴 채 화남관에서 혼자 마지막 밤을 새우고 난 다음 날 아침 첫차가 나오는 길로 곧 북창동 단골 밀가루 골목을 찾아들어갔을 때였다.

 뜻밖에도 나는 거기서 다시 녀석을 만나고 만 것이었다.

 ─외롭고 슬프면 하늘만 바라보면서……

 밀가루 골목에서 다음 날 아침 내가 다시 녀석을 만났을 때도 녀석은 역시 다른 아이들처럼 줄에 끼어들어서 있질 않았다. 진용은 언젠가 내가 놈을 처음 만났던 날 아침처럼 자기는 마치 줄을 설일이 없다는 듯이, 도대체 무얼 하려길래 아침부터 그리 긴 줄을 늘어뜨리고 서 있는지 호기심에 끌려 구경을 하고 있기라도 한 녀석처럼, 바지 주머니에 두 손을 처억 찔러 넣은 채, 그리고 입으로는 예의 그 청승맞은 유행가 노랫가락을 휘파람으로 홰홰 불어대면서 유유히 줄 근처를 기웃거리고 있었다.

"넌 또 왜 쫓아왔니? 난 혹시 그럴까 봐 일부러 얘기도 않고 혼자 튀었는데……"

화남관을 빠져나온 이유에 대해서는 더더구나 당연한 노릇이 아니냐는 것이었다.

"한군데 틀어박혀 지낼 몸은 아니잖아. 거긴 있을 만큼 있어봤거든."

그러면서 내가 가장 궁금하게 여기고 있던 소리를 이번에는 제 스스로 먼저 실토를 해오는 것이었다.

말하자면 녀석은 아직도 그 누님을 찾아봐야 하기 때문이라는 것이었다. 화남관 근처에선 더 이상 누님을 찾게 될 가망이 없어 보였기 때문이라는 것이었다. 그러면서 녀석은 자신의 일이 합숙소 계집애들에게 알려진 일로 해서는 아무런 유감도 지니고 있지 않은 사람처럼, 녀석이 그 나의 패까지 몽땅 다 망가뜨려놓은 일에 대해서는 입을 싹 씻어 다무는 것이었다. 그리고는 아직도 그 누나를 찾기 위해선 집을 옮길 수밖에 다른 도리가 없었노라는 것이었다.

"아직도 누날 찾고 있다면, 그럼 너한테 정말로 그 누님이란 사람이 있다는 소리야?"

아무래도 미심쩍은 것이 풀리지 않고 있는 나의 추궁에도 녀석은,

"그럼 넌 여태도 날 그저 배가 고파 장괴집 통돌이 노릇이나 하고 다니는 녀석쯤으로 알고 있었단 말야?"

오히려 눈깔에 핏발이 서서 대들고 있는 시늉이었다. 하고 보니 나는 녀석이 그 누나를 찾고 있다는 소리가 괜한 거짓말일지도 모른다는 생각을 다시 한 번 고쳐먹지 않을 수 없었다. 그리고 녀석이 정말로 그의 누나를 찾고 있는 거라면 나 역시 그런 녀석을 위해 정성과 노력을 보낼 결심을 새롭게 하지 않을 수 없었다. 첫번 날 녀석을 만났을 때처럼 놈은 언제나 너무 어리석고 천진스러워 보였으며, 그 어리석고 천진스러움이 녀석을 오히려 이상스럽게 지혜롭고 거침이 없는 애어른같이도 보이게 하고 있었기 때문이었다. 그리고 그것이 또 나를 이상스럽게 슬프고 두렵게 하고 있었기 때문이었다.

작정을 내리고 나자 이번에는 한번 그 누나라는 여자애가 모습을 스칠 법한 곳으로 녀석을 끌고 가보는 것이 좋을 것 같았다. 그녀의 모습이 스칠 법한 곳이라면 물론 언젠가 내가 녀석의 호주머니 속에서 주소를 훔쳐본 그 영등포의 사이다 공장 근처 한 곳뿐이었다.

그런데 또 진용이 놈은 내가 전에 자기 주머니 속 주소를 훔쳐본 일이나 이날의 꿍꿍이속을 조금도 눈치채지 못하고 있었는지 모른다. 아니면 혹 수상한 낌새를 벌써 다 알아채고 있으면서도 선불리 나서기가 뭣해서 그냥 시치밀 떼고 있었을 수도 있었다. 그렇

지도 않다면 또 영등포의 그 사이다 공장 주소는 녀석에게 이미 아무 상관도 없는 곳이 되어버렸기 때문일 수도 있었다.

어쨌거나 이날 녀석이 다음 일들을 모두 내게 떠맡겨버린 채 나의 결정을 군소리 없이 순순히 따라준 것은 무엇보다 고마운 일이 아닐 수 없었다.

나는 모든 일을 미리 알아서 정해나갔고 그러는 나를 녀석도 굳이 말리려 드는 기색이 없었다.

"아무래도 내가 널 좀더 돌봐줘야겠다. 니네 누님을 찾게 될 때까진 말야."

"넌 그저 나 하는 대로만 두고 보라구. 아마 이번엔 공장 쪽 같은 곳이 좋겠지. 버스 차장 합숙소 같은 곳에서 찾아질 수 있는 사람이라면 공순이네 집 근처에서도 만나게 될 가망은 있는 거니까 말야……"

녀석은 내가 그 아침 낚시꾼들을 몇 사람씩이나 제쳐내면서 일부러 그 사이다 공장 근처 사람을 기다리고 있는 낌새를 알아차린 다음까지도 전혀 무슨 아랑곳을 않으려는 태도였다.

그렇게 해서 이날 아침 해가 거의 중천까지 떠오른 다음에야 간신히 녀석과 다시 몸을 담아 간 곳이 그런대로 또 다행스럽게 그 사이다 공장을 거의 눈앞에 두다시피 한 영등포의 장괴집 동해루였다.

그런데 그 장소를 옮기고 나서 녀석에겐 다시 누나를 찾을 희망이 생기고 있었기 때문이었을까.

그렇게 보아 그런지 동해루에서의 진용은 그런대로 다시 또 생기가 넘치기 시작했다. 가정집 주문 배달은 언제나 녀석이 도맡아 나갔기 때문에 나는 도대체 그 여공들이 득실거리는 길거리론 창피한 통돌이 노릇을 나돌아다니는 일이 거의 없었다. 녀석이 그 빈 양철통을 기울여 메고서, 조그만 상체를 힘 빠진 팽이처럼 이리저리 좌우로 흔들어대면서, 게다가 또 건방지게 휘파람까지 홰홰 불어대며 골목길을 누비고 다니는 꼴을 보고 있노라면, 그리고 그러다 가끔 해질 녘 같은 때 녀석이 그 커다란 양철통을 한쪽으로 기울어 받치고 서서 공장을 파해 나가는 공순이 년들의 떼거리를 멍청하게 건너다보고 서 있는 모습이라도 만나게 되면, 나는 괜히 녀석이 가엾고 측은스런 생각이 들기도 했다

녀석은 아직도 그 누나를 찾고 있는 게 분명했다.

하면서도 녀석은 아직도 그 누나에 관한 자세한 이야기를 들려준 일은 없었다.

"아, 말을 해봐라, 니네 누나라는 사람 도대체 어디서 뭘 하는 사람이냐. 말해줘도 널 처남 삼자고 하진 않을 테니까 안심 놓고 말을 해보란 말이다."

하루는 녀석이 하도 밉살스러워서 그런 소리로 비위를 긁어줬다가 엉뚱한 봉변을 당한 일까지 있었다.

녀석은 그 소리를 듣자마자 조그만 몸뚱이가 대뜸 무서운 심술덩이로 변해버렸다. 그리고는 비호처럼 달려들어 아직도 그저 장난이려니만 여기고 있던 나의 팔뚝을 삽살개 새끼처럼 마구 짓물어놓은 것이었다.

엉겁결에 녀석을 뿌리쳐놓고 보니 나의 팔뚝엔 그새 녀석의 이

빨 자국이 서너 군데나 벌겋게 돋아 올라 있었다.

"개새끼! 나쁜 새끼! 너 같은 건 그 합숙소 기집년들 가랭이 냄새나 쫓아다녀! 너 따위가 왜 우리 누나 애긴 꺼내는 거야. 우리 누나가 대체 어떤 사람인지 알기나 해? 너 같은 게 함부로 곁에서 쳐다볼 수라도 있을 사람인 줄 알아? 우리 누나가 그래 너 같은 걸 사람으로나 쳐줄 그런 사람인지 아느냐 말이야. 내가 이런 데서 치사하게 굴러먹고 사니까 괜히 함부로 까불고 들어. 나도 우리 누나만 찾았다 하면 너 따위들하곤 아예 처지가 다른 인간이란 말이야!"

숨소리가 씩씩 턱에까지 차올라서 악에 받친 욕설을 퍼부어대고 있는 녀석의 두 눈에선 어느새 뜨거운 눈물방울까지 뚝뚝 맺혀 흐르고 있었다.

그러니까 내가 그때 녀석의 그 젖은 눈망울에서 나에 대한 어떤 깊은 원망과 두려움기 같은 것을 알아차리지 못했더라면, 제풀에 먼저 화를 내놓고 그 화를 어떻게 할지 몰라 겁을 먹고 당황해 하는 기색을 알아보지 못했더라면, 녀석은 아마 그것으로 내게 밀반죽이 되고 말았을지도 모른다.

하지만 나는 녀석의 입장을 알 수 있었다. 녀석은 내게 몹시도 겁을 먹고 있었다.

그리고 이제 그것으로 녀석이 정말 그의 누나를 찾고 있다는 것과, 그 누님을 찾는 일 때문에 녀석이 늘 쓸쓸하고 간절한 그리움 같은 걸 혼자서 몰래 견디고 살아온 녀석일 거라는 점만은 무엇보다 내게 분명해진 셈이었다.

나는 녀석을 용서할 수밖에 없었다.

"새끼, 이젠 그만 까불고 가만히 자빠져 있어! 괜히…… 그러니까 나는 그 너네 누님이란 사람을 빨리 찾아주고 싶어서 그러는 거 아냐……"

그날의 봉변은 그러니까 일단 그런 식으로 나의 너른 아량 때문에 그럭저럭 무사히 마무리가 지어진 셈이었다.

하지만 나는 이제 갈수록 녀석이 만만치가 않아 보였다. 녀석이 나를 겁 없이 보고 덤벼들었대서가 아니었다. 녀석이 나의 팔뚝을 개처럼 물어뜯어놓는 독종이라는 뜻에서만도 아니었다. 녀석은 이미 나의 속마음을 속속들이 다 짐작하고 있음이 분명했다. 짐작을 하고 있으면서도 그런 내색을 한 번도 얼굴에 드러내 보인 적이 없는 새끼였다. 자기의 누나에 관한 일은 끝끝내 내게 입을 다물고 지내고 있었다. 놈이 숨기고 있는 편지 봉투의 사연이나 거기 쓰인 박순금이란 여자애의 이름에 대해서도 더 무슨 내력 같은 걸 짚어볼 여지를 엿보이지 않고 있는 녀석이었다.

도대체 어린 녀석다운 노릇이 아니었다. 영락없는 애어른 한가지였다. 오장육부가 서너 개는 더 들어앉은 애영감이었다.

그런데도 녀석이 가게 일을 즐거워하고, 그런 일로 구질구질한 얼굴을 하고 다니지 않은 것만이라도 다행이라면 다행이랄 수 있었다.

그런데 드디어 녀석에 관한 모든 비밀이 밝혀질 날이 오고 말았다.

어느 날 저녁 무렵이었다.

이날도 녀석은 주문 배달을 나다니느라 하루 종일 모습을 찾아볼 수가 없었던 참이었다.

해가 설핏해져오자 나는 여느 날의 일과처럼 녀석이 아직 수금을 해 오지 않은 배달 치 음식값을 받아 오기 위해 가게 문을 나서던 길이었다.

일과가 끝난 여공들이 꾸역꾸역 떼를 지어 몰려나오고 있는 그 사이다 공장 정문께를 지나다가 나는 마침 그곳 길목 근처를 서성대고 있는 진용이 놈을 발견했다.

녀석은 그 커다란 배달통을 한쪽 어깻죽지가 빠져나갈 듯이 깊이 기울여 잡고서 떼거리로 밀려 나오는 공장 년들을 멍청하니 바라보고 서 있었다.

시간이 그맘때면 자주 볼 수 있는 녀석의 모습이었다. 일테면 녀석은 그러고서 누나를 찾는다는 식이었다. 녀석이 어쩌나 보려고 근처 골목 안으로 몸을 숨기고 기다려본 일도 있었지만, 그렇다고 그런 식으로 녀석이 지네 누나를 찾을 수 있는 건 물론 아니었다. 녀석은 언제나 한동안씩 그러고 몸을 한쪽으로 기웃하니 수그리고 서 있다간 어느새 다시 또 기분이 싹 뒤바뀌어 휘파람을 해해 불어대며 의기양양 가게로 돌아가버리곤 하였다.

그날도 나는 녀석이 그저 버릇으로 잠시 그러고 서 있으려니만 싶었다. 모르는 척 그냥 길을 지나쳐 가버릴 참이었다.

그런데 그때였다.

녀석한테서 갑자기 이상한 일이 일어났다. 갑자기 발작이라도 일으킨 듯 양철통을 그 자리에 팽개쳐버린 채 지금 막 공장 문을 나서고 있는 한 떼의 여공들 쪽으로 정신없이 내달아 가는 것이었다.
"누나—"
달려가는 녀석의 입에선 엉겁결이나마 분명히 그 누나라는 소리가 터져 나오고 있었다.
여공들 중의 한 여자애가 달려드는 녀석을 보고 유독히 눈을 크게 뜨며 놀라는 기미가 역력했다.
그 순간 나는 녀석이 정말로 누나를 찾게 되는가 보다고 생각했을 정도였다.
그런데 그보다 더 뜻밖인 것은 녀석의 다음 행동이었다.
일껏 누나라는 소리까지 떠지르며 내달려 가던 녀석이 여자애가 정말로 자기를 알아보는 기미를 엿보이고 돌아서자 느닷없이 다시 발길을 멈칫 머물러 서버리는 것이었다. 그리고는 무엇인가 몹시 두려운 사람이라도 대하듯 그녀를 잠시 매섭게 쏘아보고 서 있더니 순간적으로 다시 몸을 휙 돌이켜버리는 게 아닌가.
녀석이 그 배달통마저 내팽개쳐둔 채 번개같이 길모퉁이 뒤로 모습을 감춰 가버린 것은 눈 깜짝할 사이의 일이었다.
녀석이 사람을 잘못 본 것인가? 사람을 잘못 보고 창피해서 그런 꼴로 도망질을 치고 만 것인가.
나는 잠시 정신이 어리둥절해서 사태를 종잡을 수가 없었다.
그러나 녀석이 사람을 잘못 본 것은 분명 아니었다.
"진용아! 너 진용이 아냐? 거기 있어. 진용이 너 거기 좀 있어 보란 말이닷!"

아깟번에 녀석을 알아본 듯했던 여자애가 뒤늦게 녀석을 쫓아나서고 있었다. 그녀도 처음에는 녀석의 그 예기치 않은 태도에 정신이 어리둥절해져 있었던 모양이었다. 하지만 그녀가 다시 정신을 차리고 진용을 뒤쫓아 나서려 했을 때는 녀석의 모습이 이미 골목 밖을 훨씬 벗어져 나가버린 다음이었다.
　하지만 어쨌거나 그것으로 이제 녀석의 비밀은 사실이 밝혀질 때가 다가온 셈이었다.
　나는 이제 나의 주제를 부끄러워하고만 있을 수가 없었다.
　나는 녀석이 내팽개쳐두고 간 배달통을 거둬 들고서 아직도 녀석을 놓치고 애석해하고 있는 여자애 쪽으로 천천히 발길을 돌려 다가갔다.
　별로 진용이를 닮아 보이는 데는 없었으나 그녀가 바로 지금까지 내가 상상해왔고 또 마음속으로 혼자 기다려온 녀석의 누나라 해도 실망할 것은 없을 만큼 얼굴이 제법 괜찮은 아가씨였다.
　"여보세요. 댁이 혹시 진용일 아세요?"
　나는 제법 처녀티가 나는 그녀의 젖가슴 앞까지 바싹 고개를 디밀고 나서며 다짜고짜 따지듯 물었다. 일이 제법 급하게 되어 있어서 말을 쉽게 건넬 구실은 충분했다.
　그녀는 뭔가 앞뒤를 좀 따져보려는 듯 나의 옷매무새를 한동안 멀거니 건너다보고 있었다. 하더니 이내 짐작이 가는 대목이 있는 듯 차근차근 거꾸로 말을 되물어왔다.
　"그래 넌 진용이하고 같이 일하는 애니?"
　그러고 나서 잠시 후 사정을 대강 알고 나자 그녀는 곧 무슨 작정이 서는 듯 동행해 나오던 친구들을 헤어져 보내고 나서 혼자서만 다시 나에게로 돌아왔다. 그리고는 그녀들이 즐겨 드나드는 근처의 빵집으로 나를 끌고 들어갔다.

어차피 상관없는 일이었다. 이제 와서 무얼 새삼 부끄러워할 계제가 아니었다. 나는 덜렁덜렁 녀석의 배달통을 둘러멘 채 천연덕스럽게 빵집 안까지 그녀를 따라 들어갔다.

빵집에서 빵을 시켜놓고 앉아서 나와 그녀가 주고받은 얘기들도 물론 처음부터 빤히 앞뒤가 정해진 것이었다.

그녀는 물론 진용을 알고 있었고, 나에겐 다시 그녀가 모르고 있던 진용의 일을 물어왔다.

그런데 내가 그녀에게 진용의 일을 알려준 대신 그녀가 내게 들려준 얘기 가운데는 나의 예상을 뒤엎는 것이 상상 외로 많았다.

무엇보다도 우선 그녀는 내가 생각했던 것과는 달리 진용의 누나가 아니었다.

"난 진용이 누나와 한마을에서 자라서 서울도 함께 왔고 공장 일도 함께 했어."

한마디로 이름이 지영숙이라고 한다는 그녀는 진용의 진짜 누나는 아니었지만, 그러나 그 진용의 진짜 누나와는 어렸을 때부터의 한동네 친구였고, 서울에선 또 한동안 공장 일도 함께 해온 사이라서 누구보다도 그녀와 그녀의 동생인 진용에 관한 일들을 소상히 알고 있는 처지였다. 그런 그녀가 그 진용에 관한 요즘 일들을 묻고 난 뒤에 녀석과 녀석의 고향 집, 그리고 그의 진짜 누님이라는 사람에 관해서 내게 들려준 이야기는 다음과 같은 것이었다.

별을 기르는 아이

진용이네 고향은 남쪽 바닷가의 조그마한 어촌 마을이었다. 그리고 진용의 아버지는 고깃배를 타는 가난한 어부였는 데다가 진용의 어머니까지 일찍 잃고 초라한 홀아비 신세. 그래서 그 아버지가 고깃배를 타고 바다로 나가 있는 동안 진용이네 집안 살림은 진용의 세 살 손위인 누나가 혼자 도맡아 꾸려나가곤 했다는 것이다. 나이는 세 살밖에 많지 않았지만 진용에겐 그래서 그녀가 누님 겸 어머니 겸 학부모였단다. 아버지는 한 번도 진용의 남매가 다니는 학교 문을 찾아와본 일이 없었는 데 비해 진용에겐 같은 학교의 상급 학년을 다니고 있던 그의 누나가 언제나 보호자와 학부모 노릇을 대신해주었기 때문이라는 것이었다.
　그러던 진용의 누나는 진용이 아직 초등학교 5학년을 다니고 있을 때, 그러니까 그녀가 진용보다 먼저 학교를 졸업하고 나서도 꼬박 1년을 더 집안 살림만 돌보아오던 끝에, 어느 날인가는 결국 속맘이 맞은 마을 친구 하나와 소문도 없이 무정하게 서울 돈벌이를 떠나가버리고 만 것이었다.
　하지만 아는 사람 없이 무작정 뛰쳐 올라온 도회살이가 생각같이 그리 손쉬울 수는 물론 없었다. 한동안은 하루 세 때 끼니를 때우고 잠자리를 마련하기조차 힘이 벅찬 서울살이였단다.
　2년 가까이나 그런 고생을 하고 난 끝에 어떻게 간신히 자리를 얻어 들어간 곳이 지금의 그 사이다 공장— 월급이야 아직 몇 푼 되지 않았지만, 그러나 이제 두 사람은 그것으로 일단 서울을 올라온 첫번째 목표는 달성을 한 셈이었다.
　그리고 다시 1년쯤 공장 일을 계속하고 나자 월급도 그간 몇 푼씩 나아져가서 진용의 누나는 이제 가끔 그 월급에서 몇 푼씩을 떼어내어 고향 집으로 부쳐주는 일까지 있었다는 것이었다.

"그런데 아마 그 애한테는 그만 정도도 벌써 복이 넘친 일이었던가 봐."

영숙이란 아가씨는 거기서 다시 한차례 한숨을 내쉬었다.

어느 날 공장 앞길에서 자동차 사고가 있었다는 것이었다. 그리고 그게 하필 진용이 누나의 가엾고 짧은 생애를 끝내는 불행한 날이었다는 것이다.

"연락을 받고 진용이 아버지가 서울을 올라오셨어. 다행히 사고를 낸 자동차 주인이 악질이 아니어서 장례비 지불엔 말썽이 없었지. 진용 아버진 곧 자기 딸을 화장시켜 강물에 재를 뿌려버리고 말없이 혼자 고향으로 내려갔으니까. 하지만 진용 아버진 자기 딸의 목숨값으로 받아 간 돈을 몽땅 혼자 술로 마셔 없앴던가 봐."

그럭저럭 날짜가 흘러가고 영숙도 이젠 친구의 일을 웬만큼 잊어가고 있던 참인데, 사고가 있은 지 다섯 달인가 여섯 달 만에 진용이 불쑥 공장으로 그녀를 찾아 나타났더라는 것이다.

"진용 아버진 그렇게 혼자 술을 마시면서도 진용이한텐 누나의 일을 자세히 일러주질 않았던 거지 뭐야. 진용이 나타나선 지네 누날 만나러 왔다고 하지 않아. 난 대뜸 사정을 알아차렸지."

사정을 알고 나니 그녀는 차마 진용에게 사실을 말해줄 수가 없었다고 했다. 그래서 그녀는 진용의 누나가 오래전에 벌써 다른 공장으로 좋은 일자리를 구해 옮겨 간 뒤로는 자기도 소식을 알 수 없노라고 대답을 얼버무리고 말았다는 것이었다.

그리고, 그래서 진용은 아직 그 누님을 찾는다고 고향도 내려가지 않고 여태까지 서울의 구석구석을 헤매 다니고 있으리라는 것이었다.

"하지만 진용이도 아직 지네 누나가 이 서울 어딘가에 살아 있을 거라고 생각하고 있는 건 아닐 거야. 진용이도 지네 누나에게 무슨 일이 있었다는 건 짐작을 하고 있을 게 분명해. 내가 그때 말을 해줬거든. 누님을 찾을 때까진 서울을 떠나지 않겠다고 하길래, 니네 누난 이제 누구도 찾아낼 수가 없는 곳에서 살고 있을지 모른다고, 이 세상에선 이제 아무도 다시 니네 누날 찾아낼 수가 없을 거라고 말야. 그리고 진용이 굳이 이 서울에서 지네 누나를 찾겠다면 얼마 동안이라도 내가 지네 누님 대신 의지가 되어주마고 말해도 녀석은 외려 그러는 내가 더 원망스러운 듯이 눈물을 훔치며 한사코 내게서 도망을 치고 말았거든……"

이야기를 듣고 보니 나는 이제 녀석에 관한 모든 궁금증이 풀리고 있었다. 녀석에겐 이제 누님이 없었다. 녀석도 이미 그것을 알고 있었다. 녀석이 공장 앞에서 영숙을 쫓아갔다가 그길로 다시 몸을 되돌려 달아난 이유도 이미 그것을 알고 있었기 때문이었다.

녀석은 다만 아직도 그것을 믿고 싶지가 않은 것이었다. 녀석은 아직도 어디엔가 그의 누님이 살아 있기를 바라면서, 그 누님을 찾을 희망을 버리고 싶지가 않은 것이었다.

나는 비로소 녀석의 모든 것을 이해할 수 있을 것 같았다. 그리고 녀석에겐 어쩌면 그게 정말로 필요한 일인지도 모른다는 생각까지 들어왔다.

나는 마침내 그녀와 진용의 신상에 관한 몇 가지 약속을 나눠 지니고 가게로 돌아갔다.

하지만 나는 가게로 돌아오자 한 번 더 나의 바보 같은 실수를 깨달았다. 으레껏 가게로 돌아와 시치밀 떼고 있으리라 여겼던 녀석의 모습이 보이질 않았다. 가게로 돌아온 녀석이 수금 치 얼마를 들여놓고 난 다음부터는 영 모습을 볼 수가 없다는 꼰대의 말이었다. 녀석이 거기서 나를 보았던 게 분명했다. 거기서 나를 보았다면 나를 기다리고 있을 녀석이 아니었다.

하지만 나는 이제 그런 녀석 때문에 그리 걱정을 할 필요는 없었다.

다음 날 아침 일찍 나는 다시 그 북창동의 밀가루 골목을 찾아갔다. 그러나 이날은 그 밀가루 골목에서도 녀석의 모습을 볼 수가 없었다. 그것도 이미 짐작을 하고 있던 대로였다. 녀석 쪽에서도 이번에는 쉽사리 모습을 나타낼 수가 없는 사정이었다. 하지만 녀석이 아무리 영특한 꾀를 생각해낼 수 있다 해도 녀석과 나의 나이까지를 몽땅 맞바꿔놓을 수는 없었던 모양이었다.

오기와 끈기 속에 연사흘을 기다린 끝에 나는 기어코 그 밀가루 골목을 들어서는 녀석을 찾아내고 말았다. 언제나처럼 바지 주머니에 두 손을 꾹 찔러 넣고 힘 빠진 팽이처럼 건방지게 이리저리 상체를 내둘러대면서, 그리고 외롭고 슬프면 어쩌고 하는 낡은 유행가 가락을 홰홰 휘파람으로 불어대면서 녀석은 안심하고 다시 그 북창동 골목을 들어서 온 것이었다.

별을 기르는 아이

제놈은 그저 그 밀가루 골목 안에 줄을 서 있는 새끼들과는 아무 상관도 없는 것처럼, 도대체 그 이른 아침부터 웬 줄들을 서 있는 사람들이냐는 듯 지나는 길에 구경이나 좀 하고 가야겠다는 듯이 주춤주춤 멀리서부터 호기심에 찬 눈초리로 다가들고 있는 녀석의 거동새도 언제나와 똑 마찬가지였다.

줄은 왜요? 난 누날 찾고 있는 거예요―

누가 녀석에게 줄을 서라고 하면 이번에도 녀석은 또 그렇게 말을 하겠지. 하긴 녀석은 자신도 아직 그렇게 믿고 있을는지 모르니까―

녀석이 아직 나를 알아보지 못한 것 같아 나는 잠시 혼자서 그런 생각을 하면서 녀석의 거동새를 유심히 살피고 있었다. 녀석도 이젠 나를 아주 안심해버린 것인지 내게 대해선 전혀 경계를 하고 있는 눈치가 아니었다.

하지만 나는 물론 녀석을 골려주고 싶은 생각 같은 건 없었다. 그저 그런 식으로 녀석이 나를 알아볼 때까지 기다려보자는 것뿐이었다.

그러자 드디어 녀석이 나를 알아봤다.

"어? 넌 왜 또 쫓아왔어!"

줄 끝에 서 있는 나의 모습을 알아보자 녀석은 순간 몹시도 달갑잖은 경계의 빛을 드러냈다. 하지만 그것도 사실은 잠시 잠깐뿐이었다. 녀석의 표정 위로 그 낭패감과 경계의 빛이 잠깐 동안 스치고 지나가자 진용이 놈은 금세 다시 그 사이다 공장 앞에서의 일 같은 건 까맣게 잊어버린 듯 천연덕스러울 정도로 장난스런 웃음기를 씨익 하니 얼굴에 떠올리는 것이었다. 역시 진용이 놈다운 배포였다. 녀석은 언제나 그렇게 애어른 같은 구석이 많았던 놈이었다. 하지만 이제 와선 녀석의 그런 구석마저도 그리 의뭉스럽거나 징그러워 보이질 않았다.

 나는 오히려 나의 나이를 훨씬 앞질러버린 듯한 어떤 기묘하고도 맑은 지혜가 녀석의 몸 어디선가로부터 밝게 넘쳐 나오고 있는 것 같은 생각이 들었다. 그리고 그런 진용이 놈으로 하여 나까지도 이번엔 오랜만에 한번 제대로 사람 노릇을 해보고 있는 듯한 뿌듯한 느낌이 들었다. 하지만 그렇다고 나는 새삼 그러는 녀석에게 정색을 하고 나설 수는 없었다.

 녀석처럼 나도 그냥 그 실없는 웃음을 흘리면서 녀석의 목덜미를 내 앞으로 끌어당겨 세우고 나서 여전히 눙을 치듯 얼러댔다.

 "이 형님을 놔두고 너 혼자선 누님을 찾을 수가 없지 않아. 아무래도 이 형님께서 좀더 동생 놈 일을 돌봐줘야지. 자, 이번엔 그럼 또 어느 쪽을 뒤지러 간다?"

(『부산일보』1976. 11. 18~1976. 12. 9)

치자꽃 향기

 지욱은 회사를 퇴근해 나오자 예정대로 곧 근처 술집으로 찾아들어갔다.
 음력 7월 보름―, 음력 7월 보름이면 백중달이 뜨는 날이다. 날씨가 청명해서 밤이 되면 달빛이 무척 밝을 것 같다. 지욱이 그의 친구 영진을 위해 아내의 옷을 벗기기로 한 날이었다.
 일은 애당초 그 우물가의 치자꽃 때문이었다.

 아내는 처음 지욱의 주문을 무슨 실없는 장난기에서 나온 농담 정도로나 알았던지 그저 대수롭지 않게 웃어넘기려고 했었다.
 "당신도 주책이우. 당신 지금 나이가 몇인데 생각한다는 일이 기껏 그런 어린애 장난질 같은 짓뿐이우……"
 친구 영진의 딱한 사정을 위해선 아무래도 그녀의 도움이 불가피하다는 지욱의 진지한 설득에도 그녀는 차라리 어이가 없어진 듯 멍한 표정만 짓고 있었다.

 하지만 지욱은 이미 그녀의 옷을 벗기기로 단단히 결심을 하고 있었다.

 아내를 설득해내지 않으면 안 되었다.

 모두가 그 우물가의 치자꽃 향기에서 비롯된 값진 각성 때문이었다.

 지난봄—, 비좁은 시내 집을 팔아 제법 널찍한 강남 쪽 교외로 새 집을 한 칸 사들여 나왔을 때였다. 상수도 사정이 좋지 않은 집 뒤꼍 쪽에 지하수 펌프가 하나 박혀 서 있었는데, 그 펌프 우물가에 서울에선 분화초로나 볼 수 있는 남도 치자꽃나무 한 그루가 정원수로 심겨져 있었다. 겨울 일기가 따뜻한 남도 지방의 식물을 전 집주인이 잘못 정원수로 옮겨 심어놓은 모양이었다. 아니 어쩌면 전번 집주인도 그 점을 알고 있었기 때문에 일부러 햇볕이 좋은 우물 쪽에다 바람막이까지 따로 만들어가며 특별한 정성으로 나무를 가꿔왔는지 알 수 없었다. 혹은 또 남쪽 어디쯤에서 이미 꽃눈을 맺은 뒤에 그 치자나무는 이른 봄철쯤 뒤늦게 그 집 뒤뜰로 자리를 옮겨 심겨졌을 수도 있었다.

 지욱은 어쨌거나 그땐 별로 그런 일엔 큰 관심을 두지 않았었다.

 "치자나무는 남쪽에서밖엔 꽃을 피우지 않는 건데……"

 아마도 그 나무에선 꽃을 볼 수 없을 거라는 생각 때문이었던지, 지욱은 그저 그런 치자나무가 한 그루 거기 심겨져 있나 보다 하는 정도로 무심히 지나치곤 했을 따름이었다. 전번 주인이 굳이 나무를 파 가려고 하지 않은 걸 보아도 역시 꽃을 기대할 수는 없는 나무인 듯만 싶었었다.

한데 그게 오해였다. 날씨가 따뜻해지고 시일이 얼마쯤 지나다 보니 뜻밖에 그 나뭇가지들 끝에서 수많은 꽃눈이 맺혀 올라오기 시작한 것이다. 그리고 그 꽃눈들이 무럭무럭 자라나 초여름의 더위가 시작되던 6월 하순경의 어느 날 밤 마침내 그 어둠 속에서 집 안을 온통 진동시키는 꽃향기와 함께 밤 빨래처럼 새하얀 유백색의 꽃잎들을 환히 펼쳐 물기 시작한 것이었다.

그러자 지욱에게선 곧 이상한 일이 일어났다.

오랫동안 잊고 지내온 여자의 냄새가 그의 코끝에서 문득 되살아온 것이었다. 치자꽃 향기에 여자의 냄새가 묻어온 것이었다. 참으로 오랫동안 잊고 살아온 냄새였다. 아내에게서조차 까마득히 잊혀져온 냄새였다.

지욱은 그날 밤 참으로 오랜만에 다시 아내의 알몸에서 그 냄새의 정처를 찾아 헤맸다. 하지만 아내의 몸에서는 역시 냄새의 정처를 찾을 수가 없었다. 당연한 일이었다. 여자의 냄새는 치자꽃 향기 속에 살아 있을 뿐이었다. 여자의 몸이 너무 가까우면 그 몸에서는 이미 여자의 냄새가 사라지게 마련이었다. 지욱이 아내의 몸에서마저 황홀한 냄새로 그를 취하게 하던 꽃향기를 잃게 된 것은 그녀가 너무 그의 곁에 가깝게 있기 시작한 때부터였다.

지욱은 이제 그것을 알고 있었다.

"아름다운 것은 아름답게 보이는 거리가 있는 법이지."

언젠가 친구 영진이 그에게 한 말이었다. 마흔이 가깝도록 장가를 들지 않고 있던 영진이 어느 자리에선가 그 사연을 추궁당하자 자신이 장가를 들지 않는 이유가 마치 마음속에 간직하고 있는 어떤 여인의 아름다움을 다치기 싫어서이기라도 하듯이 힘들이지 않고 지껄여댄 소리였다.

지욱으로서도 제법 수긍이 가는 말이었다.

지욱은 일단 아내의 몸에서 그 치자꽃 향기를 단념했다. 잠시 동안 아내를 떠나 그녀와의 필요한 거리를 마련해보기로 결심했다. 그리고 그 아내에게서 꽃향기의 정처를, 여자의 숨은 냄새를 찾아볼 계획이었다. 아름다운 것에는 그것을 아름답게 보이게 하는 거리가 필요한 법이니까……

아내와의 거리를 만들어내는 일에 그런 소리를 지껄인 영진을 구실로 내세울 생각을 한 것은 그러니까 참으로 재미있는 인연이 아닐 수 없었다. 게다가 아내가 마침내 그의 진심을 이해해준 것 역시도 지욱으로선 더없이 행운이 아닐 수 없었다.

─이건 물론 무리한 부탁인 줄 알아요. 남의 남자 앞에 제 계집의 옷을 벗어 보이게 하고 싶은 얼간이 같은 사내가 어디 있겠소. 당신도 물론 보통 마음가짐으로는 쉽게 해낼 수 있는 일이 아닐 테구. 하지만 그 친구 사정이 하도 딱해서 그냥 모른 척하고 지낼 수가 없구려. 증세가 여간만 심각해야 말이지. 마치 약기가 떨어져가는 아편쟁이 몰골이라니까.

─그야 듣기에 따라서는 무슨 그런 망측스런 병이 다 있나 싶기도 할 게요. 나도 첨엔 그저 어이없는 헛웃음만 나왔으니까. 하지만 병이 그렇게 병 같지 않다 보니까 본인이 당하는 고통은 더욱 심각할 게 아니겠소. 어떻게 보면 여자들 입장에선 외려 가상스런

질병인지도 모를 일이지 뭐요. 여자들에 대한 동경과 아름다운 환상을 깨뜨리지 않기 위해 장가도 들지 않고 혼자 버티는 일이 여간만 고마운 일이겠소. 그게 하필 몹쓸 버릇으로 굳어진 게 흉허물이 될 수는 있겠지만, 그렇다고 이런저런 사정 다 알고 있는 나까지 모른 척해버리고 지낸다면 작자의 인생이 장차 어떻게 되겠느냐 말이오—

—어떻게든지 한 달에 한두 번은 벗은 몸을 엿봐야 견딘다지 않소. 이번엔 벌써 1년 가까이나 기회를 못 얻었다니 위인의 꼴이 어떻게 되어 지내겠소. 못된 불한당에게 담 너머 눈 도둑질을 당한 셈 치고 당신이 한번 넌지시 기회를 만들어주어 보구려. 그게 바로 내 친구 하날 살리는 일이오. 게다가 당신은 그 친구를 알지도 못한 터이니 특별히 마음에 걸릴 것도 없는 일 아니오.

아내는 마침 그 영진이란 친구를 한 번도 본 일이 없었다. 그래서 지욱은 더욱 그를 팔기가 쉬웠고, 그의 증세를 마음대로 꾸며댈 수 있었다. 지욱의 끈덕진 설득에 못 이겨 마음이 조금씩 돌아서기 시작한 아내는 그러나 여전히 기분이 썩 내키지 않는 얼굴이었다. 그렇더라도 별로 곱지도 않은 알몸을 어떻게 남의 남자 앞에 함부로 벗어 보이느냐고 그의 아내는 아직 자신의 몸매가 곱지 않음을 부끄러워하고 있었다.

아내의 몸에서 아마 그 치자꽃 향기를 잃어버린 다음부터나 그렇게 느껴진 일이겠지만, 지욱은 아닌 게 아니라 그녀의 몸매가 곱다는 생각은 할 수 없었다. 그러나 그는 그 점은 별문제가 되지 않는다고 그녀를 안심시켰다. 달빛이 내리는 날을 기다려서 그 달빛을 빌려 그것도 울타리에서부터 우물까지의 상당한 거리를 두고 행해질 일이니 그녀의 몸매가 곱고 안 곱고는 자세히 살펴질 수가 없을 거라고 설득을 계속했다. 그런 거리, 그런 달빛 아래서라면 굴곡이 다소 거친 그녀의 몸매가 오히려 아름답게 돋보일 수도 있을 거라고 그녀의 자존심을 은근히 추켜세워주기까지 했다. 그리고 친구 영진에겐 그냥 울타리 너머 어둠 속에서 눈요기만 잠시 끝내고 돌아가게 할 테니까, 지욱이 근처 술집 같은 데서 그 영진을 기다리는 동안 그녀는 굳이 누구에게 옷을 벗어 보인다는 생각으로 부끄러워할 필요도 없이 그저 약속된 시각에 여느 여인들처럼 우물가에서 잠깐 달빛을 받으며 밤 목욕을 끝내고 들어가주기만 하면 된다고 거듭 다짐을 주었다.

하니까 그녀는 무슨 마음이 들었던지 어느 날 마침내 생각을 바꾸었다. 그런 목욕이 굳이 달빛이 내리는 밤이어야 한다면 날씨가 좀더 더워진 7월쯤이 어떻겠느냐는 정도까지 마음을 훨씬 누그러뜨리고 나섰다.

하지만 그것은 지욱이 절대로 양보할 수가 없는 일이었다. 무슨 일이 있어도 그것은 그 치자꽃이 피어 있을 때라야만 했다. 그 초여름 녘의 싱그러운 달빛 속의 치자꽃 냄새만이 지욱에겐 진짜 여자의 냄새였고 아내의 냄새였다.

지욱은 영진의 딱한 사정을 빌려 막판 설득을 계속했다. 그리고 그렇듯 간곡한 설득 끝에 그의 아내는 결국 그 '남편의 불행한 친구를 위해' 마지못해, 그러나 사실 어찌 보면 뜻밖일 만큼 선선히 마지막 결심을 해주었고, 그리하여 그녀의 값진 노력을 보탤 날짜와 시간을 약속하기에까지 이른 것이었다.

　아내가 목욕을 나오기로 되어 있는 9시가 아직은 한 시간도 더 남아 있었다. 하지만 지욱은 이제 그쯤에서 자리를 일어섰다. 시간이 늦어 허둥대기보다는 일이십 분쯤 미리 집 근처까지 길을 당도해두는 것이 안전할 터이었다.
　술집 문을 나서고 보니 두 시간 가까이나 혼자 마셔댄 술이 어지간히 취해 올랐다. 알알한 기분으로 그냥 버스를 올라타버렸으나 술집에서부터의 어수선한 상념들이 그의 머릿속을 계속 어지럽혀 댔다. 저녁에 있을 일에 대한 기대 때문일까. 이날따라 그 어렸을 때부터의 치자꽃에 대한 기억들이 때도 없이 마구 지욱을 들뜨게 해왔다. 그것은 물론 친구 영진의 증세와도 깊은 상관이 있는 것들이었다. 그리고 그것은 언제부턴가 이미 지욱 자신에게서조차 서서히 영진의 잊혀지지 않는 추억으로 변해가고 있는 것이었다. 지욱은 마침내 그 끈질긴 상념들에 자신을 내맡겨버린 채 창문에 머리를 기대고 눈을 감아버렸다.
　영진이 그 치자꽃 향기를 처음 만난 것은 그러니까 어렸을 때의 그의 고향 마을 밤 우물가에서였다.
　그 무렵 영진의 고향 집 아래채에는 그의 누님 또래 동네 처녀들의 밤 숫방〔繡房〕이 차려져 있었는데 영진의 누님과 동네 처녀들은 밤 수를 잘 놓지 않는 여름철에도 늘 그 방에 모여 자면서 온갖 장난질을 꾸며내곤 하였다. 그중에도 그녀들이 특히 즐겨 하는 장난질이 밤 우물 목욕이었다. 날씨가 그리 덥지 않은 날 밤이라도 사람들의 눈길이 뜸해진 자정 녘이 가까워오면 처녀들은 일제히 동네 우물가로 숨어 나가 키들키들 웃음을 죽이면서 밤 목욕을 즐겼다. 그리고 그때마다 아직 초등학교 4, 5학년짜리 꼬마둥이에 불과했던 영진은 그 짓궂은 밤 목욕꾼들에게 끌려 나가 우물가에서 멀찌감치 떨어진 어둠 속에 숨어 사람들이 지나가나 안 지나가나를 감시하는 파수꾼 노릇을 해야 했다. 그렇듯 파수꾼까지 내세워 가면서 그녀들은 오히려 달빛이 밝은 날 밤이면 더욱 극성스럽게 그 밤 목욕을 즐기곤 했다.

그런데 사실은 어린 영진 역시 그 밤 달빛 속의 파수꾼 노릇이 그닥 싫지가 않았었다. 희부연 어둠 속으로, 혹은 뽀얀 달빛 속으로 환각처럼 어른거리는 여자들의 흰 알몸을 지켜보는 일이 영진에겐 공연히 부끄럽고 몹쓸 죄를 짓는 듯한 기분일 수밖에 없었다. 하지만 그는 자신이 우정 몸을 감추고 동네 처녀들의 알몸을 훔쳐보고 있는 듯한 그 불안스런 조바심을 쉽게 떨치고 돌아설 수가 없었다. 그는 오히려 눈알이 아프도록 우물가의 알몸을 좇으며 자신도 모르게 숨소리를 잔뜩 죽여가곤 했다.

그러던 어느 날 밤이던가, 영진은 문득 그 우물 터 근처에서 이상한 꽃향기를 느끼기 시작했다. 한동안은 도대체 정체를 알 수 없는 꽃향기였다. 하지만 그는 이내 냄새의 정체를 알아냈다. 우물 터에서 한참이나 더 마을 쪽으로 올라간 언덕 위에 하얀 치자꽃이 만발해 있었다. 달빛이 유난히 더 밝은 밤이었다. 그렇듯 달빛이 밝은 밤엔 우물가 처녀들의 키들거리는 웃음소리도 여느 때보다 조심성이 훨씬 덜했다.

달빛은 여인들의 아름다운 몸매를 위해 여인들에게 옷을 벗게 했고, 치자꽃 향기는 다름 아닌 그 여인들의 몸냄새였다. 하여 영진은 이후 한동안 그 달빛으로 하여 더욱 은은해진 치자꽃 향기 속에 숨어 그녀들의 웃음소리와 뽀얗게 흰 알몸을 계속 넋을 놓고 지켜보곤 했다.

하지만 영진이 그 시절 벌써 그 치자꽃 향기에서 여자의 몸냄새를 함께 맡았던 것은 아니었다. 여자들의 알몸에서 그 치자꽃 향내를 맡았던 것도 물론 아니었다. 그것을 깨달은 것은 훨씬 더 뒷날의 일이었다.

영진이 진짜 여자의 알몸을 제대로 훔쳐 엿본 건 그러니까 아마 그 서울의 아현동 시절 그의 2층 하숙방 창문 뒤에서였을 것이다.

대학교 시절 아현동 뒷골목 영진의 2층 하숙방 창문 아래로는 'ㅁ'자 모양의 조그만 한옥 뒤뜰 한 곳이 환히 내려다보였다. 그 무렵 영진은 가끔 머릿속이 멍해질 때면 버릇처럼 그 창문 아래로 한옥의 뒤뜰을 멍청하게 내려다보고 앉아 있을 적이 많았다.

비가 몹시 심하게 내리던 어느 여름날 아침이었다. 영진은 웬일인지 학교가 가기 싫어 이날도 수업을 빠진 채 그 창가에 붙어 앉아 멍하니 빗줄기만 내다보고 있었다. 하숙생들이 모두 서둘러 방을 나가버린 집 안은 온통 창밖을 스치는 빗소리뿐 오히려 엉뚱스런 상오의 정적이 짙게 고여 들고 있었다. 창문 아래로 내려다보이는 한옥 쪽에도 사람의 그림자 하나 얼씬거리는 기미가 없었다.

그런데 어느 참쯤 되어서였을까. 그 'ㅁ'자형 한옥의 뒤뜰 쪽에 문득 기이한 일이 일어나 있었다. 스물두서너 살쯤 되어 보이는 처녀 아이 하나가 그 뒤뜰 시멘트 댓돌 아래에 망연히 빗줄기를 맞고 나앉아 있는 것이었다. 실오라기 하나 걸치지 않은 알몸의 여자였다. 전부터 가끔 얼굴을 본 일이 있는 그 집의 가정부 처녀 아이였다. 주위가 조용해진 틈에 뒤꼍으로 혼자 빗물 목욕을 나온 모양이었다.

잠깐 눈길을 비킨 사이에 일어난 일이었다. 하지만 그녀는 빗물로 몸을 씻는다든가 우물물을 퍼 올려 몸에 끼얹는다든가 하는 일도 없이 언제까지나 그렇게 쏟아지는 빗줄기 속에 넋이 나간 사람처럼 묵연히 사지를 풀고 나앉아 있었다. 앞집 유리창가에 가끔 사람의 눈길이 스치는 사실을 모르고 있었을 리 없으련만 그녀는 그 영진의 눈길조차 전혀 아랑곳을 않고 있는 눈치였다.

숨소리를 죽여가며 제풀에 긴장한 것은 오히려 유리창가에 숨어선 영진 쪽이었다. 그때 영진은 그 뽀얀 물보라를 일으키고 있는 세찬 빗줄기에 갇힌 여인의 알몸에서 이상스런 기억을 되살려내고 있었다. 그는 그 세찬 빗줄기 속으로 여자의 알몸에 어려 든 뽀얀 달빛을 본 것이었다. 그 달빛의 정적을 본 것이었다. 그리고 어디선지 그녀의 알몸을 맴돌고 있는 정체 모를 웃음소리와 치자꽃의 짙은 향기를 다시 맡고 있었던 것이다.

그런 일이 있은 뒤부터 영진은 버릇처럼 그 창가에 눈길을 숨기고 앉아 무심스레 비를 기다렸고, 그녀의 벗은 알몸을 기다렸고, 그리고 그 치자꽃의 향기를 기다렸다…… 그야 한번 여자의 벗은 몸을 엿보고 난 사람이라면 그것이 얼마나 재빠른 버릇이 되어버리는가를 이해할 수 있는 일이 아니던가.

어쨌거나 아내에겐 모두가 그렇듯 영진의 경험으로 되어 있는 이야기들이었다. 더러는 일부러 아내에게 빠뜨리고 지나간 대목이 있었던 건 어쩔 수 없는 사정이었다. 하지만 아내에겐 대개 그런 식으로 병을 얻어 길러온 영진의 사정이었다. 그리고 이젠 지욱 자신에게서마저 그런 식으로 사정이 딱해져 있는 영진의 몰골이었다. 마흔이 가깝도록 결혼도 못하고 지내는 영진, 그 무기력하고 비틀비틀한 영진의 몰골을 생각하면 그에겐 사실 그 비슷한 내력 같은 것이 숨겨지고 있고도 남을 위인이었다. 아내의 옷을 벗기기로 작정한 것이 애초 그의 그런 표정에서부터 암시를 받은 생각이었고, 그 자신이 또한 아름다운 것은 아름답게 보이는 거리가 필요한 법이라고 자신도 모르게 그를 은근히 충동질해온 것도 사실이지만, 지욱은 이제 더 이상 자신의 가장에 익숙해져야 할 필요도 없이 그의 모든 이야기들을 영진의 것으로 회상해내는 데에 상당한 자신감을 얻고 있는 편이었다. 그리고 영진에게 스스로 그런 내력을 점지해주고 그것을 짐짓 믿어버리려 해온 지욱이었다. 모든 건 그 영진을 위한 일로 되어 있었다. 가엾은 영진…… 불행한 친구……

하지만 역시 영진으로서는 그 치자꽃 향기를 알 수가 없었다. 그것을 알 수 있는 것은 지욱 자신밖에 없었다. 결혼을 하고 아내를 맞았을 때도 그는 아내의 알몸에서 조급하게 그 치자꽃 향기부터 찾아 헤매었다. 아내의 몸에는 기대했던 대로 그 짙은 치자꽃 향기가 물큰하니 묻어 있었다. 그리고 아내의 몸은 언제나 그 눈부시게 뽀얀 달빛에 젖어 있었다. 지욱은 밤마다 그 달빛에 젖은 아내의 몸에서 밤 치자꽃 향기를 맡곤 했다.
  그런데 언제부터였는지 알 수 없었다. 아름다운 것은 참으로 아름답게 보이는 거리가 필요했던 것일까. 지욱이 아내와의 사이에서 바로 그 필요한 거리를 잃어버린 탓이었는지 모른다. 어느 때부턴지 지욱은 아내의 몸에서 그 달빛을 잃어버리고 말았다. 치자꽃 향기도 함께 사라져버린 아내였다. 아내의 몸을 찾아 헤매지 않게 된 것은 아내의 몸엔 이미 그 달빛과 꽃향기가 깡그리 사라지고 없음을 알고 있었기 때문이었는지도 모른다……

  지욱이 종점 근처에서 버스를 내렸을 때는 시간이 8시 40분 가까이 되어 있었다. 8시 반을 넘고부터는 재빨리 저녁 어스름이 짙어져가고 있었다. 어스름이 짙어갈수록 달빛은 점점 더 밝고 투명하게 여물어갔다. 여름철로 들어섰다곤 하지만 달빛에 젖기 시작한 교외의 밤공기는 가을철처럼 적요롭고 요기스러운 데가 있었다.
  모든 것이 알맞은 밤이었다. 하지만 아직도 시간이 조금 이른 듯했다. 전부터 눈여겨보아두었던 주점이 멀지 않은 곳에 있었다. 친구 영진을 집으로 보내놓고 그를 기다리는 곳으로 되어 있는 집이었다. 지욱은 좀더 시간을 끌어댈 겸 하여 그 집엘 잠시 들러두는 것이 좋겠다고 생각했다. 그리고 주점을 찾아들어가 술잔까지 앞에 하고 앉아 있으려니 그는 이제 정말로 누군가를 기다리고 있는 듯한 기분이 들기 시작했다. 그는 짐짓 자신을 더욱 긴장시키며 초조한 눈길을 자꾸 출입구 쪽으로 던져 보내기까지 하였다.
  영진은 물론 나타날 리 없는 사람이었다. 그에겐 이날 밤 일을 귀띔조차 건네지 않았으니까. 집엘 데려갈 일이 없고 보면(이젠 기회가 오더라도 그럴 수 없겠지만) 그럴 필요가 없는 일이었다. 아니 애초부터 그래서는 되지가 않을 일이었다. 회사 앞 술집에서 시간을 기다리는 동안 오랜만에 위인을 불러내어 잡담이라도 좀 나누다 보낼까 싶었지만 이날은 그러기도 쑥스러운 느낌이었다.

그러나 술잔을 거듭해갈수록 지욱은 어느새 그 영진을 곁에 불러 앉혀놓은 기분이었다. 그렇듯 이날 밤엔 아무래도 그의 도움이 좀더 필요했다.

시간이 되어 마침내 지욱이 자리를 일어섰을 때도 그의 마음속에 자리를 일어선 것은 친구 영진 쪽이었다. 지욱은 여전히 그 술탁 앞에 주저앉아 영진이 돌아오기를 기다려야 하니까. 지욱은 이제 그 영진의 눈과 마음으로 남의 아내의 벗은 몸을 엿볼 작정이었다.

길거리를 나서고 보니 그는 가슴까지 제법 두근거려지기 시작했다. 하지만 이제 와서 다시 물러설 수는 절대로 없는 일이었다. 이 기회를 놓쳤다간 그는 영영 죽은 목숨이었다. 친구가 그를 위해 마련해준 고마운 기회였다. 그리고 어느 때보다도 기분이 더욱 뜨거워지고 있는 밤이었다. 글쎄, 제 아내의 알몸을 친구에게 엿보게 해주는 녀석의 고마운 우정이라니……

그는 짐짓 눈물겨운 심경이 되어 그의 집 쪽을 향해 조급하게 발길을 서둘러 가기 시작했다. 그리고 저만큼 그의 집 울타리가 다가들기 시작하면서부터는 서서히 발소리를 죽여 그림자처럼 조심조심 뒤꼍 우물 쪽 울타리 아래로 몸을 숨겨 들어갔다.

아내는 과연 약속했던 대로 벌써부터 밤 목욕을 시작하고 있었다. 고즈넉한 달빛에 젖고 있는 교외의 밤 정적 속으로 이따금 아내의 물 끼얹는 소리가 자르륵자르륵, 무슨 흐느낌 소리처럼 조심스럽게 울타리를 넘어오고 있었다. 지욱은 뱃속까지 숨을 한번 깊이 들이마시고 나서 나지막한 자세로 울타리 너머 아내를 찾기 시작했다.

아내는 역시 실오라기 하나 걸치지 않은 알몸으로 우물 곁 치자꽃나무 곁에 뽀얀 달빛을 받고 서 있었다. 달빛에 젖은 아내의 알몸은 짐작했던 대로 그 색감이나 곡선이 훨씬 부드럽고 유연해 보였다. 물을 끼얹을 때마다 잠시 달빛에 번들거리는 어깻죽지 근처를 제외하고 나면 그녀의 몸은 이상스럽도록 강한 흡인력을 가지고 몸 전체로 그 달빛을 빨아들였다간 형광물처럼 서서히 다시 피부로 쏟아내고 있는 것 같았다. 그녀는 별로 물을 자주 끼얹는 것도 아니었다. 물도 끼얹지 않으면서 그녀는 그냥 온몸으로 달빛을 빨아들이며 입상처럼 묵연한 자세로 환한 밤 치자꽃을 향해 서 있을 뿐이었다. 그러다가 생각이 난 듯 이따금 한 번씩 그 번쩍거리는 달빛을 향수처럼 어깨에서 조용히 씻어 내리곤 할 뿐이었다.

비로소 그 아내로부터 훈훈한 치자꽃 향기가 지욱의 코를 찔러오기 시작했다. 그것은 물론 밝은 달빛으로 하여 더욱 흐드러져 보이는 그 샘가의 치자꽃으로부터였을 터였다. 하지만 지욱에겐 그게 또한 여인의 밤냄새였다. 그는 이제 그 아내의 벗은 몸에서 그것을 맡고 있었다. 그 아리도록 훈훈한 꽃향기가 지욱의 폐부 깊이 스며들어와 그의 의식을 서서히 마비시켜가기 시작했다.

그러던 어느 순간이었다. 울타리 너머 그의 아내가 비로소 그녀를 엿보고 있는 사내의 숨은 눈길을 알아차린 모양이었다. 그녀에게서 갑자기 예기치 않은 몸짓이 나타났다. 우물가 시멘트 바닥 위로 서서히 자신의 벗은 몸을 주저앉힌 아내는 한 팔을 뒤로 돌려 짚고 두 다리를 비스듬히 세워 뻗은 자세로 다시 그녀의 양쪽 가슴을 호소하듯 둥그렇게 치솟아 올렸다. 그리고 그녀의 검은 머리채를 뒤로 내뻗은 한쪽 팔을 따라 길게 아래로 내려뜨려 묘하게 수줍고 유혹적인 자세를 만들어냈다. 그녀는 저녁 냉기도 잊은 듯 한동안이나 조용히 그러고 앉아 있더니, 이윽고는 남은 한 손으로 천천히 물바가지를 들어 올려 자신의 몸에 우물물을 흘려 붓기 시작했다. 비스듬히 늘어뜨린 머리 위에서부터 어깻죽지로 그녀는 게으름에 겨운 동작으로 조금씩조금씩 그렇게 물을 흘려 붓고 있었다. 그러면서 그녀는 마치 자신의 몸동작으로 그 물줄기를 몸 아래로 흘러내려 보내듯 그때마다 반쯤 올려 세운 두 다리를 번갈아가며 꼬아댔다 풀었다 하고 있었다. 무슨 어린애들 보건 체조를 하고 있는 것 같기도 하고 심통 난 아이의 투정기처럼도 보이는 그런 이상스런 몸짓이었다. 하지만 그렇듯 대담스런 노출이나 몸짓에도 불구하고 그녀의 모습에는 여인들 특유의 은밀스런 수줍음과 교묘한 유혹의 눈짓 같은 것이 깃들어 있었다. 그리고 알 수 없는 외로움기 같은 것이 깃들어 있었다.

　그녀가 정말로 지금 그 울타리 너머 사내의 눈길을 의식하고 있는지, 그리고 그 얼굴도 모르는 사내에게 짐짓 그런 부끄러운 몸짓으로 은밀스런 유혹의 손길을 뻗쳐오고 있는지는 알 수 없는 일이었다.

하지만 지욱은 어쨌거나 이제 더 견딜 수가 없어졌다. 터무니없이 이마에선 땀방울이 솟고 있었다. 숨을 쉬기조차 어려울 만큼 가슴이 답답해져왔다. 눈에서는 이상스런 열기까지 돋고 있었다. 그리고 그 짙은 치자꽃 향내가 정신을 차릴 수 없도록 주위를 온통 진동해오기 시작했다. 그녀의 몸짓에 수줍음의 빛이 더해가면 갈수록 치자꽃 향기는 지욱을 더욱 못 견디게 주위를 진동해왔다. 어디선가 여인이 숨을 죽이며 키들거리는 웃음소리까지 들려왔다.

아아……

그러자 지욱은 마침내 스스로 울타리를 떠나고 말았다. 자르륵, 자르륵…… 아직도 물소리를 그치지 않고 있는 그녀를 남겨둔 채 이번에는 발소리를 죽일 필요도 없이 울타리 가에서 몸을 돌리자마자 재빨리 달빛 속을 뛰기 시작했다. 자신이 주문한 일이라곤 하지만 그 남편에겐 조금도 미안해하는 빛이 없이 남의 외간 남자에게 그토록 정성껏 옷을 벗어 보이고 있는 아내의 심사가 갑자기 얄밉고 원망스러울 지경이었다.

지욱이 다시 주점으로 달려가 술 한 되를 더 비우고 집으로 돌아왔을 때는 그녀도 벌써 오래전에 밤 목욕을 끝내고 있었다. 그녀는 이미 가벼운 밤 화장까지 끝내고 나서 얇고 부드러운 잠옷 바람으로 그녀의 남편을 기다리고 있던 참이었다.

하지만 그녀는 지욱을 보고도 여전히 그 남편에 대한 미안스러움 같은 것은 엿보이지 않았다. 새삼 웬 수줍음기 같은 것을 머금은 눈초리로 말없이 지욱의 표정을 살피고 있을 뿐이었다. 그리고 무슨 행복스런 비밀이라도 지닌 여자처럼 스스로 조용히 귓불이 붉어지고 있었다.

지욱 역시 그 아내에게 무슨 할 말이 있을 리 없었다. 술집을 나서면서 스스로 다짐을 하고 온 보람이 있었던 것일까. 그는 아직도 아내를 보고 있는 것 같지가 않았다. 밤중에 남의 집을 찾아들어와 남의 여자를 곁에 한 사내처럼 기분이 서투르고 어색하기만 했다. 술집을 나설 때 지욱은 여전히 그 술탁 앞에 남의 아내를 엿보고 돌아올 친구를 기다리는 또 하나의 자신을 남겨놓은 것이었다. 그리고 그는 뒤늦게 남의 아내를 범하고 싶은 은밀스런 심사 속에 다시 집을 찾아들어온 것이었다. 지욱에겐 묘하게 아직 그편이 더 익숙한 기분이기 때문이었다.

그는 역시 남의 집을 찾아든 외간 남자였고 그녀는 그의 친구의 아내였다.

할 말이 있을 수 없었다. 지욱 쪽에서도 이젠 그 여자가 부끄러웠다. 무엇보다도 여인에 대한 그의 기분이 어색하고 서투르고 부끄러운 만큼 지욱은 몸짓까지 터무니없이 조급해졌다.

뿐만이 아니었다. 아내는 이날 밤 모처럼 만의 두 사람 간에서도 여전히 그 은밀스런 수줍음기가 가시지 않고 있었다. 하지만 뽀얗게 부드러운 달빛이 젖어 든 그녀의 몸뚱이는 그 은밀스런 육신의 굴곡과 수줍음 속에서도 서서히 부드러운 열기를 머금기 시작했다. 그리고 어느덧 그 알 수 없는 외로움기 같은 것이 말끔히 걷혀 나간 아내에게선 오랫동안 잊혀져 있던 그녀의 치자향 몸내음이 다시 짙게 피어오르기 시작했다.

우물가의 치자꽃 향기가 아직도 그녀의 몸에 묻어 배어 있었다. 그 그윽한 치자꽃 향기가 이윽고 오랜만에 다시 두 사람의 밤을 가득 채워가고 있었다.

(『한국문학』 1976년 12월호)

문패 도둑

임정태(林正泰), 그자는 학생 시절부터도 좀 괴상한 악취미가 있던 친구였다.
그의 악취미란 다른 것이 아니었다. 녀석에겐 언제나 술만 취하면 남의 집 문패를 뜯어 모으는 버릇이 있었다.
보통을 조금 넘는 몸집에다, 그 몸집에 비해서도 팔 길이가 약간 길어 보이는 듯한 녀석의 인상은 어딘지 늘 비 맞은 곰을 연상시키곤 하였다. 게다가 그는 언제나 결이 다 닳아빠진 검정색 털점퍼를 단골로 걸치고 다니는 꼴이어서 술이 취하기만 하면 미련스럽게 워워 주정을 부려대는 소리까지 영락없이 비 맞은 곰이었다.
그런 허우대, 그런 차림을 하고 녀석은 어디 일정한 정처도 없이 이집 저집 친구들을 찾아다니는 떠돌이 신세로 그 시절을 온통 허송하고 있었다.
그런 작자가 술만 취하면 그 괴상한 악취미를 즐기고 다녔다.

그렇게 늘 술을 살 만큼 여유가 있던 녀석의 처지도 아니었다. 술값은 대개 친구들 부담이었고, 술이 취한 다음에는 잠자리까지 번번이 남의 집 신세를 져야 했다. 그래 그랬던지 녀석은 늘상 그렇게 취기 속에서 밤을 헤맸다. 그리고 그 취기 속에 남의 문패를 뜯어 날랐다.

공짜 신세를 지고 갈 수가 있어야지.

술에 취해 돌아오다 집 근처 가까이 이르고 보면 녀석이 어디론지 자취를 슬쩍 감춰 가버리기 일쑤였다. 그리고 한참 뒤에 모습을 나타낸 녀석의 그 길다란 팔굽 안엔 길갓집 문간 앞 문패들이 한 아름씩 안겨져 있기 예사였다.

이거 밥 지을 때 불쏘시개로 쓰거라. 요즘은 장작 구하기도 힘든 세상인데, 이 정도면 아마 서너 끼 나무는 넉넉할 게다.

녀석이 부엌 바닥으로 쏟아놓는 문패들 가운덴 불쏘시개로 쓸 수 없는 대리석 제품까지 적지 않았다. 언젠가는 통금 시간이 시작된 다음에 골목을 지나가던 야경꾼의 딱딱이 소리가 길가를 향한 내 방 창문 아래에서 유달리 시끄럽게 극성을 떨어댄 일이 있었다. 창문을 열고 내다보니 엉망으로 술이 취한 녀석이 남의 집 문패를 딱딱이 삼아 야경꾼을 가장해 찾아와 있었다.

녀석의 그런 행투가 친구네 자취 부엌 불쏘시개를 구해다 주기 위한 단순한 장난이 아님은 물론이었다. 우리는 처음 밤마다 친구네 집으로 잠자리를 구해 다녀야 하는 자신의 처지가 면구스러워 녀석이 그 술기를 핑계 삼아 일부러 꾸며댄 연극이려니만 했었다. 하지만 녀석의 장난기에는 그렇게만 보아 넘길 수 없는 대목이 있었다.

 문간 앞에 부착된 문패들은 못 하나에 가볍게 걸려 있을 뿐이어서 아무나 길을 지나가는 척하며 쉽게 뜯어 갈 수 있었다. 한데 녀석은 술이 취해 다니면서도 아무 문패에나 무턱대고 손을 대는 것 같지가 않았다. 이름이 좀 독특하다거나 글씨체가 남달리 요란해 보이는 것, 아니면 문패의 재료가 대리석과 같은 고급인 것일수록 손길이 잦았다. 쇠울타리를 둘러친 성곽 같은 집이건, 귀에 익은 유명인의 집 문패라도 만나면, 녀석은 금세 무슨 놀라운 발견이라도 해낸 듯 심상찮은 눈빛을 빛내는 것이었다.
 뿐만이 아니었다. 졸업 무렵이 가까워오면서 녀석이 마침내 조그만 정처를 한곳 마련하고 취직 시험이라는 걸 대비하고 들어앉게 되었을 때, 녀석의 그 어둡고 비좁은 소굴을 찾아가본 친구들은 남의 문패를 훔쳐 나르는 그의 악습이 얼마나 녀석에게 뿌리 깊은 것이었는질 깨달을 수 있었다. 녀석의 그 어둡고 비좁은 방에는 서울 장안에서도 알 만한 사람들의 알 만한 문패들이 무슨 사당의 위패들처럼 즐비해 있었던 것이다.
 이유야 어쨌든 그건 참으로 괴상한 악취미였다. 게다가 어딘지 가슴 서늘한 야유와 저주기 같은 것이 느껴져오는 장난이었다.
 그런 임정태였고 보니 어느 날 녀석이 돌연 우리 회사 사무실로 나를 찾아 나타났을 때, 나는 우선 가슴속부터 섬찟해왔다. 대학을 졸업하면서 어느 조그만 무역 회사로 취직자리를 얻어 들어간 다음부턴 한동안 제법 질서가 잡혀가는 듯하던 녀석의 생활이었다. 그런데 그로부터 1년쯤 후엔 또 어찌 된 일인지 녀석이 다시 회사를 스스로 물러나버렸다. 그리고 회사를 그만두고부터는 전혀 종적을 알 수 없던 녀석이었다. 그런데 그 임정태가 7년 만에 불쑥 사무실로 나를 찾아 나타난 것이었다.

하지만 알고 보니 녀석은 무턱대고 가슴을 섬찟거려야 할 만큼 위험인물이 되어온 것은 아니었다. 그는 아직 결혼만 하지 않았을 뿐 그동안도 계속 서울 변두리 한구석에서 양계 일을 해오던 중이었다.

닭 밑구멍만 들여다보고 사는 팔자지. 하지만 생활은 그럭저럭 괜찮은 편이야.

차분한 분위기나 옷매무새 등속에도 그의 생활이 예상보다 제법 질서가 있어 보였다.

그래, 요즘도 그 문패 수집 취미랑은 여전하구?

녀석의 차분한 분위기에 다소 안심이 된 나는 그제서야 얼마간 쾌활한 농지거리로 그간의 궁금증들을 털어놓기 시작했다.

하지만 녀석은 이날 어찌 된 일인지 자신의 그 못된 취미에 대해서는 다시 이야기를 꺼내려 하지 않았다. 사람을 비웃듯 비실비실 실없는 웃음만 입가에 흘릴 뿐, 자신의 악습은 물론 녀석이 그때 갑자기 회사를 그만두게 된 사연이나, 종적을 감춘 후에 지내온 일들에 대해선 이상스레 말을 꺼려 하는 눈치였다. 하지만 나는 결국 녀석의 그 괴팍스런 버릇이 그새도 계속 엉뚱한 방향으로 발전을 거듭해오고 있었음을 알게 됐다.

이제 서로 소식을 알았으니 시내 나오면 또 들르지…… 그땐 우리 다시 대포도 한잔씩 나누도록 하구 말야.

녀석은 이날 끝내 그런 식으로 다음 기회를 약속하고는 싱겁게 자리를 일어서버렸다.
  그리고 위인은 그 일주일쯤 뒤에 자신이 말한 대로 정말로 다시 사무실로 나를 찾아 나타났다.
  그런데 이날은 그가 또다시 나를 찾게 된 분명한 용건이 밝혀졌다.
  너한테 조언을 좀 구하고 싶은 일이 있어서 말야……
  퇴근을 하고 나오는 길에 오랜만에 둘이서 술잔을 마주하고 앉았을 때였다.
  나도 이젠 좀 홀애비 신셀 면해볼까 싶어서 말야.
  녀석이 내게 조언을 구할 일이란 한마디로 나더러 자기 결혼에 대한 의논 상대가 되어달라는 것이었다. 혼사에 대한 일반적인 절차라든지 여자에 대한 남편으로서의 각오 같은 걸 내 경험을 빌려 알아두고 싶다는 거였다. 거기다 가능하면 식을 올리고 살림을 내는 따위의 구체적 과정상의 채비들에 대해서도 솔직한 조언을 바란다는 주문이었다.
  만족할 만한 상대는 못 될지 모르지만 색싯감도 이미 마음에 정해둔 여자가 있으니까……
  나는 물론 녀석에게 즐거이 의논의 상대가 되어주었다. 경험이라야 무슨 대단한 조언거리가 될 수는 없었지만, 그런대로 내가 겪은 신혼 시절과 살림살이의 이런저런 경험들을 건네주고, 앞으로 닥쳐올 혼인식 절차들에 대해서도 힘닿는 데까지 성실한 조력을 다짐했다.

하지만 사실은 그게 실수였다.

알고 보니 모든 일은 작자가 나를 놀리기 위한 연극에 불과했다.

녀석의 태도가 수상해진 것은 한동안 뒤에 녀석과 결혼할 여자의 일이 궁금해지기 시작한 때부터였다. 나는 이미 사무실 앞자리의 미스 정까지 다 짐작할 만큼 녀석의 일에 열을 올리고 있었고, 녀석은 녀석대로 든든한 후견인이라도 만난 듯 우리 사무실을 꽤 열심히 드나들었다.

하다 보니 한 가지 이상스런 일이 있었다. 녀석이 도대체 혼인의 상대로 정해두었다는 여자에 대해선 한 번도 입을 열어온 일이 없는 점이었다. 그 여자가 어디 사는 누구며, 무엇을 하는 여자인지는 둘째 쳐두고, 녀석은 아예 그쪽에 관한 이야기는 한 번도 입에 올려본 일이 없었다. 어떻게 보면 분명한 상대가 아직 정해져 있지 못하고 있거나, 아예 처음부터 맘에 든 여자가 있어본 일이 없는 것 같은 녀석의 태도였다.

그런데 드디어는 녀석에 대한 나의 그 꺼림칙한 의구심이 불행히도 현실로 드러나고 말았다.

솔직히 얘기해서 말야. 여자가 아주 없었던 건 아니었어. 최윤섭이라구 대학 때 우리 친구 녀석 있었지 않아. 그 친구 사무실에 아가씨가 있었지. 내가 맘속으로 점을 찍어둔 아가씨가 말야. 하지만 이젠 생각이 달라졌어. 내 단도직입으로 말하면 너네 사무실 미스 정이란 아가씨 때문이야. 그 여잘 보고 나서부턴 마음이 영 달라졌단 말야. 그러니 어쩔래? 네가 이번엔 좀 본격적으로 나서줄 수 없겠어? 너도 한번쯤은 세상일에 이런 변칙을 용납해볼 수가 있어야 할 테구 말야!

어느 날 내가 녀석에게 그 상대방 여자를 추궁하고 들었을 때 녀석이 내게 천연덕스럽게 지껄여온 소리였다.

―어느새 그 미스 정에게까지 작자가 눈길을 건네놨던가. 나는 비로소 녀석의 속셈을 깨달을 수 있었다.

나는 다시 녀석을 처음 만났을 때처럼 가슴이 섬찟거려오기 시작했다. 하지만 사실은 그때까지도 나는 위인의 그 진짜 음흉한 속셈은 알아차리지 못한 셈이었다. 작자에게 처음부터 결혼 따윈 염두에도 없었다는 사실이나, 그 모든 일들이 애초부터 나를 골려주기 위한 연극에 불과했다는 사실 또한 나로서는 전혀 짐작조차 못한 것이었다.

녀석에게 처음부터 진짜 결혼의 의사가 없었다는 사실을 알게 된 것은 그날 저녁 내가 모처럼 만에 그 윤섭이라는 친구에게로 하소연 삼아 녀석의 일을 의논하러 갔을 때였다.

흥, 너도 이젠 녀석한테서 한차례 그런 야유를 당해야 할 만큼 속물이 되었던 게로군.

그 윤섭이 껄껄거리며 들려준 소리가 그런 식이었다. 하지만 윤섭은 이제 그러는 녀석에게 무슨 악의 같은 걸 지니려 하지도 않았다.

하지만 뭐 걱정할 건 없어. 녀석은 원래도 그렇게 남을 야유하길 좋아하는 취미가 있었잖아. 학교 때부터 남의 집 문패에다 심통을 부리곤 하던 식으로 말야. 녀석이 정말 너네 사무실 아가씰 어쩌고 싶었던 건 아니었을 거야. 그런 식으로 그냥 너를 한번 시험하고 골려주고 싶었겠지. 문제는 아마 너라는 인물이었을 테니까. 살다 보면 세상 사람들 누구나 다 마찬가지가 되게 마련인데, 녀석은 아무래도 그 세상살이의 풍속엔 익숙해지지도 견디지도 못한 위인이었거든. 자신이 그 속으로 끼어들질 못하는 대신 거꾸로 그 세상을 야유하거나 골탕 먹여온 놈이었으니까. 글쎄, 너도 그만큼 쓸 만한 인사가 되었다는 말이 될까…… 녀석의 눈에 네 어디가 그만큼 못마땅해 보이는 대목이 있었을 테지. 하지만 뭐 놈에게 특히 악감정을 지닐 필요는 없을 거야. 나도 이미 녀석한테서 그런 놀림을 당한 몸이지만, 녀석한텐 그래도 순수한 데가 남아 있지 않아? 세상엔 가끔 그런 괴짜들이 남아 있어야 재미가 있는 거구……

그런데 내가 그 윤섭을 만나고 돌아온 다음 날 아침이었다. 나는 새삼스레 다시 녀석에 관한 윤섭의 말들이 사실일지도 모른다는 생각이 들었다. 간밤에 당장 그럴 만한 일이 일어나 있었기 때문이다.

녀석이 그새 어떻게 우리 집 골목길까지 알아둔 건지 알 수 없었다. 아침에 출근을 서둘러 대문을 나서다 보니 문간 기둥 위에 걸려 있던 우리 집 문패가 홀연 흔적이 사라지고 없었다. 그리고 그날로 녀석의 소식이 깜깜 다시 끊어지고 말았다. 불쏘시개도 못할 그 대리석 문패를 떼어 간 것은 의심할 바 없는 녀석의 소행임이 분명했다.

녀석이 말한 그 혼인이나 미스 정의 일들도 그에게 정말 무슨 자기 생활에 대한 새 소망이나 여자에 대한 희망 같은 게 생겨서가 아니었음이 분명했다. 위인은 다만 그런 식으로 세상살이의 변두리를 맴돌면서 그것을 거꾸로 비웃고 야유하는 것으로 나름대로의 진실을 힘겹게 지탱해가고 있는 건지도 몰랐다.

하지만 나는 이제 그런 녀석보다도 자신의 삶이 갑자기 허황스러워지면서 혼자 씁쓰레한 기분이 되었다. 풍속을 익히며 열심히 살아온 지나간 내 30여 년의 삶이 녀석의 엉뚱한 야유 앞에 이상하게 소심하고 초라해지는 것 같았다.

— 글쎄, 우리들에겐 녀석이 그 문패 도둑질을 일삼고 다니던 못된 취미라도 잃지 말고 비 맞은 곰처럼 술에 취해 골목을 워워 헤매고 다녀주는 편이 차라리 다행일 수 있을는지……

새 물건을 만들어 달기도 뭣해서 한동안 그대로 문패 자리를 비워둔 기둥을 볼 때마다 나 혼자 막연히 중얼거려보는 생각이었다.

(1976년)

지배와 해방
─언어사회학서설 3

"……왜 쓰는가— 글은 왜 쓰는가. 작가는 무엇 때문에 소설이라는 것을 쓰고 또 써야 하는가. 작가의 소설은 어떤 동기와 욕망과 충동의 힘에 의해 씌어지며, 그것은 또 누구를 위해, 어떤 목적에서 씌어지는가…… 이런 모든 질문들에 대한 해답을 찾아내는 것은 물론 그리 간단한 문제가 아닙니다. 또 이런 이야기를 하는 데는 자칫 현학적인 공론이나 추상 관념에 빠져들기가 쉬우며, 쓰는 사람 자신의 깊은 삶의 진실에 정직하게 뿌리가 닿아 있지 않은 대답, 대답을 위한 대답, 번드레한 명분만을 내세워 보이기 위한 정직지 못한 가짜 대답을 조작해낼 위험마저 뒤따르기 쉽습니다.

그러므로 이 문제는 무엇보다 우선 이야기의 출발을 글을 쓰는 사람 자신의 동기와 인간적인 욕망에서부터 시작하지 않으면 안 됩니다. 그가 지금 왜 글을 쓰는가는, 애초에 그가 어떤 동기와 욕망에서 글이라는 것을 쓰기 시작했으며, 그로부터 한 사람의 작가가 되기까지 그의 동기와 욕망이 어떤 행로와 수정을 거쳐왔고, 어떤 명분과 책임들을 동반하게 되었는가 하는 경위를 살핌으로써 비로소 유추가 가능해질 수 있을 것입니다……"

 지욱은 한 손에 담배를 피워 들고 누워서 머리맡 녹음기 테이프에서 흘러나오는 말소리에 묵묵히 귀를 기울이고 있었다. 녹음테이프의 말소리는 근래에 제법 정력적인 작품 활동을 보이고 있는 이정훈이라는 젊은 소설가의 이야기였다. 이날 낮 출판회관 강연장에서 지욱이 일부러 그의 강연을 녹음해 온 것이었다.
 지욱은 근래 강연회니 세미나니 하는 모임을 쫓아다니면서 연사들의 강연이나 토론 내용을 녹음해 들이는 일에 열을 내고 있었다.
 말을 감금해두기 위해서였다.
 오접 전화 사건으로 말들이 정처를 잃고 떠돌아다니면서 무서운 복수를 꿈꾸고 있는 기미를 감지한 이후부터, 그리고 그 코미디언 피문오 씨의 자서전 대필 일을 거절하려 한 사건으로 하여 그 자신의 말에 대해서조차 완전히 믿음을 잃어버리고 만 이후부터, 지욱은 참으로 참괴한 실의의 나날을 보내고 있었다.
 세상이 무서웠다. 소름 끼치는 말들의 무서운 복수였다. 하지만 지욱은 이제 그 말들의 무서운 자폭 현상이 어디서부터 어떻게 시작되었던가를 알고 있었다.
 그것은 말들의 지나친 혹사와 학대로부터 비롯된 마지막 배반 현상이었다. 사람들은 말과 실체 사이의 약속 관계를 너무도 쉽게 그리고 오랫동안 무시해오고 있었다.

말들은 이제 명분의 얼굴로서만 필요했고, 그렇게 부려져오고 있었다. 실체나 행위와의 약속을 떠나버리고 말았다. 말들은 더 이상 약속을 지킬 필요가 없었고 지킬 수도 없었다. 말들은 그들의 집을 떠나지 않으면 안 되었다. 집을 떠나 떠돌지 않으면 안 되었다.

어째서 사람들은 그토록 일방적으로 말들을 학대하고 그것들과의 약속을 배반하게 되었는가. 믿음을 잃어버리기에 이르렀는가. 그것은 우선 말을 부리는 사람들의 무책임성이 무엇보다 큰 허물이었다. 말을 부리면서도 그 말에 대한 자신들의 약속이나 책임을 감당하려 하지 않았다. 함부로 빈말을 일삼고도 어색해하거나 부끄러워할 줄들을 몰랐다. 뿐더러 그 말을 만나는 사람들에 대해서도 똑같은 허물을 물을 수 있었다. 사람들은 이제 그가 만난 어떤 말에 대해서도 그 말이 스스로 자기 앞에 짐을 져 보이려는 것을 믿으려 하지 않았다. 말을 부린 사람의 약속이나 책임을 물으려 하지 않았다. 그래서 누구나 그 말의 값을 치름이 없이 자유롭게 그것을 부릴 수 있었다. 오늘 이 말을 하고 내일 다시 저 말을 해도 어색한 일이 일어나지 않았다. 말들은 실체와의 약속의 끈을 매단 채로는 깃들여 갈 곳이 없었다. 약속의 끈은 거추장스러울 뿐이었다. 정처 없이 떠돌아다닐 수밖에 없었다.

책임은 양쪽이 똑같이 나눠 져야 했다……

그러자 지욱은 문득 한 가지 기발한 생각이 떠올랐다. 정처 없이 떠돌아다닐 수밖에 없는 말들의 집단 수용소를 차리자는 것이었다. 집이 없는 말들을 필요할 때까지 그의 수용소에 감금해두자는 것이었다. 그렇게 함으로써 우선 말을 만나고 있는 자의 책임을 감당해보자는 것이었다. 말들을 가두어두었다가 필요할 때가 오면 그것을 부린 자에 대한 책임을 물을 수 있게 해두자는 것이었다. 말을 부린 자와 말과의 약속을 따질 수 있게 하자는 것이었다. 그리하여 그 말들로 하여금 정처를 잃고 떠돌지 못하게 하며, 더 이상의 복수를 음모하지 못하게 하자는 것이었다.

그는 말의 잔치가 열리는 모임이 있으면 가능한 한 빼놓지 않고 모든 집회를 쫓아다녔다. 그리고 거기서 부려진 모든 말들을 자신의 녹음기에 감금시켜 가지고 돌아왔다. 말들은 우선 글자로써 부려지는 것들보다 입으로 부리고 쏟아낸 것들일수록 배반이 수월했다. 입으로만 부린 말은 잠시 동안 사람들의 기억 속에나 깃들여질 수 있을 뿐, 약속의 표시로서 미련스런 증거를 남기지 않기 때문이었다. 기억은 오래갈 수가 없었다. 사람들마저 갈수록 건망증이 심해가는 판이었다. 활자로 찍혀서 증거를 남긴 말들조차 앞뒤를 이어 맞춰보려는 사람이 드문 판에, 하물며 그 게으르기 그지없는 기억력에만 제 약속을 의지해야 하는 말들의 처지란 더더욱 배반이 쉬울 수밖에 없었다. 강연회나 토론회 같은 데서 넘쳐나는 말들이 바로 그런 신세들이었다.

그는 부지런히 녹음을 쫓아다녔다. 정치인들의 모임에도 찾아갔고, 목사들의 기도회도 쫓아갔다. 경제인들의 시국 선언, 언론인들의 그 흔한 세미나, 심지어 혼분식 장려나 가족계획 사업 관계의 모임에 이르기까지 말들의 잔치가 벌어지는 곳이면 안 쫓아다닌 곳이 없었다. 그리고 그 사람들의 말들을 테이프 속에 가두어다 좁은 하숙방 책상 서랍 속에 깊숙이 감금했다. 그럼으로써 그는 믿음을 잃어버린 말들에 대해 그것을 만난 사람으로서 그가 할 수 있는 우선의 책임을 감당해온 터이었다.

그런데 바로 하루 전이었다. 무심히 들여다보고 있던 석간신문 한 귀퉁이에 실린 문학 관계 강연회 안내 기사 한 토막이 지욱의 눈길을 끌어왔다.

왜 쓰는가?

강연회의 연제는 작가가 왜 글을 쓰는가였고, 강연을 맡아줄 연사는 앞서 말한 이정훈이라는 젊은 소설장이였다. 강연회 날짜와 장소는 바로 다음 날 저녁 출판회관 강당으로 되어 있었다. 지욱으로선 참으로 관심이 끌리는 주제였다. 왜 쓰는가. 작가가 왜 글을 쓰는가. 그것은 아마 지욱 자신이 지금까지 낙망하고 고심해온 말에 대한 믿음의 문제를 작가의 입장에서 스스로 해명케 해보려는 의도임이 분명했다. 작가와 작품과의 관계는 일상인과 일상인의 말과의 약속이나 책임 관계에 다름 아닐 터이었다. 그것은 이를테면 작가가 자신의 말에 대한 약속과 책임을 밝혀 보이려는 것에 다름 아니었다. 작가들에게도 이미 그것이 심상찮은 문젯거리가 되고 있다는 조짐이었다. 지욱으로서 더욱 반가운 일은 그 자신은 이미 자기 말에 대한 믿음을 체념한 채 고작해야 그것을 녹음 테이프 속에 감금해 들이는 것으로 만족을 할 수밖에 없었음에 반하여, 전문으로 글을 쓰는 작가라는 사람들은 아직도 그 말에 대한 믿음을 지니고 있거나, 적어도 아직은 그 믿음을 되찾을 수 있다는 희망을 버리지 않고 있음이 분명해 보인 점이었다. 그리고 그 믿음을 되찾아보려는 그 나름의 허심탄회한 노력을 기울이고 있음이 분명하다는 점이었다.

지욱은 비로소 한 줄기 희망을 느끼기 시작했다. 그는 그의 말을 들어야 했다. 그리고 만일에 대비하여 그의 말 또한 예외 없이 자신의 수용소로 거둬들여 와야 했다.

—그가 만약 참으로 정직해질 수만 있다면……

지욱은 하룻밤을 기다리면서 공연히 혼자 초조하게 가슴을 두근거렸다. 제풀에 미리 심신이 흥분되어 밤잠조차 제대로 이룰 수가 없었다.

—제발 작자가 그 자신과 소설과의 정직한 관계를 보여주기를……

그는 거의 뜬눈으로 밤을 지새며 그가 읽은 이정훈이라는 작가의 글들을 하나하나 되짚어보고, 작자의 사람됨과 정직성을 나름대로 이리저리 소망해본 것이었다.

그렇게 하룻밤을 지새고 난 이날 오후— 지욱은 강연 시간 훨씬 전부터 미리 출판회관으로 달려가 주최자도 아직 나타나지 않은 강연장 연단 위에다 녹음용 마이크를 설치했다. 그리고는 일찌감치 청중석 앞자리를 하나 차지하고 앉아 여유 만만 시간을 기다렸다.

시간이 되어와도 청중은 불과 이삼십 명밖에 자리가 차지 않았다.

하지만 어쨌거나 강연회는 정시에 개회가 선언되었다. 모임을 주최한 한 문예 잡지사의 편집장이라는 사람이, 강연회란 실상 청중이 너무 많다 보면 분위기가 산만해지기 쉬운 법이라며 청중이 모이지 않은 데 대한 변명 섞인 인사말과 함께 이날의 연사를 소개하고 물러갔다. 그러자 곧 본 강연이 시작되었고 동시에 지욱의 녹음기도 작동을 시작했다.

　말씨가 다소 어눌한 이정훈의 이야기는 다행히 그 서두에서부터 지욱의 기대를 빗나간 편이 아니었다. 그는 먼저 그의 연제를 풀어나감에 있어서는 현학적인 공론과 추상 관념을 엄격히 경계해야 하며, 실제로 글을 쓰는 사람 자신의 삶의 진실에 정직하게 뿌리가 닿아 있는 이야기가 되어야 한다는 점을 전제한 다음, 한 작가가 직업적인 글장이가 되기까지의 지극히 인간적이고 구체적인 경위에서부터 차근차근 자신의 이야기를 풀어나가기 시작했다.

"사람들은 흔히 글을 쓰는 작가라면 그가 애초부터 작가로서의 특정한 재능이나 능력 같은 걸 받아 지니고 태어난 걸로 믿고 있기 쉽습니다. 태어날 때부터는 아니라 하더라도 적어도 그가 문학 활동을 시작한 어떤 특정 시점에서부터는 그런 재능이나 능력 같은 것을 완벽하게 구비한 완성된 작가로 믿어버리는 경향 말입니다. 이것은 우리 사회에 대한 작가의 책임이나 사명감 같은 것들에 대해서도 역시 마찬가지인 것 같습니다. 어떤 사람이 어느 시기에 공인된 작가로서의 창작 활동을 시작하는 그 순간부터 그에게는 어떤 부동의 문학관이 확고하게 자리 잡고 있을 것으로 우리는 기대합니다. 물론 그런 천재도 가끔은 있을 수 있습니다. 언제나 공인으로서의 책임과 명분에만 살고 있듯이, 작가 이전의 개인적인 욕망과 작가 이후의 행위의 명분 사이에 어떤 갈등이 존재하고 있는지를 살펴봄이 없이, 그런 갈등에 대한 정직하고도 바람직한 자기 화해를 모색해봄이 없이, 자기 개인의 삶의 욕망이나 충동은 쑥 빼놓은 채 대외용 문학관만을 언제나 변함없이 당당하고 확정적인 어조로 자신 있게 말하는 사람들 말입니다. 그러니 이런 경향에 대해선 물론 작가들의 책임이 적지 않은 줄 압니다. 작가라는 사람들 가운데엔 실제로 자신을 그런 천재로 착각하거나, 그래서 종종 스스로를 진짜 천재로 자처하고 지내는 경우마저 없지 않을 테니까요.

  그러나 제 생각으론 정말 부러움을 살 만한 몇몇 천재들의 경우를 제외하면 대개는 사정이 매우 다른 게 아닌가 생각됩니다. 어떤 사람이 세상 사람들로부터 작가로 불리고 안 불리고는 다만 그 시대 그 사회의 풍속이나 제도에 의한 외형적인 약속에 불과합니다. 대개의 작가들에 있어선 그의 작가 수업이나 정신 발전의 과정으로 보아 어느 특정 시점을 기준으로 여기서부터가 바로 작가로 불릴 수 있다고, 아무개는 이제부터 작가가 되었노라고 말할 수 있는 결정적인 구획이 불가능합니다. 한 작가는 우리가 그를 작가로 발견해주기 이전서부터 끊임없이 작가에의 길을 걸어 성장해왔고 작가로서 공인을 얻은 다음에도 그는 자신이 언제부터 사람들에게 작가로 불리기 시작했느냐에 상관됨이 없이 아직도 끊임없는 변모와 발전을 계속해가고 있는 것이기 때문입니다. 이를테면 한 작가가 우리에게 내보여주는 문장의 스타일이라든가 생각의 내용이라든가 세계 인식의 방법 같은 모든 것을 다 망라한 그의 문학관이라는 것이 그렇다는 말입니다.

  그러므로 작가가 왜 글을 쓰는가— 이 어려운 질문에 대한 해답을 찾아내기 위해서는 우선 먼저 한 사람의 작가가 되기 이전부터 세상 사람들이 그를 작가라고 부르게 되기까지 그가 애초에 어떤 동기와 내력에서 글이라는 걸 생각하기 시작했으며 그것이 어떻게 수정되고 발전하여 그의 문학관이라는 것으로까지 귀착될 수 있었는가 하는, 그 첫 동기와 경위에서부터 차근차근 이야기를 풀어나가는 수밖에 없을 것 같습니다.

우선 글이라는 것을 쓰기 시작하는 최초의 형식에서부터 동기를 찾아보겠습니다.

사람에 따라 다른 경험을 가질 수 있겠습니다마는, 일반적으로 우리가 자신의 생각을 글자로 적기 시작한 최초의 글 형식이라면 아마 일기를 쓰는 일이 아닌가 생각됩니다. 그런데 이 일기라는 것은 자기 혼자 써놓고 나중에 가서 자기 혼자 읽어보기 위한 글 형식입니다. 말하자면 글을 쓴 당사자 이외엔 현실적으로 독자가 한 사람도 없는 글이지요. 그러면 우리가 이 일기라는 걸 적는 동기는 무엇입니까. 흔히 말해져오듯 자신의 생각을 정리하고 반성의 기회를 갖기 위해서라는 교과서적인 목적 외에, 우리가 일기를 적게 되는 보다 근본적인 동기는 오히려 지극히 감정적인 것일 수가 있습니다. 바깥세상 일이 잘되어나가는 사람은 별로 일기 쓰기를 좋아하지 않습니다. 사람들 앞에 잘나 보이고 싶은 욕망은 은근히 큰데 친구에게 우정을 배반당했거나 하는 식으로 그 바깥 세계를 향한 자기실현의 욕망이 좌절당했을 때, 그런 때 사람들은 대개 그 바깥세상으로부터 슬그머니 자신의 내면으로 숨어들어와 일기 같은 걸 적기 시작합니다. 좋게 말해 자기 관심의 내면화 현상 같은 것이지요. 하지만 그건 실인즉 일종의 자기 화풀이요, 자기 위로 행위에 다름 아닌 것이라 말할 수도 있습니다. 바깥세상에서 겪은 자신의 낭패를 변명하고, 자기를 낭패시킨 그 바깥세상의 풍속과 질서들을 원망하면서 스스로 위안을 얻으려는 행위로서 말입니다. 그리고 바깥에서 이룰 수 없었던 것을 자기 안에서 혼자 이루려는 일종의 자기 구제 행위 같은 것으로 말입니다. 하지만 바깥세상에서 모든 것이 행복스럽게 잘 실현되고 있는 사람들에겐 구태여 그 바깥세상을 원망하면서 스스로 자신을 위로할 필요가 없는 것이지요. 일기 같은 걸 쓸 일이 없다는 것입니다.

최초에 글을 쓰는 행위가 일기를 적는 것이라고 한다면, 그러므로 그 일기 쓰기를 좋아하는 사람이란 대개 자기실현의 욕망이 남다른 데다, 그가 살고 있는 사회, 그 사회의 풍속이나 질서 안에선 자신을 만족스럽게 실현할 수 없어 그 사회의 풍속이나 질서에 원망이 많은 사람들이기 쉽다는 이야기가 되겠습니다.

그러면 다음번으로 그 일기 쓰기에 이어 우리가 무엇을 쓰는 일이 또 어떤 형식이 있는지를 생각해봅시다. 글이란 것이 대개 누군가가 뒷날에 가서 그것을 다시 읽어줄 것을 전제로 하고 씌어진다는 점, 즉 독자의 측면에서 생각해본다면, 글을 쓰는 사람 당사자 이외에 아무도 다른 독자가 전제되지 않은 일기 쓰기 다음번의 글 형식은 아마도 편지 정도가 아닌가 생각합니다. 편지는 비로소 한 사람의 현실적인 독자를 전제로 하여 씌어지는 글의 형식이지요. 그런데 이 편지라는 것 역시도 그것이 씌어지는 정서적 동기를 따져보면 앞서 말한 일기의 경우와 대차가 없습니다. 정서적 동기가 어느 경우보다 강렬한 연애편지 하나로 이야기를 좁혀 들어가보면 그런 사실은 보다 분명해집니다. 현실적으로 연애가 잘 되어나가는 사람에겐 굳이 편지질 같은 걸 일삼을 필요가 적습니다. 연애가 썩 잘되어가는 사람들 가운데도 자신을 보다 적극적으로 과시해 보이고, 상대방을 더욱 완벽하게 소유할 수 있게 되기 위하여, 또는 그저 취미 삼아 멋진 편지질을 즐기는 경우가 있을 수도 있겠습니다만, 그보단 일이 별로 수월하게 풀려나가지 않을 때에 그 편지질이 훨씬 빈번해지는 것은 다시 말할 필요가 없겠지요. 상대방으로부터 자신을 인정받고 싶은 욕구는 연애의 실패 쪽에서 훨씬 더 무성한 원망과 호소와 설득의 사연들을 낳게 마련일 테니까요.

결국 연애편지 역시 현실적인 자기 욕망의 실현이 좌절당한 사람들의 구차스런 자기주장의 일종이라고 말할 수 있겠습니다. 자기실현 욕망의 한 소극적인 모습이지요. 하지만 이것은 일기의 경우와는 좀 다른 점을 볼 수 있습니다. 구체적인 독자가 전제되지 않는 일기의 경우는 완전한 자기 울타리 안에서의 자기 위로나 주장인 데 비해 편지의 경우엔 그 울타리 밖에서 자신을 실현하려는 구체적인 한 사람의 독자를 가지고 있습니다. 그 한 사람의 독자와의 관계 속에 그 독자의 동의를 전제로 자신을 실현해나가려는 행위로 볼 수가 있다는 점입니다. 일기의 경우보다는 한 단계 더 적극적일 뿐 아니라 한 단계 더 사회적인 행위라 할 수 있겠지요.

하지만 어쨌거나 이 일기나 편지는 무엇을 쓴다는 일 가운덴 가장 초보적인 글의 형식에 불과합니다. 그러면서도 제가 여기서 굳이 그에 관한 장황한 이야기를 늘어놓은 것은, 이 일기 쓰기와 편지 쓰기의 행위에는 우리가 지금 찾아가고 있는 문제의 해답— 다시 말해 작가가 왜 글을 쓰는가라는 질문에 대한 중요한 해답의 단서가 내포되어 있기 때문입니다.

 이미 짐작을 하신 분들도 계시겠습니다마는 일기를 적거나 편지를 쓰거나 그런 것에 자주 매달리는 사람들은 대개가 바깥 세계에서 자기 욕망의 실현에 실패를 하는 경향이 많은 쪽이기 쉽다는 것이 그것입니다. 그리고 일기를 쓰는 행위가 보다 소극적이고 내향적인 데 비해, 편지를 쓰는 사람 쪽이 조금은 더 적극적이고 외부 지향적이라는 차이는 있을망정, 어느 쪽이나 똑같이 바깥 세계에 대한 공통의 원망을 지니게 됨으로써, 그 바깥 세계가 자기 생각과 주장에 거꾸로 승복해오기를 갈망할 뿐 아니라 궁극에 가서는 풍속이나 질서까지도 자기 식으로 뒤바꿔놓기를 바라는 내밀한 욕망을 지니게 된다는 점입니다. 현실의 질서에는 자신이 굴복하고 실패할 수밖에 없으므로 이번에는 그 세계가 거꾸로 자신에게 굴하여 좇을 수밖에 없도록, 그 세계 자체를 아예 자기 식으로 뒤바꿔놓을 수 있을 어떤 새로운 질서를 꿈꾸기 시작한단 말입니다. 좀더 문학적인 표현을 빌려 말한다면, 자기 삶의 근거를 마련하려는 일종의 복수심이지요. 그리고 그 일기 쓰기나 편지질을 좋아하는 사람들이란 결국은 이 세계의 현실 질서 속에서 감수하기 어려운 자기 패배를 자주 경험해왔거나, 적어도 빈번히 패배를 당하기 쉬운 심성의 복수심 많은 내향적 성격의 소유자들이기가 쉽다는 것이 지금까지 말씀드린 제 이야기의 요지인 것입니다.

그러면 이제부턴 다시 그 현실의 질서에 패배하고 그것에 복수를 꿈꾸는 사람들과 글을 쓰는 사람들 사이에는 어떤 관련이 있을 수 있는지를 알아보도록 하겠습니다.

  그들은 물론 그들의 복수심의 충동에 의해 그의 세계에 대한 복수를 감행하고 싶어 합니다. 그리하여 그 복수심으로부터 자신을 해방시키고 싶어 합니다. 하지만 그가 그 세계에 대해 복수를 수행하고 그럼으로써 그 복수심으로부터 자신의 삶을 해방시키는 길은 그 세계로 하여금 자신의 질서에 승복해오게 하는 방법 외에 다른 길이 없음을 알고 있습니다. 그래서 그는 무엇보다도 그 자신의 어떤 새로운 질서를 찾고 싶어 합니다. 새롭고도 완벽한 질서를 찾고 싶어 합니다. 이를테면 그 자신과 세계의 질서에 대한 각성과 개안이 이루어진다는 말입니다.

  그러나 그는 능력이 모자랍니다. 그의 새로운 질서를 위한 넓은 정보가 필요합니다. 그래서 그는 독서가 필요해집니다. 그가 그때까지 꿈꾸고 주장해온 것들을 다른 사람의 정신 질서를 통해 재검토하고 수정받을 기회가 필요해집니다. 그리고 새로운 질서에 대한 암시와 단서를 구합니다. 보다 떳떳하게 복수하기 위해서는 보다 선하고 의롭고 힘이 있는 새 질서가 마련되어야 합니다. 그런 질서를 위해서는 그 자신을 포함한 모든 인간 심성의 깊은 비밀을 알아야 하고 그 관계를 옳게 이해하여야 합니다. 그는 그런 것들을 독서를 통해 얻어 들입니다. 차츰차츰 나은 자신의 질서를 꾸며나갑니다. 그리고 그것을 비로소 글로써 적어보기 시작합니다. 그의 복수심의 이념화를 통하여 자신의 삶을 현실의 갈등으로부터 해방시키고 싶어 합니다. 일기나 연애편지를 쓰는 일이 그러했듯이 그 자신의 새로운 질서에 의한 복수 역시도 근본적으로는 그의 개인적인 삶의 근거를 마련하기 위한 노력으로서의 자기실현욕의 한 표현일 뿐이며 그가 꿈꾸고 창조해낸 새 질서에 의한 현실적인 세계 지배는 될 수가 없기 때문입니다. 그가 어떤 새로운 질서를 창조해낸다 해도 현실 세계의 질서는 쉽사리 그것에 굴복해오질 않기 때문입니다. 그래서 그의 복수는 끝없이 계속이 됩니다. 그는 그의 복수를 위해 끊임없이, 그리고 보다 더 완벽하게 그의 세계 질서를 꾸미고 수정해나가면서 그것을 또 끊임없이 글로 표현해내고 싶어 합니다…… 그러면서 그의 글이, 그의 세계 인식이나 표현이 다른 이웃들에게도 공감되기를 기대합니다. 그의 세계가 자신 속에만 감금되어 있지 않고 글로써나마 다른 동시대 사람들의 자발적인 동의와 넓은 공감을 얻게 되기를 기대합니다. 자기 복수심을 이념화시키고 그것을 다시 보편적인 인간 정신의 질서로까지 확대시켜나감으로써 자신의 삶을 넓게 해방시켜나갈 수 있게 되기를 소망합니다. 한 사람의 작가가 되기를 기대하게 된다는 말입니다.

하지만 한 사람의 작가로 공인을 받는 것은 앞서도 잠깐 말씀드린 바와 같이 일종의 사회적인 약속 절차인 것입니다. 저 혼자 작가가 되고 싶다 해서 마음대로 작가 행세를 하고 나설 수는 없는 노릇입니다. 그의 사회가 마련해놓은 풍속이나 제도 장치를 통해 작가로서 공인을 받는 계기나 절차가 필요합니다.

그 역시 쉬운 일이 아닙니다. 이를테면 신문사의 신춘문예나 잡지사의 추천제 같은 데에 작품을 투고하는 따위의 예가 그런 것인데, 그 신춘문예라는 것만 해도 물론 누구나 작품만 보내면 곧 당선이 되는 것은 아니지요. 낙선되는 사람이 더 많습니다. 한 사람의 당선자를 제외한 나머지 낙선자들은 지금까지 제가 말씀드린 과정의 작업을 다시 한 번 되풀이하지 않으면 안 됩니다. 그가 도달하고 독자들에게 보여주려는 세계가 쓸모없는 가짜가 아닌지를 반성해보고, 방법을 달리해볼 여지가 있는가 없는가도 알아봐야지요. 그리고 그런 과정을 통해 그는 이번에야말로 그 글에서까지 실패를 거듭하는 자신에 대해, 자기 글 자체에 대해 뼈를 깎는 복수심으로 더욱더 치열하게 글을 생각하고 그것을 쓰게 될 수도 있겠습니다. 그리고 이제 애초의 복수심은 배면으로 물러서고 자기 자신과 자신의 글에 대한 성패 문제가 그가 대결해야 할 일차적인 싸움이 될 때, 그는 정말로 사회 개혁 운동가나 혁명가나 목사가 아니라 전문으로 글을 쓰는 직업 작가에의 수업을 감당하고 있는 거라고 할 수 있을 것입니다.

천재들은 이번에도 물론 그런 절차나 과정이 필요 없겠지요. 하지만 천재거나 둔재거나, 그가 끝끝내 그의 싸움을 단념하지 않고 작가에의 공인 절차나 과정들을 치러낸 연후엔 우리도 이제 비로소 그를 한 사람의 작가로 이름 부를 수가 있을 것입니다. 그의 작가로서의 역량이나 성실성 따위는 문제 삼지 않더라도 적어도 사회적인 약속 관계의 면에서는 그때 비로소 한 사람의 작가가 태어난 것이 된다는 말입니다.

그렇다면 이제 우리는 여기서 비로소 한 사람의 공인된 작가에 관해 이야기를 할 때가 온 것 같습니다. 그리고 한 사람의 공인된 작가에 대해 우리는 그 작가의 책임에 관한 이야기를 해도 좋을 때가 된 것 같습니다.

어째서 지금 그 작가의 책임에 관한 이야기를 끌어내야 하느냐 하면, 이 작가의 책임이라는 것 역시 왜 작가가 글을 쓰느냐는, 우리가 지금 해답을 찾아내려 하는 문제에 대한 또 다른 중요한 단서와 관련이 있기 때문입니다. 지금까지의 이야기가 그저 왜 글을 쓰게 되었느냐, 어떤 욕망에서 애초 글이라는 걸 생각하게 되었느냐는 경위나 작가 개인의 내면 동기에 관한 것들이었다면, 작가의 책임과 관련해 그것은 무엇을 위해 무슨 목적으로 글을 쓰느냐는 그 글쓰기 행위의 사회적 덕목(德目)에 더욱 깊은 관련이 있기 때문입니다. 한 작가의 대사회적 책임이라는 것은 애초에 그가 그의 사회와의 상호 약속에 의해 공인을 받게 되는 데서부터 버릴 수 없는 의무로서 짐이 지워진 것인 만큼 함부로 회피할 수가 없는 것이기도 합니다. 우리가 너를 작가로 불러줄 테니 너는 우리에게 작가로 행세를 할 수 있는 대신 우리들 독자들의 삶을 위한 작가의 몫을 다해다오…… 말하자면 이런 식의 권리 의무 관계로서의 책임인 셈이지요. 그리고 이제 그는 일기를 적거나 편지를 쓸 때와는 달리 비로소 복수의 독자를 갖게 된 것이므로 그의 글 속에서도 당연히 그 복수의 독자들에 대한 책임을 져야 할 형편에 서게 된 것입니다.

하지만 말이 쉬워 작가의 책임이지, 이 역시도 물론 간단한 문제가 아닙니다. 그의 시대나 사회에 대해 작가가 책임을 져야 하고 기여해야 할 몫이 무엇이냐. 앞서도 몇 차례 말한 바 있는 소위 몇몇의 천재들에겐 이 역시도 그리 어려운 문제가 될 수 없을 것으로 생각할지 모르겠습니다. 사실 간단하게 생각하면 간단해 보일 수도 있습니다. 보다 나은 세계를 위해, 보다 많은 사람들의 보다 행복한 삶을 위해, 조금 더 구체적으로 말하면 가난한 사람들을 궁핍으로부터 구해내기 위해, 압제받는 사람들의 자유와 생존권을 지키기 위해서, 또는 민족을 위해, 사회정의의 실현을 위해, 불의를 고발하기 위해, 진실을 증언하기 위해서 등등…… 인간 사회 본래의 도덕률에 합당한 일은 무엇이나 나무랄 데 없는 작가의 책임이요 작가의 몫으로 말해질 수 있습니다.

하지만 솔직하게 까뒤집어놓고 보면 여기에는 좀 엉뚱한 눈가림식 속임수가 끼어들 여지가 있습니다.

작가 자신의 개인적인 삶이나 인간적인 욕망의 문제는 자취가 사라져버린 점입니다. 그러한 사회정의의 실현 자체가 작가 개인의 삶의 욕망이나 목적에 부합하고 있는 거라고 말할 수도 있겠습니다만, 작가가 글을 쓰게 된 애초의 내면 동기는 사실상 그처럼 이타적이거나 몰개인적인 순교자풍의 것은 아니었습니다. 그가 애초에 글을 생각하게 된 동기는 그처럼 순교자적인 것이었다기보다도, 오히려 그의 바깥 세계에 대한 강렬한 복수심 때문이었습니다. 그런데 그 개인의 욕망과 복수심을 고의적이든 무의식적이든 깡그리 은폐해버린 채 오로지 사회적인 책임만을 그럴듯하게 말하고 싶어 한다면, 거기에는 필경 엉뚱한 속임수와 배반이 깃들일 위험이 있습니다. 쉬운 말로 자기 자신의 개인적인 삶의 욕망을 마음

속에 덮어두고 말한다면 듣기 좋은 말은 얼마든지 찾아질 수 있을 거라는 것입니다.

 하지만 글을 쓰는 사람이라고 자신의 독자적인 삶이나 욕망 같은 것이 없을 수가 없습니다. 그리고 그러한 욕망은 바깥 세계와의 바람직스런 화해 관계로서보다 종당에는 견딜 수 없는 복수심으로까지 변모할 수밖에 없었던 현실 부정의 요인이었습니다. 개인의 욕망이 위대하다거나, 그것을 고집해야 할 만한 가치가 있는 것인가 어떤가 따위를 따지기 이전에 그에게는 그것이 거의 불가피한 일이었던 것입니다. 개인적인 욕망을 은폐하고 무시하려 드는 것은 적어도 그 자신의 진실을 속이거나 독자들의 삶을 함께 속이는 행위가 될 수도 있습니다. 그리고 그런 사람에게서 주장되는 작가의 책임에 관한 말들은 그것이 아무리 듣기 좋고 보기 좋은 것이라 하더라도 사실은 한낱 허황스런 명분에 그치고 말 염려가 있다는 말씀입니다.

 제 이야기는 결국 아무리 한 사회에 대한 공인으로서의 그것이라 하더라도, 작가의 책임은 아무래도 그가 최초로 글을 생각하고 그것을 써보고 싶어 하게 된 개인적인 동기와 깊이 관련되고 있는 그의 삶의 욕망을 배반할 수 없다는 것입니다. 그만큼 허심탄회한 정직성의 전제 위에서라야 작가의 책임이라는 것도 비교적 정직한 모습이 드러날 수 있을 거라는 말입니다. 정직하지 못한 것은 문학의 세계에선 무엇보다 타기해야 할 부도덕이기 때문입니다. 파괴적인 악덕이기 때문입니다.

 독자와 사회에 대한 한 작가의 책임이란 그러니까 결국 그의 개인적인 삶의 욕망과 독자들의 삶을 위한 어떤 일반적인 가치 질서의 실천이라는, 복수가 기여가 되어야 한다는 그 지극히도 이율배반적인 관계 속에서 힘들게 마련되어야 할 운명의 것임을 알 수 있게 됩니다.

어려운 일일 수밖에 없습니다. 그러나 이것은 또한 피할 수 없는 일입니다. 어렵지만 거기서 해답을 구해내지 않으면 안 될 작가의 입장인 것입니다. 그리고 거기서 어떤 정직한 해답을 찾아낼 수만 있다면 우리는 비로소 오늘 왜 작가가 글을 쓰는가라는 과제에 대한 해답도 실마리가 풀릴 수 있을 것입니다. 그러한 해답은 곧 작가 자신의 개인적인 삶의 욕망과 독자들의 요구를 의좋게 만족시킬 수 있을 터이고, 실제로 오늘 여기서 우리가 구하고 싶어 하는 해답의 열쇠도 그 근처 어디쯤에서 구해질 수 있을 터이기 때문입니다. 왜 쓰느냐는 물음은 사실 글을 쓰는 작가 자신과 그의 독자들을 포함하여 우리들 모든 인간들의 삶에 대한 작가의 몫과 책임을 묻고 있는 것에 다름 아니기 때문입니다.

그럼 이제 여기서 저는 한 작가의 독자에 대한 구체적인 책임을 말씀드리기 전에 지금까지 제가 한 이야기를 다시 한 번 종합해드리는 뜻에서 잠시 제 개인의 경험담 한 가지를 소개해드리겠습니다……"

누운 채로 졸린 듯 녹음기 소리에 잠잠히 귀를 기울이고 있던 지욱은 거기서 마침내 자리를 벌떡 일어나 앉았다. 새 담배에 다시 불을 붙여 무는 지욱의 표정은 꽤 긴장하고 있었다.

―위인이 꽤는 정직한 체하는군.

그는 이날 저녁 강연회장에서도 이때와 똑같이 긴장을 하고 있었다.

위인의 말투 때문이었다. 위인의 그 정직성이라는 말이 지욱의 주의를 새롭게 일깨워온 때문이었다.

사실 지욱은 여태까지 작가라는 사람들로부터 그런 식의 솔직한 고백은 들어본 일이 없었다. 이정훈의 말마따나 글을 쓰는 사람들은 언제나 태어날 때부터 작가로 태어났거나, 어느 날 갑자기 이 세상 삼라만상과 우주의 철리를 대오 각성하고 작가로서의 계시를 얻어 그 일을 시작하게 된 듯이, 개인적인 삶의 내력이나 욕망 같은 것은 도대체 입에 올리는 사람이 없었다. 그들은 한결같이 진실에의 순교자였고 한결같이 난세의 구세주였고 한결같이 몰아의 박애주의자들이었다. 작가 자신의 삶은 문제 된 일이 없었다. 독자들도 그것은 어떤 금기처럼, 또는 독자와 작가 사이에 어떤 묵계라도 맺어져 있는 것처럼 그런 것을 문제삼으려 한 적이 없었다.

지욱은 그게 늘 의문이었다. 작가라는 사람들은 과연 그런 사람들인가. 그들에겐 정말로 숨겨진 개인의 욕망이 존재하지 않는 것인가. 바깥 세계에 대한 명분이나 사명감만으로 그의 개인적인 삶이 만족될 수가 있을까. 음험하게도 그것이 만약 작가의 의식 속에 보이지 않게 숨겨지고 있다면 그것은 과연 어떤 식으로?

자서전 나부랭이라고는 하지만 지욱 역시도 인간의 삶과 삶의 진실에 관계된 글을 써온 위인이었다. 그리고 그 말의 진실에 실패하여 자기 삶의 진실마저 실패하고 있는 요즈음의 처지였다. 그런 지욱의 처지로서는 더욱 그 작가의 말과 그 말의 정직성이라는 것이 궁금해지지 않을 수 없었다.
 하지만 지욱은 역시 자서전 작가일 뿐이었다.
 어떤 사람의 삶의 궤적을 따라 그것을 충실히 그의 글로 그려 보여주면 그만이었다. 뽕을 먹는 누에가 뽕잎의 똥을 싸는 격이었다. 뽕을 먹고 뽕의 똥을 싸는 자신의 말이 항상 미덥지가 못하기는 했지만. 거기 비해 작가라는 사람들은 뽕을 먹고 명주실을 뽑는 누에였다. 뽕잎을 명주실로 둔갑시키듯, 작가는 소설로 현실의 삶을 취하여 인간 일반의 삶의 진실이라는 실을 뽑아내는 사람들이었다. 작가의 삶이나 그의 말에는 그 정직성이라는 것이 더더욱 중요한 문제가 아닐 수 없었다. 한 작가의 삶과 그의 말의 정직성에 관한 비밀을 알 수만 있다면 지욱 자신에게도 아직은 희망이 있을 수 있었다. 신문에 난 집회 안내를 보고 지욱이 더욱 관심이 끌린 것도 그런 점 때문이었다.
 정훈은 과연 그럴듯한 소리를 하고 있었다. 그는 글을 쓰게 된 애초의 동기가 자신의 개인적인 삶의 위로와 구제 때문이라고 말하고 있었다. 그는 또 한술 더 떠 그것을 다시 복수심 때문이라 말하고 있었다.
 그리고 그 복수심이라는 개인적인 동기와 관련하여 바깥 세계에 대한 작가의 책임은 서로 이율배반의 관계에 있는 것처럼 보인다고 털어놓았다. 그는 그것을 솔직하게 인정하고 그런 관계 안에서 작가의 책임이라는 걸 찾아볼 수밖에 다른 도리가 없다고 말하고 있었다. 그것은 진실이 지상 과제가 되어 있는 문학에서야말로 정직하지 못한 것처럼 부도덕한 악덕은 없기 때문이라는 것이었다.

옳은 말이었다. 지욱으로서는 모처럼 만에 들어보는 시원스런 고백이었다. 하지만 개인과 사회의 이율배반적인 관계 위에 작가 자신과 독자들의 삶을 동시에 안아 들일 수 있는 어떤 진실의 문이 마련될 수 있을 것인가.

지욱은 긴장하지 않을 수 없었다. 강연장에서도 똑같이 긴장을 하지 않을 수 없었던 이유 또한 지욱 자신의 그런 궁금증 때문이기도 했다. 이야기를 이끌어가는 이정훈 역시 목소리에 점점 열기가 더해가고 있었다.

"작가가 왜 쓰느냐…… 언젠가 저는 이 문제에 관해 한 선배 문인으로부터 참으로 극심한 추궁을 당한 적이 있었습니다. 그분은 전에 시를 쓰다가 나중에 철학을 전공하신 분인데, 이분이 하루는 절더러 대뜸 왜 글을 쓰느냐는 것이었습니다. 근래에 그분은 『철학 속의 문학』이라든가, 『철학이란 무엇인가』 하는 책들을 쓰셨을 만큼 철학이나 문학에 다 같이 이해가 깊은 분으로, 저로서도 평소에 존경을 아끼지 않았던 만큼 처음부터 그분의 그런 질문이 몰라 묻는 소리가 아니라는 걸 알고 있었습니다. 저는 그게 일반적인 문학관 얘기가 아니라 그저 저 개인의 동기를 묻고 있는 줄로만 알았지요. 그래서 저도 엉겁결에 평소에 제가 생각해오던 대로 복수심 때문이라고 말해버렸지요. 그분은 고개를 젓더군요. 그렇다면 독자들은 당신의 소설에서 복수를 당하기 위해 당신의 글을 읽는 거냐구요. 작가의 글과 독자와의 관계는 그런 일방통행적인 파괴 관계보다는 상호 창조가 가능한 조화로운 대결이나 화해의 관계여야 한다고 말입니다. 그래서 전 다시 복수심이라는 말에 대해 자기 위로나 구제라는 개인적인 삶의 근거를 구실로 내세워보았지요. 했더니 그분 말씀이 이번에는 그럼 당신의 글은 순전히 쓰는 사람 자신의 문제에만 걸리는 것이냐고 하더군요. 전 또다시 독자에 대한 책임을 추가했지요. 일차적인 동기는 자신의 위로나 구제와 같은 개인적인 삶의 근거 때문이겠지만, 그 개인적인 삶의 진실이 확대되어 자기 이외의 인간 일반의 보편적인 삶의 진실에까지 뿌리가 닿게 되면 바로 그 보편적인 진실이 자기 이외 인간들의 삶 일반에 이르기까지 관계되어 독자들에 대한 직업 글장이로서의 책임이 수행될 수 있을 것이라고 말입니다. 이를테면 그 자기 위로라든가 구제, 또는 인간적인 권리나 자유의 확보, 사회정의의 실현 같은 모든 문제들이 그 보편적인 삶의 진실에 걸리는 문제일 수 있으리라고 말입니다. 그분은 아직도 뭔가 납득이 잘 가지 않는 표정으로 이날은 그만 입을 다물어버리고 말았어요. 하더니 다음번에 다시 만나 다짜고짜 또 같은 소리를 물어오는 것입니다. 이번에도 똑같이 또 당신 왜 글을 쓰느냐는 거예요. 참으로 복수가 동기였다면 칼을 택할 수도 있었고, 사회정의의 실현이 목적이라면 정치가나 사회 개혁 운동가나 혁명가가 될 수 있고, 인간의 진실이 목적이라면 흔히 말하는 사상가가 될 수도 있지 않으냐고 말입니다. 이번에는 저도 좀 장난기가 어린 말투로 남 앞에 뭔가 좀 잘나 보인 체해보고 싶기도 하고 곗돈 때문에 쓰고 있는 것 같기도 하다고 했지요. 그랬더니 곗돈 걱정이 없으면 정말로 쓰는 것을 중단하겠느냐, 공명심이 목적이라면 배우나 야구 선수를 지망할 수도 있고 먹을 것 입을 것이 문제라면 농사를 지어도 되고 장사꾼이 되어볼 수도 있지 않으냐, 그런 것 다 그만두고 왜 하필 글쟁이가 되었느냐며 그분도 그만 웃고 말더군요. 둘이서 함께 웃을 수밖에 없었지요.

 결국 그분이 묻고 있는 것은 글을 쓰는 동기나 목적이나 현실적인 이해관계나 자기 구제나 복수심이나 사회정의의 실현이나 도덕적인 책임이나 그런 모든 것을 한꺼번에 모순 없이 포용하고 설명할 수 있는 문학 행위의 이유가 무엇이냐는 것이었지요. 글이라는 건 실상 자기 개인의 동기에서만 쓰는 것도 아니고 독자를 위해 쓰는 것만도 아니고, 현실적인 이해관계에서만 쓰는 것도 아니고, 내면의 이념이나 정신 가치를 위해서만 쓰는 것도 아니고, 그리고 그 모든 일들을 따로따로 떼어서 생각하면 그것들이 반드시 소설이라는 글의 창작 형식으로만 가능한 것은 아니니까요. 소설을 쓰지 않을 수 없고 소설을 써야 하고 거기다가 또 반드시 소설로써 가능하고 소설로 해서만 이루려고 하는 바가 무엇이냐는 것이었지요. 그래서 저는 이 문제 때문에 다시 한동안 고심을 했습니다. 저 나름의 해답을 찾아놓지 않고는 견딜 수가 없었습니다. 이런 경우 그 문학이라는 것이 우리 인간과 세계에 대한 일면적 진실이 아닌 총체적 진실의 파악과 그의 제시에 봉사하기 때문이라는 따위의 상식론이 일단 해답의 단서가 될 수도 있겠지요. 하지만 어느 경우에도 저는 저의 개인적인 동기나 삶의 욕망을 배반해가면서까지 글을 쓰는 이유와 명분을 마련할 수는 없었습니다. 그분의 말대로 나의 삶과 독자들의 삶이 다 같이 창조적일 수 있는 대결이나 화해의 관계에 놓일 수 있는 길을 찾아야 했습니다.

전 확실한 것에서부터 다시 생각을 풀어나갔습니다. 복수심이 글을 쓰게 한 최초의 동기인 만큼 그것은 창작의 원동력이요, 복수심이 강하면 강할수록 창작욕도 그만큼 왕성해질 수밖에 없노라 믿고 있던 저로서는 그 복수심을 최초의 근거로 하여 저의 생각을 풀어나갈 수밖에 없었지요. 무엇보다도 확실한 것은 글을 쓰게 된 동기일 수밖에 없었고, 그 최초 동기는 복수심이었으니까요. 그리고 그 복수심을 최초의 발단으로 하여 저는 마침내 하나의 해답을 얻어내기에 이르렀습니다.

그것은 저의 최초의 복수심이 어떻게 제 안에서 적극적인 지배욕으로 발전하고 있었던가, 그 복수심과 지배욕과의 관계를 반성해봄으로써 의외로 간단히 해결될 수 있었습니다.

얼핏 생각하면 복수심이나 지배 욕망이라는 것은 우리 인간들의 자기실현 욕망이 바깥의 현실 가운데에서 좌절을 경험하게 될 때 우리 내면에서 동시에 유발되는 동질적 정서 반응으로 보일 수도 있겠습니다. 하지만 자세히 따지고 보면 이 두 가지 욕망 사이에는 현격하게 다른 차이점이 있습니다.

첫째는 우선 복수심과 지배욕은 동기와 수단의 관계로 나눠 이해할 수 있다는 점입니다. 복수심은 다만 우리 내면에 수용된 수동적 감정 반응일 뿐인 데 반하여, 지배욕은 그 복수심이 동기가 되어 그 복수심을 적극적으로 실현해내려는, 한 구체적 수단으로서의 의지 형태라는 것입니다.

둘째로 복수심은 그 복수심 자체로서는 순전히 파괴적 정신 현상인 데 반하여, 지배욕은 개인과 사회 간의 한 창조적 생산 질서일 수가 있다는 점입니다. 우리의 지배 욕망이 어떻게 창조적 생산 질서로 고양될 수가 있느냐 하는 점에 대하여는 뒤에 가서 다시 말씀드릴 기회가 있겠습니다만, 어쨌거나 우리가 지금 문학 행위의 궁극의 의의를 우리 삶의 해방에 상정하고 있는 이상 복수심은 오히려 우리의 삶을 부도덕하게 구속하고 파괴시키려는 부정적 정서라는 점에서, 그래서 우리는 그러한 파괴적 복수심으로부터 우리 삶을 허심탄회하게 해방시켜나가는 적극적 방법으로서 지배욕을 격발받고 그것을 시인하게끔 되었다는 점에서, 그러한 복수심과 지배욕은 명백한 차이가 있는 것입니다.

그러므로 저는 그러한 복수심과 지배욕 간의 반성을 통하여 비로소 저의 문학의 동기를 복수심보다는 지배욕 때문이라고 말하고 싶어진 것입니다. 제 문학의 궁극의 동기나 의의는 저의 그러한 지배욕 때문에 그 부도덕하고 파괴적인 복수심으로부터 자신의 삶을 창조적으로 해방시켜나가기 위한 자신의 깊은 지배 욕망을 옳게 감당해나가려는 제 나름의 노력과 자기 해소의 과정에 있다고 말하는 것이 훨씬 옳을 것 같다는 말씀입니다.

바깥 세계에 대한 복수심이나 그 현실의 질서를 자기 식으로 뒤바꿔놓고 싶은 욕망이란 보다 문학적인 발상법으로 말한다면 그것은 결국 그가 꿈꾸고 모색해낸 새로운 질서로 그 세계를 지배하고 싶은 욕망에 다름 아닌 것입니다. 그리고 그러한 지배 욕망은 과연 한 작가와 독자 사이를 구체적으로 연결 짓는 어떤 조화로운 관계 질서를 창조해갈 수 있게 된다는 점에서, 일방적으로 파괴만을 꿈꾸는 복수심에서와는 달리, 그의 독자에 대한 명백한 문학의 책임 문제가 뒤따르게 되는 것입니다.

그리하여 한 작가는 이 독자에 대한 책임과의 관계 위에서 세계를 보다 효과적으로 그리고 가능하면 완벽하게 지배하기 위하여, 끊임없이 새로운 세계의 새로운 질서를 꿈꾸는 것입니다. 또 그러한 지배에의 꿈으로 하여 현실의 풍속에서 패배하고 돌아온 작가 자신의 삶도 위로를 받고 구원을 받을 수가 있게 되는 것입니다.

그럼 이제 저는 여기서 우선 오늘의 본 과제인 왜 쓰는가에 대한 잠정적인 결론을 내려보겠습니다. 그리고 다음에 가서 그 작가의 책임 문제를 다시 한 번 생각해보겠습니다.

왜 쓰느냐는 물음에 대해서는, 전 어차피 지배하기 위해서 쓴다고 말하지 않을 수 없습니다.

작가는 지배하기 위해서 쓴다—

그러나 여기에는 아직도 의문이 있을 수 있습니다. 그렇다면 그 역시 일방통행적인 관계가 아니냐. 독자는 작가에게 지배당하기 위해서 그의 책을 읽는단 말이냐. 독자가 과연 어떻게 하여 그와 같은 작가의 일방통행적인 의지를 승인할 수가 있단 말이냐. 그것이 어떻게 작가와 독자 사이의 창조적인 화해 관계라고 말할 수 있단 말이냐—

과연 그렇습니다. 여기에선 분명히 독자들이 그 작가가 마련한 지배의 틀에 참가해 올 것이냐 어떠냐, 독자들이 그런 작가의 의지를 승인해주느냐 않느냐가 문제 되지 않을 수 없습니다. 그러한 지배의 관계가 어떻게 작가와 독자 사이를 창조적인 조화의 관계로 이끌어들일 수 있느냐가 문제인 것입니다…… 그것만 가능하다면 작가가 지배하기 위해 글을 쓴다는 사실이 바로 그 자신의 삶의 관계와 독자들에 대한 책임의 문제를 배반 없이 동시에 해결할 수 있는 길임을 인정하고 그것을 오늘 우리들이 찾고자 하는 질문의 마지막 해답으로 승인하지 않을 수 없을 것입니다.

결론부터 말씀드린다면 전 그것이 가능하다고 여겼습니다.

그것은 작가가 도대체 그의 작품으로 우리 독자와 세계를 어떤 식으로 지배해가며, 그 지배 수단의 핵심이 무엇인가 하는 지배 형식의 성격과 수단의 비밀을 따져 들어가보면 해답이 분명해질 것입니다. 우선 한 작가가 그의 세계를 지배하는 지배 형식의 성격부터 알아보겠습니다.

그것은 물론 그의 소설과 소설로써 내보인 새로운 세계의 질서에 의해서입니다. 하지만 작가가 그의 소설로써 지배하고 있는 세계는 현실의 세계 자체는 아닙니다. 그는 실상 현실의 세계에 대해선 언제나 무참스런 패배자일 수밖에 없는 자신을 알고 있기 때문입니다. 그가 자신의 생애에서 최초의 패배를 감수하지 않으면 안 되었던 것도 반드시 남보다 특히 열악한 현실 조건 때문만은 아니었기 때문입니다. 같은 환경 같은 조건을 가진 많은 사람들 가운데서도 그만이 유독 삶의 패배를 경험하고 그만이 복수를 꿈꾸며 그만이 작가가 된 사람이기 때문입니다. 그런 면으로 보면 작가란 실상 태어날 때부터 어떤 선천적인 성향이랄까 소지를 타고난 사람이라고 할 수도 있겠습니다. 유독히 남 앞에 잘난 체를 하고 싶거나 자기의 의지의 실현욕이 강한 사람이거나 또는 바깥세상으로부터 남보다 자주 상처를 받기 쉬운 성격이거나 하는 따위로 말입니다. 애초의 동기야 어느 편이든 어쨌거나 그는 그의 질서로써 현실 세계 자체를 지배하려고 하지는 않습니다. 그는 이번에도 역시 패배를 당할 수밖에 없는 자신을 알고 있기 때문입니다. 그의 복수심 역시 현실 자체를 겨냥한 것은 아니었고, 그것은 또 오랫동안 그런 식으로 내밀히 단련되어온 것입니다. 그래서 그는 어떤 새로운 질서의 세계를, 보다 나은 세계에 대한 새로운 이념의 문을 열어 보였다고 해도, 사람들로부터 그가 내보인 질서, 새로운 세계의 실현에는 참여할 수가 없습니다. 그가 마련한 질서와 세계를 실현하고 그것을 누리는 사람들은 그의 독자들뿐입니다. 그는 다만 그 독자들로부터 자신이 부여한 고유의 질서로 새로이 창조해낸 세계에 대한 동의와 승인을 기대할 뿐, 그 자신은 그러한 세계의 실현에 참가하여 그 세계나 그의 질서에 공감하고 동참해 오는 사람들을 실제로 지배하지는 못합니다. 그가 지향해 찾아낸 새로운 세계의 문이 그의 독자들에게 승인되고 현실로 바뀌는 순간에 그는 다시 그 현실로부터 패배할 수밖에 없으며, 그곳에는 이미 그가 서 있을 자리는 사라져버린다는 것을 알기 때문입니다. 그는 그가 힘을 다해 새로운 세계로의 출구를 열어젖힌 순간에 그것을 그의 독자들에게 내맡기고 자신은 또 다른 세계를 꿈꾸기 시작하는 것입니다. 그런 의미에서 작가는 당연히 이상주의자일 수밖에 없는 것이지요. 그리고 또 예술가로서의 작가는 당연히 이상주의자여야 하는 것이구요.

  작가는 근본적으로 어떤 새로운 이념을 창조해내고 그것을 자신의 몫으로는 실현하려 하지 않는다는 점, 그의 질서로써 현실적으로 세계를 지배하려 하지 않는다는 점, 그가 창조해낸 세계 안에선 언제나 자신의 자리를 마련할 수 없으며, 다만 그러한 세계의 가치를 승인받기를 기대할 수 있을 뿐, 그는 언제나 자신이 도달한 세계에서 또 다른 다음번 이념의 문을 향해 끝없이 고된 진실에의 순례를 떠나야 하는 숙명적인 이상주의자일 수밖에 없다는 점에서, 작가는 혁명가와 다르고, 사회 개혁 운동가와도 다르고, 목사와도 다르고, 정가의 야당 당수와도 다를 것입니다. 그리고 그 작가가 그의 새로운 가치 질서에 대한 일반의 공감과 승인을 얻음으로써 그의 지배를 끝내며, 마침내 그가 그의 질서로써 현실의 세계를 지배하려 하지는 않는다는 점에서 우리는 그의 지배 욕망을 겁내거나 배척할 필요가 없는 것입니다. 그의 지배욕을 안심할 수가 있는 것입니다.

  그러면 이제 다음번으로는 한 작가가 그의 소설로써 행사하는 지배력의 핵심적인 수단이 무엇이며 그것이 우리들 독자들 일반의 삶과 어떻게 관계되고 있는가를 알아보겠습니다.

  이것은 앞서 말한 지배욕의 실현 한계랄까 성격에서보다는 그러한 지배의 관계가 어떻게 작가와 독자 사이를 조화롭고 창조적인 관계로까지 이끌어갈 수 있느냐, 작가와 독자가 어떻게 대등한 관계에 설 수 있으며 독자들은 어떻게 그 작가의 세계를 승인하고, 그가 열어 보인 세계 안으로 허심탄회하게 참여해 들어갈 수가 있느냐 하는 점들에 대해 더욱 확연한 미래의 단서가 될 수 있을 것입니다.

그리고 작가의 책임이라는 것과 관련하여 작가가 왜 글을 쓰느냐는 우리들의 과제에 대한 마지막 해답이 될 수 있을 것 같습니다……"

지욱은 앉아 있던 자세에서 이번에는 아예 자리에서 일어서버렸다. 그리고는 다시 한 차례 새 담배에 불을 붙여 물고 서성서성 방 안을 맴돌기 시작했다.
―작자하곤 참 어지간히 끈질기군.
하지만 그는 아직도 녹음기의 이야기에 진력이 나 주의가 흔들리는 표정은 아니었다. 거동이나 중얼거림과는 다르게 그의 얼굴 표정은 갈수록 더 심각해지고 있었다. 공연히 자신이 초조해서 못 견디는 얼굴이었다. 자리를 일어서서 담배를 피워 물고 하는 거동도 오랜 시간 긴장하고 있는 자신을 달래기 위해서인 셈이었다.
강연장에서도 그랬었다. 이야기가 이 대목쯤 진행되어나가자 지욱은 강연장 바닥이 양탄자가 깔린 금연 지역이라는 것도 잊어버리고 불쑥 주머니 속의 담배를 꺼내 물었을 정도였다. 위인의 이야기가 지욱을 그토록 초조하게 긴장시키고 있었다.
지욱은 사실 게서 더 이상 이야기를 들을 필요도 없을 만큼 모든 것이 명백해진 듯했다.
작가의 이야기는 더없이 성실하고 솔직한 편이었다.
그리고 그의 논리는 인간의 가장 깊은 본능이나 무책임한 감정까지도 너그럽게 포용하고 있었다. 그만큼 설득력도 강한 편이었다.
그의 이야기가 지욱 자신의 자서전 일에 어떻게 관계 지어 올지는 아직 자신 있는 해답을 찾을 수 없었다. 하지만 적어도 한 작가가 자기 개인의 삶과 집단의 삶에 대해, 그리고 그것을 관계 짓는 자신의 말에 대해 얼마나 정직해지려 애를 쓰고 있으며 얼마나 견고한 논리를 구축하고 있는가는 그것으로 이미 설명이 충분했다.

그런데 그는 아직도 말이 남았다는 것이었다.

지욱은 오히려 그게 불안스러웠다. 작자가 아직 남아 있는 말로써 다 된 밥에 재를 뿌리는 격이 되지나 않을까 싶었다.

하지만 이제 지욱은 강연장에서처럼 불안해할 필요가 없었다. 그는 이미 작가에게 남아 있는 말을 알고 있었다. 녹음기의 테이프가 거의 다 풀려나가고 있었다. 작가의 말도 이젠 남아 있는 테이프 두께만큼밖엔 되지 않았다.

그런데도 지욱은 역시 긴장을 풀어버릴 수가 없었다.

그는 테이프에 남아 있는 이야기의 내용을 알고 있기 때문이었다. 테이프의 길이는 그리 많이 남아 있지 않았지만 그가 전제를 단 것처럼, 그리고 지욱이 불안스러워했던 바와는 달리, 남아 있는 그의 말이 그를 더욱 완벽하게 굴복시키고 만 때문이었다. 지욱은 이제 그 유리창가에 조용히 발길을 머물고 서서 위인의 남은 이야기를 차근차근 마저 확인해나가기 시작했다.

"작가가 글을 쓰는 애초의 동기가 지배하기 위해서라는 데서부터 이 문제를 다시 따져나가 봅시다.

작가는 지배하기 위해 글을 쓴다…… 그렇다면 그 작가는 당연히 효과적인 지배의 방법을 택할 것입니다. 독자들의 반발을 사는 지배의 수단은 좋지가 않습니다. 독자들이 거부하지 않고 스스로

동의하고 참가해 올 수 있는 세계를 창조하려 할 것입니다. 그런 질서를 찾아내고 그것을 확대해나가려 할 것입니다. 그가 보여주는 세계가 독자들이 바라는 세계여야 한다는 말입니다. 그러면 독자들이 바라는 세계가 어떤 것이냐가 문젭니다. 그것은 독자들이 바라는 세계라 하여 진실되지 못한 것을 문학의 이름으로 보여줄 수는 없다는 점과 깊은 관련이 있습니다. 작가는 우선 그의 독자들에게 거짓되지 않은 것, 진실한 것만을 말하고 보여주기로 애초부터 약속이 되어 있었던 것입니다. 그 진실은 무엇보다도 독자들의 삶에 깊이 관계된 것입니다. 결국은 우리 인간들의 삶의 진실과 그 진실의 크기가 문제라는 말씀입니다. 작가는 독자들의 삶의 진실로써 그의 지배 수단을 삼아야 합니다. 그리고 그 진실은 깊고 넓어야 합니다. 큰 진실이어야 합니다.

 그러면 우리들의 그 삶의 진실이라는 것은 어떤 것입니까. 그것은 물론 행복한 삶에 관한 것입니다. 보다 더 자유로운 삶에 관계되는 것입니다. 보다 더 풍족하고 의롭고 정직한 삶에 관한 것입니다. 한마디로 보다 더 사람다운 삶에 관계하는 것입니다.

 자유롭지 못하게 하는 것을 소설로써 고발하는 것, 의롭지 못한 일을 증언하는 것, 우리의 삶을 부당하게 간섭해오거나 병들게 하거나 불행스럽게 만드는 모든 비인간적인 제도와 억압에 대항하여 싸우고 그것들을 이겨나갈 용기를 모색하는 것, 소위 새로운 영혼의 영토를 획득해나가고 획득된 영토를 수호해나가려는 데 기여하는 모든 문학적 노력이 종국에는 다 우리의 삶을 보다 더 윤택하고 행복스럽고 사람다운 사람으로 살아가게 하려는 삶의 진실을 위한 것이라 할 수 있을 것입니다. 작가가 그의 작품으로 그런 삶의 진실을 위해 싸우는데 독자가 그것을 배척하고 외면할 리 없을 것입니다.

결국은 그 진실의 크기나 깊이가 문제라는 말씀입니다.

그렇다면 우리의 삶과 관련하여 가장 깊고 큰 진실이라는 것은 무엇입니까. 우리 삶을 가장 삶다운 삶으로 돌아가 살게 하는 옳은 질서는 무엇입니까. 우리나라의 어떤 평론가 한 사람은 우리의 삶을 삶답지 못하게 하는 모든 비인간적인 풍습과 제도와 문물과 사고를 통틀어 우리 삶을 '억압'하는 것들이라고 표현한 일이 있습니다만, 우리 삶이 그 억누름으로부터 벗어나서 온전한 삶, 본래의 자유롭고 화창한 삶으로 돌아가게 하는 질서는 무엇입니까. 그것은 자유의 질서입니다. 이 자유의 질서야말로 우리의 가장 크고 깊은 삶의 진실이 아닐 수 없다는 말씀입니다.

이렇게 보면 문학비평가들이 흔히 말하는 작가의 시점(視點)이나 시선(視線)이라는 것도 결국은 그 자유의 이해와 신봉 방식에 따라 깊은 정체가 밝혀질 수 있는 것이 아닌가 생각합니다. 작품의 배면에 숨어들어 작가가 우리 삶이나 세계를 바라보고, 독자의 이해를 은밀히 간섭해오는 그 작가의 시선이라는 것 말입니다.

종국적으로 우리 삶의 자유에 관계되고, 오로지 그 삶의 자유 때문에 문학을 하면서도, 헤아릴 수 없이 다양한 문학 유파나 경향들이 말해주듯 작가에 따라 우리 삶과 세계를 만나는 방법이 달라지는 까닭은 물론 그 작가들 개인에 따라 보다 더 심층적인 동기를 깊이 추적해 들어가봐야겠지요. 앞서도 말했듯이 작가에 따라 그의 개인적 삶의 욕망이나 좌절의 과정들과 관련하여 그가 과연 어떤 패배를 경험해왔고 어떤 식의 복수를 꿈꾸어왔으며, 그 억눌린 자기표현의 욕망과 관련하여 그가 과연 그의 세계를 어떻게 지배하고 싶어 해왔느냐 하는 것들을 말입니다. 어떤 작품 속에 깃들여지고 있는 그 작가의 문학적 태도, 다시 말해 그 작품을 쓴 작가의 시선이라는 것이 어떤 모습으로 어떻게 관계 지어지고 있느냐 하는 것은 바로 그 작가 개인의 삶의 욕망이나 세계 이해의 태도에 따라 결정이 날 수 있을 것이기 때문입니다.

하지만 그러한 작가의 문학 세계의 방향과 본질을 결정지어주는 시점의 성립 역시도 그의 객관적 작품 효과 안에선 그 작가의 자유에 대한 고유한 태도, 그가 그 자유를 어떻게 이해하려 했느냐, 우리 삶이나 세계에 대해 어떻게 그것을 관계 지으려 하며, 그것을 위해서 어떻게 봉사하려 했느냐 하는 데에 따라 최종적인 성격이 결정지어지는 것이라고 말할 수 있을 것입니다.

그렇다면 이제 마지막으로 저의 결론을 말씀드리겠습니다.

작가는 세계를 지배하려는 개인의 욕망에서 글을 쓰기 시작했으되, 그는 그 개인의 삶의 욕망과 독자의 삶을 다 같이 배반할 수 없다— 그는 자신의 욕망과 독자와의 창조적인 화해 관계에 놓일 수 있는 지배 방식을 통해 그 독자에 대한 작가로서의 책임을 수행해나가야 하는데, 그 둘은 원래가 이율배반의 관계처럼 보일 수도 있다— 그러나 작가는 독자의 삶을 현실적으로 지배하려 하지는 않는다는 점, 그리고 그가 그의 독자를 지배해나가는 이념의 수단은 우리 삶의 진실에 가장 크게 관계된 자유의 질서라는 점에서 양자의 갈등은 해소될 수가 있는 것이다……

결국 작가는 자유의 질서로써 독자를 지배해나간다는 것입니다. 억압이나 구속이나 규제가 아닌 자유의 질서를 찾아 그것을 넓게 확대해나감으로써 이 세계를 지배해간다는 것입니다. 지배라는 말이 흔히 우리들에게 인상 지어주기 쉽듯이, 그는 우리의 삶을 그의 지배력으로 구속하고 규제하고 억압하는 것이 아니라 오히려 그것들로부터 우리의 삶을 해방시키고 그 본래의 자유롭고 화창한 삶의 모습으로 돌아가게 하려는 것일진대, 독자들도 그의 지배를 승인하고 스스로 그의 질서를 따르지 않을 수가 없을 것입니다.

그리고 작가 역시 그가 문 열어 보인 자유의 질서에 의해 독자들의 삶을 보다 넓고 자유로운 세계에로 해방시킴으로써 그 자신도 비로소 그의 지배욕과 복수심 그리고 그의 개인적인 삶의 모든 욕망들로부터 스스로를 해방시키고 그의 삶을 보다 깊이 사랑하고 보다 넓게 실현해나갈 수가 있게 될 것입니다. 그럼으로써 비로소 한 작가의 개인적인 삶의 욕망과 그의 독자에 대한 책임 사이의 배반 없는 상호 창조 관계가 성립될 수 있게 될 것입니다.

따라서 이젠 그 독자들에 대한 작가의 책임 역시 자명해지지 않을 수 없습니다. 그것은 말할 것도 없이 그의 독자들과 동시대인들의 삶의 자유와 관계하여 글을 써야 하는 것이 되지 않을 수 없습니다. 그리고 지금까지 모든 작가들이 수행해온 창작 작업도 따지고 보면 모두가 그 자유와 관계되고 있거나 그것과 올바른 관계를 지으려 노력을 바쳐온 작업이었다 할 수 있을 것입니다.

그것은 곧 우리의 삶에 대해 드넓고 화창한 자유의 질서를 부여

하는 작업입니다.

이 말의 뜻을 좀더 명백히 해두기 위해선 그 '새로운 질서의 창조와 확대'라는 말을 다시 생각해볼 필요가 있을지도 모르겠습니다.

한 작가가 그의 이념적 세계 지배의 수단으로서 어떤 새로운 질서를 창조하고 그것을 확대해나간다는 것은 그것으로 그가 이전에 없었던 세계를 새로 만들어내는 것이 아니라, 이미 있어온 세계에 대한 새 시선의 발견이나, 있어온 세계에 대한 자유라는 새로운 질서의 부여 행위를 뜻할 터입니다. 우리가 살아온 세계 밖에 또 다른 세계를 새로 만들어내는 것이 아니라, 이미 있어오기는 했으되 우리 삶과는 무관하게 망각되어온 세계, 또는 우리 삶을 부당하게 배반해온 그릇된 질서로 존재해온 부정적 세계에 대하여 적극적으로 새로운 삶의 질서를 부여하고 확대해나감으로써 우리 삶의 새로운 터전으로 값있게 편입해 들이는 작업을 뜻하는 것입니다. 그리하여 우리 삶의 터전을 더욱 넓게 확대해나감으로써, 보다 많은 삶의 자유를 누리고, 그것을 더욱더 넓은 가능의 세계로 화창하게 해방시켜나가는 작업인 것입니다.

그러므로 문학이란 이를테면—여기선 일단 소설에만 한정해 말해야 할지 모르겠습니다만—순수 경향이라고 이름 붙여져온 것들이나 투철한 참여 정신으로 평가되어온 것들이나, 고발 문학이나 증언 문학이나, 인간성의 비밀을 탐색한 것이거나 사회질서에 관심이 집중된 것이거나, 농촌 소설이나 도회 소설이나, 전쟁 소설이나 전원 소설이나, 정치 소설이나 공상 소설이나, 고전주의나 낭만주의나, 사실주의나 초현실주의나, 말의 정직성에 매달려 땀을 흘리는 소설이나 힘찬 행동성을 앞세우는 소설이나, 어떤 유파 어떤 경향의 소설이라도 그 모든 것이 종국에는 우리 삶의 자유와 관계될 수밖에 없으며, 또 그것을 넓혀가는 일이거나 지키려는 일이거나 결국은 그것 때문에 씌어지고 있는 것이라고 말할 수 있을 것입니다.

 왜 쓰는가— 작가는 우리들의 자유로운 삶을 위해, 말을 바꾸어 보다 인간다운 삶, 보다 행복스런 우리들의 삶 또는 그 삶에 대한 깊은 사랑 때문에 쓰고 있고 또 써야 함에 틀림없을 거라고 말씀드리면서 이제 그만 저의 이야기를 끝내겠습니다. 감사합니다……"

 마침내 정훈의 이야기는 끝이 났다. 정훈이 청중들을 향해 고맙다는 인사말을 건넴과 함께 그 청중들 쪽에서 성급하고도 요란한 박수 소리가 터져 나왔다.

 묵묵히 창가에 서서 귀를 기울이고 있던 지욱이 비로소 몸을 돌이켜 세웠다. 녹음기는 아직도 잠시 동안 더 작동을 계속하고 있었다.

 박수 소리가 끝나고 나서 누군가가 다시 연사에게 질문을 하고 있었다. 하지만 질문자의 말소리는 중도에서 그만 침묵하고 말았다. 지욱이 녹음기 스위치를 꺼버렸기 때문이다. 강연장에서도 지욱은 그쯤에서 녹음을 중단해버린 것이었다. 질문이라야 별로 귀를 기울일 만한 것이 못 되었던 데다가 지욱은 자기 이야기의 요점도 추리지 못하고 있는 그 질문자의 횡설수설에 짜증이 나고 말았기 때문이다. 녹음기를 끄고 나서도 몇 사람 더 질문자가 일어서고 연사와 질문자들 간에 몇 가지 문답들이 오갔지만, 지욱은 그동안에 이미 작업이 끝난 녹음기를 말끔히 거둬 챙기고 말았었다. 그리고 공연히 혼자 마음이 조급해져 허겁지겁 강연장을 빠져나오고 말았던 것이다.

 스위치를 다시 넣고 테이프를 반전시키고 있는 지욱의 얼굴 위에 아직도 그 강연회장에서와 같은 조급스런 불안감이 어리고 있었다. 녹음기가 맹렬한 속도로 테이프를 반전시키고 있는데도 지욱은 그 일이 끝나기를 기다리는 시간조차 지루해 견딜 수 없는 것 같은 얼굴을 하고 있었다. 무슨 텔레비전 첩보 영화에서처럼 테이프가 금세 연기를 뿜고 사라져버리기라도 할 것처럼 눈을 잔뜩 부릅뜨고 릴의 회전을 지켜보고 있었다. 그리곤 마침내 그 지루한 반전이 끝나자 지욱은 마치 살아 있는 물건을 낚아채듯 재빠른 동작으로 테이프가 완전히 되감겨진 반대쪽 릴을 뽑아냈다. 그리고는 그의 책상 맨 아래쪽 자물쇠를 열고 서랍 안에 미리부터 보관되어 있는 대여섯 가지 다른 테이프들 사이에다 이날의 새로운 수확을 얌전히 가둬 넣었다.

 지욱의 얼굴에 비로소 조금 안도의 빛이 떠돌기 시작한 것은 그런 일련의 작업을 끝내고 나서 그가 모아들인 수많은 말들이 감금되어 있는 서랍의 자물쇠를 굳게 다시 잠그고 난 다음이었다.

(『세계의문학』 1977년 봄호)

연
―새와 어머니를 위한 변주 1

마을 쪽 하늘에선 연(鳶)이 떠오르지 않는 날이 없었다.

연은 먼 하늘 여행을 꿈꾸는 작은 새처럼 하루 종일 마을 위를 맴돌았다.

들에서나 산에서나 마을 근처에선 언제 어디서나 새처럼 하늘을 떠도는 연을 볼 수 있었다.

연이 하늘에 떠올라 있는 동안은 양산댁도 마음이 차라리 편했다.

들에서나 산에서나 양산댁은 이따금 자신도 모르게 그 연을 찾아 일손을 문득 멈추곤 했다. 그리고 그 적막스런 봄 하늘을 바라보며 허기진 한숨을 삼키곤 했다.

아비 없이 자란 놈이라 하는 수가 없는가 보았다.

"우리 집 처지에 상급 학교가 당하기나 한 소리냐. 이름자나마 쓰고 읽게 된 걸 다행으로 알거라."

어미 곁에서 함께 땅이나 파고 살자던 소리가 아들놈의 어린 가슴에 못을 박은 모양이었다.

"상급 학교 못 가면 연이나 실컷 띄우고 놀 거야. 상급 학교 안 보내준 대신 연실이나 많이 자아줘."

상급 학교 진학을 단념한 대신 아들놈은 그 철 늦은 연날리기 놀이를 시작했다. 연실 마련이 어려워서 제철에는 남의 집 애들 연 띄우는 거나 곁에서 늘 부러워해오던 녀석이었다.

양산댁은 큰맘 먹고 연실을 마련해냈고, 아들놈은 그때부터 허구한 날 연에만 붙어 자고 샜다.

봄이 되어 제 또래 아이들이 모두 읍내 상급 학교로 마을을 떠나가버린 다음에도 아들놈은 혼자서 그 파란 봄 보리밭 위로 하루같이 연만 띄워 올리고 있었다. 아침 절에 띄워 올린 연이 해질 녘까지 마을의 하늘을 맴돌았다.

양산댁은 언제 어디서나 그 아들의 연을 볼 수 있었다.

연을 보면 아들의 얼굴을 보는 것 같았고 아들의 마음을 보는 것 같았다.

연은 언제나 머나먼 하늘 여행을 꿈꾸고 있는 작은 새처럼 보였고 그래서 언젠가는 실줄을 끊고 마을의 하늘을 떠나가버릴 것처럼 그녀의 마음을 불안하게 했다.

하지만 연이 그렇게 하늘에 떠올라 있는 동안엔 양산댁도 아직은 마음을 놓을 수 있었다. 연이 하늘을 나는 동안은 어느 집 양지바른 담벼락 아래, 마을의 회관 뜰 한구석에, 또는 아지랑이 피어오르는 어느 보리밭 이랑 끝에 그 봄 하늘처럼 적막스럽고 외로운 아들의 모습이 선하기 때문이었다.

그래서 그녀는 아들놈의 연날리기를 탓한 일이 한 번도 없었다. 철 늦은 연날리기에 넋이 나간 아들놈을 원망해본 일이 한 번도 없었다.

녀석의 마음이 고이 머물고 있는 연의 위로를 감사할 뿐이었다. 연에 실린 아들의 마음이 하늘을 내려오는 저녁 연처럼 조용히 다시 마을로 가라앉기를 기다릴 뿐이었다.

그러던 어느 날이었다.

하루는 결국 이변이 일어나고 말았다.

그날은 유독 봄바람이 들녘을 설치던 날이었다.

양산댁은 이날도 고개 너머 들밭 언덕에서 봄 무릇을 캐고 있던 참이었다.

바람을 태우기가 좋아 그랬던지 아들놈은 이날따라 연을 더 하늘 높이 띄워 올리고 있었다. 마을에서 띄워 올린 녀석의 연이 고개 이쪽 양산댁의 머리 위까지 까맣게 떠올라와 있었다. 얼레의 실이 모조리 풀려나와 하늘 끝까지 닿고 있는 것 같았다.

무릇 싹을 찾아 헤매던 양산댁의 발길이 자꾸만 헛디딤질을 되풀이했다. 연이 너무 높은 데다가 전에 없이 드센 바람기 때문에 마음이 놓이지 않는 탓이었다. 팽팽하게 하늘을 가로질러 올라간 연실 끝에서 드센 바람을 받고 낙놀이가 심해진 연을 따라 양산댁의 마음속도 불안하게 흔들리고만 있었다.

아니나 다를까.

불안감에 쫓기던 양산댁이 어느 순간엔가 다시 그 하늘의 연을 찾았을 때였다.

연이 있어야 할 곳에 연의 모습이 보이질 않았다.
연은 어느새 실이 끊어져 날아간 것이었다. 빗살처럼 곧게 하늘로 뻗어 오르던 연실이 머리 위를 구불구불 힘없이 흘러내려오고 있었다.
실이 뻗쳐올라가 있던 쪽 하늘을 자세히 살펴보니 아직도 한 점까만 새처럼 허공 속으로 아득히 멀어져가고 있는 것이 있었다.
양산댁은 아예 이제 밭언덕에 주저앉아 연의 흔적이 시야에서 사라져 가버릴 때까지 그녀의 그 하염없는 눈길을 하늘에 못 박고 있었다.
그리고 그 연의 모습이 완전히 시야에서 자취를 감추고 난 다음에야 그녀는 비로소 가는 한숨 소리를 삼키면서 천천히 다시 자리를 털고 일어났다.
하지만 이제 반나마 차오른 무릇 바구니를 옆에 끼고 마을 길을 돌아가고 있는 양산댁은 방금 전에 무슨 아쉬운 배웅이라도 끝내고 돌아선 사람처럼 거동이 무척 차분했다. 연을 지킬 때처럼 초조한 눈빛도 없었고 발길을 조급히 서둘러 가려는 기색도 아니었다.
그녀는 이미 모든 것을 알고 있고 모든 것을 미리 체념해버린 것 같은 거동새였다. 마을 쪽에서 그 땅으로 내려앉은 연실을 거두어 들이는 기미가 보이지 않는 것도 그녀는 전혀 이상스러워지지가 않은 얼굴이었다.
"양산댁 아지매요. 건이 새끼 좀 빨리 쫓아가봐야 혀요. 건이 새긴 아까 도회지 돈벌이 간다고 읍내께로 튀었다니께요. 지는 도회지 가서 돈 벌어 온다고 연실 같은 건 내나 실컷 감아 가지라면서요……"

 양산댁이 흐느적흐느적 허기진 걸음걸이로 마을을 들어섰을 때였다. 아들놈의 연실을 감아 들이고 있던 이웃집 조무래기 놈이 제풀에 먼저 변명을 하고 나섰으나 양산댁은 이번에도 미리 모든 것을 짐작하고 있던 사람처럼 놀라는 빛이 없었다. 앞뒤 사정을 궁금해하거나 집을 나간 녀석을 원망하는 기색 같은 것도 없었다. 아들의 뒤를 서둘러 쫓아 나서려기는커녕 걸음 한번 멈추지 않고 말없이 그냥 녀석의 곁을 지나쳐 갈 뿐이었다. 그러고는 내처 그녀의 그 텅 빈 초가의 사립문을 들어서고 나서야 아들의 연이 날아간 하늘을 향해 발길을 잠깐 머물러 섰을 뿐이었다.
 하지만 이제 그 하늘에 연의 흔적은 보이지 않았다. 텅 빈 하늘만 하염없이 멀어져가고 있었다.
 양산댁은 다만 그 무심한 하늘을 향해 다시 한 번 가는 한숨을 삼키며 허망스럽게 중얼거리고 있었다.
 "아가. 어딜 가거나 몸이나 성하거라……"

(『동아일보』 1977. 2. 5)

빗새 이야기
— 새와 어머니를 위한 변주 2

비— 비—

봄부터 가을 녘까지 비가 오는 날에만 우는 새가 있었다.

뽀얀 여름 빗줄기의 장막 속에 파묻힌 마을 앞 밤나무 숲이나 가을비에 젖고 있는 등 너머 솔밭골 쪽을 때로는 아득하고 때로는 지척인 듯싶게 정처 없이 새 울음소리가 떠돌곤 했다.

"빗새가 가엾게 찬비를 못 피해 저리 울고 다닌단다."

어머니는 그게 빗새가 우는 소리라 말했었다. 빗새는 원래 비가 와도 깃들일 둥지가 없는 새여서, 날씨가 궂으면 그렇게 젖은 몸을 쉴 의지를 찾아 빗속을 울며 헤매 다닌다는 것이었다.

그래서 어머니는 빗새 소리만 떠도는 날이면 당신도 함께 그 이상한 근심기로 얼굴빛이 어둡게 흐려지곤 하였다.

비— 비—

여름날 저녁 칠흑 같은 어둠 속에서도 빗새는 여전히 그 차가운

빗속을 헤매 다니는 소리를 들을 때가 있었는데, 그런 날은 어머니도 밤잠을 못 자고 마루 밖 어둠 속으로 나와 앉아 무한정 그놈의 울음소리를 지키고 있을 적이 허다했다.

"무슨 놈에 새짐승이 제 둥지 하나 못 지닐 팔잘 타고났던가……"

줄기찬 밤빗소리 속으로 까마득히 멀어져갔다가 가까워지고, 가까워졌다간 다시 또 아득히 멀어져가고 하는 그 구슬픈 빗새 소리 한 대목마다에 어머니의 그런 푸념과 한숨 소리가 번번이 뒤따랐다.

어머니가 그 텃밭 가 동백나무에 쏟아온 관심과 정성 역시도 그러니까 알고 보면 바로 그 빗새에 대한 당신의 측은한 마음에서인 것이 틀림없었다.

어머니는 언제부턴가 집 앞 텃밭 한쪽 가에 어린 동백나무 한 그루를 옮겨다 심어놓고 말 없는 정성을 다해오고 있었는데, 어머니는 추운 겨울철에도 그 동백에 쏟는 당신의 정성으로 누구보다 간절히 봄을 기다렸고, 누구보다 일찍 그 동백나무의 봄을 맞아 반겼다. 추운 겨울을 용케도 잘 참아 넘긴 나무에 해마다 고운 꽃망울이 다시 맺혀 나오는 것을 보고서야 어머니의 그 기나긴 겨울은 비로소 끝이 나는 것이었다.

하지만 어머니가 그토록 텃밭 동백에 마음이 쏠리는 것은 나무에 오는 봄을 기다리고 꽃을 보기 위해서만이 아니었다. 어머니가 거기 나무를 가꾸는 것은 빗새의 의지를 마음에 두고서였던 게 분명했다. 여름이나 가을 빗새 소리가 극성을 떨고 난 다음 날 아침이면, 어머니는 유달리 그 동백나무 쪽으로 자주 마음이 쓰이고 있었다. 아침 일찍부터 나무를 나가 살피면서, 씨좁쌀 말린 것을 새 모이로 주위에다 뿌려주는 일까지 종종 있었다. 사람들이 집 가까이 두기를 꺼리는 동백을 고른 것도 빗새가 의지 삼기 좋은 그 넓은 나뭇잎과 가지들을 염두에 두고서였음이 분명했다.

하지만 나는 실상 그 빗새라는 게 어떻게 생긴 모양의 새인지 진짜 모습을 알 수가 없었다. 소리 이외에 빗새의 모습을 눈으로 본 적이 한 번도 없었기 때문이다. 어머니마저도 진짜 빗새를 알지는 못했다. 어머니 역시 빗새가 우는 것을 눈으로 직접 본 일은 없었기 때문이다.

"그건 알아서 뭣에 쓸래. 날짐승 중에 어떤 놈이 그렇게 울던 놈이 있었겠제……"

어머니는 그냥 어림짐작만으로 나무로 깃들여 온 날짐승들에겐 어느 것에게나 똑같이 모이를 뿌려줄 뿐이었다. 동백나무 잎새 밑으로 비를 피해 들었다가 아침 모이를 얻어먹고 가는 새는 수도 없이 많았다. 어느 놈이나 밤을 새고는 모이를 쪼고 날아갔다.

그 많은 새들 가운데 어느 것이 진짜 빗새인지는 짐작조차도 할 수 없는 일이었다. 알아낼 수도 없는 일이거니와 알아내려고 하지도 않았다.

하지만 마침내 그 빗새의 모양이 어떻게 생겼는지 어림짐작을 해볼 수 있는 날이 찾아왔다. 상급 학교 진학을 못하게 되자 도회지 돈벌이 나간다고 줄 끊어진 한 점 연이 되어 까마득히 마을을 떠나갔던 당신의 큰아들이 집으로 다시 돌아오던 날이었다. 마을을 한번 떠나간 후론 소식이 영영 끊어져버렸던 사람이 30년 만엔가 다시 당신을 찾아 털털뱅이로 돌아왔을 때, 어머니는 그 지치고 피곤한 형의 보잘것없는 귀향을 원망하는 빛이 조금도 없었다.
"긴 세월 허구한 날 어느 낯선 골을 헤매고 다녔더냐. 비바람 치고 어두운 밤인들 어느 한데다 의지나 삼았더냐."
어머니는 미처 피어보지도 못하고 늙어가는 아들이 측은해서 거친 두 손만 하염없이 쓰다듬어댈 뿐이었다.
"하지만 어머니, 그런 일은 없었어요. 바깥세상을 나가 돌아다니다 보면 엄니같이 자식을 일찍 외지로 내보내고 사는 노친네들을 자주 만날 수가 있어서요. 그런 분들 인정으로 전 이렇게 다시 무사하게 돌아온걸요."
그런데 그 형이 거꾸로 어머니를 위로하듯 조용히 그렇게 말하고 나서,
"그러고 보니 엄니, 제가 너무도 긴 세월 동안 불효를 드렸군요. 제가 옛날 집을 떠날 때는 아무것도 없었는데, 텃밭에 저렇게 동백나무가 크게 자라 있는 걸 보니께요."
텃밭 가의 그 동백나무를 내려다보며 새삼스럽게 죄스런 목소리로 덧붙여왔을 때였다. 나는 느닷없이 그 회한기 어린 귀향자의 모습에서 그 오랜 빗새의 형상이 머릿속에 문득 떠올라온 것이었다.
빗새란 아마 비에라도 젖어 돌아온 듯한 그 형의 지치고 가련한 몰골처럼, 그래서 언제나 꽁지와 부리를 힘없이 내려뜨린 모습을

하고, 젖은 몸을 의지할 둥지를 찾아 빗속을 비비 끝없는 울음을 울고 다니는 그런 새가 아닐까고 말이다.

(『샘터』 1977년 4월호)

학
—새와 어머니를 위한 변주 3

그는 졸림 속에서 다시 정신을 차렸다. 노인의 기색을 살폈다.
자정 녘을 지나면서 노인은 고통이 더욱 심해지고 있었다. 이젠 숨을 쉬기조차 거북스러운 듯 얼굴을 잔뜩 찌푸린 채 가만히 눈을 감고 있었다. 눈을 감고 아픔을 참으며 노인은 끈기 있게 날이 밝기를 기다리고 있었다.
그는 조용히 손을 들어 노인의 이마를 짚어보았다. 초저녁께 잠깐 우선하던 열기가 자정을 고비로 다시 몸을 끓여대고 있었다. 이마가 불덩이처럼 뜨거웠다. 아들의 손길조차 의식할 수 없는 듯 노인은 전혀 반응이 없었다. 그는 안타까운 시선으로 노인의 얼굴을 초조하게 지켜보고 있었다. 희미한 등잔불빛에 비쳐난 노인의 얼굴 모습은 잦아질 듯이 야위어 있었다.
벌써 사흘째 밤이었다. 감긴가 싶던 노인의 신열은 하룻밤 사이에 걷잡을 수 없도록 심해져 있었다. 장터거리로 의사를 찾아가보자 하니 노인은 한사코 반대였다. 하루 이틀 땀을 흘리고 나면 될 것을 번거롭게 서둘고 나설 일이 뭐냐고 고집이었다. 노인은 그가 일부러 끌어들인 방앗간집 달구지를 끝내 사양해버렸다. 할 수 없이 그가 혼자 장터거리의 의사를 찾아가 물어보니 노인의 증세는 폐렴기 같다는 것이었다. 그는 의사를 데려왔다. 그러나 의사는 노인을 진찰하고 나서 머리를 갸우뚱했다. 폐렴 증세가 틀림없다고 했다. 노인은 올해 예순일곱이었다. 그 나이 노인들에겐 그게 좀 어려운 병이 아니라 했다. 시기도 좀 늦은 것 같다고 했다. 의사는 해열제와 페니실린 주사 몇 대를 놓아주고 나서 담담한 얼굴로 다시 장터로 돌아가버렸다.

노인의 열기는 차도가 없었다. 가끔은 그 심한 열 때문에 의식을 놓아버릴 때도 있었다. 그러나 노인은 한사코 병원은 반대였다. 다시 한 번 그가 장터거리로 쫓아 나가 부탁을 했으나, 이번에는 의사 쪽에서도 마을까지 들어와주질 않았다. 의사는 해열제 몇 알을 건네주는 것으로 모든 대답을 대신했다. 그 해열제 몇 알로 노인은 끈기 있게 고통을 참아내고 있었다.

그러나 이날 밤은 사정이 조금 달라졌다. 초저녁께 잠깐 열기가 고개를 숙인 것 같았다. 노인은 모처럼 미음을 몇 숟갈 받아 삼켰고, 정신이 조금 맑아오는지, 식구들을 불러들여선 한동안 이야기를 나누기도 하였다. 그리운 사람들을 만난 듯 차례차례 손을 어루만져보기도 했다. 그러나 노인은 금세 또 열이 오르기 시작했고, 그러자 노인은 열이 심해지면 언제나 그랬던 것처럼 나이 많은 아들 하나를 당신 곁에 남겨놓고 식구들을 모두 방에서 내보냈다.

노인은 그게 아픔을 참아내기가 훨씬 수월하다는 것이었다. 식구들은 모두 방을 나가고 그 혼자 노인을 지키고 있었다. 밝은 날 틈틈이 눈을 붙이긴 했지만, 연사흘째나 노인 곁에서 밤잠을 설치다 보니 졸음이 물밀듯 엄습해 오곤 하였다.

그는 어느새 또 그 졸음기에 휩쓸리고 있었다. 그는 새삼스럽게 정신을 가다듬고는 좀더 조심스레 노인을 지키기 시작했다. 노인은 특히 밤을 견디기 어려워하는 것 같았다. 고통이 훨씬 심해 보였다. 굳게 다문 입술 속에서 참다못한 신음 소리가 뚝뚝 끊어지고 있었다.

—날이라도 좀 밝았으면.

그러나 시간은 아직도 오밤중이었다. 그는 안타깝다 못해 부지중 노인의 손을 가슴으로 안아 쥐었다. 노인은 그래도 역시 반응이 없었다. 아픔을 참아내는 모진 신음 소리만이 토막토막 방 안의 정적을 끊어내고 있었다.

그는 문득 두려운 생각이 들기 시작했다. 노인의 고통은 이제 영 끝날 수가 없는 것처럼 생각되었다. 그것이 끝나서도 안 될 것 같았다. 그 아픔이 끝남으로써 노인에게선 다른 모든 것도 함께 끝나게 되어버릴 것 같았다.

그는 좀더 두려워졌다. 그는 어렸을 때부터 어머니의 죽음에 대해서 무척도 두려운 환상을 지녀오고 있었다. 어두운 밤 어머니 곁에 누워 잠을 청하다 보면, 그는 느닷없이 어머니가 돌아가시는 공상을 시작했고, 그러다 보면 그는 그 깜깜한 어둠만큼이나 막막한 절망감 속에서 밤새 안타까운 몸부림을 쳐대곤 했었다. 한데 이젠 그 막막한 절망이 좀더 분명하고 두려운 모습으로 이마 앞까지 바싹 다가들고 있는 느낌이었다. 그는 더 이상 두려움을 견딜 수가 없는 듯 이번에는 스스로 눈을 감아버렸다. 그리고는 끝내 지금까지 그가 안아 쥐고 있던 노인의 손바닥 위로 자신의 얼굴을 파묻어버렸다.

 울타리 아래 그의 어머니가 하얗게 서 있었다.

 하얀 옷을 입고 서 있는 그의 어머니는 그러나 이상하게도 모습이 확실하질 않았다. 어느 해 봄날 꽃망울들이 활짝 터진 살구나무 그늘 아래에, 눈부시게 그 꽃그늘을 받고 서 있을 때처럼, 어머니의 모습은 윤곽이 확실하지 않았다. 어머니가 서 있는 곳은 분명히 그의 집 앞 울타리가 틀림없는 듯했으나, 거기엔 그날의 살구나무도 없었다. 한데도 어머니는 바라보면 바라볼수록 모습이 더욱 하얗게 어른거릴 뿐 확실한 윤곽을 영 붙잡을 수가 없었다.

 그는 안타까웠다. 그리고 초조했다. 그는 옛날처럼 조그만 소년으로 어머니의 모습을 붙잡아보려고 살금살금 울타리 쪽으로 다가왔다.

 그때 이상한 일이 일어났다. 그가 울타리 곁으로 다가가자 어머니의 하얀 모습이 어느새 그 울타리 위로 훌쩍 날아 올라서버리고 있었다. 뿐만이 아니었다. 더 한층 이상스러운 일은 그 어머니가 울타리 위로 올라서자마자 이번에는 갑자기 당신의 모습까지 바꿔버린 것이었다. 눈부시게 흰 한 마리의 학이 되어 어머니는 그 울타리 위에서 그를 우두커니 내려다보고 있었다.

 ─왜 어머넌 갑자기 학이 되어버리신 걸까.

그는 더욱더 안타까워졌다. 연유를 물으려 해도 목소리가 나오질 않았다. 그는 뻘뻘 땀을 흘리며 목소리를 짜내려고 안간힘을 쓰고 있었다. 원망스런 눈길로 애원하듯 그 학이 된 어머니 쪽으로 손을 내뻗쳐보기도 했다. 그러나 모두가 허사였다. 말은 되어 나오지 않았고, 학이 앉아 있는 울타리 위까지는 손길도 닿을 듯 말 듯 안타까움만 더해주었다.

그때였다. 우두커니 그를 내려다보고 있던 학의 입으로부터 갑자기 사람의 말소리가 흘러나왔다.

—아가, 쓸데없이 애를 쓰지 마라. 내가 너의 어미다. 나는 이제 학이 되었다.

분명한 어머니의 음성이었다. 이번에는 그에게서도 문득 목소리가 트여 나오기 시작했다.

—하지만 어머님, 어찌하여 어머님이 학이 되셨습니까.

학이 된 어머니가 다시 대답했다.

—오냐 그건 너의 아버지가 학이 되셨기 때문이다. 너의 아버지가 학이 되어 가신 뒤로 나 또한 그 어른을 따라 한 마리 학이 되고자 남은 생애를 기다려왔더니라.

지극히 인자하고 평온한 음성이었다.

—그렇지만 지금…… 어머님께서는 어째서 지금 그 학이 되셨습니까?

—그건 때가 되었기 때문이다. 나의 학이 나의 옷을 가지고 와주었구나.

—……

―아가, 슬퍼하지 마라. 나는 지금 한 마리 날짐승으로일망정 한 생명을 얻어 다시 태어나 있지 않으냐. 너의 아버지가 그렇게 되셨듯이 말이다. 이건 아마 그 어른도 어디선가 벌써 알고 계신 일이 아니겠느냐.

　―어머니이!

　그는 목이 메어 어머니를 불렀다. 그러나 이제 울타리 위의 학은 마지막 말을 하고 있었다.

　―아가, 이제 때가 되었구나. 더 이상 오래 지체할 수가 없구나. 이젠 너의 아버지에게로 당신을 만나러 가야겠구나. 자 그럼 착한 아들아……

　그러더니 이윽고 학이 된 그의 어머니는 커다랗고 흰 날개를 활짝 펴며 스스로 공중으로 날아올라갔다. 그리고 지붕 위를 서서히 한 바퀴 맴돌고 나서는 높푸른 하늘로 멀리멀리 하얗게 날아가버렸다. 그는 눈물이 글썽해져서 그 어머니 학이 하얗게 사라져 간 하늘을 집 마당가에서 하염없이 바라보고 서 있었다.

　그는 간절한 안타까움 속에서 문득 다시 눈을 떴다.

　어느덧 창문이 하얗게 밝아오고 있었다. 그는 아직도 어머니의 늙고 야윈 손을 꼭 싸잡고 있었다. 그는 그렇게 노인의 손바닥 위에 얼굴을 묻은 채 깜박 잠이 들고 있었다.

　그는 정신이 들자마자 조급하게 노인의 기척을 살피기 시작했다.

　그러나 노인은 이미 고통이 끝나 있었다. 그가 잠이 든 사이에 노인도 혼자 아무도 모르게 스스로 잠이 들어버린 것이었다. 그러나 노인의 잠은 그의 것과는 달랐다. 노인의 잠은 아침이 없었다.

날이 다시 밝아오는 것도 맞으려 하지 않고, 당신이 살아온 세월보다도 더 오래고 긴 잠을 노인은 그렇게 조용히 아무도 모르게 시작해버리고 있었다.

그리고 그렇게 혼자 은밀히 잠이 들어버린 노인의 얼굴 위엔 희한하게도 그가 꿈속에서 만난 그 학에서처럼 지극히 깨끗하고 평화스러운 기운이 떠올라 있었다.

해설

지상에서 가장 생산적인 왕복운동

김형중
(문학평론가)

1. 전짓불 재론

「소문의 벽」의 그 유명한 '전짓불' 장면이, 이청준의 소설 전체를 놓고 볼 때 가장 원초적인(그것이 작가가 기록한 체험들 중 가장 오래된 것이라는 의미에서뿐만 아니라 그의 소설 세계 전체를 일관되게 해명할 수 있게 해준다는 의미에서도) 장면이라는 점에 대해서는 모종의 합의가 이루어진 듯하다. 실제로 이 장면은 작가 이청준의 소설에서 즐겨 다루어진 많은 테마들의 기원이라 해도 무방할 만큼 암시적이고 함축적이며 또한 강렬하다. 주인의 존재는 드러내지 않은 채 양자택일적 상황을 강요하는 무소불위의 '응시'가 가져다주는 공포, 그것은 때로 이 작가 특유의 동상(우상)에 대한 주의 깊은 경계심의 형태로, 때로는 이데올로기적 맹목에 대한 경고의 형태로, 그리고 그보다 더 많은 경우 소설 쓰기의 운명(독자들의 응시 앞에서의 진술 공포)에 대한 자의식적 탐구의 형태로 변주된다. 이청준 소설의 굵직굵직한 주제들이 이 장면에 그 기원을 두고 있다는 말이 틀린 말은 아닌 셈이다.

그러나 좀더 면밀히 검토해볼 때, 이 장면을 이청준 소설의 가장 원초적인 장면으로 인정하기 위해서는 해결해야 할 한 가지 의문이 남아 있다. 그 의문은 이런 것이다.

"사람이 태어나 겪은 일 중 첫번째로 기억되고 있는 일이 하필 그 전짓불이라니 이상한 일이군요."
……G는 신문관의 태도에 갑자기 다시 공포감이 일기 시작한다. 아닌 게 아니라 G 자신도 왜 하필 그런 이야기가 맨 첫번째 기억으로 간직되고 있었는지 스스로 의문스러워진다. (「소문의 벽」, 『이청준 전집 4』, p. 232)

G는 작중 소설가 박준의 분신이자 이청준 자신의 분신으로 보인다. 그가 신문관 앞에서 떠올리고 있는 의문은 왜 하필 그 전짓불에 대한 기억이 생애 최초의 기억이 되었느냐는 점이다. 이를 심리학적인 용어로 다시 번역해보자. '도대체 저 기억에 어떤 외상적 체험이 달라붙어 있어서 그토록 집요하게 박준을 괴롭히는가?' 실제로 작중 박준의 대학 시절, 그는 빈 강의실에 숨어들어 잠을 청하려 할 때마다 경비가 들고 다니는 전짓불 앞에서 필요 이상으로 과장된 불안과 공포를 경험하곤 했다. 작가가 된 이후로도 그 기억의 영향력은 여전해서 그는 마치 유년기의 그 전짓불이라도 되

는 양 독자들의 시선 앞에서 주눅 든 채 소위 '진술 공포증'을 앓기까지 한다. 말하자면 그에게 전짓불 체험은 전 생애를 걸쳐 반복된 '외상적' 체험이었던 것이다.

물론 「소문의 벽」이 극화하고 있는바, 한국사 특유의 이데올로기적 대립 상황이(전짓불 너머의 그림자가 묻는다, 이쪽이냐 저쪽이냐!) 그 외상의 내용일 수는 없다. 외상적 체험은 항상 유년기의 오이디푸스적 상황으로부터 불안과 공포의 감정을 끌어올 뿐, 그보다 한참 후에 형성되기 마련인 관념이나 믿음의 체계에 기원을 두는 경우는 거의 없기 때문이다. 전짓불 체험이 만약 외상적이라면 그것은 분명 그 깊은 곳에 오이디푸스적 상황을 반복하는 어떤 억압된 요소의 흔적을 가지고 있을 것임에 틀림없다. 그리고 그 흔적은 실은 이청준의 등단작 「퇴원」에서 이미 아주 명백한 형태로 등장한 적이 있다.

소학교 3학년 때 가을. 나는 그즈음 남몰래 즐기고 있는 한 가지 비밀이 있었다. 광에 가득히 쌓아 올린 볏섬 사이에 내 몸이 들어가면 꼭 맞는 틈이 하나 나 있었다. 나는 거기다 몰래 어머니와 누이들의 속옷을 한 가지 두 가지씩 가져다 깔아놓고, 학교에서 돌아오면 그곳으로 기어들어 생쥐처럼 낮잠을 자곤 했다. 속옷은 하나같이 부드럽고 기분 좋은 향수 냄새가 났다. 장에는 그런 옷이 얼마든지 쌓여 있어 내가 한두 가지씩 덜어내도 어머니와 누이들은 알아내지를 못했다. 어두컴컴한 그 광 속 굴에 들어앉아 이것저것 부드러운 옷자락을 만지작거리며 거기서 흘러나오는 냄새를 맡고 있노라면, 그보다 더 기분 좋은 일은 없었다. 그러다 나는 스르르 잠이 들고, 잠이 깨면 다시 생쥐처럼 몰래 그곳을 빠져나왔다. 그런데 어느 날은 거기서 너무 오래 잠이 들어 있다가 아버지가 비춘 전짓불빛을 받고서야 눈을 떴었다. 아버지는 아무 말도 하지 않고 그대로 광을 나가더니 나를 남겨둔 채 문에다 자물쇠를 채워버렸다. 그 문은 이틀 뒷날 저녁때 열렸다. 나는 광에다 나를 가두어놓은 동안 밖에서 일어난 일에 대해서는 아무것도 모른다. 그러나 문이 열렸을 때, 거기 있던 옷가지는 한 오라기도 성한 것이 없이 백 갈래 천 갈래로 찢겨 있었다. (「퇴원」, 『이청준 전집 1』, pp. 17~18)

「소문의 벽」의 전짓불 장면과 비교해볼 때, 이 장면에서 도드라지는 것은 전형적으로 오이디푸스적인 상황이다. 화자의 기억 속에서 아버지는 근친상간의 금지자이자 팔루스의 도입자라는 아주 낯익은 심리학적 역할을 수행한다. 다른 말로 「소문의 벽」의 전짓불 장면이 상징계적이라면 「퇴원」의 그것은 상상계적이라고도 할 수 있겠다. 유년의 화자는 아마도 저 일이 일어났던 날 언어적 상징계에 최종적으로 편입되었을 것이다. 어머니와 누이에 대한 의사상상계적이고 도착적인 집착이 바로 그날 부성의 개입(아버지의 전짓불)에 의해 "백 갈래 천 갈래로 찢겨"버렸기 때문이다. 그렇게 읽을 때, 저 장면이 「소문의 벽」에서의 전짓불 체험보다 시기적으로 선행한다. 알다시피 상상계는 오이디푸스 단계 이전에 아이가 어머니와 맺는 이자적 관계를 지칭하므로 팔루스의 도입 이후에야 진입하게 마련인 상징계에 대해 선차적이다. 전짓불은 팔루스였던 셈이고 그런 의미에서 이청준이 겪은 최초의 외상적 체험 역시 오이디푸스 삼각형 내에 있었던 것이다.

2. 이청준식 '포르트-다fort-da 놀이'

그렇다면 이제 우리는 인용한 「퇴원」의 전짓불 장면이야말로 이청준 소설에 등장하는 주인공들에게는 가장 원초적인 체험이라고 말할 수 있게 된 것일까? 아마도 「서편제―남도 사람 1」이 발표되지 않았다면 그럴 수도 있었을 듯싶다. 그러나 「서편제」에는 「퇴원」의 전짓불 체험보다 시기상 더 이른 것으로 짐작되는 이런 장면이 등장한다.

　파도 비늘 반짝이는 바다가 내려다보이는 해변가 언덕밭의 한 모퉁이― 그 언덕밭 한 모퉁이에 누군지 주인을 알 수 없는 해묵은 무덤이 하나 누워 있었고, 소년은 언제나 그 무덤가 잔디밭에 허리 고삐가 매여 놓고 있었다. 동백나무 숲가로 뻗어 나온 그 길다란 언덕밭은 소년의 죽은 아비가 그의 젊은 아낙에게 남기고 간 거의 유일한 유산이었다. 소년의 어미는 해마다 그 밭뙈기 농사를 거두는 일 한 가지로 여름 한철을 고스란히 넘겨 보내곤 했다.
　……그러면서 이제나저제나 밭고랑 사이로 들어간 어미가 일을 끝내고 나오기를 기다렸다. 하지만 여름마다 콩이 아니면 콩과 수수를 함께 섞어 심은 밭고랑 사이를 타고 들어간 어미는 소년의 그

런 기다림 따위는 아랑곳이 없었다. 물결 위를 떠도는 부표처럼 가물가물 콩밭 사이를 오락가락하면서 하루 종일 그 노랫소리도 같고 울음소리도 같은 이상스런 콧소리 같은 것을 웅웅거리고 있었다. 어미의 웅웅거리는 노랫가락 소리만이 진종일 소년의 곁을 서서히 멀어져 갔다간 다시 가까워져 오고, 가까워졌다간 어느 틈엔가 다시 까마득하게 멀어져 가곤 할 뿐이었다.

그러던 어느 날.

하루는 그 바다가 내려다보이는 뙈기밭가로 해서 뒷산을 넘어가는 고갯길 근처에서 이상스런 노랫가락 소리가 들려오기 시작했다. (「서편제」, pp. 15~16)

「퇴원」과 「소문의 벽」의 유년기 화자가 초등학생이었음에 반해, 이 작품에서는 화자가 학교 입학 이전 상태, 더 멀리는 아직 제대로 걷지도 못하는 상태에 있다. 그렇지 않고서야 밭을 매는 어머니 인근의 무덤가(아버지의 것으로 짐작되는)에 허리 고삐가 묶여 있을 리는 없기 때문이다. 그러나 화자의 나이보다 더 의미심장한 것은 저 언덕밭이 오이디푸스적 상황이 극화되는 무대가 된다는 점이다. 밭은 아버지의 유산이라고 했으니, 어린 화자는 저 당시 부권 부재 상황에 있다. 아버지가 죽은 자리, 팔루스의 위협이 사라진 바로 그 자리에서 어머니와의 이자적인 관계는 유지되거나 복원될 참이다. 아니나 다를까 밭은 지금, 마치 무슨 심리적 열기와 긴장으로 들끓기라도 하는 듯, 여름날의 뜨거운 뙤약볕이 내리비쳐 숨이 막힐 지경이다. 어머니가 부르는 노랫가락은 울음도 노래도 아닌 이상한 콧소리에 가까운데, 한마디로 말해 관능적이다. 그 어머니가 밭고랑을 따라 화자에게 접근했다가 멀어지기를 반복한다. 이때 화자의 정서는 일종의 성적 안달과 유사해 보인다.

그러나 사태는 인용문의 마지막 문장에서 급변한다. 무언가가 어머니와 화자 둘만의 무대에 침입한 것이다. 바로 어머니의 것이 아닌 어떤 다른 이의 노랫소리가 그것인데, 소설의 이어지는 부분에서 그것은 후에 의붓아버지가 될 소리꾼의 것임이 밝혀진다. 그 소리의 등장과 함께 어머니가 변한다. 어느 날인가 "밭고랑만 들어서면 우우우 노랫소리도 같고 울음소리도 같던 어미의 그 이상스런 웅얼거림이" "그 산소리에 화답이라도 보내듯 더욱더 분명하고 극성스럽게 떠돌아 번지기 시작"한 것이다. "그리고 마침내 산봉우리 너머로 뉘엿뉘엿 햇덩이가 떨어지고, 거뭇한 저녁 어스름이 서서히 산기슭을 덮어 내려오기 시작하자, 진종일 녹음 속에 숨어 있던 노랫소리가 비로소 뱀처럼 은밀스럽게 산 어스름을 타고 내려"온다. "그리곤 그 뱀이 먹이를 덮치듯 아직도 가물가물 밭고랑 사이를 떠돌고 있던 소년의 어미를 후닥닥 덮쳐"(p. 17) 버린다. 이후 '남도 사람' 연작 내내 소년이 찾아 헤매게 될 사내의 그 '소리'는 여기서 뱀으로 묘사된다. 팔루스다. 상상계적 공간으로서의 언덕밭이 일순 다시 위태로운 오이디푸스적 삼각형의 공간으로 변한다.

「서편제」의 이 장면을 두고 「퇴원」의 전짓불 장면보다 원초적이라고 말하는 것은 바로 이런 이유 때문인데, 「퇴원」의 경우에도 물론 오이디푸스적 삼각형은 건재했다. 어머니와 누이의 속옷 향유에 대한 아버지의 금지가 그렇다. 그러나 그 작품에서 소년의 '도착증'은 일종의 증상 형성 과정을 마친 오이디푸스 단계의 잔존물처럼 보이는 반면, 「서편제」의 저 장면은 마치 상상계의 최초 파열 장면을 극화해놓은 듯한 인상을 준다. 게다가 소년은 새로 도입된 아버지의 법(소리)에 쉽게 굴복하지 않을 뿐만 아니라 대타자 어머니에 대한 욕망도 쉽사리 포기하지 않는데, 이후 연작 내내 이어지게 될 소년의 상징적 부친 살해 시도, 어머니의 대체물이자 '대상 a'로서의 누이 찾기 시도 들은 모두 저 장면에 그 유래를 두고 있는 셈이다.

그리고 이제 살펴보게 되겠지만 저 장면은 또한 이청준 소설이 구축한 전체 세계(어떤 경우 서정/관념, 고향/도시, 부계/모계로 양분화되었다고 일컬어지기도 하는)를 일관되게 꿰뚫어 의미화할 수 있는 어떤 '누빔점'을 제공한다는 점에서도, 그리고 이 작가의 모든 작품 기저에서 서사를 추동하는 원동력으로 작용하고 있다는 점에서도 두루두루 '원초적'이다.

3. 왕복운동

수많은 이청준 연구자들이 틀림없이 눈여겨 읽었을 것임에도 불구하고, 저 장면에서 프로이트의 '포르트-다 놀이'를 연상해내지 못했다는 점은(그리고 덧붙여서, 「퇴원」의 전짓불 장면이 아버지는 산으로 도피해 있고 어머니와 한 이불 속에 누워 있던 소년에게 닥친

재앙이었단 사실을 연상해내지 못했단 점도) 의아스럽다. 프로이트가 설명하는 포르트-다 놀이란 이런 것이다.

프로이트의 손자가 어느 시점(서양 나이로 한 살 반쯤), 실이 감겨 있는 실패를 침대 밑에 던져 넣은 뒤 '오오오오'라고 소리친다. 그러고는 다시 실을 당겨 그것이 제 손에 도달하면 이번에는 'da(다)'라고 외친다. 프로이트는 전자의 '오' 발음을 독일어 'fort', 즉 '사라졌다'라는 의미로 해석한다. 그리고 후자의 'da'는 독일어 의미 그대로 '거기에'라는 의미로 해석한다. 그러고는 이렇게 덧붙인다. "그렇다면 그것은 사라짐과 돌아옴이라는 완벽한 놀이였다"(프로이트, 『쾌락원칙을 넘어서』). 이어지는 그의 해석에 따르면 이 놀이는 유아가 소위 '분리불안separation anxiety'을 극복하기 위해 고안해낸 것이다. 즉 특정 시기 인간이라면 맞을 수밖에 없는 어머니와의 분리가 주는 불안, 그리고 상상적으로 실현된 어머니의 귀환이 주는 기쁨을 아이는 놀이를 통해 재현하고 있다. 그럼으로써 어머니와 분리될지도 모른다는 불안을 받아들이고 극복한다는 것이 프로이트가 해석한바 이 놀이의 주제다.

공정을 기하기 위해서라도 이 놀이에 대한 다른 해석이 가능하다는 사실을 언급하고 넘어갈 필요는 있겠다. 라캉과 지젝은 저 놀이의 의미를 프로이트와는 다른 방식으로 해석한다. 그들이 보기에 저 놀이를 통해 아이가 극복하려고 하는 것은 분리에 대한 불안이 아니라 역으로 분리가 일어나지 않을지도 모른다는 불안이다. 즉 어머니와의 분리를 통해 스스로를 자율적(이라고 상상된) 주체로 형성시키지 못할 수도 있다는 불안, 대타자의 욕망의 대상의 지위(자신으로부터의 소외 상태)에서 영원히 벗어나지 못할 수도 있다는 불안이 그런 놀이를 고안하게 했다는 것이다. 알다시피 어머니와의 이자적 관계를 벗어나지 못할 경우 아이는 상징적 질서 내에 편입되지 못하고, 따라서 주체화에 실패한다. 신화적 비유를 사용하자면 저 놀이는 '씹어 먹는 자궁 vagina dentata'의 공포를 이겨내기 위해 남아가 고안한 놀이인 셈이다.

　두 해석 중 어떤 해석이 옳은지에 대해서는 쉽게 말하기 힘들다. 왜냐하면 오이디푸스 단계에 진입한 이후(그리고 이를 겪은 후로도 줄곧), 어머니에 대해 남아가 지니게 되는 양가감정 중 어느 편이 더 근본적인지는 닭이 먼저인지 달걀이 먼저인지 묻는 것만큼이나 부질없어 보이기 때문이다. 다만 프로이트가 말한 구심력과 라캉이 말한 원심력 사이 어디쯤에서 평생 진자운동을 할 수밖에 없는 것이 대부분의 남성 주체에게 주어진 운명이란 사실만 강조하도록 하자.

　다시 「서편제」 얘기로 돌아와서, 놀이의 도구와 규칙이 다소 바뀌었다고는 하나, 앞서 인용한 이청준의 유년기 밭 장면이 극화하고 있는 것, 그것이 바로 포르트-다 놀이다. 아이는 마치 실패라도 되는 듯 허리 고삐가 묶여 있다. 밭고랑이 프로이트 손자의 실을 대신한다. 그 실을 따라 어머니는 사라짐과 귀환의 되풀이를 반복한다. 그 왕복운동을 지켜보는 아이는 안달과 안심의 양가적인 감정 사이를 오락가락하며 그 더운 여름날들을 이겨낸다. 유년기에 작가 이청준은 분명히 밭고랑을 사이에 두고 어머니를 도구로 포르트-다 놀이를 한 적이 있었던 것이다. 「해변 아리랑」 『당신들의 천국』「이어도」「귀향 연습」 등 많은 작품에서 등장하는 저와 거의 동일하거나 유사한 장면들을 염두에 둔다면 이런 추론은 더더군다나 신빙성이 있어 보인다. 밭고랑에서의 포르트-다 놀이, 그것은 어머니가 사라질지도 모른다는 최초의 분리 불안과 관계된 것이므로 평생을 두고 그의 뇌리에 깊이 각인될 수밖에 없는 그런 놀이였다.

따라서 이청준이 어머니를 대상으로 한 저 왕복운동으로부터 얼마나 왕성한 창작의 에너지를 얻어냈는지를 살피는 일은 그의 전체 작품들을 두루 살펴야 하는 노고와 맞먹는다. 다소간의 과장을 보탠다면, 거론한 작품들만 아니라 그의 작품 세계 전체가 바로 저 유년기의 왕복운동으로부터 발생한 에너지에 빚지고 있다고 해도 무방할 정도다. 그러나 이 글이 이청준의 전체 작품 세계를 대상으로 하고 있지는 않으므로, 여기서는 주로 이 책에 실린 작품들을 이청준 문학 특유의 왕복운동과 관련하여 일별하기로 한다.

4. '연'과 '새'

우선 '연'의 이미지가 선명하다. 실패에 줄을 감아 그 끝에 가오리나 방패 모양의 얇은 종이 등속을 매단 후, 날아 올렸다 거둬들이기를 반복하는 놀이가 연놀이다. 그것이 날아오르는 원리는 바람의 원심력과 실패의 구심력이 바로 그 연의 표면에서 팽팽하게 맞서기 때문이다. 연놀이는 그러므로 그 원리에 있어 포르트-다 놀이와 다르지 않다. 어머니의 사라짐과 되돌아옴을 반복해서 극화함으로써 과도한 감정의 지출로부터 자신을 방어하던 바로 그 놀이. 연놀이가 주로 유년기에 행해지는 놀이인 이유도 그것일 듯한데, 연의 왕복운동을 통해 우리는 어머니와의 분리 불안 혹은 분리되지 못할지도 모른다는 불안을 이겨내곤 했던 것이다.

따라서 단편 「연」의 부제가 '새와 어머니를 위한 변주 1'이란 점은 의미심장하다. "봄이 되어 제 또래 아이들이 모두 읍내 상급 학교로 마을을 떠나가버린 다음에도"(p. 347) 어머니 주위를 맴돌며 연놀이에 빠져 지내는 아들과, 하늘에 뜬 연을 통해 아들의 존재와 부재를 가늠하는 어머니의 이야기인 이 작품은, 놀이의 규칙과 도구만 바뀐 포르트-다 놀이에 대한 소설이다.

이 책에 함께 실린 '새' 계열의 작품들(「새가 운들」「학」「빗새 이야기」)에 대해서도 유사한 해석이 가능하다. 이청준의 소설 속에서 '새'의 이미지는 바로 이 '연' 이미지의 파생물이거나 등가물인데, 이 계열의 작품들이 모두 떠났다 돌아오(지 않)는 아들(이청준의 아들들은 거의 예외 없이 귀향과 탈향을 반복한다, 즉 고향과 서울 사이를 왕복운동한다), 그리고 그를 기다리는 어머니에 대한 이야기란 점은 재차 강조해둘 필요가 있겠다. 귀향과 탈향의 반복은 아들의 원심력과 어머니의 구심력이 빚어낸 왕복운동의 결과다. 혹은 장흥과 서울 사이, 신화와 신경증 사이에서 행해진 왕복운동의 결과다. 그 종류를 불문하고 이청준의 소설 속에서 새들은 예외 없이 귀소성 동물들인 셈이다.

따라서 이청준의 소설들로서는 예외적으로 완성도가 떨어지고 그 분량도 단편에 채 미치지 않는다고는 하지만, 이 작품들이 단순히 소품에 불과한 것으로 치부되어서는 곤란하다. '새'와 연은, 이청준의 전체 소설들을 이해하는 데 있어 '매'(「매잡이」; 사냥용 매는 살아 있는 연이다)나 '배'(「침몰선」「수상한 해협」; 이청준의 소년 주인공들은 떠났다 돌아오기를 반복하는 배를 하염없이 지켜보다가 문득 자란다) 못지않게 중요한 이미지들이다.

5. 누이와 아내, '오브제 프티 아'

이청준의 주인공들이 무의식중에 반복하는 변형된 포르트-다 놀이들이 항상 사물이나 동물만을 대상으로 행해지지는 않는다. 그 놀이는 더러 사람을 대상으로 행해지기도 한다. 라캉식으로 말해 대타자 어머니의 자리를 차지한 대상들('대상 a')로서의 '누이'와 '아내'가 바로 그들이다. 아래는 「별을 기르는 아이」의 한 장면이다.

> 그런데 그보다 더 뜻밖인 것은 녀석의 다음 행동이었다.
> 일껏 누나라는 소리까지 떠지르며 내달려 가던 녀석이 여자애가 정말로 자기를 알아보는 기미를 엿보이고 돌아서자 느닷없이 다시 발길을 멈칫 머물러 서버리는 것이었다. 그리고는 무엇인가 몹시 두려운 사람이라도 대하듯 그녀를 잠시 매섭게 쏘아보고 서 있더니 순간적으로 다시 몸을 홱 돌이켜버리는 게 아닌가. (p. 271)

헤어지고 나서 단 한 번도 누나 찾기를 포기해본 적이 없는 진용이다. 그러고 보면 저 장면에서 진용이가 보여주는 태도는 의아하기 그지없다. 그토록 애타게 찾던 누나(로 보이는 여자)와 대면하게 되자, 정작 그는 누나를 피한다. 그를 지켜보던 일인칭 화자는 오래지 않아 그 이유를 깨닫게 되는데, 사연인즉 이렇다. "녀석에겐 이제 누님이 없었다. 녀석도 이미 그것을 알고 있었다. 녀석이 공장 앞에서 영숙을 쫓아갔다가 그길로 다시 몸을 되돌려 달아난 이유도 이미 그것을 알고 있었기 때문이었다. 녀석은 다만 아직도 그것을 믿고 싶지가 않은 것이었다. 녀석은 아직도 어디엔가 그의 누님이 살아 있기를 바라면서, 그 누님을 찾을 희망을 버리고 싶지가 않은 것이었다"(p. 276).

화자의 깨달음에 따르면 진용이 찾는다는 누나는 허상이다. 너무도 이상화되어 있어서 만약 실제로 발견되면 거대한 실의를 면치 못한다는 의미에서 그렇다. 대타자의 결여와 대면하기 두려운 주체가 상상적으로 만들어낸 것인 '대상 a'일진대, 그 대상에 결여란 없어야 한다. 그러나 도대체 결여 없는 대상이 어디에 있단 말인가? 라캉이 욕망의 대상은 외부의 실체가 아니라 욕망 그 자체라고 말할 때 지시하고자 한 바가 이것이다. 만약 정말로 누나를 발견할 경우 진용의 욕망은 정지될 위험에 처한다. 모든 대상은 결여투성이일 테니까. 그러느니 누나는 항상 '존재하면서 동시에 부재하는' '당신 안의 당신 이상의 것'이어야 한다. 라캉은 이런 대상을 '커튼 너머의 미녀'라는 탁월한 비유로 표현한다. 미녀가 미녀인 것은 그녀가 가려져 있을 때뿐이다. 차지해버린 미녀는 주체에게 결코 욕망의 대상이 되지 못한다. 결국 진용이가 끝없이 누나 찾기를 계속하는 상태를 유지하는 편이 낫다는 것이 화자가 내린 결론이다.

아마도 라캉의 '대상 a' 개념에 대한 이보다 더 정확한 소설적 주해를 찾기는 힘들어 보이는데, 그러나 이 글의 논지와 관련해서 더 중요한 것은 작가의 인간 심리에 대한 지혜로움의 깊이가 아니다. 여기서도 다시 예의 그 왕복운동이 발견된다는 점이 중요하다. 누나를 찾으려는 욕망의 구심력과, 그 욕망의 실현을 피하려는 원심력 사이에서 진용의 포르트-다 놀이는 끝날 줄을 모른다. 실은 그것이 바로 진용이가(그리고「서편제」를 포함한 '남도 사람' 연작의 주인공이) 삶을 살아가는 동력이자 방법이었던 것이다.

유사한 사례가「치자꽃 향기」에서도 발견된다. 이번에는 누나가 아니라 아내다.

    지욱은 그날 밤 참으로 오랜만에 다시 아내의 알몸에서 그 냄새의 정처를 찾아 헤맸다. 하지만 아내의 몸에서는 역시 냄새의 정처를 찾을 수가 없었다. 당연한 일이었다. 여자의 냄새는 치자꽃 향기 속에 살아 있을 뿐이었다. 여자의 몸이 너무 가까우면 그 몸에서는 이미 여자의 냄새가 사라지게 마련이었다. 지욱이 아내의 몸에서마저 황홀한 냄새로 그를 취하게 하던 꽃향기를 잃게 된 것은 그녀가 너무 그의 곁에 가깝게 있기 시작한 때부터였다.

    지욱은 이제 그것을 알고 있었다.

"아름다운 것은 아름답게 보이는 거리가 있는 법이지."
언젠가 친구 영진이 그에게 한 말이었다. (p. 282)

'성관계는 없다'라는 라캉의 명제를 저보다 더 명시적으로 예시하기는 힘들 듯하다. 지욱이 욕망하는 것은 대상으로서의 아내가 아니다. 치자꽃 향기라고 말하지만 실은 그것도 아니다. 그가 욕망하는 것은 스스로 상실했다고 상상하곤 하는 '향유', 그것을 가져다줄 것이라고 여겨지는, 그러나 결코 그럴 수 없는 대상, 곧 '대상 a'다. 한때 그것은 아내인 것처럼 여겨졌으나 그녀에 대한 욕망이 실현된 지금은 아니다. 그런 의미에서 우리가 상상하는 성관계란 항상 대상 너머와의 관계이고, 내 안의 나 이상의 것과의 관계일 뿐이다. 성관계는 없다. 엄밀하게 말해 지상에는 자위행위만이 존재한다.

그런데 화자의 친구 영진이 참으로 지혜로운 것은 이 비극적인 양자택일 상황을 버텨내는 방법을 그가 알고 있다는 점이다. "아름다운 것을 아름답게 보이는 거리"가 바로 그가 터득한 지혜다. 대상이 너무 멀어져서 아예 사라져버리는 것은 곤란하다. 욕망이 생기지 않을 테니까. 그러나 대상이 너무 가까워져서 그 치명적인 결여들을 드러내서는 곤란하다. 왜냐하면 역시 욕망이 생기지 않을 테니까. 욕망의 대상은 욕망 그 자체이니까. 그런데 욕망의 대상과 멀지도 가깝지도 않은 거리를 유지하는 방법, 그것이 저 유명한 왕복운동, 곧 포르트-다 놀이가 아니라면 무엇이란 말인가.

6. 균형

이청준 소설의 무대가 도시로 옮겨가고 그 주제가 형이상학적인 깊이에 이르더라도 저 왕복운동의 영향력은 사라지지 않는다. 그 영향력은 우선 이청준 특유의 '균형 감각'으로 나타난다.

가령 「자서전들 쓰십시다」의 경우, 언어의 양극단 사이에서 왕복운동하는 주인공이 눈에 띈다. 한편에는 기의로부터 해방되어버린 기표들의 난무가 있다. 실체와의 약속을 잊어버린 말들, 정처가 없는 말들, 해방됨으로써 실체에 대한 지배력을 상실해버린 말들, 곧 코미디언 피문오의 언어가 한쪽 극단을 이룬다. 다른 한쪽 극단에는 최상윤 선생의 언어가 있다. 그의 말은 집요하게 실체와의 완전한 합일을 꿈꾼다. 이해 이전의 믿음으로 충만한 그의 말들은 기의와 기표의 극단적인 일치를 주장하는 언어다.

흥미로운 점은 자서전 대필 작가 지욱이 이 양 극단 사이에서 취하는 태도다. 그는 여기서도 역시 왕복운동의 운명을 받아들인다. 피문오의 언어가 실체로부터 완전히 벗어나버린 말의 원심력 세계라 불릴 만하다면, 최상윤의 언어는 언어가 실체와 완전히 동일해지려는 말의 구심력 세계라 불릴 만하다. 이를 전근대적 언어와 근대적 언어의 대립으로, 혹은 장흥의 언어와 서울의 언어의 대립으로, 혹은 상상계의 (전)언어와 상징계의 언어의 대립으로 읽어도 무방할 것이다. 그런데 지욱은 먼저 전자를, 이어서 후자를 부인한다. 정확히는 그 사이에서 왕복운동한다. 다소간의 도식화를 무릅쓰자면 이 두 언어 사이에서의 왕복운동으로부터 항상 극단을 피하고 동상과 우상을 경계하던 이청준 특유의 균형 감각과 합리주의가 탄생했을 것이다. 두 세계, 두 언어 사이에서도 그는 포르트-다 놀이를 계속했던 셈이다.

「지배와 해방」에 이르면 그의 포르트-다 놀이가 소설 쓰기 자체의 문제로 확장된다. 전형적으로 메타픽션인 이 작품은 직설화법으로 씌어진 이청준의 문학론에 해당한다. 이 작품에서 그는 작중 이정훈이란 작가의 입을 빌려 소설 쓰기를 '지배'와 '해방'이라는 두 개의 키워드로 요약한다. 긴 논의 끝에 그가 소설 쓰기의 의의에 대해 내린 결론은 이렇다.

결국 작가는 자유의 질서로써 독자를 지배해나간다는 것입니다. 억압이나 구속이나 규제가 아닌 자유의 질서를 찾아 그것을 넓게 확대해나감으로써 이 세계를 지배해간다는 것입니다. 지배라는 말이 흔히 우리들에게 인상 지어주기 쉽듯이, 그는 우리의 삶을 그의 지배력으로 구속하고 규제하고 억압하는 것이 아니라 오히려 그것들로부터 우리의 삶을 해방시키고 그 본래의 자유롭고 화창한 삶의 모습으로 돌아가게 하려는 것일진대, 독자들도 그의 지배를 승인하고 스스로 그의 질서를 따르지 않을 수가 없을 것입니다.

그리고 작가 역시 그가 문 열어 보인 자유의 질서에 의해 독자들의 삶을 보다 넓고 자유로운 세계에로 해방시킴으로써 그 자신도 비로소 그의 지배욕과 복수심 그리고 그의 개인적인 삶의 모든 욕망들로부터 스스로를 해방시키고 그의 삶을 보다 깊이 사랑하고 보다 넓

게 실현해나갈 수가 있게 될 것입니다. (p. 342)

논의의 심오함은 제쳐두더라도, 우선 눈에 띄는 것이 '억압/자유' '지배/해방' '구속/확대'와 같은 이항적 개념쌍들이다. 그가 보기에 문학이란 자유로써 구속하고, 지배를 통해 해방한다. 저런 결론에 이르기까지 그가 수행한 문학과 작가의 관계에 대한 치밀한 논의들을 여기서 요약할 계제는 아니다. 다만 저 개념쌍들이 각각 구심력과 원심력의 변증법적 대립을 구성하고 있다는 점은 강조할 필요가 있겠다. 지배하려는 욕망의 구심력과 해방되려는 작품의 원심력이 생산적으로 길항할 때 위대한 문학 작품이 탄생한다는 그의 논지 저 깊은 곳에서, 언덕밭가에 허리 고삐가 채워진 채 밭고랑을 따라 사라졌다가 되돌아오기를 반복하는 어머니를 열에 들떠 바라보던 그 어린 소년의 모습을 감지해내는 일이 이제 그리 어렵거나 황당해 보이지는 않는다.

7. 지상에서 가장 생산적인 왕복운동

이청준의 수많은 신경증적 주인공들(가령 이 작품집에 실린 「황홀한 실종」의 윤일섭이나 「문패 도둑」의 임정태)이 보여주는 증상들 또한 위와 유사한 원리에 의해 발생했다는 사실을 다시 지적하는 것은 다만 사족에 불과할 것이다. 모든 신경증이 상충하는 두 욕망 사이의 타협형성물이라는 정신분석의 정설을 받아들일 때, 소속 욕망과 일탈 욕망 사이에서의 병적인 왕복운동이 바로 그들의 병인이자 증상 그 자체라는 사실만을 지적하는 것으로 중언부언을 피하고자 한다.

요컨대 아주 이른 시기 바닷가 언덕밭에서 시작된 저 기이한 왕복운동은 우리가 아는 한 한국문학사에서 가장 생산성이 높았다. 예외적으로 이 책에 실린 작품들이 그 생산성의 비밀을 비교적 온전히 가시화하고 있을 뿐, 이청준 소설 세계 전체를 통틀어 저 지칠 줄 모르는 왕복운동은 계속된다. 가령 그의 두 걸작 「눈길」과 『당신들의 천국』만 예로 들어도, 장흥(어머니가 계시던)의 구심력과 서울(상징적 질서들로 촘촘한)의 원심력, '사랑'(대타자에게로의 소외)의 구심력과 '자유'(대타자로부터의 분리)의 원심력이 길항하는 어떤 지점에서가 아니고서는 탄생하기 힘들었을 것이다.

이청준이 프로이트나 라캉을 읽었다는 증거는 아직 제출된 바 없으니, 그저 작가의 인간 심리에 대한 경험적 관찰의 깊이가 놀라울 따름이다. 그리고 이런 표현이 가능하다면, 다시 한 번 이청준의 거대한 소설 세계를 형성한 저 왕복운동의 생산력이 놀라울 따름이다. 이청준 소설에 대해 포르트-다 놀이가 수행한 역할은 마치 교통수단에 대해 증기기관이 수행한 역할과 같다. 게다가 공교롭게도 두 기관 모두 왕복운동을 통해 동력을 산출한다.

작품집 『서편제』가 이청준의 전체 소설 세계를 일관되게 꿰뚫고 의미화하는 누빔점일 수밖에 없는 이유가 여기에 있다.

〔2013〕

자료

텍스트의 변모와 상호 관계

이윤옥
(문학평론가)

「서편제」

| 발표 | 『뿌리깊은 나무』 1976년 4월호.
| 최초의 단행본 수록 | 『남도 사람』, 예조각, 1978.

1. 실증적 정보

1) 초고: 대학노트에 쓴 육필 초고가 남아 있다. 초고의 표제는 「소리의 무덤」이다. 초고에는 장(章)의 구분이 없다.

2) '남도 사람'과 개제(改題): 「서편제」는 처음 단행본에 수록될 때 「서편제」에서 「남도 사람」으로 개제된다. 「서편제」의 표제를 초고부터 살펴보면 다음과 같다. 「소리의 무덤」 → 「서편제」 → 「남도 사람」 → 「서편제」. 그런데 '남도 사람'은 「서편제」를 포함한 연작의 제목이면서, 이청준이 1975년 발표한 「안질주의보」의 초고 제목이기도 하다. '남도 사람' 연작의 두 번째 작품인 「소리의 빛」은 발표 지면을 확인하기 어려운데, 이청준이 남긴 자료에 따르면 개제된 것 같다.

---

* 텍스트의 변모를 밝힘에 있어 원전의 띄어쓰기 및 맞춤법을 그대로 살렸음을 일러둔다.

3) '남도 사람' 연작: 「서편제」는 '남도 사람' 연작의 첫 작품이다. '남도 사람' 연작은 「서편제」「소리의 빛」「선학동 나그네」「새와 나무」「다시 태어나는 말」, 모두 다섯 편으로 되어 있다. '남도 사람'이 처음부터 연작 형태였던 것은 아니다. 다른 연작 '언어사회학서설'의 결편이기도 한 「다시 태어나는 말」이 발표되고 7년 뒤인 1988년에 비로소 연작으로 묶인다. 그와 달리 『언어사회학서설』은 발표작마다 이미 연작 표시가 되어 있다. 『남도 사람』에 실린 작품들의 표제 변화와 발표 과정을 볼 때, 이청준은 처음에 연작을 염두에 두지 않았던 것 같다.

4) 수필 「존재적 언어와 관계적 언어 사이에서」: 이 수필은 『당신들의 천국』을 거쳐 '남도 사람'과 '언어사회학서설'에 대해 살펴보는 글이다. 이청준은 그 밖에 「사랑과 화해의 예술」「배격보다 감싸기」 등 많은 글에서 두 연작에 대해 언급했다. 「존재적 언어와 관계적 언어 사이에서」는 '스웨덴의 스톡홀름대학과 핀란드의 헬싱키대학에서 있었던 〈한국문학 세미나〉에 소개된' 이청준의 '발제 페이퍼의 전문이다.' 이청준에 따르면 '남도 사람'은 '존재적 삶'을 다루고 '언어사회학서설'은 '관계적 삶'을 다루며, 두 삶의 표상은 각각 '나무'와 '새'다. 그런데 이청준의 작품에서 사회적 계약인 말은 새와 더불어 관계적 삶의 또 다른 표상이다.

- 「존재적 언어와 관계적 언어 사이에서」: 존재의 삶과 관계의 삶을 존재의 언어와 관계의 언어로, 혹은 자율의 언어와 타율의 언어 질서로 번역해 놓고, 그 언어 질서의 대립적 갈등을 노래의 말 혹은 노래의 삶으로 해답해 보려는 것은 지나치게 단순하거나 혹은 허황스런 소설장이의 꿈일는지 모른다./하지만 소설이란 어차피 말의 꿈이다. 하여 내친 김에 이 존재와 관계의 삶의 문제에 대하여 한가지 더 꿈을 꾸어 보는 것으로 나의 이 이야기를 끝내고 싶다. 그것은 나무와 새에 관한 꿈이다.
- 「사랑과 화해의 예술」: 앞부분은 남루한 고향 마을 떠나 도회의 삶 속으로 끼어들려는 과정에서의 갈등과 불화의 산물인 연작 소설《언어사회학

서설》의 내면적 동기(그 실은 화해 지향의 몸짓이었을)를, 중간 부분은 버리고 온 고향과의 화해 속에 삶의 존엄과 믿음(다름 아닌 사랑)의 회복을 꿈꾸었던 《남도사람》 연작의 배경을, 그리고 마지막 부분은 우리 삶의 양가성으로서의 두 이질적 양태의 조화를 지향함이니, 그 균형과 융화의 궁극 또한(우리 도농 간의 삶의 질의 격차와 그로 인한 사회적 갈등 문제를 놓고 보면 더욱) 사랑과 화해의 넓은 정신 덕목으로 열려 이어져야 함이 당연한 노릇이었을 것이다.

- 「배격보다 감싸기」: 1970년대와 1980년대를 지나면서 나는 《언어사회학 서설》과 《남도 사람》이라는 두 연작 소설을 거의 동시에(또는 양쪽을 번갈아 가며) 쓴 바 있었다. 전자는 사람들 간의 규범과 조화로운 관계를 바탕 삼아 영위되는 상호 의존적 도회살이를 그리고, 후자는 전통적 농경민의 고유 정서와 가치관 속에 자족적 붙박이 삶을 지켜 가는 우리 시골살이를 그린 것이었다. 시골 농촌에서 태어나 도시에 들어가 살아가는 내 심중엔 그 상반된 정서가 우리 삶의 보완적 양가성(兩價性)으로 큰 충돌없이 자연스럽게 공존해 있었기 때문이다.

5) 수필 「정보와 사실, 혹은 진실」: 이 수필에는 『남도 사람』 때문에 생긴 일화가 담겨 있다. 소설 속 소리꾼 여자를 실제 인물로 착각한 남녘 판소리 명창 집안의 한 노인이 이청준에게 전화를 걸어 여자의 소재를 물었다. 노인은 '상상력과 관련한 예술 작업이나 작품의 본질(허구성)을 쉽게 납득'하지 못했다. 이청준이 머릿속에서 혼자 꾸며 낸 이야기일 뿐이라고 설명해도 끝내 못 미더워하며 낙담할 뿐 아니라 노여워했다고 한다.

- 「정보와 사실, 혹은 진실」: 통화의 요지인즉, 집안 윗대의 한 명창 어른이 어느 고을에 여식 핏줄 하나를 남겼다는 이야기를 들은 일이 있는데, 이번 영화를 보니 당신이 필시 그 사연을 알고 소설을 썼음이 분명한바, 후인의 간절한 염원을 살펴 그 딸의 소재를 대라는 통사정이었다.

6) 시기의 문제: 「서편제」에서 소리꾼 여자가 눈이 먼 시기는 다소 애

매하다. '나이 아직 열 살도 채 못 되었을 때'라는 분명한 시기가 있지만, 이 시기는 '어미를 잃고 난 소년이 사내의 그 소리 구걸길을 따라나선 지도 어언 10여 년에 이르고 있었다'는 문장과 상충된다. 소리꾼 여자는 오라비인 소년이 떠난 후 어느 시점에 아비에 의해 장님이 된다(22쪽 3행, 24쪽 16행).

2. 텍스트의 변모
1) 『뿌리깊은 나무』(1976년 4월호)에서 『남도 사람』(예조각, 1978)으로
* 「서편제」에서 「남도 사람」으로 개제(改題)된다.
- 19쪽 12행: 흥부전 → 흥보가
- 23쪽 6행: 아직 손님의 → 미처
- 26쪽 10행: 충만해오곤 했다. → 치솟곤 했다.
- 28쪽 6행: 사내는 아무것도 모르는듯 몸을 계속 꼼짝도 하지 않고 있었다. → 〔삭제〕
- 31쪽 2행: 사람의 한이라는 것이 그렇게 심어주려해서 심어줄 수 있는 것은 아닌 걸세. 사람의 한이라는 건 그런 식으로 누구한테 받아 지닐 수 있는 것이 아니라, 인생살이 한평생을 살아가면서 긴긴 세월동안 먼지처럼 쌓여 생기는 것이라네. 어떤 사람들한텐 외려 사는 것이 바로 한을 쌓는 일이고 한을 쌓는 것이 바로 사는 것이 되듯이 말이네…. 그보다도 → 〔삽입〕
- 31쪽 10행: 그 여인을 내버려둔 채 → 그 여인이 알아듣거나 말거나
- 31쪽 13행: "하지만 어쨌거나 그 여자가 제 아비를 용서한 것은 다행한 일이었을지 모르는 노릇이지. 아비를 위해서도 그렇고 그 여자 자신을 위해서도 그렇고… 여자가 제 아비를 용서하지 못했다면 그건 바로 원한이지 소리를 위한 한은 될 수가 없었을 거 아닌가. 아비를 용서했길래 그 여자에겐 비로소 한이 더욱 깊었을 거고…." → 〔삽입〕

- 31쪽 19행: "손님께서도 아마 그렇게 믿어야 마음이 편해지시는가 보군요." → 〔삽입〕

2) 『남도 사람』(예조각, 1978)에서 『남도 사람』(문학과비평사, 1988)으로

* 「남도 사람」에서 「서편제」로 다시 개제(改題)된다. 부제 '남도 사람 1'이 붙어 '남도 사람' 연작 표시가 처음 나온다. 발표작이나 첫 단행본 수록작과 달리 장(총 4장) 구분이 없어진다.

- 15쪽 13행: 상념 → 회상
- 23쪽 7행: 정말처럼만 → 곧이 곧대로
- 24쪽 19행: 살아가고 → 떠돌아 다니고
- 26쪽 11행: 하지만 알 수 없는 일이었다. → 〔삭제〕
- 26쪽 21행: 것이 → 생각이 문득문득 머리로 들어오곤 하였다. 그것이
- 31쪽 23행: 누이동생이 → 그 여자가
- 32쪽 6행: 그녀가 불쑥 자신의 맘 속을 짚어낸 것이 → 〔삽입〕
- 32쪽 14행: 계셨더라는 말씀은 벌써 드린 줄 알고 있었는데, 그걸 여태 잊고 계셨던 거 아니에요? → 계셨더라는데, 제가 여태 그걸 말씀드리지 않고 있던가요?

3) 『남도 사람』(문학과비평사, 1988)에서 『서편제』(열림원, 1998)로

- 17쪽 16행: 어느 집 → 집
- 18쪽 14행: 계집아이 → 살덩이
- 21쪽 5행: 여인의 눈이 → 그녀가
- 21쪽 21행: 결국은 여자가 다시 사연을 털어 놓기 시작했다. → 〔삭제〕
- 22쪽 11행: 영기 → 정기
- 22쪽 21행: 사연 → 곡절
- 26쪽 7행: 무연한 → 묵연스런
- 28쪽 4행: 녀석에게 오히려 이상스런 힘을 주고 있었다. → 녀석을 더 참을 수 없게 했다.

- 28쪽 16행: 그러나 그뿐이었다. → 〔삽입〕

3. 소재 및 주제

1) 소리와 새: '남도 사람' 연작의 시작인 「서편제」에서 소리는, 어둠이 내려 둥지에 깃든 새로 처음 나타난다. 고삐에 매인 소를 연상시키는 소년이 포함된 이 인상적인 장면은, 연작에서는 물론 다른 작품들에서도 여러 번 반복해서 나타난다. 대략 네 쪽에 걸친 그 장면을 요약하면 다음과 같다.

① 소년은 언덕밭 무덤가에 고삐가 매인 짐승 꼴로 지내고 있다.
② 어느 날 숲 속에서 노랫가락 소리가 들려 나올 뿐, 소리는 모습이 없다.
③ 햇덩이가 떨어지고 어두워지자 진종일 녹음 속에 숨어 있던 소리가 산을 내려온다.
④ 산을 내려온 소리가 뱀처럼 소년의 어미를 덮친다.
⑤ 그날 이후 소리는 소년의 집 문간방에 둥지를 틀고 산다.
⑥ 소리는 날이 밝으면 둥지를 나가 뒷산 녹음 속으로 들어간다.
⑦ 소리를 들을 때마다 소년의 머리 위에는 불타오르는 뜨거운 여름 햇덩이가 하나 있다.
⑧ 소년에게는 그 햇덩이가 소리의 진짜 얼굴이다. 그것은 괴롭고 고통스러운 얼굴이다.

이청준의 작품에서 말과 함께 관계적 삶의 표상인 새는 존재적 삶을 다룬 '남도 사람' 연작에서 '언어사회학서설' 연작의 말의 역할을 담당한다. 마찬가지로 '언어사회학서설'에서 말은 종종 새의 이미지를 갖는다. '남도 사람'은 나무가 표상인 존재적 삶을 다루었지만, '언어사회학서설'의 중심이 말이듯 '남도 사람'의 중심은 말의 변형인 소리라고 해도 과언이 아니다. 두 연작에서 말과 새와 소리는 종종 같은 의미망을 형성한다.

2) 한(恨): 주막집 여자는 소리꾼이 딸의 소리에 '한'을 심어주기 위해

서 딸의 눈을 멀게 했다고 생각한다. 한은 도대체 무엇일까? 이청준이 보기에 우리 정서나 한의 핵심은 당연히 우리 삶의 아픔에서 유래하고 거기 근거해 있다. 그래서 남도소리의 핵심인 한은 삶의 과정에서 맺힌 매듭, 옹이라 할 수 있다. 소리는 그런 한을 삶으로 푸는 한 양식이기 때문에 삶의 한 양식이기도 하다. 한을 만드는 우리 삶의 아픔 중 으뜸이 '자신의 본모습과 근본을 잃고 사는 아픔'이다. 이청준에 따르면 '남도 사람'의 주인공은 시골의 삶에 끼지 못하고 떠돌며, '언어사회학서설'의 주인공은 도회의 삶에 끼지 못하고 떠돈다. 그들의 떠돎은 본래의 삶으로 돌아가려는 노력의 과정이다. 그 노력은 일종의 귀향 연습으로 나타나기도 한다.

- 「여름의 추상」: 남도 소리는 한의 마디를 앉히는 일이 아니라 오히려 그것을 풀어내는 삶의 한 지혜로운 양식이라고 생각해본 일이 있지만, 그것은 바로 우리 삶에 대한 사랑의 양식이라 해도 상관이 없다면, 남도 소리를 그 흥이나 말의 자유, 혹은 우리 삶에 대한 그 사랑의 양식으로 해명해 보려는 사람이 적은 게 이상한 일이다.

3) **용서**: 위에서 보았듯이 '남도 사람'과 '언어사회학서설'은 「다시 태어나는 말」로 끝나는데, 다시 태어나는 말은 다름 아니라 '한'과 긴밀한 관계를 가진 '용서'다(30~31쪽).

4) **부끄러움 견디기**: 이청준의 인물들은 어째서 귀향하는데 연습까지 해야 할까? 바로 부끄러움과 두려움 때문이다. '남도 사람'은 그 부끄러움을 끌어안고 견디는 모습을 보여주는데, 그것을 이청준은 부끄러움을 글로 씻긴다고 표현한다.

- 수필「삶으로 맺고 소리로 풀고」: 그런데 그 왕복연습은 결국 무엇을 위함인가. 말할 것도 없이 마지막엔 고향으로 돌아감이 목적일 것이다. 그렇다면 또 무슨 까닭으로 귀향에 그런 연습(졸작 〈귀향연습〉)까지 필요한가. 사실은 그게 바로 부끄러움과 두려움 때문이다. (…) 고향길이 두렵고 부끄러운 것은 그 치름과 길닦음이 아직 모자라고 스스로 용서를 못

구한 탓일 게다.
- 수필「부끄러움 견디기의 소설질」: 그래서 내가 그 젖은 속옷 제 몸으로 말리기 식으로, 부끄럽고 남루한 대로 그 고향의 삶을 끌어안고 견뎌 보려 한 것이 〈남도 사람〉 연작과 〈눈길〉 〈해변 아리랑〉 같은 졸작들이다.
- 수필「자신을 씻겨온 소설질」: 말하자면 내 부끄러움을 스스로 글로 씻기고, 실패를 씻기고, 그런 식으로 여전히 그 끼어듦의 노력을 계속하며 나름대로 자신의 세상살이를 지탱해온 셈이었다. 내 데뷔작「퇴원」을 비롯하여「나무 위에서 잠자기」,「눈길」,「해변 아리랑」,「남도사람」과「언어사회학 서설」 연작들이 대개 그런 씻김의 한 과정이었을 것이다.

「황홀한 실종」

| 발표 | 『한국문학』 1976년 6월호.
| 최초의 단행본 수록 | 『예언자』, 문학과지성사, 1977.

1. 실증적 정보

1) 초고: 대학노트에 육필로 쓰인 초고가 남아 있다. 발표작에서 윤섭일이었던 윤일섭은 초고에서는 고섭일에 이어 문섭일(文燮一)로 변한다. 초고에는 표제가 없이 '행복한 실종'과 '축복받은 실종'이라는 메모만 있다.

2) 수필「알리바이 문학」: 이 글에서 이청준은「황홀한 실종」과 관련된 일화를 소개하며, 소설이 어떤 결론이 아니라 우리 사회와 시대에 대한 하나의 '징후'로 인식되고 기여하기를 바란다고 말한다.

- 「알리바이 문학」: 76년 여름에 쓴 〈황홀한 실종(失踪)〉이라는 중편은 동물원 쇠울타리나 학교 교문과 같은 철책의 이미지가 갈등의 요인이 되어 철책의 안과 바깥의 공간 개념을 거꾸로 받아들이고 있는 분열증 기미의 주인공이 종당에는 창경원 사자 우리의 짐승을 쫓아내고 그 자신이 쇠우

리 안으로 들어가 앉게 되는 줄거리의 이야기였는데, 이에 대해서도 몇 사람의 독자가 같은 불만을 말해 온 것이다. 왜 주인공으로 하여금 쇠우리 바깥에서 화창한 삶을 되찾게 하지 못하고 스스로를 우리 속에 가두는 비극을 연출하게 했느냐는 것이었다. 왜 당신은 힘찬 삶의 승리를 보여주지 못하고 어둡고 비극적인 삶의 패배를 보여주고 말았느냐는 것이었다. 당신이 제기한 문제들에 좀더 자신 있는 목소리로 명쾌한 해답을 보이라는 것이었다. 힘차고 영웅적인 승자의 상을 보이라는 것이었다.

3) **수필「왜 쓰는가」**: 이청준은 문학을 하는 일이 동물원 사자를 공격한 휴가병의 무모하고 광기 어린 돌격과 같은 것일 수 있다고 여긴다.

- 「왜 쓰는가」: 왜냐하면 우리 주변에서 가끔 우리를 놀라게 한 일 가운데는 그가 그 일을 그렇게 하지 않을 수 없었던 어떤 강한 자기 충동이나 의지 같은 것을 분명히 느낄 수가 있음에도 불구하고, 당사자나 우리 가운데 누구도 그의 동기나 목적 같은 것을 명징하게 설명해낼 수가 없고, 그러기에는 오히려 그의 깊은 진실을 훼손하는 짓이 되지나 않을까 싶은 기이하게 감동스런 사건들이 많기 때문이다./가령 이런 경우는 어떤가 싶다. 70년대 초반 어느 해 여름이던가./창경원 사자 우리를 구경하고 있던 휴가병 아저씨 한 사람이 철책 안에 들어 앉아 을연스레 세상구경을 하고 있던 사자나으리를 공격해 들어가다 거꾸로 그 사자나으리의 반격을 받고 크게 다친 일이 있었다. 그 휴가병 아저씬 그때 술이 얼근히 취해 있었단다. 아무리 술이 취했기로서니 그 아저씨 도대체 어쩌자고 그런 무모한 돌격을 감행하고 나섰던가.

4) **수필「밀실을 찾아서」**: 1994년 출간된 수필집 『사라진 밀실을 찾아서』에 수록된 「사라진 밀실을 찾아서」가 「밀실을 찾아서」로 개제되어 1998년 단행본에 「황홀한 실종」의 작가노트로 실린다.

5) **이전 발표 작품과의 연관성**: 「황홀한 실종」은 체제의 숨은 폭력성을 다룬 점에서 1971년에 발표된 「소문의 벽」과 짝을 이룬다. '동물원 우리

안으로 쳐들어가 맹수를 쫓아내고 대신 자신이 들어앉아 있을 만큼 상황의식이 전도된 한 젊은이의 불안감과 자신이 투철한 의료적 소견에 따라 그것을 거꾸로 파탄으로 조장해 온'「황홀한 실종」은 '주제 면에서나 씌어진 시기가' 「소문의 벽」과 매우 가까이 있다.

- 수필 「사회 병리와 인간학의 은유」: 인간적 이해가 부족한 순수 의학적 신념이 환자의 병세를 치료하기 커녕 극단으로 악화시키고 마는 비극적 역전의 아이러니는 다시 말할 것 없이 조국 근대화, 인간 개조, 통일 역량 신장 따위의 일방적 명분과 구호 아래 우리 의식을 삶을 강제하던 유신 체제의 숨겨진 폭력성을 의제화한 것으로 이후의 〈황홀한 실종〉(1976)과 한 짝을 이룬다.

6) **이름**: 발표작의 윤섭일이 단행본에 수록될 때 윤일섭으로 바뀐다.

2. 텍스트의 변모

1) 『한국문학』(1976년 6월호)에서 『예언자』(문학과지성사, 1977)로
   - 34쪽 1행: 닥치는대로였다. → 삭제
   - 48쪽 11행: 결함요인 → 장애요인
   - 49쪽 10행: 증세 → 단서
   - 90쪽 11행: 좀더 → 극한까지
   - 94쪽 13행: 윤섭일 → 아이
   - 98쪽 16행: 암시를 모르고 있다가 → 암시에 이끌려

2) 『예언자』(문학과지성사, 1977)에서 『소문의 벽』(열림원, 1998)으로
   - 41쪽 16행: 기계적 → 〔삽입〕
   - 49쪽 13행: 우울 → 찜찜
   - 70쪽 3행: 의지 → 열망
   - 70쪽 12, 14행: 낭패 → 실패
   - 72쪽 15행: 가슴이 뜨끔뜨끔 → 자주 가슴이

- 74쪽 14행: 쇠창살의 환영 → 쇠창살
- 75쪽 21행: 쇠창살 → 쇠창살의 환영
- 76쪽 4행: 자신의 가장 심각한 병태로 자각하기 시작한 → 차츰 자신의 병태로 인정하기 시작한
- 77쪽 9행: 입원 때처럼 별 군소리 없이 그날로 곧 → 〔삽입〕
- 81쪽 6행: 상념들을 → 결의를
- 84쪽 6행: 몇 차례 → 한두 번
- 98쪽 19행: 사실이 허구의 방어벽을 돌파하고 그것을 실패시키기 시작한 → 이제 허구의 방어벽을 돌파하고 그것을 제거해 나갈
- 99쪽 4행: 그는 일섭을 병원에서 내보내면서, → 그리고
- 99쪽 10행: 며칠 후에 → 그날로 곧
- 102쪽 10행: 우울해져 가고 있었다. → 개운찮을 수밖에 없었다.
- 104쪽 17행: 사고 → 돌변사

3. 인물형

1) 윤일섭: 「소문의 벽」의 박준, 『조율사』의 지훈, 「겨울광장」의 완행댁, 「조만득 씨」의 조만득처럼 광기에 빠지는 인물이다.

2) 손 박사: 윤일섭과 손 박사의 관계는 「소문의 벽」의 박준과 김 박사가 맺는 관계와 비슷하다. 정신병 환자와 주치의 사이의 이 긴장된 관계는 「조만득 씨」에서 다시 나타난다.

- 수필 「사회병리와 인간학의 은유」: 하지만 의학적 상식이 깊을 수 없는 내가 그 소설들을 쓴 것이 당치 않게 무슨 의료상의 목적이나 그 분야의 사회적 의의를 구현하려 해서가 아니었음은 물론이다. 그것보다 대개는 어떤 병증과 진료 과정을 빌려 우리 사회의 일반적 병리 현상이나 정치적 억압상을 드러내려는 아이러니나 알레고리의 수단으로 활용하는 경우가 많았다.

4. 소재 및 주제

1) 거짓말: 「별을 보여드립니다」와 「문패 도둑」에도 윤일섭처럼 거짓말을 일삼는 인물이 나온다. 「소문의 벽」의 박준도 마찬가지다. 그들은 모두 원하는 관계를 맺지 못한 채 좌절과 고립 속에 놓여 있다. 거짓말은 제대로 된 말이 통하지 않는 세상과의 단절을 극복하기 위해, 현실에서 자기 소재를 확인하기 위해 인물이 취하는 힘든 몸짓이다. 그래서 「별을 보여드립니다」의 '그'는 거짓말을 하는 이유를 이렇게 말한다. '배반을 당하면 나도 배반을 하고 싶어지거든'(51~52쪽).

- 「별을 보여드립니다」: 그의 또 한 가지 나쁜 버릇은 다름 아닌 거짓말이었다. 그는 아무렇게나 거짓말을 했다. 언젠가는 친구 한 사람이 교통사고로 병원에 입원해 있다고 급한 전화를 두루 걸어준 일이 있었다. 우리는 병원으로 몰려갔으나 그것은 그의 거짓말이었다.

2) 광기: 거짓말로도 세상과의 단절을 극복하지 못하고 현실에서 자기 소재를 확인할 수 없을 때, 인물들은 광기에 빠진다. '사람들은 때로 견딜 수 없는 것을 견디기 위하여 그의 현실을 파괴하여 우화를 만든다.'

3) 입원: 윤일섭은 정신병동 입원을 전혀 꺼려 하지 않는 파격적인 태도를 보여준다. 그는 병원에서 쉴 곳을 찾은 사람 같다. 「소문의 벽」의 박준도 제 발로 병원에 찾아가 입원한다. 정신병동은 아니지만 「퇴원」의 '나'도 자발적으로 입원한다(48쪽 16행).

4) 안과 밖: 광기는 안팎이 전도된 현실, '진실과 허위가 뒤바꾼 현실을' 벗어나 자유를 찾으려는 영혼의 몸부림이라고 할 수 있다. 윤일섭이 안과 밖을 자꾸 거꾸로 인식하는 이유도 여기서 찾아질 수 있다.

5) 밀실과 실종: 이청준의 인물에게서 거짓말은 광기로 이어지고 광기는 시종일관 자기 실종의 욕구로 나타난다. 실종의 욕구는 현실(광장)로부터 벗어난 안전한 밀실에 대한 욕구이며, 밀실에서 다시 태어나려는 욕

구다. 그래서 1998년 단행본에는 수필 「밀실을 찾아서」가 「황홀한 실종」의 작가노트로 실린다. 밀실에 대한 욕구는 윤일섭에게 문을 중심으로 안과 밖을 나눈 뒤, 자꾸 안으로 들어가 자신을 실종시키게 만든다. 윤일섭의 자기 실종 욕구는 손영목 박사가 지적하듯이, 가학성 유희 욕망과 사람 기피증 같은 2, 3차 병증들을 유발한 근본적인 1차 병인이다. 야구공과 어린 시절 등하교 때 일화는 그의 자기 실종 욕구가 얼마나 뿌리 깊고 절실한 것인지 보여준다. 그가 생각하는 진정한 자유는 단순히 밀실 속에 숨어드는 정도로 얻어지지 않는다. 시간의 벽을 뚫고 정지시켜버린 야구공의 일화는 그가 추구하는 진정한 자유가 현실에서의 영원한 부재, 현상의 부재 속에 있음을 말한다. 세상 사람들을 시간의 벽 속에 가두어두고 자신만 시간의 벽을 넘어 사는 것, 이처럼 윤일섭이 꿈꾸는 자기 실종은 궁극적으로 시간의 문을 나서겠다는 것이다. 시간의 문을 나서려는 자기 실종의 욕구는 밀실을 거쳐 다시 태어나려는 욕구다. 이청준의 말처럼 광장에서의 삶은 밀실 속으로 자기 실종을 거친 뒤에야 가능하다. '개인의 밀실이 간직되지 못한 삶은 참자아의 모색과 창조가 어렵기 때문이다.' 이 꿈은 뒤에 「시간의 문」에서 이루어진다(91쪽 17행, 94쪽 12행).

6) 육군 사병 일화: 「해공의 질주」에도 같은 일화에 대한 언급이 있다.

「자서전들 쓰십시다」

| **발표** 「문학과지성」 1976년 여름호.
| **최초의 단행본 수록** 「자서전들 쓰십시다」, 열화당, 1977.

1. 실증적 정보
1) **초고**: 이청준이 대학노트에 육필로 쓴 초고가 남아 있다.
2) 수필 **「자서전에 대하여」**: 1978년 산문집에 실린 이 수필이 2000년

단행본에「자서전들 쓰십시다」의 작가노트로 수록된다.

　3) 연작 '언어사회학서설': 「자서전들 쓰십시다」의 시작은 「떠도는 말들」과 겹친다. 연작 '언어사회학서설'에 대해서는 「떠도는 말들」 주석 참조.

　2. 텍스트의 변모

　1) 『문학과지성』(1976년 여름호)에서 『자서전들 쓰십시다』(열화당, 1977)로

- 120쪽 6행: 팔 → 손
- 121쪽 22행: 어떤 보람쯤은 → 보람을
- 122쪽 16행: 그것 → 그 짓
- 127쪽 22행: 떠나지 않는 → 〔삭제〕
- 128쪽 4행: (이것도 무슨 직업이라 말할 수가 있을지 모르겠읍니다만) → 〔삽입〕
- 131쪽 10행: 직업 → 일
- 140쪽 1행: 한 가지 음식만을 만들어 먹자는 것이 → 두 가지 음식을 만들지 않는 것이
- 141쪽 7행: 나무 → 푸나무
- 158쪽 23행: 과장을 하려드는 판국에 → 부황한 소리들만 늘어놓고 싶어하는 판에
- 163쪽 16행: 뭐 그냥 내 일을 다시 맡아 → 뭐 이번 일은 그냥 없었던 걸로 치고 일을 다시
- 168쪽 7행: 낭패스런 → 위협적인

　2) 『자서전들 쓰십시다』(열화당, 1977)에서 『잃어버린 말을 찾아서』(문학과지성사, 1981)로

- 114쪽 15행: ―아는 이는 이미 알고 있듯이 그것이 우리 시대의 코미디언 피문어씨의 본명이다― → 〔삽입〕

- 117쪽 8행: 지칭력 → 지배력
- 143쪽 6행: 협박 공갈 → 공갈

3) 『잃어버린 말을 찾아서』(문학과지성사, 1981)에서 『자서전들 쓰십시다』(열림원, 2000)로
- 114쪽 11행: 아니었읍니다. → 아니다.
- 114쪽 13행: 뿐이었읍니다. → 뿐이다.
- 119쪽 21행: 은덕으로 혜량하여 → 아량으로 관용하여
- 135쪽 15행: 정직하게 → 가감없이
- 147쪽 10행: 혐오감 → 의구심
- 157쪽 8행: 히죽거리는 → 거들먹대는
- 159쪽 14행: 어조는 갈수록 조금씩 → 어조엔 제법 경어투가 다시 살아나며 갈수록
- 159쪽 18행: 끝내 → 벙어리처럼

3. 인물형

- **지욱**: 「엑스트라」의 '나'도 지욱처럼 자서전 대필자이다. 지욱은 「치자꽃 향기」의 주요 인물 이름이기도 하다.

4. 소재 및 주제

1) **자서전과 동상**: '자서전'이 표제에 쓰인 이청준의 작품은 『씌어지지 않은 자서전』과 「자서전들 쓰십시다」뿐이다. 하지만 '자서전'은 「병신과 머저리」를 비롯해 『이제 우리들의 잔을』 「문단속 좀 해주세요」 등 다른 많은 작품에 반복해서 나오는 소재이자 주제다. 『당신들의 천국』에서처럼 자서전은 작품에 따라 '동상' '우상' 따위로 변주된다. 마음속에 간직한 인물의 자서전과 마음속에 간직한 동상은 같은 말이다. 자서전은 삶의 당사자만 쓸 수 있다. 또한 제대로 된 자서전은 당연히 자기 삶의 궤적을 반

성적 시선으로 돌아볼 때 쓰일 수 있다. 그러니 자서전 대필은 삶의 내력을 거짓으로 지어 지니는 것이다.

  2) 학대와 사역: 말을 부리는 소설가의 태도는 「매잡이」에서 매잡이가 매를 부리는 태도와 같다. 이청준의 작품 세계에서 '새'와 '말'이 맺는 관계를 생각해봐야 한다(117쪽 12행, 308쪽 21행).

    – 「매잡이」: —이상하군요. 학대와 굶주림과 사역이 당신이 매를 생각하는 방법의 전부라는 것은.

    – 「떠도는 말들」: 그들의 입술 위에서 그것은 차라리 말의 혹사였고 말의 학대라고까지 할 수 있었다.

    – 「가위 잠꼬대」: 그것은 참으로 무서운 말의 사역이요 학대였다.

  3) 침묵과 말: 「자서전들 쓰십시다」의 한 문장이 그대로 표제가 된 수필 「산들은 말하지 않는다」는 침묵과 말에 대한 글이다(132쪽 3행).

  4) 신념에 대한 회의: 최상윤의 확고한 신념에 대해 지욱이 갖는 회의는, 『당신들의 천국』에서 상욱이 조백헌에 대해 품는 회의와 닮아 있다.

「꽃동네의 합창」

| **발표** | 『한국문학』 1976년 8월호.
| **최초의 단행본 수록** | 『남도 사람』, 예조각, 1978.

1. 실증적 정보

  1) 초고: 대학노트에 육필로 쓰인 초고의 표제는 「술집 〈꽃동네〉의 합창」이다.

  2) 수필 「〈고향의 봄〉과 이원수 선생」: 「꽃동네의 합창」은 실화를 바탕으로 한 소설이다. 이 수필에는 이청준이 「꽃동네의 합창」을 쓰게 된 일화와 과정이 나와 있다.

3) 수필 「풍속에 대하여」: 이청준은 이 글에서 '공간'과 '장소'를 구분하며, 메마른 우리 생활을 위한 하나의 '장소'를 만들고 싶은 욕심에서 「꽃동네의 합창」을 썼다고 말한다.
 - 「풍속에 대하여」: 되풀이 말하면 공간은 아직 우리의 삶의 의미가 상관되어 있지 않은 물리적 절대 개념의 용어임에 반하여, 장소는 그 공간을 이용하여 우리의 삶을 관계시키고 영위해 나가는 일종의 상대적 응용개념의 용어라고 말할 수도 있으리라.

2. 텍스트의 변모
- 『남도 사람』(예조각, 1978)에서 『별을 보여드립니다』(열림원, 2001)로
  - 173쪽 4행: 당신에게 당장 → 여간해선 당신에게
  - 173쪽 14행: 모진 → 점잖지 못한
  - 174쪽 10행: 거짓말 → 부러 꾸며낸 말
  - 175쪽 9행: 주례 → 주례의 수고
  - 180쪽 16행: 순식간에 다시 → 〔삭제〕
  - 181쪽 18행: 술집 〈꽃동네〉는 갑자기 번지기 시작한 〈고향의 봄〉 합창 소리로 금방이라도 온 실내가 떠나갈 듯했다. 아가씨들은 술을 나르면서, 병마개를 따면서, 탁자를 훔치면서 고향의 봄을 노래했고, 술손들은 또 술손들대로 한결같이 그 정겨운 눈길들을 선생에게로 모아 보내면서 어린애처럼 목청들을 돋아 댔다. 선생의 한 팔을 앞으로 끼고 선 주인 여자는 이마 앞까지 가까이 선생의 눈을 들여다보면서 유치원 선생님처럼 또는 선생의 귀여운 막내딸처럼 크게크게 입을 벌려 고향의 봄을 노래했다./— 꽃동네 새동네 나의 고향은/파란 들 남쪽에서 바람이 불면…./그건 물론 이날사 처음 있는 일은 아니었다. 이 수원 선생이 〈꽃동네〉를 들어서면 누군가 먼저 당신을 본 사람이 노래를 먼저 시작했고, 그 노래 소리가 신호가 되어 가게 사람들과 술손들은 언제나 그 당신의 〈고향의 봄〉을 합창

해 주었다. 그게 〈꽃동네〉의 한 풍속이었다./하지만 이 수원 선생은 그걸 오히려 견디지 못해 했다. 언제나 어정쩡하고 부끄럽고 그리고 거북한 표정으로 노래가 끝나기만을 기다리고 있던 이 수원 선생이었다./하지만 이 날만은 웬일인지 선생 쪽에서도 마음이 차츰 달라져 가고 있었다. 술집 처녀 아이들과 술손들의 합창 소리에 이끌리듯, 아니면 그 극성스러운 주인 여자의 허물 없는 표정과 몸짓에라도 이끌리듯 이 수원 선생도 이날은 마침내 입술을 들썩들썩 당신의 그 〈고향의 봄〉을 함께 따라 부르기 시작한 것이었다. 그리고 그 〈고향의 봄〉을 노래부르고 있는 선생의 눈길에선 어찌 보면 그 뿌연 안경알 너머로 어린애처럼 무슨 눈물 방울 같은 것이 조용히 맺혀 흐르고 있는 것처럼도 보이는 것이었다./—냇가에 수양버들 춤추는 동네/그 속에서 놀던 때가 그립습니다…./문 밖에선 여전히 봄비가 추적추적 길을 적시고 있는 저녁이었다. → 〔삭제〕

「수상한 해협」

| 발표 | 『신동아』 1976년 9월호.
| 최초의 단행본 수록 | 『가해자의 얼굴』, 중원사, 1992.

1. 실증적 정보
1) 초고: 육필 초고가 남아 있다.
2) 발표작과 단행본 수록작의 차이: 이청준은 「수상한 해협」을 단행본에 수록할 때 주석을 삭제했을 뿐 아니라 문장을 대폭 수정했다. 발표작에는 『삼국유사』에 따른 주석이 붙어 있다.

① 朴堤上·신라 19대 눌지왕 때의 지방 태수로 고구려에 볼모로 붙잡혀 있던 寶海와 倭國에 억류되어 있던 美海 두 王弟를 구해내고 倭國에서 순국함(182쪽 11행).

② 美海王子・신라 17대 내물왕의 세째아들. 19대 눌지왕의 아우. 倭國에 30년간이나 억류되었다가 박제상의 지략으로 귀국함(182쪽 12행).

③ 美海王子를 말함(182쪽 19행).

④ 先王・신라 17대 내물왕을 이름(183쪽 3행).

⑤ 今上・신라 19대 눌지왕을 이름(183쪽 7행).

⑥ 王弟・눌지왕의 아우 寶海를 이름(183쪽 10행).

⑦ 康仇麗・미해왕자를 왜국에서 인도해 온 新羅人(190쪽 17행).

(이상 『三國遺事』에 의함)

2. 텍스트의 변모
- 『신동아』(1976년 9월호)에서 『가해자의 얼굴』(중원사, 1992)로
* 거의 모든 문장이 수정되었기 때문에 변하지 않은 문장만 표시하겠다.
 - 185쪽 1행: 하지만 이제 와서 새삼 그런 것은 따져 무엇하랴.
 - 187쪽 9행: 애원을 해서 될 일도 아니었다.
 - 189쪽 8행: 그러하오.
 - 189쪽 13행: 물론이오.
 - 190쪽 9행: 아니 되옵니다.
 - 191쪽 18행: 알겠다.
 - 192쪽 14행: 아니 되옵니다.
 - 196쪽 5행: 그는 방법을 달리하기로 결심했다.
 - 196쪽 13행: 듣거라.
 - 196쪽 16행: 사람의 일로는 차마 못할 짓이었다.
 - 196쪽 22행: 너는 어느 나라의 신하냐?
 - 197쪽 2행: 나는 신라의 신하다.
 - 197쪽 12행: 너는 어느 나라의 신하냐?
 - 197쪽 13행: 신라의 신하다.

- 200쪽 3행: 이젠 더 어쩔 수가 없구나.
- 200쪽 19행: 무슨 뜻의 말씀이온지….

3. 소재 및 주제
- **아기장수**: 죽어서 영원히 사는 박제상은 이청준의 작품에서 중요한 의미를 차지하는 아기장수 설화 속 아기장수를 닮아 있다(194쪽 2행, 201쪽 18행).

「새가 운들」

| **발표** | 「독서생활」 1976년 9월호.
| **최초의 단행본 수록** | 「남도 사람」, 예조각, 1978.

1. 실증적 정보
1) **초고**: 남아 있는 육필 초고는 발표작과 달리 1인칭 시점으로 서술되었다.
2) **개제**: 이 작품의 표제는 발표 당시 「꽃이 핀들」이었다. 그 후 「새가 운들」로 개제되어 창작집 『남도 사람』에 실린다.
3) **「눈길」**: 「새가 운들」은 이청준이 직접 밝혔듯 「눈길」과 근친관계에 있다.
4) **전기와의 연관성**: 『인문주의자 무소작 씨의 종생기』에도 나오는 참나뭇골은 이청준의 고향 진목리이다. 그 밖에 가족관계, 기둥에 도끼질 자국이 남은 고향집 등이 이청준과 일치한다(207쪽 3행, 208쪽 23행).

2. 텍스트의 변모
1) 『독서생활』(1976년 9월호)에서 『남도 사람』(예조각, 1978)으로

* 「꽃이 핀들」에서 「새가 운들」로 개제(改題).
- 206쪽 4행: 서러운 목소리 → 목소리
- 211쪽 23행: 자거라. → 쉬거라.
- 216쪽 9행: 건사할 길이 → 의탁할 데가
- 216쪽 13행: 말끔히 → 갈갈이
- 224쪽 13행: 복없는 년이 → 박복한 년의 팔자가

2) 『남도 사람』(예조각, 1978)에서 『눈길』(홍성사, 1984)로
- 205쪽 16행: 한잔 → 한 되
- 209쪽 14행: 위에서 → 뒤에서
- 209쪽 17행: 일찍부터 → 〔삭제〕
- 209쪽 21행: 그 형이란 위인은 → 위인이
- 216쪽 1행: 어쨌거나 그 무렵의 노인은 → 노인은 그 무렵부터
- 217쪽 16행: 그런 구실로 사는 노인은 → 〔삭제〕
- 217쪽 18행: 다시 한번 말끔하게 → 〔삭제〕
- 218쪽 19행: 마음 아픈 줄도 모르시오…. → 마음들이 편하시오.
- 227쪽 13행: 징자나무 → 팽나무
- 230쪽 17행: 새집터 → 마지막 집터

3) 『눈길』(홍성사, 1984)에서 『눈길』(열림원, 2000)로
* 작가 주가 더해진다.
- 작가 주: 〈새가 운들〉을 쓴 이듬해 아내와 함께 시골집 어머니를 찾아가 그 새벽길의 뒷이야기를 듣고 〈눈길〉을 다시 썼으니, 〈새가 운들〉은 〈눈길〉의 밑작품인 셈이다.
- 205쪽 3행: 정적이 채워지고 있었다. → 정적만 가득했다.
- 205쪽 19행: 작자 → 뜨내기 술손
- 206쪽 4행: 끝 → 자락
- 206쪽 7행: 노인 → 소리

- 206쪽 11행: 눈길이 초조해질 대로 초조해져서 → 〔삭제〕
- 207쪽 16행: 집안 말썽이 없을 수 없었기 때문이었다. → 집안에 분란이 끊이지 않았기 때문이다.
- 207쪽 17행: 사내 → 집안 남정
- 208쪽 1행: 그리고 집안 꼴이 그쯤 되어 있던 형편이었고 보니 머지 않아 무슨 결단이 나고 말거라는 예감은 오래 전부터 지니고 있었던 그였다. → 그리고 집안 꼴이 그렇고 보니 필경엔 어느쪽에서든 어떤 몹쓸 변고가 일고 말 것 같은 망연스런 예감에 시달리고 있던 참이었다.
- 208쪽 15행: 돌각담 너머로 → 〔삽입〕
- 208쪽 20행: 저녁을 짓겠다는 것이었다. → 모처럼 저녁이라도 짓겠노라, 서글픈 위로의 당부였다.
- 216쪽 16행: 당신 → 내세
- 221쪽 11행: 갑자기 당한 일이었다. → 〔삭제〕
- 221쪽 22행: 더 이상 술을 마실 수가 없게 되자 그가 → 그 술값마저 더 이상 마련할 길이 없게 되자 자신이
- 224쪽 18행: 모른다면서 → 모른다는 핑계로
- 225쪽 21행: 어느 때나 마찬가지로 → 〔삭제〕

「별을 기르는 아이」

| 발표 | 『부산일보』 1976년 11월 18일~12월 9일.
| 최초의 단행본 수록 | 『자서전들 쓰십시다』, 열화당, 1977.

1. 실증적 정보

1) 초고: 대학노트에 쓰인 육필 초고에는, 이청준이 주요 인물 이름으로 '진용, 진석, 진웅'을 염두에 두었음을 보여주는 메모가 있다. 또한 발

표작을 단행본에 수록할 때 더해진 '곽순애 일화'는 초고에 이미 들어 있다. 단지 이름이 '순애'가 아니라 '순자'이다.

2) 동화「별을 기르는 아이」: 소설과 동화가 같은 제목이지만 인물과 줄거리는 매우 다르다. 하지만 동화를 보면 소설을 더 잘 이해할 수 있다.

2. 텍스트의 변모

1)『부산일보』(1976년 11월 18일~12월 9일)에서『자서전들 쓰십시다』(열화당, 1977)로

* 발표작에는 없는 곽순애 일화가 덧붙여진다.
  - 242쪽 13행: 할 수 있고 말고요. → 그걸 말이라고 읊으세요. 자식! 배달하난 왔다지요 뭐.
  - 247쪽 4행: 하지만 녀석이 그렇게 되고만 사정에 대해서도 상상이 그리 어려운 일이 아니었다. → 사정을 전혀 짐작할 수 없는 건 아니었다.
  - 248쪽 9행: 아파트촌에는 예외없이 → 〔삭제〕
  - 248쪽 20행: 그 아파트촌 통돌이 노릇이 오히려 더 다행스럽고 즐겁다는 표정이었다. → 아파트촌에 오히려 더 신바람이 이는 낌새였다.
  - 248쪽 22행: 아파트촌 통돌이 노릇을 좋아하는 걸 보면, 녀석은 역시 그 사이다 공장까지 누나를 찾아갔다가 그녀를 놓치고 돌아서야 했던 것인지도 알 수 없는 일이었다./그래서 녀석은 → 그걸 보면 녀석은 역시 그 사이다 공장을 찾아갔다가 허탕을 치고 와서, 이젠
  - 249쪽 7행: 식모애 → 식순이급 계집애
  - 249쪽 8행: 아파트촌에 살면서 그곳을 → 아파트촌을
  - 250쪽 22행: 즐겁게 한 몇 가지 알뜰한 이득까지도 몰래 누려오고 있었다. → 그런대로 제법 짭짤한 활약을 벌인 소중한 추억의 한 시절이 마련되어진 셈이기도 하였다.
  - 251쪽 18행: 차장계집애들 → 차순이들

- 252쪽 15행: 이득 → 활약
- 253쪽 2행: 엉덩이들을 눈앞에 → 엉덩이살을 코앞에
- 253쪽 4행: 차장년들 → 차순이란 년들
- 254쪽 3행: 자연스러울 → 떳떳할
- 254쪽 19행~258쪽 14행 → 〔삽입〕
- 259쪽 22행: 녀석은 이제 진짜 동기간이나 다름이 없으니까요. → 〔삽입〕
- 260쪽 6행: 순애가 어디서 나를 몰래 지켜보고 있으리라는 생각 때문이 었는지, 그래서 그녀가 제풀에 자존심이 상해서 놀라 나자빠지게 해 주고 싶어서였는지, 뜻밖에 말이 입에서 술술 잘도 풀려 나가고 있었다. 내가 생각해도 그렇게 의젓하고 사리에 맞는 말들일 수가 없었다. → 〔삽입〕
- 261쪽 13행: 하지만 자식은 어쨌든 댁들의 도움이 필요해요? → 새끼가 정 말을 하지 않으려 들면 그때가서 내가 다시 녀석을 타일러 줄 수도 있는 거구요…
- 262쪽 19행: 형 → 동생
- 263쪽 7행: 어쨌거나 그로해서 나는 이제 녀석이 정말로 그 누님을 찾고 있는건지 어떤건지 더욱더 속셈을 종잡을 수가 없게 되어버리고 말았다. → 〔삭제〕
- 263쪽 17행: 순애에 대한 마음의 빚을 숙제로 남긴 채 → 〔삽입〕
- 278쪽 22행: 사이다공장 앞에서의 일 같은 건 까맣게 잊어버린 듯 → 〔삽입〕

2) 『자서전들 쓰십시다』(열화당, 1977)에서 『별을 보여드립니다』(열림원, 2001)로

- 237쪽 13행: 쥐방울만한 것이 → 〔삽입〕
- 240쪽 12행: 잘라가 버리고 없었다. → 잘라가 버려 사람들은 한층 줄어들고 있었다.

- 267쪽 21행: 개새끼 → 삽살개 새끼
- 276쪽 12행: 눈물을 훔치며 → 〔삽입〕

3. 인물형
- **지영숙**: 『당신들의 천국』에서 이상욱의 어머니도 지영숙이다.

4. 소재 및 주제
- **별**: 초기작 「별을 보여드립니다」를 비롯해 별은 이청준의 작품에서 꿈과 희망을 나타내는 경우가 대부분이다. 별은 작품에 따라 '누나' 등으로 변주된다.

「치자꽃 향기」

| **발표** | 『한국문학』 1976년 12월호.
| **최초의 단행본 수록** | 『남도 사람』, 예조각, 1978.

1. 실증적 정보
1) **초고**: 육필 초고가 남아 있다.
2) **「불의 여자」**: 「치자꽃 향기」에는 「불의 여자」의 중심 이야기가 되는 일화가 들어 있다.

2. 텍스트의 변모
1) 『한국문학』(1976년 12월호)에서 『남도 사람』(예조각, 1978)으로
- 285쪽 17행: 꽃이었다. 초여름녘의 싱그러운 달밤의 → 〔삭제〕
- 286쪽 10행: 이날 밤 → 저녁에 있을
- 288쪽 9행: 영진이 고등학교 2학년 적의 농번기 방학 때였다. 영진의 시

골집은 이제 농사를 짓지 않고 있었다. 그래서 그는 그 농번기 방학을 다른 고을의 한 친구 집으로 따라가 지내고 있었다./그런 일만이 유독 기억에 남아 있기 때문일까. 그 집에도 마침 뜰가 울타리 곁에 치자나무가 한 그루 흰꽃을 피우고 서 있었다. 그리고 친구에게는 도회에서 여학교를 졸업하고 내려와 시집갈 때만 기다리고 있던 누님이 둘이나 함께 살고 있었다./영진의 주의가 미처 그 치자꽃에까진 미치질 못하고 있던 어느날 저녁—역시 달빛이 무척 밝은 저녁이었다. 그 달빛 아래 뜰가로 나와 앉아 영진과 함께 완두콩을 삶아다 까먹고 있던 친구의 누님들이 발작이라도 난 듯 느닷없이 마당가 우물가로 달려가더니 그대로 스스럼없이 옷을 벗어 붙이고 키들키들 밤목욕을 시작하는 것이었다. 그리고 그 달빛 속에서 뽀얗게 키들거리는 여자들의 알몸을 넋을 잃고 바라보고 앉아 있던 영진의 코 끝에 비로소 그 뜰가의 밤 치자꽃 향기가 물씬하니 밀려들어 오고 있었다. → 〔삭제〕

- 295쪽 12행: 자신이 주문한 일이라곤 하지만 그 남편에겐 조금도 미안해 하는 빛이 없이 남의 외간 남자에게 그토록 정성껏 옷을 벗어 보이고 있는 아내의 심사가 이상스럽게 갑자기 원망스러워질 지경이었다. → 〔삽입〕
- 295쪽 21행: 아무 말을 하지 않았다. → 여전히 그 남편에 대한 미안스러움 같은 것은 엿보이지 않고 있었다.
- 296쪽 16행: 말이 필요한 것도 아니었다. → 〔삭제〕
- 297쪽 1행: 그리고 그 아내의 몸에서는 다시 그 은은한 치자꽃 향기를 방 안에 가득 뿜어내고 있었다. → 〔삭제〕

2) 『남도 사람』(예조각, 1978)에서 『병신과 머저리』(열림원, 2001)로

- 285쪽 12행: 하니까 그녀는 → 하니까 그녀는 무슨 마음이 들었던지 어느 날 마침내 생각을 바꾸었다.
- 285쪽 17행: 치자꽃은 언제나 초여름녘의 싱그러운 달밤의 치자꽃 냄새만이 지욱에겐 진짜 여인의 냄새였다. → 그 초여름녘의 싱그러운 달빛

속의 치자꽃 냄새만이 지욱에겐 진짜 여자의 냄새였고 아내의 냄새였다.
- 285쪽 22행: 마지못해, 그러나 사실 어찌 보면 뜻밖일 만큼 선선히 마지막 결심을 해주었고, → 〔삽입〕
- 287쪽 9행: 그 → 그 밤 달빛속의
- 287쪽 14행: 못된 조바심 속에서도 그 부끄럽고 죄스러운 기분이 한사코 그렇게 싫지만은 않았다. → 그 불안스런 조바심을 쉽게 떨치고 돌아설 수가 없었다.
- 288쪽 6행: 영진이 그때 벌써 그걸 깨달았던 것은 물론 아니었다. 하지만 그는 결국 그것을 깨달았다. → 하지만 영진이 그 시절 벌써 그 치자꽃 향기에서 여자의 몸 냄새를 함께 맡았던 것은 아니었다. 여자들의 알몸에서 그 치자꽃 향내를 맡았던 것도 물론 아니었다. 그것을 깨달은 것은 훨씬 더 뒷날의 일이었다.
- 292쪽 5행: 느낌이 들어 생각을 단념해 버리고 만 지욱이었다. → 느낌이었다.
- 294쪽 5행: 머리는 뒤로 내뻗은 팔을 따라 힘없이 → 검은 머리채를 뒤로 내뻗은 한쪽 팔을 따라 길게
- 296쪽 7행: 술집을 나설 때 지욱은 여전히 그 술탁 앞에서 친구를 기다리게 해 놓은 것이었다. 그리고 그는 친구 영진으로 지욱의 집을 다시 찾아온 것이었다. → 술집을 나설 때 지욱은 여전히 그 술탁 앞에 남의 아내를 엿보고 돌아올 친구를 기다리는 또 하나의 자신을 남겨놓은 것이었다. 그리고 그는 뒤늦게 남의 아내를 범하고 싶은 은밀스런 심사 속에 다시 집을 찾아들어온 것이었다.
- 296쪽 16행: 마음까지 → 몸짓까지
- 296쪽 17행: 뿐만이 아니었다. → 〔삽입〕
- 296쪽 20행: 이미 어떤 훈훈한 장밋빛을 → 서서히 부드러운 열기를
- 296쪽 21행: 그리고 그 알 수 없는 외로움 같은 것이 서서히 걷혀 가기

시작한 아내의 몸에서는 오랫동안 잠자리에서 잊혀지고 있던 그녀의 그 치자꽃 향내가 다시 솟아나고 있었다. → 그리고 어느덧 그 알 수 없는 외로움기 같은 것이 말끔히 걷혀나간 아내에게선 오랫동안 잊혀져 있던 그녀의 치자향 몸내음이 다시 짙게 피어오르기 시작했다.

3. 인물형
- **지욱**: 위의 「자서전들 쓰십시다」 주석 참조.

4. 소재 및 주제
1) 밤 우물가 목욕: 달밤에 목욕하는 여자를 훔쳐보는 장면은 「바람의 잠자리」 등 다른 작품에도 여러 번 나온다.
- 「행복원의 예수」: 달빛에 뽀얗게 알몸을 드러낸 여자가 자기 가슴께에다 자꾸만 물을 끼얹어대고 있었다. 신비스런 광경이었다. 나는 오줌이 마려운 것도 잊은 채 그 자리에 계속 숨을 죽이고 서 있었다. '엄마'였다. 나는 달빛에 젖어 아른거리는 '엄마'의 몸뚱이를 눈이 아프도록 훔쳐보고 있었다.

2) 분신: 「치자꽃 향기」에서 영진은 지욱의 분신이다. 이청준의 소설에는 나와 나의 분신처럼 진짜와 가짜에 대한 이야기가 많다. 그중 「가수」는 나와 분신이 가장 복잡하게 얽힌 이야기라 할 수 있다.

3) 여인의 미(美): 너무 가까운 것은 그립지 않다. 그리움에는 적당한 거리가 필요하다. 여인도 마찬가지다(282쪽 21행).
- 수필 「여인의 청순미」: 여인의 청순미는 또 그리움이다. 가까이 있는 것은 그립지 않다. 멀리 있는 것이 그리운 것이다. 우리들의 손이 그것을 갖기를 오히려 주저하고 부끄러워 할 때 여인들은 우리들의 손이 닿을 수 없는 먼 곳에 있다.

「문패 도둑」
| **최초의 단행본 수록** | 『살아있는 늪』, 홍성사, 1980.

1. 실증적 정보
- 초고: 대학노트에 쓰인 육필 초고의 처음 제목은 「名士」였다.

2. 텍스트의 변모
1) 『살아있는 늪』(홍성사, 1980)에서 『병신과 머저리』(홍성사, 1984)로
   - 299쪽 12행: 되고 남을게다. → 넉넉할 게다.
   - 300쪽 9행: 수상한 → 심상찮은
   - 302쪽 15행: 구체적인 절차와 → 구체적 과정상의
   - 305쪽 5행: 야유하기나 좋아해온 놈이었으니까. → 야유하거나 증오해 온 놈이니까.

2) 『병신과 머저리』(홍성사, 1984)에서 『가면의 꿈』(열림원, 2002)으로
   - 299쪽 19행: 행동이 → 행투가
   - 300쪽 3행: 누구나 얼핏 → 아무나
   - 304쪽 21행: 문패를 뜯어 모아다 자신의 저주를 즐기곤 하던 → 문패에다 심통을 부리곤 하던
   - 305쪽 5행: 증오해 온 놈이니까. → 골탕먹여 온 놈이었으니까.
   - 305쪽 10행: 위인 → 괴짜
   - 305쪽 23행: 여자를 향한 소유에의 꿈이 작용해와서가 아니었던 게 → 여자에 대한 희망같은 게 생겨서가 아니었음이
   - 306쪽 12행: 소리였다. → 생각이었다.

3. 인물형
- **정태**: 『당신들의 천국』에도 정태가 나온다.

4. 소재 및 주제
1) 도벽: 다른 사람의 물건을 훔치는 도둑질은 단절을 극복하려는 몸짓인 거짓말의 변주라 할 수 있다. 위의 「황홀한 실종」 주석 참조.
- 「별을 보여드립니다」: 한데 그런 생활이 반년쯤 지나고 나자 그에게는 두 가지 망측한 습벽이 붙고 있었다. 그 한 가지가 앞서 말한 도벽이었다. 그의 주위에서 그의 도벽 피해자가 아닌 사람이 드물었다. (…) 그의 또 한 가지 나쁜 버릇은 다름 아닌 거짓말이었다. 그는 아무렇게나 거짓말을 했다.

2) 풍속: 이청준의 소설에서 세상살이의 풍속에 익숙해지지 못하고 끼어들지 못하는 대표적인 인물이 장인이다. 장인 계열의 인물로는 「매잡이」의 곽 서방, 「줄광대」의 허 노인 등이 있다. 장인은 아니지만 「낮은 목소리로」의 아버지와 「문패 도둑」의 임정태도 그런 인물의 특징을 보여준다. 이청준이 말하는 풍속은 시류와 동의어일 때 부정적이지만, 「꽃동네의 합창」에서처럼 시류에 어긋날 때 긍정적인 면을 띤다. 수필 「사랑의 의상」에 따르면 '풍속은 다만 대다수 사람들을 위한 약속이요, 그 대다수 사람들의 최대한의 이익을 도모키 위한 질서일 뿐이다'(306쪽 5행).
- 「매잡이」: i) 시류를 좇아 사는 사람들은 그 시류에 맞춰 세상사를 잘 요리해갈 수 있을 뿐 아니라, 자기가 얼마나 그 시류에 민감하고 영리하게 적응하는가를 자랑스럽게 이야기하며 스스로 만족한다— 곽 서방은 영감의 집을 나오면서 어렴풋이나마 그 비슷한 생각을 느끼고 있었다. ii) 그러나 그 민 형의 종말— 그것은 그 곽 서방의 풍속에 자신을 귀의시킬 수 없었던 비극의 종말이 아니라, 그의 삶의 새로운 풍속화에 대한 마지막

저항과 결단의 몸짓은 아니었을까.
- 「낮은 목소리로」: 풍속의 옷이 화려하면 화려할수록(이를테면 우리들의 공범 의식이 한 시대의 풍속의 옷이 될 수밖에 없는 때처럼) 그것을 마련하지 못한 사람들의 소망은 간절해지게 마련이고, 그것이 간절하면 할수록 사람들은 보다 너그러이 그것을 서로 용납하지 않으면 안 된다. 그것이 그 공범 의식의 한 비극적인, 그러나 최대한의 미덕이 아닐는지 모른다./아버지는 아마도 텔레비전 수상기 등록을 기피하신 것으로 그 귀중한 공범 의식을 최소한으로 만족시키고 계셨던 것 같았다. 그리고 그것으로 당신 나름으론 제법 이 시대의 풍속을 실감하시면서 떳떳하고 당당한 시민 시대의 상식인임을 자부하고 계셨던 것 같았다.

「지배와 해방」

| 발표 | 『세계의문학』 1977년 봄호.
| 최초의 단행본 수록 | 『예언자』, 문학과지성사, 1977.

1. 실증적 정보
1) 초고: 발표작과 다르지 않은 육필 초고가 남아 있다.
2) 수필 「왜 쓰는가」: 『작가의 작은 손』에 실린 수필로 2000년 단행본에 「지배와 해방」의 작가노트로 실린다.
3) 수필 「후기의 반성」: 이청준은 이 수필에서 「지배와 해방」에 대해 언급한다.
- 「후기의 반성」: 이런 식으로 생각하다 보니 그 일기에서부터 다중(多衆)의 독자가 전제된 소설을 쓰게 되기까지의 문학 수업이란 어떻게 보면 그 글 가운데서 글 쓰는 사람 자신의 시선과 얼굴을 서서히 자기 글 속으로 숨겨 들어가는 과정이 아닌가도 여겨졌다.

2. 텍스트의 변모

1) 『세계의문학』(1977년 봄호)에서 『예언자』(문학과지성사, 1977)로

- 310쪽 12행: 미련스런 → 섣부른
- 318쪽 17행: 음모하기 → 꿈꾸기

2) 『예언자』(문학과지성사, 1977)에서 『자서전들 쓰십시다』(열림원, 2000)로

- 308쪽 1행: 어떻게 수정되어져 왔고 → 어떤 행로와 수정을 거쳐왔고
- 308쪽 17행: 창피한 → 참괴한
- 309쪽 2행: 잃어버리고 → 떠나버리고
- 309쪽 10행: 어색해 할 → 어색해 하거나 부끄러워 할
- 310쪽 10행: 부려지고 내버려진 → 부리고 쏟아낸
- 310쪽 17행: 부려지는 → 넘쳐나는
- 312쪽 15행: 그리고 다음날 → 그렇게 하룻밤을 지새고 난 이날 오후
- 315쪽 5행: 첫 동기와 → 〔삽입〕
- 320쪽 19행: 행위 → 절차
- 321쪽 9행: 뼈를 깎는 → 〔삽입〕
- 323쪽 11행: 눈가림식 → 〔삽입〕
- 323쪽 21행: 듣기 좋게 → 그럴듯하게
- 323쪽 23행: 숨겨놓고 → 마음속에 덮어두고
- 324쪽 10행: 모든 독자들의 삶을 통째로 → 독자들의 삶을 함께
- 324쪽 12행: 우리 귀엔 듣기가 좋은 → 듣기 좋고 보기 좋은
- 325쪽 2행: 실현 → 실천
- 325쪽 10행: 그것을 → 요구를
- 325쪽 16행: 책임의 내용 → 책임
- 334쪽 5행: 옳은 → 마지막

- 334쪽 17행: 유독히 다른 → 특히 열악한
- 335쪽 13행: 그의 질서에 동의하고 복종해 오는 → 그 세계나 그의 질서에 공감하고 동참해 오는
- 336쪽 9행: 공감과 → 〔삽입〕
- 336쪽 22행: 더욱더 중요한 → 더욱 확연한 미래의
- 341쪽 13행: 방향 → 성격
- 342쪽 12행: 복수심 그리고 그의 → 〔삽입〕

3. 인물형
- **이정훈**: 이정훈은 이청준의 변형이다. 우리는 이정훈을 통해 이청준의 '소설관이나 문학에 대한 태도들을 유추해볼 수' 있다. 그가 생각하는 문학은 '보다 더 자유로운 화창한 삶, 행복한 삶과 세계에 대한 꿈이요, 그 싸움의 방식'이다.

4. 소재 및 주제
1) **지배의 차이**: 이정훈이 말하는 지배의 방식은 「예언자」가 보여주는 지배의 방식과 매우 다르다. 그것은 상상 공간과 현실 공간의 차이이기도 하다.
   - 수필 「상상의 공간」: 상상의 공간은 곧 현실을 해석하고 정리하며 그것에 보다 나은 삶의 질서를 부여하여 오히려 그것을 지배해 나갈 힘의 모태가 아닐 수 없음으로 해서이다.

2) **숙명적 이상주의자**: 작가는 보다 '나은 세계, 그런 세계의 질서를 꿈꾸고 있는' 이상주의자로, 현실의 질서는 언제나 작가를 패배시키려 한다. 작가는 또한 보다 나은 세계에 도달해도, 그곳에 머물지 못하고 언제나 새로운 세상을 향해 떠나야 하는 숙명적 이상주의자다. 작가에 대해 고민하는 수필 「문학 30대」는 '문학은 왜 하는가'라는 질문에 대한 글이기

도 하다. 이 질문은 바로 「지배와 해방」의 '왜 쓰는가'와 같다.

> ## 「연」
> | **발표** | 『동아일보』 1977년 2월 5일.
> | **최초의 단행본 수록** | 『남도 사람』, 예조각, 1978.

1. 실증적 정보

1) **초고**: 대학노트에 쓰인 육필 초고가 있다.
2) **새와 어머니를 위한 세 변주**: 「연」과 「빗새 이야기」와 「학」이 처음부터 세 변주로 묶인 것은 아니다. 세 작품이 변주로 실린 첫 단행본은 『따뜻한 강』(1986)이다. 이후 단행본(1991, 2000)에는 「학」이 빠진 채 「연」과 「빗새 이야기」만 실린다.

2. 텍스트의 변모

- 『동아일보』(1977년 2월 5일)에서 『남도 사람』(예조각, 1978)으로
  - 350쪽 15행: 내 자석아. → 아가.

3. 소재 및 주제

- **연**: 연은 언젠가 줄을 끊고 날아갈 새를 예비한다(347쪽 16행, 353쪽 23행).
  - 『인문주의자 무소작 씨의 종생기』: 그리고 마침내 그때가 왔을 때 그는 마음속에 정해온 대로 그 참나뭇골을 떠나갔다./큰산엘 올라간 이듬해 3월 하순께의 어느 봄날, 초등학교를 졸업하고 나서부턴 내내 마을 뒷산자락 남의 보리밭 이랑을 헤매며 철늦은 연놀이에만 빠져 지내던 끝에, 어느 순간 문득 허공 높이 스쳐오르는 거친 바람결에 그 연과 연실을 함께 띄

워보내버린 다음이었다.
- 「해변 아리랑」: 그러면서 그저 연놀이에만 넋이 팔려 바닷가 언덕들만 쏘다녔다. 형 아인 원래 학교엘 다닐 때도 연 놀이를 좋아하여 금산댁과 누이에게 연실 투정을 자주 해댔지만, 그 봄엔 그렇게 한철이 다 가도록 때도 없이 바닷바람만 몰아헤매고 다녔다. 그리고 어느 날 세찬 바람기에 그의 연이 실을 끊고 하늘 멀리 날아갔을 때 그것을 붙잡으러 따라나서기라도 하듯이 그도 함께 훌쩍 집을 떠나가버렸다.

「빗새 이야기」

| **발표** | 『샘터』 1977년 4월호.
| **최초의 단행본 수록** | 『남도 사람』, 예조각, 1978.

1. 실증적 정보
- 초고: 「연」의 초고가 쓰인 노트에 「빗새 이야기」도 들어 있다.

2. 텍스트의 변모
1) 『샘터』(1977년 4월호)에서 『남도 사람』(예조각, 1978)으로
  - 353쪽 23행: 줄 끊어진 한 점 연(鳶)이 되어 까마득히 → 〔삽입〕
2) 『남도 사람』(예조각, 1978)에서 『새가 운들』(청아, 1991)로
  - 351쪽 11행: 비―비― → 〔삽입〕
  - 351쪽 13행: 비 → 빗줄기의 장막
  - 353쪽 3행: 별로 집 가까이엔 두지 않으려는 → 집 가까이 두기를 꺼리는
  - 353쪽 5행: 나뭇잎을 → 나뭇잎과 가지들
  - 354쪽 5행: 골목을 헤매고 있었더냐. → 낯선 골을 헤매고 다녔더냐.
  - 354쪽 13행: 어머니를 안심시키듯 → 거꾸로 어머니를 위로하듯

- 354쪽 22행: 몰골처럼 어딘지 좀 가련하게 지친 모습의 새가 틀림없을 것처럼— → 지치고 가련한 몰골처럼.

3. 소재 및 주제
- **빗새**: 정처를 잃고 떠도는 빗새는 「새와 나무」「동백나무」에도 나타난다. 빗새는 자기 본모습을 잃고 살아가야 하는 세상살이의 아픔을 보여준다.

「학」
| **최초의 단행본 수록** | 『비화밀교』, 나남, 1985.

1. 소재 및 주제
- **새와 영혼**: 새는 종종 죽은 사람의 영혼을 나타낸다.
  - 「마지막 선물」: 영혼의 비상처럼 어디선지 문득 빗속을 날아오르는 산새의 날갯짓 소리가 환청처럼 적막을 가르고 사라진다.
  - 「섬」: 갈매기떼는 이제 수많은 영혼들의 슬픈 비상처럼 환상의 섬 위를 희미하게 맴돌고 있었다. 거기 따라 나의 가슴속 상념은 갈수록 환상 쪽을 뒤쫓고 있었다. 얼마나 많은 영혼들이 저렇듯 새가 되어 섬으로 건너왔던가.
  - 「흰철쭉」: 언제부턴가 꽃나무 가지 위에 이름 모를 새 한 마리가 눈을 감고 깃을 개고 앉아 있었다. 순백의 꽃빛 속에 적막스럽고 애틋한 모습이 어떤 기나긴 기다림의 꿈속에 젖어 있는 것 같았다. 할머니의 넋이 새가 되어 돌아온 것인가….